KB167295

한 줌의 먼지

A Handful of Dust

A HANDFUL OF DUST
by Evelyn Waugh

세계문학전집 237

한 줌의 먼지

A Handful of Dust

에벌린 워

안진환 옮김

민음사

차례

아침에 네 뒤를 따라오는 그림자나
저녁에 너를 맞으러 일어나는 그림자와는 다른
그 무엇을 보여 주리라.
한 줌의 먼지 속 공포를 너에게 보여 주리라.
—T. S. 엘리엇, 「황무지」에서

이 책에 등장하는 인물, 이름, 사건은 모두 허구다.

한 줌의 먼지

1
비버의 집 쪽으로

"다친 사람은 없었어요?"

"없었어, 다행히도." 비버 부인이 대답했다. "하녀 두 명만 당황해서 유리 지붕 위로 뛰어내렸는데 유리가 깨지면서 시멘트가 깔린 안마당으로 떨어졌지. 전혀 위험한 상황이 아니었는데 그랬다니까. 아쉽게도 불길이 침실까지 이르진 않았다지만 그래도 수리는 전부 새로 해야 돼. 죄다 연기에 새까맣게 그을린 데다 물에 젖기까지 했거든. 다행히 구식 소화기가 있어서 그걸 사용했나 봐. 덕분에 전부 엉망이 되어 버렸지. 하지만 그다지 불평할 상황은 아니야. 중요한 방들의 물건이 다 파손됐지만 전부 보험에 들어 놓았다니까. 실비아 뉴포트가 그 사람들을 잘 알아. 하이에나 같은 셔터 부인이 먼저 선수를 치기 전에 오전 중으로 내가 그들을 만나 봐야겠어."

비버 부인은 벽난로를 등지고 서서 여느 날 아침처럼 요구르트를 먹고 있었다. 그녀는 요구르트 통을 턱 밑에 바싹 갖다 댄 채 스푼으로 게걸스럽게 떠먹었다.

"이놈의 요구르트 맛은 왜 이리 고약한지 원. 존, 너도 이걸 먹는 습관을 들이면 좋을 텐데. 요즘 피곤해 보이더구나. 난 이것 없이 어떻게 하루를 버틸지 모르겠다."

"하지만 엄마, 전 엄마만큼 할 일이 많지 않잖아요."

"하긴 그렇지."

존 비버는 어머니와 함께 서섹스가든스에 있는 집에서 살았다. 그곳은 아버지가 세상을 떠난 후에 이사한 집이었다. 집 안에는 비버 부인이 고객들을 위해 디자인해 주는 우아한 실내 장식과 같은 분위기를 풍기는 것은 거의 없었다. 그곳보다 더 큰 다른 집 두 군데서 가져다 놓은, 팔 수 없는 가구들만 가득했다. 그 가구들은 특정한 시대의 분위기를 풍기지도 않았고 현대적인 느낌은 더더욱 나지 않았다. 가장 좋은 가구들과 비버 부인의 감성을 자극하는 가구들은 2층의 엘(L) 자형 응접실에 있었다.

비버에게는 (1층 식당 뒤편에 위치한) 작고 어두운 거실과 그만의 전화기가 있었다. 그의 옷가지들은 나이 든 하녀가 손질해 주었다. 그 하녀는 비버의 화장대와 서랍장 위에 놓여 있는 칙칙하고 묵직한 물건들의 먼지를 털어 내고 깨끗하게 닦은 후 가지런히 정리하는 일도 했다. 그것들은 원래 아버지의 옷 방에 있던 물건들로, 아버지가 결혼할 때 그리고 스물한 번째 생일 때 받은, 깨지지 않는 선물들이었다. 그 물건들은 상아로 만들어졌거나, 놋쇠 테가 둘렸거나, 돼지가죽으로 싸였거나, 문장(紋章)이 새겨졌거나 금장식이 박힌 것들로서 에드워드 시대*의 값비싼 남성 용품을 떠올리게 했다. 경주 대회나 사냥에 나갈 때 가지고 다니는 물병, 시가 케이스, 가루담배 담는 그릇, 향수병, 정교하게 만든 해포석 파이프, 단추 걸이,** 모자 솔 같은 것들이었다.

하인은 여자만 넷이었으며 한 명을 제외하고는 전부 나이 든 사람들이었다.

왜 독립하지 않고 이 집에 사느냐는 질문을 받을 때면 비버는 어머니가 그를 곁에 두고 싶어 하기 때문이라고 대답하곤 했다.(사업을 하는데도 그녀는 외로움을 탔다.) 때에 따라서는 일주일에 적어도 5파운드는 절약되기 때문이라고 답하기도 했다.

그의 수입을 다 합한 금액이 일주일에 6파운드 안팎이었으므로 주당 5파운드는 적지 않은 돈이었다.

비버는 스물다섯 살이었다. 옥스퍼드를 떠난 이후 불황이 시작되기 전까지 그는 광고 회사에서 일했다. 그 후론 이렇다 할 일자리를 찾지 못했다. 그래서 그는 아침 느지막이 일어나 거의 하루 종일 전화기 옆에 앉아서 누군가 전화를 걸어 자신을 불러내 주길 기다렸다.

비버 부인은 사정이 허락하는 날이면 오전 중에 한 시간을 쉬었다. 그녀는 언제나 아침 9시 정각에 가게에 나갔고 11시 30분이 되면 휴식을 취하고 싶어졌다. 그래서 그 시간에 중요한 손님이 들이닥치지 않는 이상 자신의 2인승 자동차를 몰고 서섹스가든스의 집으로 돌아오곤 했다. 그때쯤이면 비버도 대개 잠자리에서 일어나 옷을 다 입은 후였으므로 그녀에게는

* 에드워드 7세의 재위 기간(1901~1910).
** 단추를 끼울 때 쓰는 갈고리 모양 기구.

아들과 이런저런 잡담을 나누는 그 시간이 점점 더 중요해졌던 것이다.

"어제저녁엔 뭘 했니?"

"8시에 오드리가 전화를 해서 저녁 식사에 초대했어요. 열 명이서 엠버시에 갔는데 좀 따분하더라고요. 그러고 나서는 다 함께 드 트로메이라는 여자가 여는 파티에 갔고요."

"나도 알아, 그 여자. 미국인이지. 지난 4월에 우리가 만들어 준 투알드주이* 의자 커버 값을 아직도 지불하지 않았어. 나도 어제저녁에 따분했단다. 저녁내 좋은 패도 안 들어오고 4파운드 10실링이나 잃었지 뭐니."

"안됐네요, 엄마."

"난 바이올라 캐즘네 집에서 점심 먹을 거다. 넌 어떡할 거니? 식사 준비하라는 말을 안 해 놨는데."

"아직 별 계획 없어요. 하지만 언제든 브랫 클럽에 가면 되니까요."

"하지만 거긴 너무 비싸잖니. 체임버스에게 부탁하면 뭘 좀 가져다줄 거다. 난 네가 틀림없이 외출할 거라고 생각했지 뭐니."

"어쩌면 나갈지도 몰라요. 아직 12시도 안 됐잖아요."

(비버를 초대하는 연락은 대개 마지막 순간에 왔다. 때로는 쓸쓸히 혼자서 식사를 시작한 후에 이런 전화가 오기도 했다……. "존, 이상한 일이 일어났어. 소냐가 레지 없이 혼자 왔다고. 부탁

---

* toile-de-jouy. 18세기 프랑스에서 유래한, 밝은색 바탕에 꽃이나 풍경화를 찍어 넣은 장식용 천.

인데 와서 좀 도와주지 않을래? 빨리만 와 줘. 지금 식사를 시작할 참이니까.”…… 그러면 그는 서둘러 택시를 잡아타고 전채 요리 순서가 끝날 무렵에 이런저런 변명을 늘어놓으며 모습을 드러내곤 했다……. 그는 어머니와 말다툼하는 일이 거의 없었지만 최근에 어머니가 주최한 점심 파티 중에 그런 식으로 자리를 떠서 어머니와 다툰 적이 있었다.)

“주말엔 어디 갈 거니?”

“헤턴 저택요.”

“누구더라? 생각이 잘 안 나네.”

“토니 라스트요.”

“그래, 맞다. 라스트 부인은 참 미인이지. 그 남편은 좀 얼간이 같지만. 네가 라스트 부부를 아는 줄은 몰랐구나.”

“잘 알진 못해요. 요전 날 밤에 브랫 클럽에서 토니가 절 초대했는데 어쩌면 잊어버렸을지도 모르겠어요.”

“라스트 부부에게 전보를 쳐서 상기시켜 주도록 해라. 전화보다 그편이 훨씬 낫지. 저쪽에서 초대를 취소하기가 힘들어지거든. 내일 출발하기 직전에 전보를 보내렴. 그 부부도 테이블 값 치를 게 남아 있는데…….”

“어떤 사람들이에요?”

“라스트 부인은 결혼 전엔 나랑 꽤 자주 만났어. 처녀 적 이름은 브렌다 렉스지. 세인트 클라우드 경의 딸이야. 굉장한 미인에다 얼굴이 물의 요정처럼 신비롭단다. 처녀 때 인기가 대단했다니까. 한때는 다들 그녀가 조크 그랜트멘지스와 결혼할 거라고 생각했어. 그런데 아깝게도 거드름이나 피우는 토니 라스트랑 결혼하고 말았지. 그때부터 지루해하기 시작하는 것 같더구나. 결혼한 지는 오륙 년쯤 됐는데 꽤 부유하지만 자기네 저택을 관리하는 데 모든 돈을 쏟아붓고 있어. 실제로 본 적은 없지만 분명 엄청나게 크고 끔찍한 집일 거야. 아이가 하나 있다는 얘긴 들었는데 어쩌면 더 낳았을지도 모르겠구나."

"대단하네요, 엄마. 엄마는 정말 모르는 사람이 없는 것 같아요."

"알아 두면 실생활에서도 아주 요긴하단다. 사람들이 얘기할 때 주의만 잘 기울이면 돼."

비버 부인은 담배를 한 대 피우고 나서 다시 가게로 돌아갔다. 어떤 미국인 여자가 하나에 30기니씩 내고 패치워크* 두 개를 사 갔고, 메트로랜드 부인이 욕실 천장에 관해 상의하려고 전화를 했으며, 낯선 청년이 쿠션을 사 갔다. 그사이에 비버 부인은 잠깐 짬을 내어 기운 없는 젊은 처녀 둘이 전등 갓을 포장하고 있는 지하실로 내려갔다. 작은 석유난로가 있는데도 지하실은 추웠고 벽은 늘 축축했다. 처녀들의 솜씨가 훨씬 좋아진 것을 보자 비버 부인은 흡족했다. 특히 둘 중에 키 작은 소녀의 솜씨가 더 늘었는데 그녀는 궤짝을 남자처럼 능숙하게 다루고 있었다.

비버 부인이 말했다. "그래, 그렇게 하는 거야. 솜씨가 아주 좋구나, 조이스. 조만간 더 재밌는 일거리를 주마."

"감사합니다, 비버 부인."

비버 부인은 그들이 한동안 포장 일을 계속하는 편이 낫겠다고 생각했다. 그들이 견뎌 낼 수 있을 때까지. 둘 다 1층에서

---

* 조각 천을 이어 맞추는 공예.

일할 만큼 세련되지가 못했기 때문이다. 그들은 비버 부인의 기술을 배우기 위해 상당한 수업료를 낸 상태였다.

비버는 전화기 옆에 앉아 있었다. 전화벨이 울리더니 수화기 저편의 목소리가 말했다. "비버 씨입니까? 잠시만 기다려 주십시오. 티핑 부인이 통화하고 싶어 하십니다."

잠시 침묵이 흐르는 동안 비버는 즐거운 기대감에 부풀었다. 그는 티핑 부인이 그날 점심때 파티를 연다는 사실을 알고 있었다. 전날 저녁 그들은 시간을 함께 보냈고 그는 그녀에게 특히 좋은 인상을 심어 준 터였다. 누군가가 그녀를 바람맞혔다고 했더랬다……

"아, 비버 씨. 귀찮게 해서 정말 죄송해요. 혹시 어젯밤 드 트로메이 부인 댁에서 제게 소개해 주신 젊은 남자 분 성함을 알 수 있을까요? 콧수염이 불그스름한 분 말이에요. 의회에서 일하신다고 했던 것 같은데."

"조크 그랜트멘지스 말씀이군요."

"맞아요, 그분. 혹시 어디 가면 그분을 만날 수 있는지 아세요?"

"전화번호부에 주소가 나와 있겠지만 지금 집에 없을 거예요. 1시쯤에 브랫 클럽에 가면 아마 만날 수 있을 겁니다. 거의 항상 거기 있으니까요."

"조크 그랜트멘지스 씨, 브랫 클럽요. 정말 감사드려요. 비버 씨는 정말 친절하시군요. 언제 저희 집에 한번 들러 주세요. 그럼 안녕히 계세요."

그 후로 전화벨은 다시 울리지 않았다.

오후 1시가 되자 비버는 낙담했다. 그는 외투를 입고 장갑을 끼고 중산모를 쓴 다음 깔끔하게 접은 우산을 들고 클럽으로 향했다. 그는 1페니짜리 버스를 타고 본드 거리 모퉁이까지 갔다.

조지 왕조 시대* 풍의 우아한 외관과 질 좋은 패널로 장식된 벽이 만들어 내는 브랫 클럽의 고풍스러운 분위기는 순전히 꾸며 낸 것이었다. 사실 이 클럽 건물은 종전 직후 사회가 막 다시 활기를 띠기 시작할 무렵 지어져 그리 오래되지 않았기 때문이다. 브랫 클럽은 본래 젊은이들을 위한 공간이었다. 나이 든 사람들의 따가운 눈총을 받지 않고 벽난로 앞에 다리를 벌리고 앉거나 카드놀이를 즐길 수 있는 공간 말이다. 하지만 이제는 창립 멤버들 자신이 중년에 접어들었다. 그들은 제대할 때보다 몸도 붙고, 머리도 벗고, 얼굴도 더 붉게 변했다. 하지만 여전히 유쾌하고 명랑했으며, 이제는 자기들이 후배들을 당황스럽게 만들 차례가 되었다는 듯이 요즘 젊은이들은 남성다움과 신사다운 자질이 부족하다고 개탄하곤 했다.

넓은 등짝 여섯 개에 가려서 비버에게는 바가 보이지 않았다. 그는 바깥방에 있는 안락의자에 앉아 누군가 아는 사람이 나타나기를 기다리며 《뉴요커》를 넘겼다.

조크 그랜트멘지스가 2층으로 올라왔다. 바에 앉아 있던 사람들은 "어이, 조크, 뭐 마실 건가?" 혹은 더 짧게 "자네 왔나?" 같은 인사를 건넸다. 그는 참전 경험이 있기엔 너무 어렸

---

* 조지 1세~조지 4세의 재위 기간(1714~1830).

지만 사람들은 그를 괜찮은 친구로 생각했다. 그들은 비버보다 조크를 훨씬 좋아했고 비버는 이 클럽에 오지 말아야 할 사람으로 생각했다. 하지만 조크는 발걸음을 멈추고 비버에게 말을 걸었다. "어이, 뭘 마시나?"

"아무것도 안 마셔요." 비버는 손목시계를 흘끗 내려다봤다. "하지만 이제 마실 때가 된 것 같네요. 여기 브랜디 진저."

조크가 바텐더에게 주문을 하고는 이렇게 말했다.

"어젯밤 파티에서 자네가 나한테 떠넘긴 나이 든 여자가 누구였지?"

"티핑 부인요."

"그런 것 같더라니. 이제 알겠군. 아까 아래층에서 티핑이라는 여자가 나랑 점심 식사를 하고 싶어 한다는 메시지를 받았거든."

"갈 건가요?"

"아니, 난 점심 파티 같은 데엔 흥미가 없어. 게다가 아침에 눈을 떴을 때 여기서 굴 요리를 먹겠다고 결심했거든."

바텐더가 술을 들고 다가왔다.

"비버 씨, 지난달 외상이 10실링입니다."

"아, 고마워요, 맥두걸. 나중에 다시 한 번 알려 주겠소?"

"그러겠습니다."

비버가 조크에게 말했다. "전 내일 헤턴에 갈 계획이에요."

"그래? 토니와 브렌다에게 안부 전해 주게."

"그 사람들 분위기는 어떤가요?"

"꽤 조용하면서도 유쾌한 편이지."

"페이퍼 게임* 같은 건 안 하나요?"

"아니, 그런 건 안 해. 이웃들과 브리지나 백개먼, 하이로 포커를 조금 즐기는 정도지."

"머물기엔 편안한가요?"

"괜찮은 편이야. 일단 마실 게 많지. 화장실이 좀 부족하긴 하지만. 오전 내내 침대에서 뒹굴어도 괜찮아."

"전 브렌다는 한 번도 만나 본 적이 없어요."

"자네 맘에 들 거야. 아주 멋진 여자거든. 가끔은 토니 라스트가 세상에서 가장 행복한 남자 중 한 명이 아닌가 싶어. 돈 많겠다, 집 좋겠다, 끔찍이 아끼는 외아들과 헌신적인 아내에, 걱정이라곤 없으니 말이야."

"말만 들어도 부럽네요. 저 말고 또 초대받은 사람이 있는지 혹시 아시나요? 차를 얻어 탈 수 있을까 해서 그러는데."

"미안하지만 모르겠는걸. 기차로도 쉽게 갈 수 있을 텐데."

"그건 알지만 저는 자동차가 더 좋거든요."

"돈도 덜 들고."

"네, 돈도 덜 들겠죠……. 그럼 전 이만 식사하러 내려가야겠네요. 한잔 더 안 하실 거죠?"

비버가 자리에서 일어났다.

"까짓것 한잔 더 하지 뭐."

"그래요, 그럼. 맥두걸, 두 잔 더 부탁해요."

맥두걸이 말했다. "비버 씨 앞으로 달아 둘까요?"

"좋으실 대로."

---

* 종이에 연필로 뭔가를 적는 게임. 주어진 단어로 이야기를 구성하는 게임, 특정한 범주에 들어가는 명사를 더 많이 적는 사람이 이기는 게임 등이 있다.

잠시 후 조크는 바에 앉아서 누군가와 이런 대화를 나눴다.
"나 방금 비버한테 한잔 얻어먹었어."
"그 친구가 선뜻 냈을 리가 없는데."
"속이 쓰려서 죽으려고 하던데. 근데 돼지에 대해서 좀 아나?"
"아니. 왜?"
"선거구민들이 자꾸 편지를 보내와서."

비버는 아래층으로 내려갔지만 식당으로 가기 전에 급사를 시켜서 자기 앞으로 남겨진 메시지가 없는지 집에 전화를 걸어 보게 했다.
"티펑 부인이 조금 전에 전화를 해서 오늘 점식 식사를 함께하실 수 있는지 물어보셨답니다."
"부인한테 전화를 걸어서, 기꺼이 가겠지만 조금 늦을지도 모른다고 전해 주겠어요?"
1시 30분이 막 지났을 때 그는 브랫 클럽에서 나와 힐 거리를 향해 걸음을 재촉했다.

2
영국 고딕 양식 1

1

헤턴 마을과 콤프턴 라스트 마을 사이에는 헤턴 대저택의 넓은 정원이 자리하고 있다. 예전에 이 군(郡)의 유명한 저택들 가운데 하나였던 이 집은 1864년에 고딕 양식으로 완전히 재건축되어서 지금은 흥미로운 부분이 별로 없다. 정원은 매일 일몰 전까지 대중에게 공개되며 신청서를 제출하면 저택 내부도 구경할 수 있다. 이 저택에는 훌륭한 초상화와 가구 들이 있고 테라스에서 내려다보는 전망이 멋지다.

군 안내서에 실려 있는 이 글 때문에 토니 라스트가 불쾌했던 적은 없었다. 더 심한 소리를 들은 적도 있었기 때문이다. 엄격함으로 점철됐던 양육 방식으로 입은 상처가 아직도 마음속에 남아 있는 프랜시스 숙모는 펙스니프 씨*가 그 저택을

---

* 찰스 디킨스의 소설 『마틴 처즐윗』에 등장하는 위선적인 건축가.

설계한 게 틀림없다고 말했다. 자기 제자가 그린 고아원 설계도를 그가 차용했다는 것이다. 그러나 광택 나는 벽돌이든 채색 타일이든, 그 집에서 토니에게 소중하지 않은 부분은 하나도 없었다. 어떤 면에서는 집을 관리하기가 만만치 않다는 것을 그도 잘 알았다. 하지만 대저택이라는 것이 원래 그렇지 않은가. 그 집은 현대적 의미의 안식처와는 거리가 멀었다. 그도 여러 군데를 손보려고 생각 중이었으며 상속세만 전부 처리하고 나면 곧바로 보수 공사를 할 예정이었다. 하지만 저택의 전체적인 모습과 분위기, 하늘을 배경으로 흉벽이 그리는 선, 십오 분마다 종을 울려서 아주 깊이 잠든 사람을 제외한 모든 사람의 수면을 방해하는 중앙 시계탑, 중앙 홀이 풍기는 교회와도 같은 음울함, 붉은색과 황금색의 똑같은 무늬가 반복되는 궁륭, 그 밑을 받치고 있는 광택 나는 화강암 기둥과 덩굴 조각으로 장식된 기둥머리, 낮에는 문장(紋章) 무늬 스테인드글라스를 끼운 첨두(尖頭) 창*을 통해 들어오는 햇빛이 은은하게 퍼지고 밤에는 ─지금은 전선을 연결해 전구 스무 개를 단─ 놋쇠와 연철로 만든 커다란 가스등 샹들리에가 불을 밝히는 복도, 바닥 아래에 있는 오래된 난방시설에서 뿜어져 나와 주철로 만든 삼엽형(三葉形) 구멍이 뚫린 철판을 통해 발밑에서 갑자기 올라오는 뜨거운 공기, 연료를 아끼기 위해 난방을 잠가 둔 안쪽 복도에서 느껴지는 동굴 속 같은 한기, 해머빔 지붕**과 악단을 위한 소나무 발코니가 있는 식당, 놋쇠 침

---

* 위가 뾰족하고 세로로 긴 창문. 초기 영국 고딕 건축의 전형적인 특징.
** 가로장 없이 대들보만 있는 지붕.

대와 중세 이야기가 새겨진 소벽(小壁)이 있으며 맬러리,* 이졸데, 일레인, 모드레드와 멀린, 고원과 베디비어, 랜슬롯, 퍼시벌, 트리스탄, 갤러해드, 모건(토니가 쓰는 곁방), 귀네비어(브렌다의 방) — 바다보다 높은 단 위에 침대가 놓여 있고 태피스트리가 걸려 있으며 13세기 무덤 같은 벽난로가 있는 — 등의 이름**이 붙어 있는 방들, 아주 맑은 날이면 귀네비어의 내닫이창에서 보이는 여섯 교회의 첨탑 등 토니가 자라면서 함께해 온 이 모든 것은 그에겐 한결같은 기쁨과 환희의 원천이고 다정한 추억의 대상이자 자랑스러운 소유물이었다.

이것들이 요즘 유행과 맞지 않는다는 사실은 그도 잘 알았다. 이십 년 전 사람들은 목재 골조와 오래된 백랍을 좋아했지만 지금은 항아리와 주랑(柱廊)을 좋아한다. 그러나 어쩌면 존 앤드루의 시대에는 헤턴 저택이 제대로 평가받는 날이 올지도 모를 일이다. 이미 "재미있는" 저택이라는 얘기를 들은 적도 있었고, 매우 예의 바른 젊은이가 건축 관련 평론을 쓰기 위해 이 집의 사진을 찍게 해 달라는 부탁을 한 적도 있었다.

모건 방의 천장은 아직 완벽하게 수리되지 않은 상태였다. 소란(小欄)을 붙인 천장처럼 만들기 위해 회반죽 위에는 바둑판 모양으로 구멍이 뚫린 슬레이트를 박아 두었다. 슬레이트 틀에는 푸른색과 금색으로 브이(V) 자형 무늬들이 그려져 있었다. 그리고 구멍 속 사각 공간들에는 프랑스 왕을 상징하는

---

* 토머스 맬러리의 『아서 왕의 죽음』에 나오는 인물들.
** 아서 왕 전설의 등장인물들.

백합 문양과 튜더 왕가를 상징하는 장미 문양이 번갈아 가며 장식되어 있었다. 그러나 천장 한쪽 구석은 습기가 찬 탓에 커다란 얼룩이 생기면서 금박이 변색되고 칠이 벗어 나가 있었다. 또 다른 곳은 벽 속 외(椳)가 뒤틀려서 회반죽 밖으로 삐져나와 있었다. 토니는 잠에서 깨어 하인을 부르는 종을 울리기 전까지 십 분 동안 엄숙하게 침대에 누워 천장의 결함들을 꼼꼼히 뜯어보며 제대로 수리해야겠다는 결심을 새로이 다졌다. 그는 요즘 그런 정교한 작업을 해낼 수 있는 기술자를 쉽게 찾을 수 있을까 하는 생각이 들었다.

그는 유아용 방을 떠난 후로 쭉 모건 방을 침실로 써 왔다. 꽤 성장해서까지도 악몽을 꾸곤 했기 때문에 (바로 옆방인 귀네비어를 사용하던) 부모님이 그의 목소리를 들을 수 있는 거리에 있기 위해 이 방을 썼던 것이다. 그는 모건을 쓰기 시작한 이래 한 번도 물건을 내버린 적이 없었고 오히려 해마다 새로운 것들을 추가했다. 그래서 이제 그 방은 그가 보낸 청춘기의 모든 단계를 보여 주는 진열실처럼 되어 버렸다. 이곳에는 불꽃과 연기를 내뿜는 대포들을 갖춘 대형 전함 사진이 들어 있는 액자(소년지 《첨스》에서 부록으로 제공한 컬러 화보), 사립학교 시절의 이런저런 사진들, 열두어 가지 잡다한 취미의 산물인 알, 나비, 화석, 동전 들로 가득한, '박물관'이라고 불리는 장식장, 학창 시절 침대 옆에 세워 놓았던, 지갑처럼 반으로 접을 수 있는 가죽 액자에 담긴 부모님 사진, 그가 한창 구애하던 때인 팔 년 전 브렌다 사진, 세례 직후 존 앤드루와 브렌다가 함께 찍은 사진, 그의 증조부가 허물기 전 헤턴 저택의 모습이 담긴 동판화, 『베비스』,* 『집에서 목공품 만들어 보기』, 『누구나

할 수 있는 마술』,『젊은 방문객들』,**『지주와 소작인에 관한 법
규』,『무기여 잘 있거라』*** 등 선반에 꽂힌 책들이 있었다.

영국 전역의 사람들이 불쾌하고 무기력한 상태로 잠에서 깨
어나고 있었다. 토니는 천장을 수리할 생각을 하면서 흡족한
마음으로 십 분 동안 누워 있었다. 그러고 나서 종을 울렸다.
"마님께서는 일어나셨나?"
"십오 분쯤 전에 일어나셨습니다."
"그럼 마님 방에서 아침을 먹겠네."
그는 가운을 걸치고 슬리퍼를 신은 후 귀네비어로 갔다.
브렌다는 침대에 누워 있었다.
그것은 그녀가 고집해서 산 현대식 침대였다. 그녀 옆에는
쟁반이 놓여 있었고 이불 위에는 편지 봉투와 편지, 일간신문
들이 어지럽게 흩어져 있었다. 그녀는 작고 푸른 베개로 머리
를 받치고 있었다. 화장기 없는 얼굴은 거의 핏기가 없고 장
밋빛이 약간 도는 진주색으로, 팔이나 목 색깔과 거의 차이가
없었다.
"응?" 토니가 말했다.
"키스해 줘요."
그는 침대 머리맡에 놓인 쟁반 옆에 앉았다. 그녀가 그를 향

---

* 영국 작가 리처드 제프리스가 1882년에 발표한 자전적 소년소설.
** 영국 소설가 데이지 애시퍼드가 아홉 살 때 집필한 것으로 유명한 중편소
설(1919).
*** 노벨 문학상을 수상한 미국 소설가 어니스트 헤밍웨이의 장편소설
(1929).

해 몸을 기울였다.(마치 바다의 요정이 한없이 깊고 맑은 물속에서 솟아오른 것만 같았다.) 그녀는 고개를 돌려서 고양이처럼 자신의 뺨을 그의 뺨에 대고 비볐다. 그것이 그녀 식 키스였다.

"뭐 재밌는 거라도 있소?"

그는 편지 몇 장을 집어 들었다.

"아뇨. 엄마가 보모한테 존의 치수를 좀 적어 보내라고 하래요. 크리스마스 선물로 주려고 뭘 짜고 계시다나 봐요. 그리고 시장이 나한테 다음 달에 무슨 개회사를 해 달래요. 할 필요 없겠죠?"

"하는 게 좋을 것 같아. 꽤 오랫동안 우리가 뭘 해 준 게 없잖아."

"그럼 연설문은 당신이 꼭 써 주세요. 예전에 사용하던 연설문을 읽기에는 전 나이가 너무 많아요. 그리고 앤젤라가 새해를 자기 집에서 보낼 거냐고 물었어요."

"그건 대답하기 쉽군. 절대 안 갈 거니까."

"저도 그럴 거라 짐작은 했어요……. 재미있는 파티 같긴 하던데."

"가고 싶으면 혼자라도 가구려. 나는 도저히 시간을 낼 수가 없을 것 같소."

"괜찮아요. 봉투를 열기 전부터 안 갈 줄 알았어요."

"한겨울에 요크셔까지 가는 게 뭐가 재미있겠어?"

"여보, 짜증 내지 마요. 우리가 안 가리라는 거 알아요. 그걸 가지고 뭐라고 하겠다는 게 아니에요. 그냥 다른 집 음식을 먹어 보는 것도 재미있겠다고 생각한 것뿐이라고요."

브렌다의 하녀가 식사를 들여왔다. 토니는 쟁반을 창가 의자 옆에 놓으라고 하고는 자기 앞으로 온 편지들을 뜯어 보기 시작했다. 그는 창밖을 내다보았다. 그날 아침에는 첨탑 여섯 개 중 네 개만 보였다. 이윽고 그가 입을 열었다. "사실은 그 주말에 시간을 낼 수도 있을 것 같아."

"여보, 당신 정말 싫지 않겠어요?"

"아마도."

그가 아침을 먹는 동안 브렌다가 그에게 신문을 읽어 주었다. "레지 오빠가 또 연설을 했네요……. 베이브와 조크의 색다른 사진이 있어요……. 미국에서 어떤 여자가 두 남편에게서 연달아 쌍둥이를 낳았대요. 당신은 이런 일이 가능하다고 생각해요? ……가스 오븐에서 또 남자 두 명이……. 어린 소녀가 공동묘지에서 구두끈에 목 졸려 죽었다……. 우리가 보러 갔던, 농장에 관한 연극이 곧 상연을 중지할 거라네요." 그리고 그녀는 연재소설을 읽어 주었다. 토니가 파이프 담배에 불을 붙였다. "당신, 안 듣고 있군요. 실비아는 왜 루퍼트가 편지를 못 받길 바랄까요?"

"응? 아, 그건 말이지, 그녀가 루퍼트를 신뢰하지 않으니까."

"그럴 줄 알았어요. 이 얘기에는 루퍼트라는 인물이 나오지도 않아요. 이제 다시는 읽어 주지 않을 거예요."

"사실은, 뭘 좀 생각하고 있었어."

"흐응."

"토요일인데도 주말을 보내러 오는 사람이 아무도 없어서 얼마나 좋은가 하는 생각을 하고 있었어."

"그렇게 생각해요?"

"당신은 안 그래?"

"글쎄, 난 이 정도 규모의 집에 살면서 가끔 손님 초대도 안 한다면 좀 무의미할 것 같다는 생각이 가끔 들어요."

"무의미하다고? 그게 무슨 말이야. 난 따분한 사람들이 몰려와서 수다나 떠는 숙소로 만들려고 이 집을 유지하는 게 아니라고. 우린 지금까지 쭉 여기서 살아왔고 나는 앞으로 존이 내 뒤를 이어서 이 집을 잘 관리하길 바라. 자신이 부리는 사람들에 대한 의무가 있듯 집에 대한 의무도 있는 법이야. 이 집은 분명히 영국적인 삶의 일부고 만일 그 의무를 소홀히 하면 대단한 손실을 볼 거야……." 토니는 갑자기 말을 멈추고 침대 쪽을 쳐다보았다. 브렌다가 고개를 돌려 버린 탓에 그녀의 정수리 부분만 시트 위로 나와 있었다.

"아, 내가 뭘 어쨌다고 그래요?" 그녀가 베개에 얼굴을 묻으며 말했다.

"내가 또 너무 거창하게 나갔나?"

그녀가 옆으로 돌아눕자 코와 한쪽 눈이 드러났다. "아니에요, 여보. 거창하지는 않았어요. 당신은 그럴 줄도 모르는 사람이잖아요."

"미안하오."

브렌다가 몸을 일으켜 앉았다. "그리고 사실은 나도 그렇게 생각하지 않아요. 아무도 안 와서 나도 정말 기뻐요."

(토니와 브렌다의 생활에서 이런 식의 장난스러운 말다툼은 칠 년 동안 거의 지속적으로 있어 왔다.)

전형적인 영국 날씨였다. 계곡에는 안개가 끼어 있었고 낮은 산 위로는 희미한 햇빛이 비쳤다. 최근에 내린 비를 머금을 나뭇잎이 없었기 때문에 나무에서는 더 이상 물방울이 떨어지지 않았다. 그러나 덤불은 여전히 축축하게 젖어 있었고, 그늘진 쪽은 어두운 색으로 보이는 반면 햇빛이 닿는 쪽은 무지갯빛으로 아른거렸다. 오솔길도 질척거렸고 도랑에서는 물이 흘렀다.

벤이 장애물을 준비하는 동안 존 앤드루는 근위병처럼 진지하고 뻣뻣한 자세로 조랑말 위에 앉아 있었다. 선더클랩은 존이 여섯 번째 생일에 레지 외삼촌으로부터 받은 선물이었다. 오랜 상의 끝에 존은 그 말에게 선더클랩이라는 이름을 붙여 주었다. 원래 그 말의 이름은 크리스타벨이었는데 벤의 말마따나 그것은 말보다는 사냥개에게 더 어울리는 이름이었다. 예전에 벤이 알던 말 중 흰색 털과 붉은색 털이 섞인, 선더클랩이라는 말이 있었는데, 그 말은 기수 두 명을 죽게 만들었고 지역 크로스컨트리 경마에서 사 년 연속 우승을 했다. 벤의 설명에 따르면, 그 말은 사랑스러웠지만 사냥 중 심각한 부상을 입는 바람에 죽일 수밖에 없었다. 벤은 말에 관한 이야기를 굉장히 많이 알았다. 어느 해에는 지로(Zero)라는 말 덕분에 체스터 2시 50분 경주에서 금화 10파운드를 상금으로 탄 적도 있었다. 그리고 전쟁 중에는 페퍼민트라는 노새를 알았는데, 이 노새는 병사들에게 배급으로 나온 럼주를 마시다가 죽고 말았다. 하지만 존은 술 취한 노새의 이름을 따서 자기 조랑말 이름을 짓고 싶진 않았다. 그래서 그의 조랑말은 침착한데도 결국 선더클랩이라 불리게 되었다.

선더클랩은 꼬리와 갈기가 긴 짙은 적갈색 말이었다. 벤은 녀석의 다리 털을 깎지 않고 덥수룩하게 놔두었다. 아까부터 존이 머리를 들라고 채근하는데도 녀석은 계속 풀만 뜯어 먹었다.

선더클랩이 오기 전의 승마는 지금과 사뭇 달랐다. 존이 버니라는 작은 셰틀랜드포니를 타고 목장 안을 천천히 도는 동안 보모가 고삐를 잡고 헐떡거리며 따라다니곤 했다. 하지만 이제 그 일은 남자 몫이 되었다. 보모는 불러도 들리지 않는 거리에 있는 휴대용 접이의자에 멀찌감치 앉아서 코바늘 뜨개질을 했다. 그에 따라 자연히 벤의 지위도 올라갔다. 농장 일에 필요한 말이나 돌보는 일꾼이었던 그가 이제는 누가 봐도 종마 사육사 같은 분위기를 풍겼다. 목에는 손수건 대신 여우 머리 모양 핀을 꽂은 정식 승마용 리본을 둘렀다. 그는 영국의 다른 여러 지역에서 다양한 경험을 쌓은 사람이었다.

토니와 브렌다는 자신들은 사냥을 하지 않으면서도 존은 꼭 사냥을 좋아하길 바랐다. 그래서 벤은 마구간이 말들로 가득 차고 자신이 그 책임자가 될 날이 오리라 예상했다. 라스트 씨가 외부에서 다른 사람을 들여올 것 같지는 않았다.

벤은 쇠못을 박기 위해 구멍을 뚫어 놓은 기둥 두 개와 하얗게 칠한 가로대를 가져왔다. 그리고 그것들을 이용해서 공터 한가운데에 60센티미터 높이의 장애물을 만들어 세웠다.

"자, 편안한 마음으로 해 봐. 천천히 달려가다가 말이 공중으로 뛰어오르면 안장에 엉덩이를 붙인 채 몸을 앞으로 숙여. 그러면 새처럼 가볍게 뛰어넘을 수 있을 거야. 말 머리는 계속 똑바로 장애물을 향하게 하고."

선더클랩은 빠르게 걷다가 두 걸음을 성큼성큼 뛰고는 마음이 바뀌었는지 점프하기 직전에 다시 걷기 시작하더니 장애물 옆으로 돌아가 버렸다. 존은 고삐를 놓고 양손으로 갈기를 바짝 쥐고서 다시 균형을 잡았다. 아이는 미안한 표정으로 벤을 쳐다봤다. 벤이 말했다. "다리는 뒀다 어디에 쓰려고 그래? 자, 이걸 받아. 그리고 이따가 이걸로 말을 때려." 그는 존에게 회초리를 건네주었다.

보모는 문 옆에 앉아 여동생에게서 온 편지를 다시 읽고 있었다.

존은 선더클랩을 돌려세운 다음 다시 점프를 시도했다. 이번에는 곧바로 가로대를 향해 나아갔다.

벤이 "다리!" 하고 소리치자 존은 힘차게 말의 옆구리를 찼고 그 바람에 등자에서 발이 빠졌다. 벤은 마치 까마귀 떼를 쫓는 사람처럼 양팔을 들어 올렸다. 선더클랩이 점프를 했다. 그러자 존이 안장에서 튀어 오르더니 등부터 잔디밭에 떨어졌다.

보모가 놀라서 벌떡 일어났다. "아니, 어떻게 된 거예요, 해킷 씨? 존이 다쳤나요?"

"안 다쳤어요." 벤이 대답했다.

"전 괜찮아요. 말의 보폭이 짧았나 봐요."

"맙소사, 보폭이 짧았다고? 네가 빌어먹을 다리를 벌리고 엉덩이를 들어서 그런 거야. 다음번엔 고삐를 단단히 잡도록 해. 그런 식으로 하다간 사냥감을 놓칠 수도 있어."

세 번째 시도에서 존은 점프에 성공했다. 숨차고 불안하고 등자에서 한쪽 발이 빠진 데다 한 손으로 갈기를 움켜쥐고 있긴 했지만 안장 밖으로 떨어지진 않았다.

"그래, 기분이 어때? 제비처럼 날렵하던데. 다시 한 번 해 볼래?"

존과 선더클랩은 작은 가로대를 두 번 더 뛰어넘었다. 그때 보모가, 안으로 들어가서 우유 마실 시간이라고 알렸다. 그들은 말을 마구간으로 데려갔다. 보모가 말했다. "저런, 옷이 온통 흙투성이가 됐구나."

벤이 말했다. "너는 에인트리의 장애물 경기에서 곧 우승할 거야."

"안녕히 가세요, 해킷 씨."

"안녕히 계십시오."

"안녕히 가세요, 벤 아저씨. 근데 오늘 저녁에 아저씨가 농장 말을 돌보는 거 구경하러 가도 돼요?"

"내가 대답할 수 있는 문제가 아니구나. 그런 건 보모한테 물어봐야지. 어쨌거나 하나 얘기해 주자면, 짐마차 끄는 회색 말한테 기생충이 생겼단다. 그 녀석한테 약 먹이는 걸 보고 싶니?"

"당연하죠. 보모, 가서 구경하면 안 돼요?"

"어머니께 여쭤 보렴. 일단은 안으로 들어가자. 그만하면 오늘은 충분히 놀았잖니."

"말이랑은 아무리 오래 놀아도 지겹지 않아요. 절대로요." 집을 향해 걸어가는 도중에 아이가 보모에게 물었다. "우유, 엄마 방에서 먹어도 돼요?"

"봐서."

보모는 언제나 애매모호하게 대답했다. "글쎄, 두고 봐야지." "마님께 여쭤 봐야 해." "대답은 해 주겠다만 내 대답이 참말은 아닐 수도 있어."라는 식이었다. 단호하고 날카로운 판단력을 지닌 벤과는 정반대였다.

"뭘 본다는 거예요?"

"여러 가지."

"하나만 말해 봐요."

"네가 바보 같은 질문을 계속하지 않는 거."

"멍청한 늙은 창녀."

"존! 어떻게 그런 말을! 너, 그거 무슨 뜻으로 한 말이니?"

자신의 반격이 일으킨 반응에 재미를 느낀 존은 그녀의 손에서 벗어나 저만치 앞에서 춤을 추면서 옆문에 도착할 때까지 내내 "멍청한 늙은 창녀, 멍청한 늙은 창녀." 하고 노래를 불렀다. 현관에 들어서자 보모는 아무 말 없이 존의 승마 바지를 벗겼다. 보모의 분위기가 험악해지자 아이는 약간 긴장했다.

"곧장 방으로 올라가. 난 마님한테 네 얘기를 해야겠다."

"제발 그러지 마요. 그 말이 무슨 뜻인지는 모르지만 진심이 아니었어요."

"어서 방으로 올라가."

브렌다는 화장을 하고 있었다.

"벤 해켓이 도련님에게 승마를 가르치기 시작한 후로 계속 저런 상태예요, 마님. 도련님이 말을 안 들어요."

브렌다가 마스카라 통 안에 침을 뱉었다. "그런데 보모, 존이 정확히 뭐라고 했어?"

"어휴, 입에 담지도 못하겠어요."

"무슨 소리야, 나한테 말을 해 줘야지. 안 그러면 실제보다 더 심한 말을 상상하게 되잖아."

"제가 들은 것보다 더 심한 말은 없을걸요……. 도련님은 저한테 멍청한 늙은 창녀라고 했어요."

브렌다는 수건으로 얼굴을 덮고 살짝 눌렀다. "걔가 그런 말을 했단 말이야?"

"그것도 여러 번요. 집 앞까지 오는 내내 춤을 추면서 노래를 불렀다고요."

"알았어……. 나한테 말하길 잘했네."

"고맙습니다, 마님. 그리고 얘기가 나왔으니 말인데 제가 보기엔 벤 해켓이 승마 진도를 너무 빨리 나가는 것 같아요. 아주 위험해요. 오늘 아침에도 말에서 떨어져서 하마터면 큰일 날 뻔했다고요."

"그래, 알았어. 남편한테는 내가 얘기할게."

그녀는 토니에게 이 사실을 알렸다. 부부는 그 얘기를 하면서 한참을 웃었다. 브렌다가 말했다. "여보, 당신이 존한테 얘기하세요. 엄하게 타이르는 건 나보다 당신이 훨씬 낫잖아요."

"창녀라고 부르면 좋아할 줄 알았어요. 그리고 그건 벤 아저씨가 자주 쓰는 말이란 말이에요." 존이 항변했다.

"벤도 그런 말은 쓰면 안 되는 거야."

"저는 세상에서 벤 아저씨가 제일 좋아요. 그리고 아저씨가 세상에서 가장 똑똑하다고 생각해요."

"하지만 엄마보다 벤을 더 좋아하진 않잖니."

"엄마보다 더 좋아요. 훨씬 더요."

토니는 이쯤에서 실랑이는 그만하고 준비해 두었던 훈계를 해야겠다고 생각했다. "존, 아빠 말 잘 들어. 네가 보모한테 멍청한 늙은 창녀라고 한 건 큰 잘못이야. 첫째로, 그건 못된 짓이기 때문이야. 매일 너를 위해 보모가 해 주는 모든 일을 생각해 봐라."

"돈 받고 하는 일이잖아요."

"시끄러워. 그리고 둘째로, 네 나이나 계층의 사람들이 쓰지 않는 말을 사용했기 때문이야. 천박한 사람들은 점잖은 신사들이 사용하지 않는 표현을 쓴단다. 하지만 너는 신사야. 나중에 어른이 되면 이 집과 그 밖의 많은 것들을 물려받을 거란 말이다. 그러니까 이 집의 주인답게 말하는 법, 그리고 너보다 불행한 사람들, 특히 여자들을 사려 깊게 대하는 태도를 배워야 해. 알아듣겠니?"

"벤 아저씨는 저보다 불행한가요?"

"그건 이 일과 아무 상관이 없어. 자, 이제 2층에 올라가서 보모한테 잘못했다고 사과하고 다시는 누구한테도 그런 말을 쓰지 않겠다고 약속해라."

"알겠어요."

"그리고 오늘 버릇없이 군 벌로 내일은 말 못 탄다."

"내일은 일요일인데요."

"그래, 그럼 모레."

"하지만 방금 '내일'이라고 하셨잖아요. 이제 와서 말을 바꾸는 건 불공평해요."

"존, 말대답하지 마. 얌전하게 굴지 않으면 선더클랩을 다시 레지 외삼촌한테 돌려보내고 네가 그 말을 가질 만큼 착한 아이가 아니라고 말할 거다. 너도 그건 싫지?"

"레지 외삼촌이 그 말을 어디다 쓰시겠어요? 선더클랩은 외삼촌을 태우지도 못할걸요. 게다가 외삼촌은 거의 늘 외국에 계시잖아요."

"아마 다른 아이한테 주겠지. 어쨌거나 그건 이 일과는 상관이 없어. 이제 올라가서 보모한테 사과해라."

존이 문간에서 말했다. "월요일에 말 타도 되는 거죠? 아빠가 분명히 '내일'이라고 하셨으니까요."

"그래."

"야호! 오늘 선더클랩이 굉장히 잘했어요. 우리 둘이서 커다란 기둥에 걸린 가로대를 뛰어넘었거든요. 처음에는 녀석이 넘지 않으려고 했지만 나중에는 새처럼 가볍게 뛰어넘었어요."

"말에서 떨어지진 않았니?"

"한 번요. 하지만 선더클랩 잘못이 아니었어요. 제가 빌어먹을 다리를 벌리고 엉덩이를 들어서 그런 거예요."

"존한테 설교는 잘했어요?" 브렌다가 물었다.

"아니. 완전히 엉망이었어."

"문제는 보모가 벤을 시샘한다는 거예요."

"우리도 조만간 그렇게 될지 몰라."

두 사람은 식당 한가운데에 있는 작고 둥근 테이블에서 점심을 먹고 있었다. 식당 안 온도를 전체적으로 고르게 유지할 수 있는 방법은 없는 것 같았다. 벽난로에서 나오는 직접적인 열기 때문에 방 한쪽이 찌는 듯이 더울 때에도, 여남은 줄기에서 하나로 합쳐지는 외풍 때문에 다른 쪽은 몸의 감각이 없어질 만큼 추웠다. 브렌다는 바람막이나 휴대용 전기 라디에이터 등 온갖 방법을 시도해 봤지만 거의 효과가 없었다. 오늘도 다른 방들은 대체로 따뜻했지만 식당만은 지독하게 추웠다.

토니와 브렌다는 둘 다 건강 상태도 양호했고 체구도 보통이었지만 식사 조절을 했다. 그렇게 함으로써 자신들의 식단에 관심을 가질 수 있었고 혼자 식사하는 사람들이 빠지기 쉬운 두 가지 교양 없고 극단적인 습관, 즉 폭식을 하거나 스크램블드에그와 익지 않은 소고기 샌드위치를 불규칙하게 먹는 것을 방지할 수 있었다. 현재 규칙에 따라 그들은 단백질과 녹말 음식을 절대 한 끼에 같이 먹지 않았다. 그들은 어떤 음식에 단백질이 들어 있고 어떤 음식에 녹말이 들어 있는지 알려 주는 목록도 갖고 있었다. 평범한 요리에는 대부분 그 두 가지가 함께 들어 있는 듯했으므로 토니와 브렌다에게 메뉴를 고르는 일은 즐거운 과정이었다. 그 작업은 대개 두 사람이 어떤 음식을 '조커'로 뽑으면서 끝나곤 했다.

"이 방식으로 바꾼 뒤부터 확실히 건강이 좋아진 것 같아."

"맞아요, 여보. 이 방법이 싫증 나면 알파벳 식이요법을 해 보는 게 어떨까요? 날마다 다른 글자로 시작하는 이름의 음식을 먹는 거예요. 제이(J) 순서인 날에는 아마 배가 고플 거예요. 잼이나 젤리 장어*만 먹어야 할 테니까……. 당신은 오후에 뭐 할 계획이에요?"

"그리 대단한 일은 없어. 카터가 몇 가지 확인하러 5시에 올 거야. 점심 먹은 후에는 피그스탠턴에 갈지도 모르고. 로워터 농장에 세 들 사람이 생길 것 같은데, 한동안 비워 두었으니 얼마나 손볼지 살펴봐야 해."

"당신이 '영화' 보러 가자고 하면 '싫다'고는 안 할게요."

---

* 젤리 안에 토막 낸 장어가 들어 있는 영국 음식.

"좋아. 로워터는 월요일에 가 봐도 되니까."

"그럼 영화 보고 나서 울워스 백화점에 가요, 네?"

브렌다의 사근사근한 태도나 토니의 분별력을 생각해 보면 친구들이 그들을 가리켜, 결혼 생활을 잘하려면 어떻게 해야 하는가라는 문제를 성공적으로 풀어낸 한 쌍이라고 부르는 것도 놀랄 일은 아니었다.

단백질이 들어가지 않은 푸딩은 별로 맛이 없었다.

오 분 후에 전보가 하나 도착했다. 토니가 그것을 뜯어 보더니 "제기랄!"이라고 말했다.

"안 좋은 소식이에요?"

"끔찍한 일이 생겼군. 이것 좀 봐."

브렌다가 전보를 읽었다. 3시 18분 도착. 방문을 기대하며. 비버. 그녀가 물었다. "비버가 누구예요?"

"젊은 친구 하나 있어."

"괜찮을 것 같은데요."

"아, 아니야, 그렇지 않아. 직접 만나 보면 알 거야."

"그가 여길 왜 오는데요? 당신이 초대했어요?"

"그냥 애매하게 말했던 것 같은데. 언젠가 저녁때 브랫 클럽에 갔는데 손님이라곤 그 친구밖에 없기에 같이 술을 좀 마셨거든. 그가 우리 집을 구경하고 싶다느니 어쩌느니 해서……."

"당신 취했던 모양이군요."

"별로 그렇지도 않았어. 하지만 그가 정말로 올 줄은 몰랐는걸."

"그것 참 고소하네요. 그게 다 당신이 일 때문에 런던에 간다고 나만 여기 혼자 남겨 둔 벌이에요……. 그런데 어떤 사람이에요?"

"그냥 평범한 젊은이야. 그 가겟집 아들 있잖아."

"그 어머니는 예전에 알았더랬죠. 끔찍한 여자였어요. 그러고 보니 그녀한테 돈 줄 것이 남아 있네요."

"얼른 전화해서 우리가 아프다고 해야겠어."

"이미 늦었어요. 벌써 기차를 탔을 거예요. 지금쯤 그레이트 웨스턴 열차에서 녹말과 단백질이 마구 섞인 3파운드 6펜스짜리 점심을 먹고 있을걸요……. 어쨌든 그 사람은 갤러해드에서 재우면 돼요. 그 방에서 잔 사람은 다시는 안 오잖아요. 침대가 굉장히 불편한가 봐요."

"어떡하지? 다른 손님을 부르기에도 너무 늦었는데."

"당신은 피그스탠턴에 가세요. 내가 맞을게요. 혼자인 게 더 편해요. 저녁에는 셋이서 영화나 보러 가고 내일은 저택을 구경시켜 주죠, 뭐. 운이 좋으면 내일 저녁 기차로 돌아갈지도 모르잖아요. 그 사람, 월요일 아침에 출근해요?"

"모르겠어."

3시 18분은 도착하기에 적당한 시간이 결코 아니었다. 그 시간에 기차에서 내리면 저택에는 3시 45분쯤에 도착하는데, 그러면 비버처럼 낯선 손님은 티타임이 될 때까지 어색한 시간을 보내야 하기 때문이다. 하지만 토니가 집에 없었던 덕에 브렌다도 자신의 행동을 지나치게 의식하지 않고 꽤 우아하게 일을 처러 낼 수 있었다. 그리고 비버는 어디에서건 거의 환대를 받지 못했으므로 자신을 맞이하는 분위기가 약간 어색하다고 해서 예민하게 받아들일 사람도 아니었다.

그녀는 여전히 흡연실이라고 불리는 방에서 그를 맞이했다. 이 방은 어떻게 보면 저택 전체에서 우울한 분위기가 가장 덜한 방이었다. 그녀는 이런저런 얘기를 늘어놓았다. "이렇게 와 주셔서 감사해요. 다른 손님이 없다는 말씀을 먼저 드려야겠네요. 굉장히 무료하실 텐데 어쩌나요……. 토니는 볼일이 있어서 외출했지만 금방 돌아올 거예요……. 기차가 복잡하던가요? 토요일엔 붐빌 때가 많거든요……. 잠시 바깥바람을 쐬는 게 어떨까요? 곧 어두워질 테니 아직 밝을 때 햇볕을 쐬는 게 좋을 것 같아요……." 만약 토니가 집에 있었다면 훨씬 더 힘들었을 것이다. 그녀가 토니의 눈길을 지나치게 의식한 나머지, 여주인다운 태도를 보이지 못했을 테니까. 비버가 능숙하게 대화를 이끈 덕에 그들은 함께 유리문을 통해 테라스로 나가서 계단을 내려간 뒤에 네덜란드식 정원을 거닐고 다시 돌아와 오렌지 온실 주변을 한 바퀴 돌 때까지 단 한순간도 어색함을 느끼지 못했다. 브렌다는 어느새 비버에게 그의 어머니가 자기와 오랜 친구라는 얘기까지 하고 있었다.

토니는 티타임에 늦지 않게 돌아왔다. 그는 손님맞이를 하지 못해서 미안하다고 사과하고는 곧바로 자신의 사무실에 있는 대리인을 만나기 위해 나가 버렸다.

브렌다가 런던과 그곳에서 열리는 파티들에 대해 물었다. 비버는 굉장히 많은 것을 알았다.

"폴리 콕퍼스가 조만간 파티를 열 예정입니다."

"저도 알아요."

"참석하실 건가요?"

"그럴 것 같진 않아요. 우리 부부는 근래에 외출을 전혀 안 하거든요."

지난 육 주 동안 유행했던 농담들도 브렌다에게는 하나같이 처음 듣는 것들뿐이었다. 여러 사람 입에 오르내리면서 그 이야기들은 더 세련되게 다듬어졌고 비버는 그것들을 꽤 입담 좋게 풀어 놓았다. 그는 그녀 친구들의 관계 변화에 대해서도 들려주었다.

"메리와 사이먼은 어떻게 됐어요?"

"아, 모르셨어요? 헤어졌어요."

"언제요?"

"올여름 오스트리아에서 사이가 틀어지기 시작했지요……."

"그럼 빌리 앵머링은요?"

"실라 슈러브라는 여자와 한창 교제 중이에요."

"헬름허버드 부부는요?"

"별로 순탄하지 못해요……. 데이지는 새 식당을 열었는데 잘되고요……. 워런이라는 클럽이 새로 생겼답니다……."

"아, 다들 재미나게 지내는 것 같네요." 한참 후에 브렌다가 이렇게 말했다.

차를 마신 후 존 앤드루를 불러들이자 대화가 곧바로 중단되었다. "안녕하세요? 손님이 오시는 줄 몰랐어요. 아빠가 이번 주말만큼은 조용하게 보낼 수 있겠다고 하셨는데. 아저씨는 사냥하세요?"

"안 한 지 오래됐단다."

"벤 아저씨가 그러는데, 여유가 있는 사람은 누구든 사냥을 하는 게 나라를 위하는 길이래요."

"나는 그럴 여유가 없나 보구나."

"가난하세요?"

"비버 씨, 애가 하는 말 다 받아 주지 마세요."

"그래, 아주 가난하단다."

"사람들을 창녀라고 부를 만큼요?"

"그래, 충분히 가난하지."

"아저씨는 어쩌다 가난해진 거예요?"

"원래부터 그랬어."

"아." 존은 이 얘기에 흥미를 잃었다. "농장의 회색 말에 기생충이 생겼대요."

"어떻게 알았니?"

"벤 아저씨가 말해 줬어요. 똥만 보면 금방 알 수 있다는 얘기도요."

그러자 브렌다가 말했다. "맙소사, 네가 그런 말하는 걸 들으면 보모가 뭐라고 하겠니?"

"아저씬 몇 살이에요?"

"스물다섯. 너는?"

"무슨 일 하세요?"

"별로 하는 일은 없단다."

"제가 아저씨라면 일해서 돈을 벌겠어요. 그러면 아저씨도 사냥을 할 수 있을 거예요."

"하지만 그러면 사람들을 창녀라고 부를 수 없게 되잖니."

"그런 건 하나도 중요하지 않아요."

(나중에 자기 방에서 저녁을 먹으면서 존은 이렇게 말했다.

"비버 씨는 정말 멍청한 것 같지 않아요?"

"난 잘 모르겠구나." 보모가 대답했다.

"우리 집에 왔던 사람들 중에서 제일 멍청한 것 같아요."

"사람들을 서로 비교하면 못써."

"그 아저씨한테는 괜찮은 점이 하나도 없어요. 멍청한 얼굴에 멍청한 목소리, 멍청한 눈에 멍청한 코." 존은 성찬식을 집전하는 목사처럼 단조로운 가락으로 읊조리기 시작했다. "멍청한 발이랑 멍청한 발가락, 멍청한 머리랑 멍청한 옷⋯⋯."

"어서 저녁이나 마저 먹어." 보모가 말했다.)

그날 저녁을 먹기 전에 브렌다가 화장대 앞에 앉아 있는데 토니가 그녀 뒤로 다가오더니 그녀의 어깨 너머로 거울 속을 쳐다보며 얼굴을 찡그려 보였다.

"비버 때문에 조금 미안한걸⋯⋯. 당신만 남겨 놓고 그렇게 나갔다 와서 말이야. 당신은 물론 그에게 잘해 줬겠지."

"오, 그런대로 괜찮았어요. 그 사람, 좀 딱하더라고요."

복도 저편에서 비버는 경험 많은 손님답게 자신이 묵을 방을 자세히 살펴보고 있었다. 독서 등도 없었고 잉크병도 바싹 말라 있었다. 벽난로에 불을 피웠던 듯했지만 이미 꺼져 있었다. 욕실은 한참 멀리, 탑의 계단을 한참 올라간 곳에 있었다. 침대 모양이나 누웠을 때 느낌도 마음에 들지 않았다. 가운데 부분의 스프링이 망가져서 그가 한번 시험해 보려고 눕자 기분 나쁘게 삐걱거렸다. 돌아가는 3등칸 기차표는 18실링이었다. 거기다 팁도 주어야 할 것이었다.

미안한 마음을 느낀 토니는 저녁 식사 때 샴페인을 준비했다. 토니와 브렌다는 사실 샴페인을 좋아하지 않았다. 우연히도 비버 역시 그랬지만 샴페인이 나왔다는 사실은 기뻤다. 길쭉한 피처에 미리 디캔팅*해 둔 샴페인이 환대의 표시로, 작은 식탁에 앉은 세 사람에게 돌려졌다. 식사 후 그들은 다 함께 차를 타고 피그스탠턴에 있는 픽처드롬 극장에 갔다. 그곳에서는 비버가 몇 달 전에 본 영화가 상영 중이었다. 집에 돌아와 보니 여러 가지 술과 술잔 들이 담긴 쟁반과 샌드위치가 흡연실에 준비되어 있었다. 세 사람은 영화에 대한 이야기를 나눴지만 비버는 자신이 전에 본 영화라는 말을 하지 않았다. 토니가 비버를 갤러해드 문 앞까지 데려다 주었다.

　"편안하게 주무시길 바랍니다."

　"그야 여부가 있겠습니까."

　"아침에 깨워 드리라고 할까요?"

　"제가 종을 울리면 안 될까요?"

　"물론 안 될 것 없지요. 더 필요하신 건 없나요?"

　"네, 없습니다. 감사합니다. 안녕히 주무십시오."

　"안녕히 주무세요."

　그러나 토니는 돌아와서 아내에게 이렇게 말했다. "난 비버가 정말 맘에 안 들어."

　"오, 여보, 비버 씨는 괜찮은 사람이에요." 브렌다가 대꾸했다.

　하지만 비버는 전혀 괜찮지 않았다. 그는 잠들 수 있는 자세를 찾기 위해 침대 위에서 이쪽저쪽으로 몸을 뒤척이면서, 이

---

* 포도주를 마시기 전에 유리병으로 옮기는 것. 포도주 속 불순물을 제거하고 포도주의 맛과 향을 더욱 풍부하게 해 준다.

저택에 다시는 찾아올 생각이 없으니 집사에게는 아무것도 주지 말고 자신의 시중을 든 하인에게만 5실링을 줘야겠다고 생각했다. 이윽고 그는 울퉁불퉁한 매트리스에 간신히 적응해 잠이 들었지만 아침까지 여러 번 깨며 잠을 설쳤다. 게다가 다음 날 역시 일요일 자 신문들이 이미 전부 여주인의 방으로 갔다는 소식과 함께 유쾌하지 못한 아침을 맞아야 했다.

⚜

토니는 일요일이면 항상 칼라가 빳빳하고 하얀, 짙은 색 양복을 입었다. 그가 교회에 가면 앉는, 넓은 소나무 가족석은 헤턴 저택을 개축할 때 그의 증조부가 만든 것으로, 두꺼운 진홍색 무릎 받침과 쇠 화상(火床)을 갖춘 난로가 딸려 있었다. 그의 아버지는 설교 도중 마음에 들지 않는 내용이 나오면 부지깽이로 괜히 난롯불을 쑤시며 덜그럭거리는 소리를 내곤 했다. 아버지가 세상을 떠난 후로는 거기에 불을 피운 적이 없었다. 토니는 내년 겨울부터 난로를 다시 사용할 생각이었다. 크리스마스와 추수 감사 예배 때면 그는 독수리 장식이 달린 놋쇠 성서대 앞에 서서 성경을 봉독하곤 했다.

예배가 끝나면 그는 잠시 교회 현관 앞에 서서 목사의 누이나 마을 사람들과 붙임성 있는 태도로 담소를 나눴다. 그리고 들판을 가로지르는 길을 통해 집으로 돌아와 담을 둘러친 정원의 옆문으로 들어갔다. 그다음에는 온실을 둘러보면서 재킷 칼라에 꽂을 꽃을 고른 뒤에 정원사들의 오두막집에 들러 잠시 이야기를 나누고는 (일요 만찬을 준비하는 냄새가 문간까지 풍겨 나오곤 했다.) 다소 진지한 태도로 서재에 앉아 셰리 한 잔을 마셨다. 그것이 단순하지만 조금은 형식적인, 그의 일요일 아침 일과였다. 그것은 부모의 엄격한 생활 습관에서 비교적 자연스럽게 영향을 받은 결과였고 그는 대단히 만족스러운 마음으로 그러한 일과를 지켰다. 고지식하고 독실한 구시대 기독교도처럼 행동하는 그의 모습을 볼 때마다 브렌다가 짓궂게 놀리곤 했지만 토니는 그것이 장난임을 잘 알았다. 그럼에도 그가 주말 일과에서 얻는 즐거움이나 방문객 때문에 일과를 방해받았을 때 느끼는 짜증은 전혀 줄어들지 않았다.

10시 45분에 사무실에서 중앙 홀로 나오다가, 옷을 다 갖춰 입고 손님 대접 받을 준비를 마친 비버를 만났을 때 그래서 그는 심장이 내려앉는 듯했다. 하지만 그것은 일시적인 염려에 불과했다. 아침 인사를 나누면서 보니 비버가 손에 기차 시간표를 들고 있는 것이, 돌아갈 때 탈 기차를 찾고 있음이 틀림없었기 때문이다.

"잘 주무셨습니까?"

"그럼요, 아주 잘 잤습니다." 하지만 대답과 달리 비버의 얼굴은 몹시 피곤해 보였다.

"다행이군요. 저는 이 집에서 늘 잠을 푹 잔답니다. 그런데 철도 안내서를 들고 계신 모습이 반갑지 않군요. 설마 벌써 떠날 생각을 하고 계신 건 아니겠지요?"

"아쉽지만 오늘 저녁엔 돌아가야 합니다."

"오, 저런. 별로 같이 있어 드리지도 못했는데. 일요일엔 기차 편이 별로 좋지 않아요. 5시 45분 차가 제일 나은데 9시경에 런던에 도착하지요. 중간에 정차도 많이 하고 식당차도 없답니다."

"그걸 타야겠군요."

"정말 내일까지 머무실 순 없는 겁니까?"

"예. 안 됩니다."

정원 저편에서 교회 종소리가 들려왔다.

"자, 전 교회에 가 봐야겠습니다. 비버 씨는 안 가실 거지요?"

비버는 남의 집에 머물 때면 항상 사람들의 기대에 맞춰 처신하려고 노력했다. 이번처럼 별로 마음에 들지 않는 방문인 경우에도 말이다. "아, 아닙니다. 함께 갈 수 있다면 정말 좋겠는데요."

"아니요, 제가 당신이라면 안 갈 겁니다. 재미없으실 거예요. 저야 어느 정도 의무감 때문에 가는 거지만요. 비버 씨는 여기 계세요. 브렌다가 곧 내려올 겁니다. 마실 게 필요하시면 종을 울리세요."

"그러지요."

"그럼 나중에 뵙겠습니다." 토니는 현관 옆에 있는 모자와 지팡이를 들고 밖으로 나갔다. '저 친구한테 또 야박하게 대했군.' 그는 생각했다.

교회 종소리가 맑고 요란하게 울렸다. 토니는 교회로 가는 발걸음을 재촉했다. 잠시 후 종소리가 멎고 그 대신 단일한 음률이 들려오기 시작했다. 오르간 연주자가 첫 번째 찬송가 연주를 시작할 때까지 오 분밖에 안 남았음을 마을 사람들에게 알리는 것이었다.

그는 먼저 교회를 향해 가고 있던 존과 보모를 따라잡았다.

존은 평소와 다르게 뭔가 비밀 이야기를 털어놓고 싶었다. 아이는 장갑 낀 한 손을 토니의 손안에 쓱 밀어 넣더니 서론도 없이 다짜고짜 이야기를 시작해 교회 문 앞에 도착할 때까지 내내 종알거렸다. 그것은 1917년 이프르* 근처에서 병사들에게 배급된 럼주를 마시고 취한 노새 페퍼민트 이야기였다. 존은 아버지와 보조를 맞추려고 종종걸음 치느라 숨을 헐떡이며 이야기했다. 존의 이야기가 끝나자 토니가 말했다. "그것 참 슬픈 이야기구나."

"저도 슬픈 이야기라고 생각했지만 사실은 그렇지 않아요. 벤 아저씨는 하도 심하게 웃어서 바지가 터졌대요."

종소리는 이미 멎었고 오르간 연주자는 커튼 뒤에서 토니가 도착하는 모습을 지켜보고 있었다. 토니는 측랑을 따라 걸어갔고 존과 보모가 그 뒤를 따랐다. 가족석에 도착하자 그는 안락의자에 앉았다. 존과 보모는 그 뒤에 있는 긴 의자에 앉았다. 토니가 허리를 숙이고 삼십 초 동안 기도를 한 뒤 다시 허리를 펴고 앉자 오르간 연주자가 찬송가의 첫 소절을 연주하기 시작했다.

"주의 종에게 심판을 행하지 마소서……." 예배는 순서대로 진행되었다. 약간 퀴퀴하지만 기분 좋은 공기를 들이마시면서 앉거나 서거나 고개를 숙이는 익숙한 동작들을 하는 동안, 토니의 생각은 지난주에 있었던 일들과 앞으로의 계획들 사이를 떠돌고 있었다. 때로 그의 관심을 끄는 기도문 구절이 나올 때면 자신이 지금 어디 있는지 깨닫기도 했지만 대부분의 시간

---

* 벨기에의 도시. 1차 세계대전 때 참혹한 전투가 여러 차례 벌어졌던 곳.

동안 그의 머릿속은 욕실과 화장실 문제, 그 개수는 늘리되 저택의 특성은 훼손하지 않는 방법에 대한 생각으로 가득했다.

마을 우체국장이 헌금 주머니를 돌렸다. 토니는 반 크라운을, 존과 보모는 1페니짜리 동전 몇 개를 넣었다.

목사는 약간 힘들어하며 설교대에 올라갔다. 나이가 지긋한 이 목사는 거의 평생 동안 인도에서 목회 활동을 한 사람이었다. 토니의 아버지가 치과 의사의 부탁으로 지금의 자리를 마련해 주었다. 그는 목소리가 기품 있고 낭랑했으며 그 근방에서 가장 훌륭한 설교자로 여겨졌다.

목사의 설교문들은 자신이 지금보다 활발하게 활동하던 시기에 군부대 예배당에서 설교할 목적으로 작성했던 것이다. 시대가 바뀌었는데도 그는 설교 내용을 하나도 수정하지 않고 그대로 썼으며 마지막에는 거의 항상, 멀리 있는 그리운 이들과 고향을 언급하며 마무리했다. 마을 사람들은 그것을 그리 이상하게 생각하지 않았다. 교회에서 이야기하는 내용 가운데 그들과 관계 있는 것은 거의 없는 것 같았다. 그러나 사람들은 목사의 설교를 매우 좋아했고 그가 머나먼 고향에 대해 이야기하기 시작하면 이제 무릎의 먼지를 털고 우산을 챙겨 들 시간임을 알았다.

"……그리하여 우리는 한 주일의 엄숙한 이 시간에 모자를 벗고 여기 서 있습니다." 마지막을 향해 갈수록 목사의 목소리는 더욱 높아졌다. "우리의 자비로우신 여왕 폐하를 기억합시다. 우리는 그분을 위해 이곳에 있는 것입니다. 또한 여왕께서 오래도록 건재하시어 우리가 그분의 뜻에 따라 이 세상의 가장 먼 곳에서 우리의 의무를 다할 수 있길 기도합시다. 그리고 우리가 그분의 이름으로 떠나온 사랑하는 이들과 고향을 기억합시다. 메마른 대륙과 넓은 대양이 우리를 갈라놓고 있지만 주일 아침만큼은 그 어느 때보다도 우리가 그들괴 가까이 있음을, 조국에 대한 충성심과 여왕 폐하의 안녕에 대한 감사 기도 속에서 모래언덕과 산을 넘어 하나 됨을 기억합시다. 폐하의 홀(笏)과 왕관 아래 자랑스러운 백성들로서 하나 됨을 말입니다."

(언젠가 정원사의 아내는 토니에게 "텐드릴 목사님은 유난히 여왕 폐하를 높이시는 것 같아요."라고 말한 적이 있었다.*)

마지막 찬송가를 부르면서 성가대가 줄지어 퇴장하면 신도들은 고개를 숙이고 잠시 조용히 앉아 있다가 일어나서 문으로 향했다. 그들은 밖으로 나와서 묘지에 다다르기 전까지는 서로 알은척하지 않았다. 그곳에 도착하고 나서야 인사를 나누거나 진심으로 안부를 물으며 시끌벅적하게 대화를 나눴다.

토니는 수의사의 아내와 가게 주인 파트리지 씨와 대화를 나눴다. 잠시 후 목사가 그에게 말을 걸어왔다.

"브렌다 부인이 어디 아픈 건 아니지?"

"아니요, 심각한 건 아닙니다." 그것은 토니가 혼자 교회에 올 때마다 항상 오가는 대화였다. "아주 흥미로운 설교였습니다, 목사님. "

"그렇게 말해 주니 기쁘군. 내가 가장 좋아하는 설교 중 하나라네. 전에 들어 본 적이 없던가?"

---

* 목사는 빅토리아 여왕(1837~1901 재위)을 가리킨 것이지만 정원사의 아내는 현재 왕위에 있는 여왕이라고 생각했다. 사실 이때는 조지 5세(1917~1936 재위)의 재위 기간이었다.

"예, 없습니다."

"하긴 이 마을에서 이 설교를 한 지는 좀 오래되었군그래. 다른 곳에서 요청받았을 때는 언제나 이걸 택한다네. 가만있어 보게. 나는 이 설교문을 사용한 횟수를 늘 적어 놓거든." 나이 든 목사는 들고 있던 원고철을 펼쳤다. 그것은 부드러운 검정 표지로 싸여 있었고 속지는 오래돼서 누렇게 변해 있었다. "아, 여기 있군. 콜드스트림 수비대가 아프가니스탄의 젤랄라바드에 있을 때* 거기서 처음으로 했다네. 그 후엔 네 번째 휴가에서 돌아오는 길에 홍해 근처에서 했고, 그다음엔 시드머스…… 망통…… 윈체스터에서…… 1921년에는 걸스카우트 여름 캠프하고…… 레스터의 기독교 연극인 협회에서…… 에이다가 많이 아팠던 1926년 겨울에는 본머스에서 두 번…… 그래, 여기서는 1911년 이후로 이 설교를 한 적이 없는데 그때는 설사 자네가 들었더라도 너무 어려서 이해하기가 어려웠겠구면……."

목사의 누이는 존과 이야기를 나누고 있었다. 존은 그녀에게 페퍼민트 이야기를 들려주고 있었다. "……벤 아저씨가 그러는데 페퍼민트가 럼주를 토해 냈더라면 괜찮았을 거래요. 하지만 노새는 토할 줄을 모른대요. 말도 마찬가지고요……."

그러자 보모가 존의 손을 단단히 움켜잡더니 집 쪽으로 발걸음을 서두르기 시작했다. "벤 해켓이 하는 얘기는 다른 데서 하지 말라고 내가 몇 번이나 말하디? 텐드릴 양은 페퍼민트 얘기 따위는 듣고 싶지 않았어. 그리고 '토한다' 같은 상스러운

---

* 1차 영국-아프간 전쟁 중의 젤랄라바드 포위 사건(1842)을 가리킨다. 이때 영국군은 악바르 칸의 군대에게 대승하였다.

말은 다신 입에 담지 마."

"그건 그냥 속이 메스껍다는 뜻이에요."

"글쎄, 텐드릴 양은 메스꺼운 것에는 관심 없다니까……."

매장되길 기다리는 관 위에 쳐 둔 차양과 교회 현관 사이에 모여 있던 신도들이 하나둘 흩어지기 시작하자 토니는 정원 쪽을 향해 걷기 시작했다. 온실에는 단춧구멍에 꽂을 만한 꽃이 많았다. 그는 자신과 비버를 위해서는 가장자리가 붉고 주름진 레몬색 카네이션을, 아내를 위해서는 동백꽃을 골랐다.

붉은색과 담청색 문장으로 장식된, 초록색과 황금색 첨두창과 내민창을 통해 11월의 햇살이 흘러들어 왔다. 햇살은 문장의 테두리를 이루는 납에 부딪혀 수많은 형형색색 점과 파편으로 부서졌다. 브렌다는 그늘과 무지갯빛을 번갈아 통과하며 커다란 층계를 한 칸 한 칸 내려왔다. 그녀는 가방, 작은 모자, 텐트 스티치*로 반쯤 완성한 자수를 끼운 틀, 정리되지 않은 일요일 자 신문 더미를 가슴 높이에 들고 있었기 때문에 마치 야슈마크**를 쓴 것처럼 눈과 이마만 보였다. 비버가 아래층의 그늘 속에서 나타나더니 층계 발치에 서서 그녀를 올려다보았다.

"제가 뭘 좀 들어 드릴까요?"

"고맙지만 괜찮아요. 혼자 할 수 있어요. 간밤엔 잘 주무셨나요?"

---

* 대각선으로 수놓는 자수 방법.
** 이슬람 문화권에서 여성들이 얼굴 아래쪽을 가릴 때 쓰는 베일. 몸 전체에 쓰는 베일은 지역에 따라 차도르, 부르카 혹은 이자르라고 한다.

"아주 잘 잤습니다."

"아니었을 텐데요."

"원래 잠을 깊게 자는 편이 아니라서요."

"다음번에 오시면 다른 방을 쓰시게 될 거예요. 하지만 아마 안 오시겠죠. 대부분 그렇거든요. 참 슬픈 일이에요. 저희는 손님맞이를 아주 즐거워하는데 여기 살면서는 새로운 친구들을 하나도 사귀지 못했거든요."

"토니 씨는 교회에 갔습니다."

"알아요, 그이는 교회 가는 걸 좋아해요. 금방 돌아올 거예요. 잠깐 바깥바람이나 쐴까요? 날씨가 좋은 것 같은데."

토니가 돌아왔을 때 두 사람은 서재에 앉아 있었다. 비버가 브렌다에게 카드 점을 쳐 주는 중이었다. "……이제 한 장 더 뽑아 보세요. 그럼 더 또렷하게 보이는지 제가 볼게요……. 아, 그래요……. 누군가의 갑작스러운 죽음으로 부인은 커다란 기쁨과 이익을 얻을 겁니다. 실은 당신이 누군가를 죽이게 돼요. 그게 남자인지 여자인지는 모르겠어요……. 아, 여자군요……. 그러고 나서 당신은 바다를 건너 머나먼 여행을 떠나고 유색인 여섯 명과 결혼해서 아이들 열한 명을 낳고 수염을 기르다가 죽을 겁니다."

"짓궂은 분이군요. 전 내내 진담인 줄 알았잖아요. 여보, 교회에선 재밌었어요?"

"아주 즐거웠지. 셰리 좀 마실까?"

점심 식사 전에 단둘이 있게 되었을 때 토니는 브렌다에게 이렇게 말했다. "여보, 당신 정말 비버에게 훌륭히 처신하고 있어."

"아, 꽤 재밌어요. 사실은 내가 그에게 조금 교태를 부리고 있거든요."

"그런 것 같더군. 음, 오늘 오후엔 내가 그를 맡을게. 오늘 저녁에 떠난다더군."

"그래요? 참 아쉽네요. 당신이랑 내가 다른 점은요, 끔찍한 사람을 만나면 당신은 도망가서 숨어 버리지만 나는 즐긴다는 거예요. 나는 그 사람의 환심을 사고, 내가 얼마나 잘할 수 있는지 스스로 자랑스럽게 생각하죠. 게다가 비버는 그렇게 형편없지도 않아요. 어떤 면에서는 우리랑 비슷하다고요."

"나랑은 비슷하지 않아."

점심을 먹은 후에 토니가 말했다. "자, 관심 있으시다면 저희 집을 좀 구경시켜 드릴까 하는데요. 이런 건축 양식을 좋아하는 것이 요즘 유행과 맞지 않는다는 건 저도 압니다만 — 프랜시스 숙모님은 전형적인 펙스니프 식이라고 말씀하시지요. — 적어도 이 양식의 건축물 중에서는 잘 지어진 집이라고 생각합니다."

집을 둘러보는 데는 두 시간이 걸렸다. 비버에게는 남의 집을 구경하는 숙련된 기술이 있었다. 사실 그 기술은 그가 어머니를 따라다니기 시작한 이래로 쭉 익혀 왔던 것이다. 그의 어머니는 원래 남의 집을 구경하는 취미를 갖고 있었는데 나중에 집안 형편이 나빠지면서 아예 그것을 직업으로 삼았던 것이다. 비버가 저택을 구경하면서 안목 있는 의견을 적절하게 내놓은 덕에 자신의 보물들을 남에게 보여 줄 때마다 느끼던 토니의 즐거움이 배로 커졌다.

그들은 저택 구석구석을 돌아보았다. 학교 강당처럼 덧문이 달린 응접실, 수도원 분위기가 나는 복도, 어두운 안뜰, 토니가 저택을 물려받기 전까지 모든 식솔이 모여서 매일 가족 기도를 하던 예배실, 식기실과 관리실, 침실과 다락방, 흙벽 사이에 숨어 있는 물탱크 등. 그들은 나선계단을 타고 시계탑으로 올라가 시계가 3시 30분을 치는 것을 보았다. 그리고 귀가 먹먹한 채로 다시 수집품들이 있는 곳으로 내려왔다. 법랑 세공품, 상아로 만든 물건, 도장, 코담배 갑, 도자기, 도금된 동제품, 칠보 세공품 등이 있었다. 그들은 참나무로 지은 미술품 진열실의 그림 하나하나 앞에서 걸음을 멈추고 그 의미에 대해 대화를 나눴다. 또 서재에서 멋진 2절판 책들을 꺼내서 개축 전의 저택 사진, 손으로 쓴 옛 회계장부, 토니의 선조들이 쓴 여행기 등을 함께 구경했다. 이따금 비버가 "아무개 씨가 이러이러한 곳에 비슷한 것을 갖고 있습니다."라고 말하면 토니가 "예, 저도 본 적 있습니다만 제 것이 더 오래되었지요."라고 응수했다. 그들은 저택을 다 돌아본 뒤에 흡연실로 돌아왔고 토니는 브렌다에게 비버를 맡기고 방을 나갔다.

　　브렌다는 안락의자에 구부정하게 앉아서 수를 놓고 있었다. 그녀는 자수틀에서 고개를 들지 않은 채 비버에게 물었다. "어떠셨어요?"

　　"훌륭하더군요."

　　"저한테는 꼭 그렇게 말씀하실 필요 없어요."

　　"근사한 물건들이 많던데요."

　　"맞아요, 물건들은 괜찮지요."

　　"이 집을 좋아하시지 않나요?"

"저 말인가요? 끔찍이 싫어한답니다……. 진심으로 이렇게 말하는 것은 아니지만 가끔씩은 모든 게, 이 집을 이루는 조각들 하나하나가 그렇게 흉물스럽지 않았으면 좋겠다는 생각이 들어요. 토니한테는 이런 말 죽어도 못하지만요. 물론 여기가 아닌 다른 곳에서 사는 것은 생각도 못할 일이에요. 토니는 이 집에 미쳤거든요……. 이상할 정도로요. 레지 오빠가 우리 집을 팔았을 때 우리는 아무도 반대하지 않았어요. 그 유명한 존 밴브루 경이 지은 집이었는데도 말이에요……. 우리에게 이 집을 유지할 만한 여유가 있다는 건 행운이라고 생각해요. 여기서 사는 데 비용이 얼마나 드는지 아세요? 그것만 아니라면 우리는 아주 풍족하게 살 수 있을 거예요. 집 안에서 일하는 하인들만 해도 열다섯에, 거기다 정원사, 목수, 야간 경비원, 농장 일꾼, 시계태엽을 감거나 회계장부를 조작하거나 해자를 청소할 때 쓰는 임시 고용인 들까지 있답니다. 그러니 토니와 저는 하룻밤 지내러 런던에 갈 때에도 차를 몰고 가는 게 쌀지, 아니면 할인 기차표를 사는 게 쌀지 법석을 떨어야 해요……. 제 친정집처럼 이 집이 아름답기만 했어도 이렇게 싫진 않았을 거예요……. 물론 토니야 이곳에서 자랐으니 시각이 저랑은 완전히 다르죠……."

❖

티타임이 되자 토니가 그들에게 합류했다. "손님에게 야박한 사람처럼 보이고 싶지는 않습니다만, 제시간에 기차를 타려면 떠날 준비를 하셔야겠는데요."

"괜찮아요, 여보. 내일까지 계시라고 말씀드렸어요."

"정말로 폐가 안 될지……."

"잘하셨습니다. 저야 당연히 기쁘지요. 사실 이 시간에, 특히나 그 기차를 타고 가기란 정말 고약한 노릇이지요."

존이 들어오더니 이렇게 말했다. "비버 씨가 떠나시는 줄 알았는데요."

"내일 가실 거야."

"아."

저녁 식사 후 토니는 앉아서 신문을 읽었다. 브렌다와 비버는 소파에 앉아 이런저런 게임을 했다. 그들은 십자말풀이도 했다. 또 비버가 "생각했어요."라고 말하면 브렌다가 질문을 해서 알아맞히는 게임도 했다. 그는 페퍼민트가 마신 럼주를 생각하고 있었다. 존이 차 마시면서 얘기해 준 것이었다. 브렌다는 정답을 금방 맞혔다. 그러고 나서 그들은 친구들에 관해, 나중에는 서로에 대해 '유추 게임'*을 했다.

비버가 아침 9시 10분 기차를 타야 했기 때문에 그들은 그날 밤 작별 인사를 나눴다.

"런던에 오시면 꼭 연락 주십시오."

"어쩌면 이번 주에 갈지도 몰라요."

다음 날 아침 비버는 집사와 하인 모두에게 10실링씩 팁을 주었다. 브렌다가 잘 대접한 편이지만 그래도 약간 미안해하던 토니는 아침 식사 때 아래층에 내려와서 손님을 배웅했다. 그

---

* 게임의 대상이 되는 사람을 연상시키는 보석, 꽃, 동물, 음식, 향기 등을 적어 내려가는 게임.

러고는 귀네비어 방으로 올라갔다.

"자, 그 친구도 이걸로 끝이군. 여보, 아주 잘했어. 그는 틀림없이 당신이 자기한테 반했다고 생각하면서 돌아갔을 거야."

"아, 그렇게 형편없는 사람은 아니었어요."

"그래. 집 구경을 할 때 굉장히 지적인 관심을 보이더라고."

비버가 집에 도착했을 때 비버 부인은 요구르트를 먹고 있었다. "너 말고 또 누가 왔던?"

"아무도 안 왔어요."

"그래? 저런, 안됐구나."

"제가 올 줄 몰랐나 보더라고요. 처음에는 불편했지만 있다 보니 점점 괜찮아졌어요. 엄마가 말씀하신 대로였어요. 라스트 부인은 굉장히 매력적이에요. 그 남편은 별로 말이 없고요."

"가끔씩 라스트 부인을 볼 수 있으면 좋으련만."

"런던에 아파트 얻는 얘기를 하던데요."

"그래?" 마구간이나 차고를 개조하는 일은 비버 부인의 사업에서 중요한 부분이었다. "어떤 것을 원하던?"

"아주 단출한 거요. 방 두 개에 욕실 하나짜리 말이에요. 하지만 확실한 건 아니었어요. 아직 토니한테 아무 말 안 했다더라고요."

"내가 적당한 걸 구해 줄 수 있을 거야."

2

브렌다는 쇼핑을 하거나 머리를 자르거나 (그녀가 특히 좋아하는 기분 전환 거리인) 접골을 하러 런던에 가야 할 때면 항상 수요일에 움직였다. 그날에만 기차표가 반값이었기 때문이다. 그녀는 아침 8시에 출발했다가 밤 10시가 좀 넘어서 집에 돌아오곤 했다. 그녀가 타는 3등칸은 만원일 때가 많았다. 그 노선을 이용하는 다른 부인들도 가격을 보고 그 기차를 탔기 때문이다. 브렌다는 런던에 가면 대개 여동생인 마저리와 시간을 보냈다. 마저리의 남편은 노동당 지지 성향이 강한 사우스 런던 선거구의 차기 보수당 후보였다. 마저리는 브렌다보다 야무졌다. 신문에서는 그녀들을 "사랑스러운 렉스 자매"라고 부르곤 했다. 마저리와 앨런 부부는 경제적으론 넉넉하지 못했지만 인기가 많았다. 그들은 아이를 가질 여유도 없었고 패딩턴 역*에서 가까운 포트먼 광장 근처의 작은 집에서 살았다. 그리고 진이라는 이름의 페키니즈를 키웠다.

브렌다는 집사더러 마저리한테 전화를 걸어서 자신이 간다는 사실을 알리라고 시켜 놓고는 충동적으로 런던으로 향했다. 한쪽에 다섯 명씩 앉은 열차 안에서 두 시간 십오 분을 보낸 후에 내렸는데도 그녀는 마치 호텔 스위트룸에서 안마사와 발 치료사, 손톱 관리사, 미용사 들에게 둘러싸여 있다가 막 나온 사람처럼 생기 있으면서도 연약해 보였다. 그녀에겐 항상 완벽하게 준비된 사람처럼 보이는 재능이 있었다. 하지만 런던에 있다가 헤턴으로 돌아왔을 때처럼 정말로 피곤할 때면 갑자기 긴장이 완전히 풀려서 핼쑥해지곤 했다. 그녀가 기운 없는 모습으로 불 가에 앉아 빵죽을 먹고 있으면 토니가 그녀를 침실로 데려갔다.

---

* 헤턴 저택으로 가는 그레이트 웨스턴 열차의 종착역.

마저리는 모자를 쓴 채로 책상에 앉아서 수표책과 청구서 더미 때문에 골치를 앓고 있었다.

"언니, 시골에서 살더니 사람이 어떻게 변해 가는 거야? 몇 백 킬로그램은 나가 보이네. 그 옷은 대체 어디서 샀어?"

"기억 안 나. 가게에서 샀겠지."

"헤턴에는 뭐 새로운 소식 있어?"

"똑같지, 뭐. 토니는 봉건시대에 미쳤고, 존은 마구간 일꾼처럼 상스럽게 말하고."

"언니는?"

"나? 뭐, 그럭저럭."

"찾아온 손님은 없었어?"

"응, 아무도 없었어. 지난 주말에 토니 친구 비버 씨가 다녀 간 게 전부야."

"존 비버 말이야? ……이상하네. 형부하고는 절대 안 맞을 거라고 생각했던 사람인데."

"그 말은 맞아……. 어떤 사람이니?"

"나도 잘 몰라. 마고 식당에서 가끔 보긴 하는데. 여기저기 잘 다니는 사람이야."

"좀 딱해 보이더라."

"맞아, 딱한 건 사실이지. 혹시 그 사람 좋아해?"

"아니, 그럴 리가 있니."

그들은 진을 데리고 하이드 공원으로 산책을 나갔다. 진은 주위를 둘러보지 않아서 목줄을 잡아끌면서 다녀야만 하는, 매우 속 썩이는 개였다. 그들은 진을 데리고 조지 워츠의 '체력(Physical Energy)' 동상이 있는 곳까지 갔다. 목줄을 풀어 주자 진은 집으로 돌아갈 때까지 꼼짝 않고 서서 우울하게 아스팔트 바닥만 쳐다보았다. 자신을 쓰다듬으려던 어린아이를 문 것이 유일한 감정 표시였다. 잠시 후 진은 어디론가 없어졌다가 몇 미터 앞에서 발견되었는데, 의자 밑에 앉아서 버려진 종잇조각을 노려보고 있었다. 진은 코와 입, 눈 언저리의 피부가 분홍색인 점만 빼고는 별다른 특징이 없는 개였다. "진한테 사람 같은 감정은 조금도 없을 거야." 마저리가 말했다.

그들은 접골사 크러트웰 씨와, 그가 마저리에게 사용한 새로운 치료법에 관해 이야기를 나눴다. "나한테는 그 방법을 쓴 적이 없는데." 브렌다가 부럽다는 듯이 말했다. 그리고 조금 후에 이렇게 물었다. "비버 씨의 성생활은 어떨 거 같아?"

"나야 모르지. 별로겠지, 뭐……. 언니, 그 사람 좋아해?"

"글쎄, 뭐, 난 그런 젊은 남자들을 만나는 일이 드무니까……."

그들은 개를 집에 데려다 놓고 쇼핑을 했다. 아동용 수건, 복숭아 절임, 헤턴 저택에서 일한 지 육십 년 된 경비에게 선물할 시계, 토니에게 깜짝 선물로 줄 모어컴 만(灣) 새우 한 단지를 샀다. 그리고 오후에 크러트웰 씨에게 진료 예약을 했다. 둘은 폴리 콕퍼스의 파티에 관해 이야기를 나눴다. "언니도 꼭 와. 틀림없이 재밌을 거야."

"글쎄……, 누가 데려가 준다면 모를까. 토니는 그녀를 싫어하거든……. 나는 혼자서 파티에 갈 수 있는 나이가 아니잖니."

그들은 앨버말 거리에 있는 식당으로 점심을 먹으러 갔다. 그들의 친구인 데이지가 최근에 개업한 식당이었다. 식당에 들어서자마자 마저리가 말했다. "언니는 운도 좋아. 저기 비버 씨

어머니가 와 있네."

비버 부인은 식당 한가운데에 있는, 커다랗고 둥근 테이블에서 손님 여덟 명을 접대하고 있었다. 그녀는 그 대가로 데이지에게서 모종의 보상을 받았다. 데이지의 식당이 기대했던 만큼 잘되지 않았던 탓이다. 즉 비버 부인의 점심은 공짜였고, 식당이 봄까지 계속 운영된다면 봄에 할 새 단장도 비버 부인이 맡을 예정이었다. 손님들 사이에 아무런 공통점도 없는 것으로 보아 억지로 꿰맞춘 무리임이 분명했다. 비버 부인에게, 또는 서로에게 애정이 있는 것은 더더욱 아니었다. 공통점이라고 한다면 그들의 이름이 현재 사람들의 입에 자주 오르내린다는 점뿐이었다. 친해지긴 쉽지만 자신이 귀족임을 절대 잊지 않는 공작, 결혼은 안 했지만 남자 경험은 많은 처녀, 무용수, 소설가, 무대감독, 자기가 참석한 모임의 성격을 너무 늦게 깨달은 수줍음 많은 차관, 콕퍼스 부인이 바로 그들이었다. "세상에, 저 사람들 좀 봐." 마저리가 그들 모두를 향해 활기차게 손을 흔들며 말했다.

"두 분 모두 제 파티에 오실 거죠?" 폴리 콕퍼스의 쩌렁쩌렁한 목소리가 식당 안을 왕왕 울렸다. "사람들한테 소문내지만 마세요. 아주 조촐한 비밀 파티니까요. 오래된 친구 몇 명만 부를 거예요."

마저리가 말했다. "진짜로 오래된 폴리의 친구들을 보게 된다니 재밌겠네. 폴리는 누구든 오 년 이상은 절대 안 사귀니까 말이야."

"토니가 폴리의 속뜻을 이해할 수 있으면 좋으련만."

(폴리는 남자들을 통해 부를 얻었지만 주로 여자들 사이에서

인기가 높았다. 여자들은 그녀의 옷에 감탄하다가 그것을 싼값에 사들이곤 했다. 그녀가 명성을 얻기 시작할 무렵에는 워낙 무명의 사람들과 어울렸기 때문에, 그녀가 동경하던 세계에는 적이 없었다. 얼마 전 그녀는 어느 사람 좋은 백작과 결혼했는데 당시에는 마침 그와 결혼하고 싶어 하는 이가 없었다. 이제 그녀는 상류사회의 가장 높은 봉우리들만 남겨 놓았다.)

점식 식사가 끝나자 비버 부인이 브렌다 자매의 테이블로 다가왔다. "지금 정신없이 바쁘긴 하지만 그래도 부인과는 꼭 얘기를 나눠야지요. 정말 오랜만이네요. 존이 부인 댁에서 즐거운 주말을 보냈다고 그러더군요."

"아주 조용하게 보냈어요."

"그게 바로 존이 좋아하는 거예요. 런던에서는 너무 바쁘게 지내니까요. 부인, 아파트를 구하고 계신다는 게 사실인가요? 마침 괜찮은 아파트가 있어요. 지금 수리 중인데 크리스마스 전에는 끝날 거예요." 그녀가 손목시계를 쳐다보았다. "이런, 가 봐야겠어요. 혹시 오늘 저녁에 칵테일 드시러 안 오시겠어요? 그때 자세한 얘길 해 드릴 수 있을 거예요."

"가능할지……." 브렌다가 주저하며 말했다.

"그럼 오시는 걸로 해요. 6시쯤 뵐게요. 저희 집이 어딘지 모르시죠?" 그녀는 찾아오는 길을 알려 주고 테이블을 떠났다.

"아파트 얘기는 뭐야?" 마저리가 물었다.

"아, 그냥 생각하던 게 있어……."

그날 오후 접골사의 시술대 위에 기분 좋게 누워 있는 브렌다의 척추뼈들이 접골사의 힘센 손가락 밑에서 똑딱단추 같은 소리를 내는 동안 그녀는 그날 저녁에 비버가 집에 있을까에

대해 생각하고 있었다. '돌아다니기 좋아한다니까 집에 없을지도 몰라. 뭐, 아무렴 어때……?'

하지만 비버는 두 군데에서 초대를 받았음에도 그냥 집에 있었다.

브렌다는 아파트에 관한 설명을 자세하게 들었다. 비버 부인은 유능한 사람이었다. 사람들이 원하는 것은 옷을 갈아입고 전화를 할 수 있는 공간이라고 그녀는 말했다. 그녀는 벨그레이비아에 있는 작은 주택을 방 하나와 욕실 하나가 딸린 아파트 여섯 개로 나누고 일주일에 3파운드씩 받을 생각이었다. 욕실에는 뜨거운 물이 항상 나오고 미국식 세련미를 갖춘 최고급 시설을 들일 예정이었다. 방 안에는 조명등 달린 커다란 붙박이장이 있겠지만 침대를 놓을 공간도 충분할 것이었다. 이 아파트라면 사람들의 오랜 욕구를 충족해 줄 수 있을 거라고 비버 부인은 말했다.

"남편한테 물어본 뒤에 알려 드릴게요."

"꼭 빠른 시일 내에 알려 주셔야 해요. 모두 눈독을 들일 테니까요."

"곧 연락드릴게요."

브렌다가 집을 나서자 비버가 그녀를 역까지 바래다주었다. 그녀는 기차를 타고 가는 동안 대개 코코아와 빵을 먹곤 했으므로 두 사람은 식당에 가서 그것들을 샀다. 기차가 출발하기까지 시간이 아직 많이 남아서 객차 안은 한산했다. 비버가 객차 안으로 들어와서 그녀 옆에 앉았다.

"어딘가로 떠나고 싶으신 모양이에요."

"그런 건 아닙니다."

"제겐 읽을거리가 많이 있어요."

"그냥 여기 있고 싶어서 그럽니다."

"참 친절하시네요." 그녀는 약간 머뭇거리다가 이렇게 물었다. 이런 부탁을 하는 데 익숙지 않았기 때문이다. "혹시 폴리의 파티에 저를 데려가 주실 수 있나요?"

비버는 잠시 망설였다. 그날 저녁에는 여러 곳에서 파티가 있을 것이었고, 그중 한두 군데에서는 거의 틀림없이 그를 초대할 터였다……. 브렌다와 함께라면 엠버시 같은 고급 식당에 가야 할 텐데……. 그러면 최소한 3파운드는 들 것이고……. 책임지고 그녀를 집까지 데려다 주어야 할 것이다……. 그리고 그녀 말대로 그녀가 정말 요즘 사람들을 잘 모른다면 (그 말이 사실이 아니라면 왜 그런 부탁을 했겠는가?) 저녁내 그녀에게 붙들려 있어야 한다는 뜻이 된다……. "그럴 수 있으면 좋겠지만 저녁 식사 약속이 있어서요."

브렌다는 그가 주저하는 것을 알아챘다. "그러실 것 같다고 생각했어요."

"하지만 파티장에서 만나도록 하지요."

"네, 제가 가면요."

"제가 모시고 갈 수 있으면 좋았을 텐데요."

"괜찮아요……. 그냥 여쭤 본 거예요."

빵 살 때의 화기애애한 분위기는 이제 완전히 사라지고 없었다. 두 사람 사이에 잠시 침묵이 흘렀다. 이윽고 비버가 입을 열었다. "저, 이제 가 봐야겠습니다."

"네. 어서 가세요. 바래다주셔서 감사해요."

비버는 플랫폼으로 내려갔다. 기차가 출발하기까진 아직 팔

분이 남았다. 갑자기 객차가 승객들로 가득 차자 브렌다는 극심한 피로를 느꼈다. '그가 뭣 때문에 나를 데려가고 싶어 하겠어? 하지만 더 나은 대답을 할 수도 있었을 텐데.'

"피곤하오?"

브렌다가 고개를 끄덕였다. "녹초가 됐어요. 기운이 하나도 없네요." 그녀는 맥없이 빵죽을 저어 마시면서 앉아 있었다. 몸의 모든 부분이 아무짝에도 쓸모없는 것처럼 느껴졌다.

"즐거운 하루였소?"

그녀는 고개를 끄덕였다. "마저리랑 그 골칫덩이 개를 만났어요. 쇼핑도 조금 했고요. 데이지네 새 식당에서 점심을 먹고 접골사한테 갔죠. 그게 전부예요."

"난 당신이 당일치기로 런던에 다녀오는 거 그만뒀으면 좋겠어. 너무 무리하는 것 같아."

"저요? 전 괜찮아요. 그냥 이대로 죽었으면 좋겠어요, 그뿐이에요……. 그리고 부탁인데, 여보, 제발 침대로 가자는 말은 하지 말아 줘요. 지금 꼼짝도 못 하겠거든요."

다음 날 비버에게서 전보가 왔다. 16일 저녁 약속 취소. 아직 다른 약속 없으신지.

브렌다는 답보를 보냈다. 기뻐요. 재고는 언제나 좋은 법. 브렌다.

그때까지 그들은 서로를 성(姓)으로만 불렀다.

"당신 오늘 기분 좋아 보이는데."

"무척 좋아요. 크러트웰 씨 덕분인가 봐요. 그는 온몸의 신경과 혈액순환을 바로잡아 주거든요."

3

"엄마는 어디 가셨어요?"

"런던에."

"왜요?"

"콕퍼스 부인이라는 사람이 파티를 열었거든."

"좋은 사람이에요?"

"엄마는 그렇게 생각해. 나는 아니지만."

"왜요?"

"원숭이를 닮았거든."

"저도 한번 보고 싶어요. 그 사람은 우리 안에서 살아요? 꼬리도 있어요? 벤 아저씨는 물고기처럼 생긴 여자를 본 적이 있는데 온몸이 피부 대신 비늘로 덮여 있었대요. 카이로에 있는 서커스에서 그 여자를 봤는데 비린내도 나더래요."

브렌다가 런던으로 떠난 날 오후 토니와 존은 함께 차를 마시고 있었다. "아빠, 콕퍼스 부인은 뭘 먹어요?"

"음, 견과류나 그런 거."

"그런 거 뭐요?"

"여러 종류의 견과류 말이다."

그 후 며칠 동안 존 앤드루는 북슬북슬하고 까불거리는 부인에 대한 생각에 사로잡혔다. 그 부인은 럼주를 마시다 죽은 노새 페퍼민트처럼 존의 세계에 사는 주민들 중 하나가 되었다. 상냥한 마을 사람들이 말을 걸어올 때면 존은 그 부인에 관해 이야기하면서 그녀가 나무에 거꾸로 매달려서 행인들에게 호두 껍데기 같은 것을 던진다고 말하곤 했다.

"진짜 사람에 대해서 그렇게 얘기하고 다니면 못써. 콕퍼스 부인이 들으면 어쩌려고 그러니?" 보모가 말했다.

"아마 끽끽거리면서 꼬리를 흔들어 대겠죠. 그러다가 커다랗고 먹음직스러운 벼룩을 몇 마리 잡으면 그런 일 따위는 까맣게 잊어버릴걸요."

그날 밤 브렌다는 마저리네에서 묵을 예정이었다. 그녀가 먼저 옷을 다 입고 동생 방으로 왔다. "어머, 예쁘다, 언니. 새 옷이야?"

"거의."

마저리는 오늘 저녁을 먹으러 가기로 한 집의 여주인에게서 걸려 온 전화를 받았다. ("아니, 앨런은 오늘 정말로 못 오는 거야?" "그래. 그이는 캠버웰에서 하는 모임에 갈 거야. 어쩌면 폴리네에도 못 올지 몰라." "그럼 같이 올 남자가 하나도 없는 거야?" "생각나는 사람이 없어." "그럼 남자가 한 명 모자라겠는데. 정말 오늘 밤은 다들 왜 그런지 모르겠네. 존 비버한테 전화해 봤는데 그 사람도 못 온다더라고.")

마저리가 수화기를 내려놓으며 말했다. "언니, 언니가 굉장한 문제를 일으킨 거야. 런던의 유일한 후보 선수를 낚아챈 거든."

"어머, 얘, 난 몰랐어……."

비버는 꽤 의기양양하며 8시 45분에 마저리의 집에 도착했다. 그날 저녁 외출 준비를 하는 동안 저녁 초대 두 건을 거절했고, 클럽에서 10파운드짜리 수표를 현금으로 바꾸어 두었으며, 에스피노사 식당에 테이블도 예약해 두었기 때문이다. 그에게 저녁 식사 데이트는 거의 처음이라고 할 수 있었지만 그는 자신이 어떻게 해야 하는지 완벽하게 알았다.

마저리가 말했다. "언니의 비버 씨를 제대로 좀 봐야겠어. 그가 오면 코트를 벗고 뭘 좀 마시게 하자고."

두 자매는 약간 수줍어하며 아래층으로 내려왔지만 비버는 매우 여유 있는 모습이었다. 그는 대단히 세련돼 보였고 자기 나이보다 성숙해 보이기까지 했다.

마저리는 '어머, 언니의 비버 씨 썩 괜찮은 편인걸.' 하는 표정이었다. 둘 다 아름답긴 하지만 그 분위기가 서로 너무 달라서 자매임이 명백한데도 마치 다른 혈통인 것처럼 보이는 두 여인을 보자 비버는 일주일 내내 자신을 괴롭혔던 것이 무엇인지 알게 되었다. 평소 습관이나 원칙에 어긋나는데도 브렌다에게 저녁 식사를 청하는 전보를 보낸 이유를 알 것 같았다.

"당신이 오늘 못 온다고 해서 지미 딘 부인이 무척 아쉬워했어요. 당신의 저녁 약속에 대해서는 모르는 척했답니다."

"부인에게 안부 전해 주십시오. 어차피 폴리 부인의 파티에서 모두 만나겠지만요."

"전 가 봐야겠어요. 저녁 약속이 9시라서요."

브렌다가 말했다. "조금만 더 있다 가. 분명 제시간에 시작 안 할 거야."

피할 수 없는 상황이 막상 닥치자 브렌다는 비버와 단둘이 남고 싶지 않았다.

"아니, 가야 해. 즐겁게들 보내세요." 잠시 후 시작될 모험을 앞두고 들뜬 동시에 수줍어하는 브렌다의 모습을 보자 마저리는 마치 자신이 언니가 된 듯한 기분을 느꼈다.

마저리가 떠나자 어색한 분위기가 감돌았다. 두 사람이 서로 떨어져 있었던 일주일 동안 실제 만남이 가져다줄 수 있는 것보다 더 큰 친근감을 느끼게 되었기 때문이다. 좀 더 여자 경험이 많았다면 비버는 의자 팔걸이에 걸터앉은 브렌다에게 곧바로 다가가 애정 표현을 했을 것이다. 그리고 아마 그녀도 싫어하지 않았을 것이다. 하지만 그는 그러는 대신 차분한 태도로 이렇게 말했다.

"우리도 가야 할 것 같은데요."

"어디로요?"

"에스피노사 식당요."

"네, 좋아요. 하지만 이건 기억하세요. 오늘 저녁은 제가 사는 거예요."

"안 됩니다……. 그럴 순 없지요."

"그래야 해요. 전 당신보다 한 살 더 많고, 결혼도 했고, 경제적으로 여유도 있으니까요. 그러니 제가 낼게요."

비버는 택시에 올라탈 때까지 계속 안 된다고 고집했다.

하지만 둘 사이에는 여전히 긴장감이 감돌았고, 비버는 '내가 적극적으로 나오길 원하나?'라고 생각하기 시작했다. 그래서 마블아치 근처에서 교통 체증으로 택시가 서 있을 때 브렌다에게 키스하려고 몸을 기울였다. 하지만 그가 가까이 오자 그녀는 몸을 뒤로 뺐다. "브렌다, 제발." 하지만 그녀는 고개를 빠르게 여러 차례 내젓더니 반대쪽으로 돌려서 창밖을 쳐다보았다. 그리고 시선은 여전히 창문에 고정한 채로 손을 뻗어서 비버의 손을 잡았다. 두 사람은 식당에 도착할 때까지 아무 말도 하지 않았다.

비버는 혼란스러웠다.

다시 사람들이 많은 곳으로 나오자 그는 자신감을 되찾았다. 에스피노사가 그들을 자리로 안내했다. 그 테이블은 출입문 오른쪽에 외따로 떨어져 있어 대화 내용이 남들에게 들리지 않는 유일한 테이블이었다. 브렌다가 그에게 메뉴판을 건넸다. "당신이 고르세요. 저는 아주 간단한 것이면 돼요. 하지만 단백질은 없고 녹말만 들어 있어야 해요."

에스피노사 식당에서는 뭘 먹든 금액이 대개 비슷하게 나왔지만 브렌다가 그걸 알 리 없었고 그녀가 음식 값을 내기로 한 상황이었으므로 비버는 비싸 보이는 메뉴를 주문하기가 거북했다. 하지만 그녀는 샴페인을 마시겠다고 우겼고 조금 이따가 그를 위해 리큐어 브랜디 한 잔을 주문해 주었다. "젊은 남자분과 외식하는 게 저한테 얼마나 즐거운 일인지 모르실 거예요. 난생처음 해 보는 일이거든요."

그들은 파티에 갈 시간이 될 때까지 에스피노사 식당에 머물렀다. 춤도 한두 번 추었지만 대부분은 테이블에 앉아서 이야기를 나누었다. 그들은 서로에게 관심은 많은 반면 아는 것은 거의 없어서 할 말이 무척 많았다.

이윽고 비버가 말했다. "아까 택시 안에서 무례하게 굴어서 죄송합니다."

"네?"

그는 표현을 바꿔서 이렇게 말했다. "아까 제가 키스하려고 해서 기분 상하셨나요?"

"저요? 아뇨, 꼭 그렇진 않았어요."

"그런데 왜 허락하지 않으신 거죠?"

"아, 당신은 아직 배울 게 많아요."

"그게 무슨 뜻이지요?"

"그런 질문은 하는 게 아니에요. 앞으론 기억해 두세요."

그는 약간 샐쭉해졌다. "마치 제가 데이트에 처음 나온 대학생이라도 되는 것처럼 말씀하시는군요."

"아, 이게 데이트인가요?"

"제 생각엔 아닙니다."

잠시 침묵이 흐른 후 브렌다가 말했다. "당신과 저녁을 먹으러 나온 게 잘한 일인지 모르겠군요. 계산서를 달라고 하세요. 폴리의 파티에 가야 하니까요."

하지만 계산서가 오는 데는 십 분이나 걸렸고 그동안 무슨 얘기든 나눠야 했기 때문에 그는 미안하다고 말했다.

그녀가 침착하게 말했다. "여자한테 더 친절하게 대하는 법을 배우셔야 해요. 불가능한 일은 아니리라 믿어요." 마침내 계산서가 도착하자 그녀가 물었다. "팁은 얼마나 줘야 하죠?" 그러자 비버가 그녀에게 알려 주었다. "정말 그 정도면 충분한가요? 그 두 배는 줬던 것 같은데."

"충분합니다." 비버는 이렇게 말하면서 또다시 그녀보다 연상이 된 듯한 기분을 느꼈는데, 그것이 바로 브렌다가 의도한 바였다.

다시 택시에 탔을 때 비버는 브렌다가 애정 표현을 원하고 있음을 알아챘다. 하지만 이번에는 그녀가 먼저 행동할 차례라고 생각했다. 그래서 그녀에게서 조금 떨어져 앉아서 아파트를 짓기 위해 허물고 있는 낡은 주택에 대해 이야기하기 시작했다.

브렌다가 말했다. "이제 그만. 이리 와요."

비버가 브렌다에게 키스를 하자 그녀는 늘 하던 것처럼 자신의 뺨을 그의 뺨에 대고 비볐다.

폴리의 파티는 그녀가 원했던 대로, 자신이 작년에 참석했던 가장 멋진 파티들의 완벽한 복사판이었다. 똑같은 밴드에, 똑같은 요리에, 무엇보다도 손님들이 똑같았다. 파란을 일으키거나, 파티의 어떤 특이한 점 때문에 몇 달 동안 인구에 회자되거나, 수줍음 많은 유명 인사를 색출하거나, 색다른 새 얼굴을 소개하는 것을 그녀는 원하지 않았다. 그녀는 품위 있고 세련된 파티를 원했고, 그 바람을 이루었다. 그녀가 초대한 사람들은 사실상 모두 참석했다고 할 수 있다. 그녀의 영향력이 미치지 않는 먼 곳에 다른 세계들이 있다 해도 폴리는 그 존재에 대해 알지 못했다. 여기 있는 사람들이야말로 그녀가 원하는 이들이었다. 평소와 달리 충실하게 그녀의 곁을 지키는 콕퍼스 경과 함께 손님들을 둘러보면서 폴리는 자신이 원치 않는 손님이 거의 없다는 사실을 자축할 수 있었다. 예전에는 사람들이 그녀의 초대를 별로 진지하게 받아들이지 않아서 그날 저녁을 함께 먹은 일행이면 아무나 파티에까지 데려오곤 했다. 하지만 올해에는 그녀가 별다른 노력을 기울이지 않았는데도 좀 더 격식을 갖추는 분위기였다. 친구를 데려오고 싶은 사람들은 아침에 미리 전화를 걸어서 허락을 구했고 대체로 그런 무례를 범해도 되나 조심했다. 십팔 개월 전이었다면 그녀의 존재를 무시했을 사람들이 지금은 그녀의 현관 계단을 가득 메웠다. 이젠 그녀도 자신이 속한 세계의 다른 부인들과 어깨를 나란히 하게 된 것이다.

계단을 올라가면서 브렌다가 말했다. "계속 제 곁에 있어 주세요. 제가 아는 사람은 아무도 없을 거예요." 비버는 자신에게 다시 주도권이 돌아왔다고 생각했다.

그들은 곧장 밴드가 있는 곳으로 가서 춤을 추기 시작했고 아는 커플에게 인사를 건넨 것 말고는 거의 말을 하지 않았다. 삼십 분간 춤을 춘 후 그녀가 말했다. "자, 이제 쉬게 해 드릴게요. 하지만 절 남겨 놓고 가지는 마세요."

그녀는 조크 그랜트멘지스와 춤을 추고 옛 친구 두세 명과 춤을 춘 뒤에 한참 동안 비버를 찾아다니다가 바에 홀로 있는 그를 겨우 발견했다. 그는 그곳에 한참 동안 앉아 있었는데, 왔다 갔다 하는 커플들에게 이따금 말을 걸긴 했지만 마지막에는 항상 혼자 남았다. 그는 별로 즐겁지 않은 시간을 보내고 있었고 그 원인이 브렌다라는 생각에 골이 나 있었다. 여러 명과 함께 왔더라면 지금과는 달랐을 것이다.

브렌다는 그가 언짢은 것을 알아채고 말했다. "식사 시간이에요."

아직 이른 시간이라 열애 중인 몇몇 커플만 군데군데 앉아 있을 뿐 테이블이 대부분 비어 있었다. 창문 사이에, 아무도 없는 커다랗고 둥근 테이블이 있기에 두 사람은 그곳에 앉았다.

"저는 여기서 한동안 안 움직일 생각인데, 그래도 괜찮죠?" 그녀는 그가 스스로 중요한 존재라고 느끼게 해 주고 싶었으므로 방 안에 있는 다른 사람들에 대해 이것저것 물어보았다.

이윽고 두 사람이 앉은 테이블도 사람들로 가득 찼다. 그들은 브렌다의 옛 친구들로 그녀가 결혼 후 처음 이 년 동안, 그러니까 토니의 아버지가 세상을 떠나기 전에 자주 만나던 이

들이었다. 30대 초반의 남자들과 브렌다 또래의 부인들로 이루어진 그들 무리 가운데 비버를 알거나 좋아하는 사람은 아무도 없었다. 그 테이블은 단연코 방 안에서 가장 화기애애했다. 브렌다는 속으로 생각했다. '이이는 지금 상황이 분명 끔찍하게 싫을 거야.' 브렌다는 알지 못했다. 비버 입장에서는 그녀의 옛 친구들이야말로 그 파티에서 가장 사귀고 싶은 사람들이고, 그 테이블에 앉아 있는 자신의 모습을 다른 사람들에게 보이는 것이 자랑스러운 일임을. 그녀가 낮은 목소리로 속삭였다. "지루하시죠?"

"아니요, 아주 즐겁습니다."

"음, 저도 그래요. 우리 가서 춤춰요."

그러나 밴드가 휴식을 취하고 있어서 무도회장은 한산했다. 무리에서 떨어져 나온, 예의 열애 중인 커플들만 벽 쪽 테이블에 따로 앉아서 대화에 몰두해 있었다. 브렌다가 말했다. "아, 이제 어쩌죠? 테이블로 다시 돌아갈 수도 없고…… 이제 집에 가야 할 때인 것 같네요."

"아직 2시도 안 됐는데요."

"제겐 늦은 시간이에요. 하지만 당신은 더 있으세요. 좀 더 즐기다 가세요."

"아닙니다, 당연히 저도 가야지요."

쌀쌀하지만 맑게 갠 밤이었다. 택시 안에서 브렌다가 몸을 떨자 비버가 그녀의 어깨에 팔을 둘러 주었다. 그들은 거의 말이 없었다.

"벌써 다 왔어요?"

그들은 잠시 동안 꼼짝 않고 앉아 있었다. 이윽고 브렌다가 슬며시 몸을 빼냈고 비버가 차에서 내렸다.

"들어와서 한잔하고 가시라는 말씀은 못 드리겠네요. 아시다시피 저희 집이 아니라서 뭐가 어디에 있는지도 모르거든요."

"그러시겠지요."

"그럼 안녕히 가세요. 오늘 잘 챙겨 주셔서 정말로 감사해요. 제가 오늘 저녁을 망치지나 않았는지 모르겠네요."

"아닙니다, 무슨 그런 말씀을."

"아침에 제게 전화하겠다고…… 약속해 주시겠어요?" 그리고 그녀는 한 손을 입술에 갖다 대더니 돌아서서 현관문 자물쇠를 열었다.

비버는 파티로 다시 돌아갈까 잠시 망설였지만 가지 않기로 했다. 이미 집 근처에 와 있었고 지금쯤이면 파티도 거의 파장 분위기일 것이었기 때문이다. 그는 택시 기사에게 서섹스가든스 주소를 일러 주었고, 집에 도착하자마자 곧 침실로 향했다.

그가 막 옷을 벗었을 때 아래층에서 전화벨이 울렸다. 그의 전화였다. 그는 오한을 느끼며 계단을 내려갔다. 브렌다의 목소리였다.

"어머, 막 끊으려던 참이었어요. 폴리의 파티로 돌아갔으려니 했거든요. 전화가 침대 옆에 있지 않나요?"

"아닙니다. 1층에 있어요."

"아, 저런, 그럼 전화를 걸지 말걸 그랬네요."

"글쎄요. 무슨 일이신가요?"

"그냥 잘 자라는 인사나 하려고요."

"아, 네……. 부인도 안녕히 주무세요."

"아침에 전화 주실 거죠?"

"네."

"일찍 주세요. 다른 계획이 생기기 전에요."

"그러지요."

"그럼 잘 자요."

비버는 다시 계단을 올라가 잠자리에 들었다.

"……파티 도중에 나오다니."

"다른 뜻이 있어서 그런 건 절대 아니야. 그는 여기 들어오지도 않았어."

"누가 알아."

"그리고 내가 전화하니까 화를 내던걸."

"그 사람은 언니를 어떻게 생각해?"

"그냥 나를 이해 못 하는 것 같아……. 아주 혼란스러워하기도 하고, 좀 지루해하기도 하고."

"계속 만날 거야?"

"모르겠어." 그때 전화벨이 울렸다. "그 사람일지도 몰라."

하지만 다른 사람이었다.

브렌다는 마저리의 방 침대에서 함께 아침을 먹고 있었다. 그날 아침에는 어느 때보다도 더 마저리가 언니 같았다. "하지만 언니, 그는 정말 형편없는 사람이라니까."

"나도 다 알아. 그가 저열한 속물에, 냉정한 사람이라는 거. 하지만 그에게 호감을 느껴. 그뿐이야……. 게다가 완전히 형편없는 사람은 아닌 것 같기도 하고……. 그의 어머니는 밉살스럽지만 그는 자기 어머니를 끔찍이 좋아해……. 그리고 그는 평생 가난하게 살았어. 그래서 좋은 평판을 얻지 못했던 것 같

아. 어젯밤에 많은 이야기를 들었어. 전에 한 번 약혼한 적이 있었는데 돈 때문에 결혼이 성사되지 못했고 그 이후론 제대로 된 여자와 교제해 본 적이 없다고 하더라고……. 그는 아직 배워야 할 게 많은 사람이야. 그게 매력이기도 하고."

"어머, 언니 정말로 진지한데?"

전화벨이 울렸다.

"이번엔 아마 그 사람일 거야."

하지만 수화기에서 울려 나오는 낯익은 목소리는 브렌다의 귀에까지 들렸다. "잘 있었어요, 마저리? 오늘의 재미난 소식은 뭐예요?"

"아, 폴리, 어젯밤 파티 정말 근사했어요."

"그리 나쁘지 않았죠? 당신 언니와 비버 씨는 어떻게 된 거예요?"

"뭐가요?"

"얼마나 된 사이냐고요."

"그런 거 아니에요, 폴리."

"모르는 척 마요. 어제 보니까 꽤 친해 보이던데요, 뭐. 그 청년, 대체 뭘 어떻게 한 거예요? 내가 알고 싶은 건 바로 그거란 말이에요. 우리가 몰랐던 뭔가가 있는 게 틀림없어요……."

"폴리가 언니에 대해서 눈치챈 것 같아. 아마 지금쯤 런던의 모든 사람한테 소문내고 있을걸."

"차라리 무슨 일이 정말로 있기나 했으면 얼마나 좋겠니! 그 애송이는 나한테 전화 한 통 안 하는데……. 이제 그를 내버려 둬야겠어. 그에게서 아무런 연락도 오지 않으면, 오늘 오후에 바로 헤턴으로 돌아갈 거야. 아, 이번엔 그 사람인가 보다." 하지만 앨런이었다. 전날 밤 파티에 가지 못해 미안하다는 말을 하려고 보수당 중앙 사무국에서 전화한 것이었다. "어제 처형한테 망신스러운 일이 있었다며?" 그가 말했다.

브렌다가 말했다. "맙소사, 다들 젊은 사람 유혹하는 게 정말 쉽다고 생각하나 봐."

"어젯밤 파티에서 거의 안 보이던데, 어떻게 된 거니?" 비버 부인이 물었다.

"일찍 나왔어요. 브렌다 라스트가 피곤하다고 해서요."

"어제 라스트 부인 참 예쁘더라. 네가 그녀와 친해져서 얼마나 기쁜지 모르겠다. 언제 또 만날 거니?"

"제가 전화하겠다고 했어요."

"그럼 어서 하지그래?"

"휴, 엄마, 그래서 뭐하게요? 전 브렌다 라스트 같은 여자를 데리고 다닐 능력이 안 된다고요. 전화하면 그녀는 뭐 하고 있느냐고 물을 테고, 그러면 저는 그녀를 어딘가에 데려가야겠죠. 매일 그런 식일 거예요. 저에겐 그럴 돈이 없어요."

"그래, 얘야. 너한텐 쉽지 않겠지…… 넌 돈에 대해서만큼은 참 여문 아이야. 매번 빚을 대신 갚아 달라고 찾아오는 아들을 두지 않은 걸 내가 감사하게 생각해야지. 그래도 모든 걸 멀리하는 태도는 좋지 않아. 넌 벌써 스물다섯이고 노총각이 되어 가잖니. 그날 저녁 우리 집에 왔을 때 보니까 브렌다가 너를 좋아하는 것 같더라."

"음, 그녀가 날 마음에 들어 하긴 해요."

"그녀가 아파트 건을 빨리 결정해 주면 좋겠는데. 들어오려는 사람이 한둘이 아니거든. 개조하기에 적당한 건물이 더 있는지 알아봐야겠어. 어떤 사람들이 입주하는지 알면 너도 깜짝 놀랄 거다. 이미 런던에 집이 있는 사람들이 많거든⋯⋯. 흐음, 이제 다시 가게에 나가 봐야겠다. 참, 나 이틀 동안 어디 좀 다녀오마. 넌 체임버스가 잘 돌봐 줄 거다. 실비아 뉴포트가, 시골집을 빌리고 싶어 하는 오스트레일리아 사람 몇 명을 찾아냈거든. 그래서 차로 데리고 다니면서 괜찮은 집 한두 군데를 구경시켜 줄 생각이란다. 점심은 어디서 먹을 거니?"

"마고 식당에서요."

브렌다와 마저리는 진을 데리고 공원에 갔다 왔지만 오후 1시까지도 비버에게서는 전화가 오지 않았다. "그래, 이걸로 끝이야. 차라리 잘된 것 같아." 브렌다는 토니에게 전보를 쳐서 오후 기차로 돌아가겠다고 알린 다음, 하인들에게 작은 목소리로 그녀의 짐을 꾸려 놓으라고 말했다. "점심 먹을 만한 데가 없어." 브렌다가 말했다.

"마고 식당에 가는 게 어때? 마고도 좋아할 거야."

"그럼 전화해서 말 좀 해 줘."

그렇게 해서 그녀는 비버를 다시 만났다.

그는 그녀에게서 조금 떨어진 곳에 앉아 있었으므로 그들은 다른 사람들이 모두 자리를 뜰 때까지 서로 말을 하지 않았다. "오늘 오전 내내 당신에게 전화했어요. 그런데 계속 통화 중이더군요."

"어머나, 그랬군요. 그럼 제가 영화 보여 드릴게요."

나중에 그녀가 토니에게 보낸 전보는 이랬다. 마저리 집에서 하루 이틀 더 묵겠음. 두 사람에게 사랑을 보내며.

4

"엄마 오늘 돌아와요?"

"그랬으면 좋겠구나."

"그 원숭이 아줌마네 파티는 굉장히 오래 하네요. 역에 엄마 마중 나가도 돼요?"

"그래, 함께 가자꾸나."

"엄마는 선더클랩을 나흘 동안이나 못 봤어요. 제가 새 장애물을 뛰어넘는 것도 못 봤고요. 그렇죠, 아빠?"

그녀는 3시 18분 열차로 돌아올 예정이었다. 토니와 존 앤드루는 역에 일찍 도착했다. 둘은 기차역을 구경하면서 이리저리 돌아다녔고 자판기에서 초콜릿을 조금 샀다. 역장이 사무실에서 나와 그들에게 말을 건넸다. "부인께서 오늘 돌아오시나 보죠?" 그는 토니와 오랫동안 알고 지낸 사이였다.

"날마다 기다리고 있습니다. 아시잖아요, 여자들이 런던에 가면 어떻게 되는지."

"샘 브레이스의 아내는 런던에 가서 아예 돌아오질 않았답니다. 결국 그가 직접 가서 데려와야 했지요. 그랬더니 부인이 때리더래요."

잠시 후 기차가 역으로 들어왔고 3등칸 객차에서 브렌다가 우아하게 내렸다. "둘 다 나왔네요. 고맙기도 해라. 황송할 정도네요."

"엄마, 원숭이 아줌마도 같이 왔어요?"

"얘가 무슨 소릴 하는 거예요?"

"당신 친구 폴리한테 꼬리가 달렸다는 생각에 빠져서 그래."

"그러고 보니 그게 정말이라 해도 놀랍지 않을 것 같아요."

그녀의 짐은 작은 상자 두 개가 전부였다. 운전사가 그것들을 자동차 뒤에 단단히 묶어서 고정하고 난 후 그들은 헤턴 저택으로 향했다.

"그동안 무슨 일이 있었니?"

"벤 아저씨가 장애물 높이를 더 높였는데 선더클랩이랑 제가 어제 여섯 번 뛰어넘고 오늘 또 여섯 번 뛰어넘었고요, 작은 연못의 물고기가 두 마리 더 죽어서 뒤집어진 채로 통통 불어서 떠다녔고요, 어제 보모가 주전자에 손가락을 뎄고요, 저랑 아빠랑 아주 가까이에서 여우 한 마리가 꼼짝 않고 앉아 있다가 숲 속으로 사라져 버리는 걸 봤고요, 제가 전투 장면을 그리기 시작했는데 물감이 이상해서 다 그리지 못했고요, 기생충이 있었던 회색 말은 다시 건강해졌어요."

그러자 토니가 말했다. "집에는 별일 없었어. 우린 당신이 보고 싶었는데 당신은 지금까지 런던에서 뭘 했어?"

"저요? 음, 솔직히 말하면 좀 나쁜 짓을 하고 다녔어요."

"쇼핑을 많이 했어?"

"그 정도가 아니에요. 젊은 사람들과 정신없이 어울리면서 돈을 물 쓰듯 썼는데 실은 굉장히 재밌었어요. 그런데 정말 심한 일은 따로 있어요."

"그게 뭔데?"

"아니에요, 얘기 안 하는 편이 낫겠어요. 당신이 아주 싫어할 만한 거니까요."

"페키니즈를 한 마리 샀군."

"그것보다 훨씬 더한 거예요. 아직 실행에 옮기지는 않았지만. 하지만 내가 정말로 원하는 거예요."

"얘기해 봐."

"여보, 내가 아파트를 하나 찾았어요."

"그거라면 잊어버리는 게 났겠군, 가급적 빨리."

"좋아요. 그 얘긴 나중에 다시 할게요. 그때까진 너무 깊게 생각하지 마요."

"다시 생각해 보지도 않을 거야."

"아빠, 아파트가 뭐예요?"

브렌다는 잠옷을 입은 채로 저녁 식사를 했다. 그리고 식사 후에는 소파에 앉아 있는 토니 옆에 붙어 앉아 그의 커피에서 각설탕을 건져 먹었다.

"당신, 그 아파트 얘길 또 꺼내려고 이러는 것 같은데."

"으음."

"아직 계약서 같은 데 서명한 건 아니지?"

"아, 그럼요." 브렌다가 고개를 세차게 저었다.

"그럼 심각한 상황은 아니군." 토니가 파이프에 담배를 채우기 시작했다.

브렌다는 소파 위에 무릎을 꿇고 앉았다. "당신, 아까 이후론 생각 안 해 봤죠?"

"응."

"있잖아요, 당신이 생각하는 '아파트'는 내가 생각하는 것과 많이 다른 것 같아요. 당신은 엘리베이터와 제복을 입은 하인이 있고, 손잡이가 여러 개 달린 커다란 현관문에, 입구에는 넓은 홀이 있고, 사면에 문이 있고, 또 부엌이랑 식기실이랑 식당, 응접실, 하인용 욕실…… 그런 것들을 모두 갖춘 아파트를 생각하는 거죠, 그렇죠?"

"비슷하군."

"거 봐요. 내가 말하는 아파트에는 침실 하나에 욕실 하나, 전화기가 전부예요. 이제 알겠죠? 내가 아는 여자 하나가……."

"누구?"

"있어요……. 아무튼 그 여자가 벨그레이브 광장 근처에 있는 주택을 개조했거든요. 일주일에 3파운드고 부대 비용이나 세금은 없어요. 온수도 항상 나오고 중앙난방에, 필요할 때에만 하녀가 와서 침대를 정리해 준대요. 어떻게 생각해요?"

"그렇군."

"내 생각은 이래요. 일주일에 3파운드가 어디 큰돈이에요? 하루에 9실링도 안 되잖아요. 어디 가서 그런 좋은 시설에 9실링도 안 되는 돈으로 묵을 수 있겠어요? 당신이 항상 가는 클럽도 이보단 더 비싸고, 마저리네에 너무 자주 가는 것도 좀 그래요. 개한테도 못할 짓이고 그놈의 개까지 있잖아요. 내가 런던에서 쇼핑을 하고 저녁에 돌아올 때마다 당신은 항상 '그렇게 녹초가 돼서 오느니 차라리 자고 오지 그랬어?'라고 하잖아요. 몇 번이나 그렇게 말했죠. 내가 보기엔 아파트가 없어서 들어가는 돈이 일주일에 3파운드보다 훨씬 많아요. 여보, 대신 앞으론 크러트웰 씨한테 안 갈게요. 어때요?"

"당신, 그렇게 그 아파트를 얻고 싶어?"

"음……."

"그래, 생각해 볼게. 돈은 아마 마련할 수 있을 거야. 하지만 그렇게 되면 집수리를 미뤄야 한다는 얘긴데."

"그렇게까지 안 해 줘도 되는데." 그녀는 대화를 마무리 지었다. "이번 주는 그럭저럭 버티고 있으니까요."

브렌다는 헤턴에서 겨우 사흘 밤만 잤다. 그리고 아파트 문제를 처리해야 한다며 다시 런던으로 돌아갔다. 하지만 사실 크게 신경 쓸 일은 없었다. 아파트에 칠할 페인트 색깔을 고르고 가구 몇 점만 장만하면 되었기 때문이다. 비버 부인이 브렌다가 고르기 편하도록 침대, 카펫, 화장대와 의자를 준비해 주었다. 그 이상은 들여놓을 공간이 없었다. 그녀는 벽에 걸 자수 한 세트를 팔려고 애썼지만 브렌다가 거절했고 전기장판, 욕실에 놓을 소형 체중계, 냉장고, 골동 괘종시계, 거울과 모조 상아로 만든 백개먼 세트, 예쁘게 장정된 18세기 프랑스 시집, 마사지 기구, 리전시 양식*의 나무 케이스에 들어 있는 라디오도 거절했다. 그것들은 모두 비버 부인이 자신의 가게에 브렌다를 위한 '추천 상품'으로 분류해 두었던 것들이었다. 비버 부인은 브렌다가 물건을 많이 사지 않는다고 해서 앙심을 품진 않았다. 그 위층에 살게 된 캐나다 여자와 얘기가 잘되어서 엄청난 금액을 받고 벽에 크롬 도금을 해 주기로 했기 때문이다.

한편 브렌다는 마저리네 집에 머물렀는데 날이 갈수록 두 사람이 티격태격하는 일이 잦아졌다. 어느 날 아침, 마저리가

---

* 영국 왕 조지 4세의 섭정 기간(1811~1820)과 재위 기간(1820~1830) 동안 제작된 장식 예술품 양식.

말했다. "점잔 빼는 척해서 미안한데 말이야, 난 언니의 비버 씨가 하루 종일 우리 집에서 어슬렁거리거나 나를 마저리라고 부르지 않았으면 좋겠어."

"애, 나 이제 조금 있으면 아파트로 들어갈 거야."

"그래도 언니가 터무니없는 실수를 저지르고 있는 것 같다는 말은 꼭 해야겠어."

"네가 비버 씨를 싫어해서 그런 것뿐이야."

"그것 때문만은 아니야. 형부한테도 못할 짓인 것 같아."

"아니, 토니는 괜찮아."

"만일 문제가 생긴다면……."

"그런 일 없을 거야."

"그건 모르는 일이지. 만일 그렇게 되면, 난 앨런이, 이렇게 되는 데 내가 일조했다고 생각하길 원치 않아."

"난 로빈 비즐리에 대해서 그렇게까지 말하지 않았잖니."

"그건 심각하지 않은 관계였으니까."

그러나 마저리를 제외한 사람들 대부분은 브렌다의 모험을 우호적인 시선으로 바라보았다. 아침나절 통화에서는 늘 그녀의 소식이 오갔다. 그녀를 거의 알지 못하는 사람들도 전날 밤 식당이나 극장에서 그녀와 비버를 본 이야기를 하는 것을 즐겼다. 가을 내내 별다른 연애 사건이 없었고 뻔한 커플이 헤어지거나 다시 합쳤다는 얘기가 전부였다. 그래서 침대에 누워 전화로 남의 연애사에 대해 수다 떠는 것으로 대리 만족을 느끼는 사람들의 오랜 욕구불만을 브렌다가 해소해 주고 있었던 것이다. 그들에게 브렌다의 상황은 색다른 재밋거리였다. 오 년 동안 희미한 전설 속 인물이었던, 성에 갇힌 동화 속 공주 같았던 그녀가 세상에 모습을 드러냈으니, 그것은 어떤 조신한 부인의 습관이 바뀌었다거나 하는 일보다 훨씬 더 흥미를 끄는 사건이었다. 그녀가 택한 파트너 역시 사람들의 상상력을 자극했다. 모두가 멸시했던 비버라는 보잘것없는 인물이 갑자기 그녀를 만난 후로 천상의 환한 구름 가운데 앉게 된 것이다. 칠 년 동안 한눈 한 번 팔지 않던 그녀가 조크 그랜트멘지스나 로빈 비즐리처럼 거의 모든 여자가 한두 번은 만나 본 젊은이와 바람이 났다면 틀림없이 재미는 있었겠지만 단순한 일회성 촌극에 그치고 말았을 것이다. 그러나 비버라는 의외의 선택 때문에 그녀의 일탈은 폴리, 데이지, 앤젤라를 비롯한 수다쟁이들에게 있어서 시(詩)의 범주에 속하는 것으로까지 격상되었다.

비버 부인은 흡족한 마음을 공공연히 드러냈다. "물론 그 일에 대해 존과 이야기를 나눈 적은 없지만 들리는 소문이 사실이라면 제 아들에게 참으로 좋은 일이라고 생각해요. 물론 존을 찾는 사람들은 언제나 많았고 걔한테는 친구도 무척 많지만 그것과 이것은 완전히 다른 일이죠. 저는 오래전부터 존한테 '뭔가가 부족하다'고 느껴 왔는데 브렌다 라스트처럼 매력적이고 세상 경험 많은 부인이야말로 걔를 도와주기에 꼭 맞는 사람이죠. 존은 원래 굉장히 정이 많은 아이지만 여린 성품 때문에 감정을 좀처럼 겉으로 드러내질 않아요…… 솔직히 말하면 지난주에 뭔가 낌새가 느껴져서, 다른 핑계를 대고 집을 며칠 비웠답니다. 만약 제가 집에 있었다면 아무 일도 일어나지 않았을 거예요. 존은 저한테도 수줍음을 타고 말이 별로 없어요. 체스 말은 깔끔하게 완성해서 오늘 오후에 보내 드릴게요. 감사합니다."

한편 비버는 난생처음 자신이 흥미롭고 중요한 사람이 되었음을 느꼈다. 여자들은 전과 달리 그를 유심히 살펴보면서 자신들이 미처 보지 못했던 것이 무엇인지 궁금해했다. 남자들은 그를 자신들과 동등하게, 심지어 성공한 동료이자 경쟁자처럼 대우했다. '대체 그가 어떻게 그런 일을 해냈지?'라고 생각했을지는 모르지만 이제 그가 브랫 클럽에 나타나면 그들은 바에 앉을 자리를 마련해 주면서 "어이, 한잔하겠나?" 하고 말을 건네곤 했다.

브렌다는 토니에게 매일 아침저녁으로 전화를 걸었다. 어떤 때는 존 앤드루도 엄마와 통화를 했는데, 폴리 콕퍼스처럼 악만 써 대는 통에 브렌다의 대답은 듣지도 못했다. 그녀는 주말 동안 헤턴에 갔다가 다시 런던으로 돌아왔다. 페인트가 다 말랐기 때문에 이번에는 아파트로 갔지만 아직 온수는 정상적으로 나오지 않았다. 모든 것 — 벽, 침대 시트, 커튼 — 에서 새 것 냄새가 났다. 새 라디에이터에서는 쇠가 달궈졌을 때 나는, 조금 고약한 냄새가 났다.

그날 저녁에도 그녀는 평상시처럼 헤턴으로 전화를 했다.
"나 지금 아파트에서 전화하는 거예요."
"어, 그래."
"여보, 관심 있는 척이라도 좀 해 봐요. 나는 얼마나 좋은지 몰라요."
"아파트가 어떤데?"
"음, 지금은 굉장히 여러 가지 냄새가 나요. 욕실에서는 좀 이상한 소리가 나고요. 온수 꼭지를 틀면 아직은 바람만 나오고, 냉수 꼭지에서는 물이 계속 똑똑 떨어지는데 좀 녹물 빛깔이 나요. 또 벽장문이 잘 안 열리고, 커튼이 끝까지 쳐지지 않아서 밤에는 가로등 불빛이 보여요…… 하지만 그래도 아주 근사해요."

"설마, 그럴 리가."

"여보, 너무 그러지 마요. 정말 신난다니까요. 현관문이랑 열쇠 같은 것도 전부 맘에 들고…… 그리고 오늘 누가 나한테 굉장한 꽃다발을 보냈어요. 너무 커서 마땅히 둘 데도 없고 꽃병도 없어서 일단 세면대에 꽂아 두었어요. 그거, 당신이 보낸 거 아니죠?"

"실은…… 내가 보냈어."

"어머, 여보, 나도 당신이었으면 했어요…… 정말 당신다워요."

"삼 분 지났어요."

"이제 끊어야 해요."

"언제 돌아올 거요?"

"곧 갈게요. 잘 자요, 여보."

"통화가 길기도 하네요." 비버가 말했다.

통화하는 내내 브렌다는 한 손으로 비버를 전화기에서 떼어 놓느라 바빴다. 그가 전화를 끊어 버리겠다고 장난스럽게 위협했기 때문이다.

"꽃을 보내다니, 당신 남편은 참 다정한데요?"

"난 토니를 그다지 좋아하지 않아요."

"신경 쓸 것 없어요. 그는 당신을 전혀 좋아하지 않으니까."

"토니가 날 안 좋아한다고요? 왜요?"

"당신을 좋아하는 사람은 나뿐이에요. 분명히 알아 둬요……. 내가 당신을 좋아하는 것도 이상한 일이긴 하지만."

⚜

비버와 그의 어머니는 크리스마스를 아일랜드의 친척 집에서 보낼 예정이었다. 토니와 브렌다는 헤턴 저택에서 가족 파티를 열었다. 손님은 마저리와 앨런 부부, 브렌다의 어머니, 토니의 숙모 프랜시스, 그리고 라스트 가문의 가난한 두 가족이었다. 이 두 가족은 장자상속의 피해자라는 지위를 불평 없이 겸허하게 받아들였고 토니 못지않게 헤턴 저택을 소중하게 생각했다. 크리스마스트리는 존 앤드루의 방에 조그만 것이, 아래층 중앙 홀에 큰 것이 놓였다. 큰 크리스마스트리는 가난한 라스트 가족들이 장식했고 티타임 후에 삼십 분 동안 불을 켜 놓았다.(초가 넘어질 경우 큰불로 번지기 전에 끄기 위해 하인 두 명이 젖은 스펀지를 끼운 막대기를 들고 서 있었다.) 모든 하인을 위한 선물과 — 선물의 가치는 직급에 따라 엄격하게 구분되었다. — 손님들을 위한 선물이 준비되었다.(가난한 라스트 가족들을 위한 선물은 수표였다.) 앨런은 매년 자신이 특히 좋아하는 진미인 푸아그라 앙 크루트*를 가져왔다. 배부르게 음식을 먹고 나자 아직 크리스마스 다음 날 저녁도 안 됐는데 다들 약간 나른해졌다. 그들이 불붙은 브랜디가 담긴 은 국자를

---

* 거위 간을 갈아서 원통 모양으로 빚은 다음 빵처럼 구워 낸 요리.

순배한 뒤 크리스마스 크래커*를 잡아당기자 그 안에서 종이 모자와 실내 불꽃놀이와 격언이 적힌 쪽지가 나왔다. 올해도 모든 것이 여느 크리스마스와 똑같았다. 헤턴 저택의 평화로움과 차분함을 위협하는 것은 아무것도 없었다. 성가대는 소나무 발코니에 올라가서 캐럴을 불렀고 따뜻한 펀치와 달콤한 비스킷을 게걸스럽게 먹었다. 목사는 똑같은 크리스마스 설교문을 낭독했다. 교구민들이 매우 좋아하는 설교문이었다.

그는 온화한 표정으로 신도들을 둘러보면서 설교를 시작했다. 신도들은 머플러에 대고 기침을 하거나 털장갑을 낀, 꽁꽁 언 손을 비비고 있었다. "우리는 지금이 진정 크리스마스인지 알기가 참으로 힘듭니다. 타오르는 장작불과 꼭 닫은 창 밖에서 흩날리는 눈송이 대신 우리가 가진 것은 뜨겁게 작열하는 이국의 태양뿐입니다. 사랑하는 이들의 행복한 얼굴과 고향 집과 가족들 대신, 분명 우리에게 감사하고는 있지만 우리를 이해하진 못하는 이교도들의 눈길뿐입니다. 베들레헴의 평온한 황소와 나귀 대신……." 목사의 비유는 맥락을 약간 벗어나고 있었다. "우리 곁에는 탐욕스러운 호랑이와 이국적인 낙타, 교활한 자칼과 육중한 코끼리가 있습니다……." 목사는 빛바랜 원고를 계속 읽어 나갔다. 그의 설교에 한때 수많은 완고한 군인들이 감동했더랬다. 텐드릴 목사가 이 교구로 온 이래 해마다 그 설교를 들으면서 토니와 가족들은 그것을 크리스마

---

* 영연방 국가들의 크리스마스 풍습. 마분지로 만든 사탕 모양 상자 안에 종이 모자나 왕관, 작은 장난감, 격언이나 유머나 퀴즈 등을 적은 쪽지를 넣어 만든다. 두 사람이 상자 끝을 한쪽씩 잡고 잡아당기면 상자가 쪼개지면서 평 소리가 난다.

스 행사에서 빼놓을 수 없는 부분으로 생각하게 되었다. 그 설교가 없는 크리스마스는 상상하기 힘들었다. '탐욕스러운 호랑이와 이국적인 낙타'라는 문구는 게임에 자주 등장하는 상용구가 된 지 오래였다.

브렌다는 그러한 게임들을 가장 견디기 힘들었다. 그녀는 그 게임들이 전혀 재미가 없었고, 정장을 입고 몸짓으로 단어를 설명하는 토니를 볼 때마다 민망했다. 게다가 즐거워하지 않는 그녀의 모습을 가난한 친척들이 잘난 척하는 것으로 받아들일지 모른다는 점도 걱정됐다. 하지만 그러한 걱정은, 비록 그녀는 알지 못했지만, 전혀 불필요했다. 토니의 친척들은 사촌 같은 상냥하고 너그러운 시선으로만 그녀를 바라보았기 때문이다. 그들은 자신들이 라스트 가문의 사람이기 때문에 헤턴 저택에 대한 권리를 브렌다보다 훨씬 더 많이 가지고 있다고 생각했다. 신랄한 프랜시스 숙모가 재빨리 문제를 눈치채고 "얘, 그런 예민한 감정들은 다 쓸데없는 거야. 오직 부자들만이 자신과 가난한 사람 사이의 간극을 아는 법이란다."라며 브렌다를 안심시키려고 했지만 그녀의 불편한 마음은 가시지 않았다. 그녀는 밤이면 밤마다 자신이 친척들 때문에 방에서 쫓겨나거나, 무언가를 묻고 답하거나, 세련되지 못한 행동을 하거나, 게임에서 벌금을 물거나, 그림을 그리거나, 시를 쓰거나, 옷을 차려입거나, 집 안에서 이리저리 쫓겨 다니거나, 벽장 안에 갇혀 있음을 깨달았다. 그해 크리스마스는 금요일이라서 파티가 목요일부터 월요일까지 계속되었다.

브렌다는 선물이나 편지를 절대 보내지 말라고 비버에게 당부해 두었다. 그가 무슨 말을 하건 그 조악함 때문에 자기가 상처 입을 것을 알았기에 자신을 보호하려고 그랬던 것이지만 그럼에도 그녀는 비버가 자신의 말을 어겼기를 바라면서 초조하게 편지를 기다렸다. 그녀는 얼마 전에 금과 백금으로 된 고리 세 개가 겹쳐진 모양의 반지를 아일랜드로 보냈다. 그 반지를 주문했을 때 그녀는 한 시간 만에 후회했다. 화요일에 그에게서 고맙다는 편지가 왔다. 사랑하는 브렌다, 멋진 크리스마스 선물을 보내 주어서 고마워요. 분홍색 가죽 케이스를 보았을 때 내가 얼마나 기뻤을지, 그리고 그것을 열어 보았을 때 얼마나 놀랐을지 당신도 상상이 가겠지요. 그렇게 훌륭한 선물을 보내다니 당신은 정말로 다정한 사람이에요. 다시 한 번 고마워요. 당신의 파티는 성공적이었길 바라요. 여기는 조금 따분하군요. 다른 사람들은 어제 사냥을 갔는데 나는 총집합까지만 갔어요. 다들 그리 즐겁지는 않았던 모양이더군요. 옆에 계신 어머니가 안부 전해 달래요. 우린 내일이나 모레 떠날 예정이에요. 어머니가 감기 기운이 있으셔서요.

편지는 종이 끄트머리에서 이렇게 끝났다. 비버가 저녁 식사 전에 그 편지를 쓰다가 나중에 마무리하는 것을 깜빡 잊고 봉투에 넣어 부쳤던 것이다.

그의 글씨는 큼지막하고 여학생이 쓴 것 같았으며 행간이 무척 넓었다.

브렌다는 그 편지를 읽고 조금 언짢았지만 마저리에게 편지를 보여 주며 이렇게 말했다. "불평할 수도 없지, 뭐. 그는 한 번도 나한테 반한 척한 적이 없었으니까. 어쨌거나 그 반지는 정말 바보 같은 선물이었어."

토니는 앤젤라의 집에 가는 것 때문에 신경이 곤두서 있었다. 그는 원래 집 떠나는 것을 싫어했다.

"당신은 안 가도 돼요, 여보. 혼자서도 잘 지낼 수 있어요."

"아니야, 나도 가겠소. 지난 삼 주 동안 당신이랑 별로 같이 있지도 못했잖아."

그들은 수요일 내내 단둘이 시간을 보냈다. 브렌다가 애쓴 덕에 토니의 날카로운 심기도 좀 수그러들었다. 이번에는 그녀가 특별히 그에게 다정하게 굴었고 짓궂은 장난도 거의 치지 않았다.

목요일에 그들은 요크셔를 향해 북쪽으로 달렸다. 비버도 거기 와 있었다. 토니가 도착한 지 삼십 분 만에 그를 발견하고는 2층으로 올라가서 브렌다에게 그 사실을 알렸다.

"정말 이상한 일이야. 여기 누가 와 있는지 알아?"

"누구요?"

"우리 친구 비버가 왔어."

"그게 왜 이상해요?"

"글쎄. 난 그에 대해 까맣게 잊고 있었거든. 당신은 안 그랬어? 우리 집에 올 때처럼 이번에도 전보를 치고 왔을까?"

"어쩌면요."

토니는 비버가 틀림없이 무척 외로울 것이라 생각하고 그에게 친절하게 대하려고 애썼다. "지난번 만남 이후로 많은 변화가 있었답니다. 브렌다가 런던에 아파트를 얻었거든요."

"압니다."

"어떻게요?"

"저희 어머니가 그 아파트를 빌려 주셨거든요."

무척 놀란 토니는 브렌다를 나무랐다. "아파트 주인이 누군지 왜 말하지 않았어? 미리 알았더라면 허락하지 않았을지도 몰라."

"여보, 그래서 얘기 안 한 거예요."

그 집 손님 중 절반은 비버가 왜 그곳에 왔는지 몰랐고 절반은 알았다. 그 때문에 비버와 브렌다는 서로 마주치는 일을 피했고 그냥 안면이 있는 사람들보다도 훨씬 적게 만났다. 그래서 앤젤라는 남편에게 이렇게 말했다. "비버를 부르지 말걸 그랬나 봐요. 거의 티도 안 나는걸요."

브렌다는 쓰다 만 편지 이야기는 꺼내지 않았지만 비버가 반지를 끼고 있음을, 말하면서 반지를 비틀어 돌리는 재주까지 벌써 익혔음을 알아차렸다.

31일에는 이웃집에서 파티가 열렸다. 토니는 혼자서 먼저 집으로 돌아갔고 비버와 브렌다는 차 뒷좌석에 함께 타고 돌아갔다. 다음 날 아침, 그녀는 아침 식사를 하면서 토니에게 말했다. "새해를 맞아 한 가지 결심한 게 있어요."

"집에서 더 많은 시간을 보내는 거랑 관계 있는 거야?"

"오, 아니에요. 완전히 반대되는 거예요. 진심이니까 잘 들어요. 나 뭔가를 배울까 해요."

"또 접골사 얘기야? 그 얘긴 끝난 걸로 아는데."

"아니요, 경제학과 관련된 거예요. 그동안 쭉 생각해 오던 건데요, 내가 요즘 하는 일이 하나도 없잖아요. 존에게 내가 필요한 척하는 것도 어불성설이고, 이 집은 알아서 잘 돌아가고. 나도 뭔가에 몰두할 때가 된 것 같아요. 안 그래도 당신 항상 국회 진출에 대해 얘기하는데 내가 경제학 공부를 좀 해 두면 선거운동이나 연설문 작성 같은 걸 할 때 도움이 되지 않겠어요? 앨런이 노동당 우세 지역에서 출마했을 때 마저리가 그랬던 것처럼요. 런던의 대학에서는 온갖 강의를 해요. 여자들이 다니는 대학 말이에요. 좋은 생각 같지 않아요?"

"접골사한테 다니는 것보다는 낫군." 토니도 인정했다.

그렇게 새해가 시작되었다.

3
토니에게 닥친 불운

1

　하얀 나비넥타이에 연미복을 차려입고 우울한 모습으로 테이블에 혼자 앉아 호화롭게 차려진 식사를 하고 있는 남자들의 모습은 밤 9시와 10시 사이에 브랫 클럽에서 흔히 볼 수 있는 풍경이다. 그들은 마지막 순간에 여자에게 바람맞은 이들이다. 이십여 분 동안 어떤 식당 로비에 앉아서 누군가를 기다리는 눈빛으로 회전문을 쳐다보며 시계를 꺼내 보고 칵테일을 주문하길 반복하다가 결국 기다리던 손님으로부터 못 오게 되었다는 메시지를 전달받은 것이다. 그들은 혹시 친구들을 만날 수 있을까 하는 마음에 브랫 클럽으로 향하지만 대개는 클럽이 텅 비어 있거나 낯선 이들로 가득한 것을 발견하는 데서 우울한 만족감을 얻곤 한다. 그리고 벽 쪽 자리에 나란히 앉아 침울한 표정으로 자기 앞 마호가니 테이블을 노려보면서 진탕 먹고 마신다.

2월 중순경의 어느 날 저녁 조크 그랜트멘지스가 브랫 클럽을 찾은 것도 바로 그러한 기분, 그러한 까닭에서였다.

"누구 온 사람 없어요?"

"오늘 밤은 무척 조용합니다. 식당에 라스트 씨가 계십니다."

조크는 구석에 앉아 있는 토니를 발견했다. 토니는 편안한 평상복 차림이었다. 테이블과 그의 옆 의자 위에는 신문과 잡지들이 지저분하게 널려 있었고 그는 신문 하나를 세워 든 채 보고 있었다. 식사는 반쯤, 부르고뉴 와인은 병의 4분의 3 정도 먹은 상태였다. 그가 말했다. "어이, 바람맞았나? 이리 와서 앉게."

조크는 토니를 꽤 오랜만에 만났는데 사실 조금 당황스러웠다. 다른 친구들과 마찬가지로 그 역시 토니가 요즘 어떤 기분인지, 브렌다와 존 비버의 관계에 대해 얼마나 아는지 몰랐기 때문이다. 하지만 조크는 토니와 합석을 했다.

"바람맞았나?" 토니가 다시 물었다.

"응. 그 계집 다시는 불러내지 않을 거야."

"한잔하는 게 좋겠군. 나는 이미 꽤 마셨다네. 많이 마시는 게 최고지."

그들은 남은 와인을 다 마시고 한 병 더 주문했다.

"하룻밤 다녀가려고 올라왔어. 여기서 묵고 있다네." 토니가 말했다.

"자네 아파트 얻지 않았나?"

"뭐, 브렌다가 얻은 거지. 두 명이 지낼 만한 공간은 없어…… 한 번 묵어 봤는데 안 되겠더군."

"브렌다는 지금 뭘 하고 있는데?"

"어딘가에 나가 있네. 내가 온다는 말을 안 했거든……. 멍청한 짓이었지. 헤턴에 혼자 있는 게 지긋지긋해진 데다 브렌다가 보고 싶다는 생각이 들어서 갑자기 충동적으로 와 버린 걸세. 바보처럼 말이야. 그녀가 외출하는 걸 알았더라면 좋았을 텐데……. 브렌다는 누굴 바람맞히는 성격이 절대 아니거든……. 암튼 그래. 브렌다가 지금 있는 곳에서 빠져나올 수 있으면 이따가 여기로 전화할 걸세."

그들은 술을 많이 마셨다.

이야기는 주로 토니가 했다. "브렌다가 경제학 강의를 듣기로 한 건 정말 훌륭한 생각이었어. 오래 못 갈 줄 알았는데 정말로 열심히 한다네……. 좋은 구상인 것 같아. 헤턴에서는 그녀가 할 일이 정말 없었거든. 물론 그녀는 인정하려 들지 않겠지만 헤턴에서는 분명 따분할 때가 많았을 걸세. 곰곰이 생각해 보고 내린 결론이야. 브렌다는 따분했던 게 틀림없네……. 언젠가는 경제학 공부에도 싫증을 낼지 모르지……. 어쨌거나 지금은 꽤 즐거워하는 것 같아. 최근에는 주말마다 헤턴에서 손님을 치렀다네……. 조크, 자네도 언제 한번 오게나. 난 브렌다의 새 친구들이랑은 잘 안 맞는 것 같아."

"경제학 강의를 같이 듣는 사람들 말인가?"

"아니, 하지만 내가 모르는 사람들이라네. 그들은 나를 따분하게 여기나 봐. 곰곰 생각해 보니 그런 결론이 나더군. 그들은 나를 따분해해. '노인네'라고 부른다더군. 존이 들었대."

"뭐, 꽤 친근한 호칭이군그래."

"그래, 친근하지."

그들은 부르고뉴 와인을 다 마시고 나서 포트와인을 조금 마셨다. 이윽고 토니가 말했다. "이봐, 다음 주말에 우리 집에 오는 게 어떤가?"

"좋지."

"꼭 와 주게. 요즘 옛 친구들을 통 못 봐서……. 집에 사람들이 좀 많겠지만, 상관없지? ……자네는 사교성이 좋은 친구잖나, 조크……. 사람들이 많아도 괜찮을 거야. 나는 끔찍하게 싫지만." 그들은 포트와인을 조금 더 마셨다. "화장실은 좀 모자랄 걸세……. 물론 자네는 이미 아는 사실이지. 예전에 많이 와 봤으니까. 나를 따분하게 생각하는 새로운 친구들과는 달라. 자네도 내가 따분하다고 생각하는 건 아니지?"

"그럼."

"내가 지금처럼 취해도 말이야, 그렇지? ……화장실은 더 늘어날 수도 있었네. 내가 계획을 다 짜 뒀거든. 네 개를 더 만들려고. 업자가 설계도도 그렸지……. 그런데 브렌다가 아파트를 얻고 싶어 해서 경제적인 이유 때문에 뒤로 미룰 수밖에 없었네……. 그러니까 우습지 않나. 브렌다의 경제학 강의 때문에 경제적으로 살아야 한다니……."

"그래, 우습구먼. 포트와인이나 좀 더 마시지."

토니가 말했다. "자네 오늘 굉장히 우울해 보이네."

"좀 그래. 돼지 안건 때문에 걱정이 돼서 말이야. 선거구민들이 계속 편지를 보내거든."

"나야말로 우울했지, 더럽게 우울했어. 하지만 지금은 한결 나아졌네. 역시 취하는 게 제일이라니까. 좀 마시고 나니 우울한 기분이 가셨는걸……. 런던까지 왔는데 환영받지 못하는 건 맥 빠지는 일이야. 우습군, 자네는 여자한테 바람맞아서 우울하고, 나는 아내한테 바람맞지 않을 거라서 우울하고."

"그래, 참 우습군."

"그런데 난 요즘 몇 주째 이렇게 우울하다네……. 정말 더럽게 우울해……. 브랜디 좀 마실까?"

"좋지. 어쨌거나 인생에 여자와 돼지만 있는 건 아니니까."

그들은 브랜디를 마셨고 시간이 좀 지나자 조크도 다시 쾌활해지기 시작했다.

잠시 후 사환이 그들의 테이블로 와서 말했다. "브렌다 부인에게서 메시지가 왔습니다."

"좋아, 내가 가서 직접 받지."

"부인께서 하신 게 아니라 다른 분이 전언하시는 건데요."

"내가 가서 아내에게 얘기하겠네."

그는 로비에 있는 전화기로 갔다. "여보."

"라스트 씨 되십니까? 브렌다 부인께서 전해 달라신 말씀이 있습니다."

"알았소. 브렌다를 바꿔 주시오."

"부인께선 지금 전화를 받으실 수가 없고 대신 말씀을 전해 달라고 하셨습니다. 대단히 미안하지만 오늘 밤에는 만나실 수가 없답니다. 부인께서는 몹시 피곤하셔서 곧바로 귀가하셨습니다."

"내가 통화하고 싶어 한다고 전해요."

"죄송하지만 그럴 수가 없습니다. 이미 잠자리에 드셨거든요. 굉장히 피곤해하셨습니다."

"너무 피곤해서 잠자리에 들었다고?"

"그렇습니다."

"그래도 바꿔 주시오."

"그럼 안녕히 계십시오."

"노인네가 많이 취하셨군요." 비버가 전화를 끊으면서 말했다.

"오, 저런, 그 사람 대체 왜 그러는지 모르겠어요. 이렇게 갑자기 찾아와서 뭘 어쩌자는 거죠? 예고 없이 찾아오지 못하도록 가르쳐야겠어요."

"자주 이러나요?"

"아니요, 안 하던 행동이에요."

전화벨이 울렸다. "이번에도 토니일까요? 내가 받는 게 좋겠어요."

"브렌다 라스트 부인을 바꿔 주시오."

"여보, 나예요, 브렌다."

"어떤 멍청이 같은 자식이 내가 당신과 통화할 수 없다고 하더군."

"저녁 식사 한 곳에 그렇게 메시지를 전해 달라고 부탁했어요. 당신 즐거운 시간 보내고 있어요?"

"죽을 맛이야. 지금 조크와 함께 있어. 그 친구는 돼지 안건 때문에 걱정하고 있지. 우리가 당신을 보러 가면 어떨까?"

"아니, 지금은 안 돼요, 여보. 너무 피곤해서 막 자려던 참이거든요."

"우리 둘이 당신을 만나러 갈게."

"토니, 당신 조금 취했어요?"

"아주 떡이 됐지. 조크랑 같이 당신한테 갈게."

"여보, 그러면 안 돼요. 내 말 듣고 있어요? 여기서 소란 피우게 둘 순 없어요. 이미 이 아파트에 대한 안 좋은 소문이 돌고 있다고요."

"조크랑 내가 가면 그 이름에 아주 먹칠을 하겠군."

"여보, 제발 오지 마요. 오늘 밤은 안 돼요. 제발 진정하고 그냥 클럽에 있어요. 그래 줄 거죠?"

"곧 도착할 거야." 그는 전화를 끊었다.

"맙소사, 정말 토니답지 않아요. 브랫 클럽에 전화를 걸어서 조크를 바꿔 달라고 해요. 조크는 좀 더 제정신일 거예요."

✤

"브렌다랑 통화했네."

"그럴 것 같더군."

"지금 아파트에 있어. 우리가 곧 가겠다고 했네."

"잘됐군. 못 본 지 몇 주 됐는데. 내가 브렌다를 굉장히 좋아하잖나."

"나도 그래. 멋진 여자지."

"멋진 여자야."

"그랜트멘지스 씨, 어떤 부인이 전화로 찾으십니다."

"누구요?"

"이름은 말씀하지 않으셨어요."

"알았소. 받아 보지."

브렌다가 말했다. "조크, 우리 남편한테 무슨 짓을 한 거예요?"

"토니는 조금 취했을 뿐이에요."

"아주 으르렁대던데요. 토니가 여기 오겠다고 으름장을 놓았어요. 그런데 전 오늘 정말 그이를 만날 기분이 아니에요. 피곤해 죽겠다고요. 아시겠어요?"

"네, 알겠어요."

"그러니까 제발 그이 좀 말려 주실래요? 당신도 취했어요?"

"조금요."

"이런, 제가 당신을 믿어도 될까요?"

"노력해 볼게요."

"아, 별로 믿음직스럽게 들리지 않네요. 그럼 이만. ……존, 이제 가셔야겠어요. 이 무뢰한들이 언제 들이닥칠지 몰라요. 택시비 낼 돈은 있어요? 내 핸드백에 보면 잔돈이 좀 있을 거예요."

"자네 여자 친구가?"

"어."

"화해했나?"

"뭐, 그렇진 않아."

"웬만하면 화해하게. 브랜디를 조금 더 마실까, 아니면 곧바로 브렌다한테 갈까?"

"브랜디를 좀 더 마시지."

"조크, 자네 아직도 우울한 건 아니지? 우울해해 봤자 좋을 거 없다네. 난 이제 우울하지 않아. 아까는 우울했지만 지금은 아니야."

"그래, 지금은 우울하지 않네."

"그럼 브랜디 좀 마시고 나서 브렌다한테 가자고."

"그러지."

삼십 분 후에 그들은 조크의 차에 올라탔다. "내가 자네라면 운전하지 않겠네."

"운전을 안 한다고?"

"그래. 하면 안 되니까. 자네더러 취했다고 할 걸세."

"누가?"

"자네가 들이받을 사람 말일세. 그 사람이 자네한테 취했다고 할 거라고."

"그래, 취한 건 맞지."

"그러니까 나라면 운전 안 한다니까."

"걸어가기엔 너무 멀잖나."

"택시를 타면 되지."

"이봐, 나 운전할 수 있어."

"아니면 브렌다한테 가지 마세."

"브렌다한테는 가야지. 우리를 기다리고 있을 텐데." 조크가 말했다.

"거기까지 걸어갈 수는 없어. 게다가 우리가 오는 걸 그리 반기지도 않았고."

"우리 얼굴을 보면 반가워할 걸세."

"그래, 하지만 너무 멀어. 다른 데 가자고."

"난 브렌다가 보고 싶은데. 그녀를 많이 좋아하거든." 조크가 말했다.

"그녀는 멋진 여자야."

"그녀는 멋진 여자지."

"좋아, 택시를 타고 브렌다한테 가세."

하지만 반쯤 가다가 조크가 말했다. "우리 거기 가지 마세나. 어디 다른 델 가지. 싼 술집으로 가자고."

"난 아무래도 좋네. 운전사더러 싸구려 술집으로 가 달라고 하게."

"어디 싸구려 술집으로 갑시다." 조크가 머리를 내밀면서 말했다.

택시가 방향을 바꿔 리전트 거리로 향했다.

"브렌다한테는 싸구려 술집에서 언제든 전화하면 되니까."

"맞아, 그래야겠어. 그녀는 멋진 여자야."

"멋진 여자지."

택시는 골든 광장을 지나 동양인들이 많이 사는 작고 음산한 동네인 싱크 거리로 접어들었다.

"운전사가 우리를 올드 헌드레드스로 데려가려는 모양이야."

"거기 요즘도 영업하나? 몇 년 전에 문 닫은 줄 알았는데."

하지만 그곳 입구에는 환하게 불이 밝혀져 있었고 챙 달린 모자와 몰* 무늬 코트를 걸친 허름한 몰골의 남자가 나와서 택시 문을 열어 주었다.

올드 헌드레드스는 사실 한 번도 문을 닫은 적이 없었다. 한 세대를 거치면서, 이름과 지배인이 다양한 다른 클럽들이 생겨나 다양한 이미지와 위상을 표방하며 위태롭게 잠시 존재하다가 경찰이나 채권자들의 손에 의해 사라져 가는 동안에도, 올드 헌드레드스는 그 모든 역경에도 늘 건재했다. 탄압을

---

* 실을 땋아서 만든 무늬.

피해 갔던 것은 아니다. 오히려 그 반대였다. 치안판사가 영업을 정지하고, 영업허가를 취소하고, 건물을 몰수한 것도 한두 번이 아니었으며, 사장과 직원들은 늘 감옥을 들락거렸다. 국회와 조사 위원회에서도 문제가 제기되었지만, 그 어떤 내무 장관이나 경찰청장이 명성을 얻었다가 불명예스럽게 퇴진하는 동안에도 올드 헌드레드스의 문은 언제나 저녁 9시부터 새벽 4시까지 열려 있었고 그 안에서는 수상쩍은 알코올음료들이 아무런 제재 없이 손님들에게 공급되었다. 상냥한 아가씨가 토니와 조크를 다 쓰러져 가는 건물 안으로 안내했다.

"여기에 성함 좀 적어 주시겠어요?" 토니와 조크는 "나는 싱크 거리 100번지에서 열린 웨이브리지 대위의 보틀 파티*에 초대받았습니다."라고 적힌 양식의 하단에 가명을 써넣었다.

"1인당 5실링입니다."

그 클럽을 운영하는 데는 돈이 그리 많이 들지 않았다. 밴드를 제외한 모든 직원이 월급을 받지 않았기 때문이다. 그들은 손님들의 코트 호주머니에서 돈을 슬쩍하거나 술 취한 손님들한테 거스름돈을 덜 줌으로써 각자 재주껏 제 몫을 챙겼다. 젊은 여자 손님들은 무료로 들어올 수 있었지만 반드시 남자 파트너들이 돈을 쓰게 만들어야만 했다.

"이봐, 토니, 내가 마지막으로 여기 왔던 건 자네 결혼식 전날 총각 파티 때였다네."

"그날 엄청 마셨지."

"코가 삐뚤어질 정도였지."

---

* 손님들이 각자 알아서 술을 가져오는 파티.

"그날 밤에 또 누가 취했는지 아나? 바로 레지야. 껌 자판기를 망가뜨렸다고."

"레지도 많이 취했더랬지."

"이봐, 아직도 그 여자 때문에 우울한가?"

"나 안 우울해."

"그럼, 자, 아래층으로 내려가자고."

플로어는 만원이었다. 나이 지긋한 남자가 밴드에 합류해서 지휘를 하려고 애쓰고 있었다. "난 이곳이 맘에 드네. 뭘 마실까?" 조크가 말했다.

"브랜디."

술은 병 단위로 사야만 했다. 그들은 몽모랑시 와인 회사로 보내는 주문서를 작성하고 2파운드를 지불했다. 그들이 받아 본 병의 레이블에는 '장기간 숙성된 고급 샴페인. 수입원 몽모랑시 와인 회사'라고 쓰여 있었다. 웨이터가 진저에일과 잔 네 개를 갖다 주었다. 젊은 여자 둘이 다가오더니 그들 옆에 앉았다. 밀리와 뱁스라는 여자들이었다. 밀리는 "런던에 오래 계실 건가요?"라고 물었고 뱁스는 "담배 같은 거 있어요?"라고 물었다.

토니는 뱁스와 춤을 췄다. 그녀가 물었다. "춤추는 거 좋아하세요?"

"아니. 당신은?"

"그저 그래요."

"그럼 앉읍시다."

웨이터가 물었다. "당첨 선물이 초콜릿 한 상자인 복권 한 장 사시겠습니까?"

"됐소."

"절 위해 하나 사 주세요." 뱁스가 말했다.

조크는 돼지 안건의 세부 사항에 대해 얘기하기 시작했다.

……밀리가 말했다. "결혼하셨죠?"

"안 했소." 조크가 대답했다.

"어머, 내가 얼마나 잘 맞히는데. 친구분도 결혼하셨잖아요."

"저 친구는 결혼했지."

"자기 부인 얘기 하려고 여기 오는 남자들이 얼마나 많은지 알면 깜짝 놀라실걸요."

"저 친구는 안 했잖소."

그때 토니가 테이블 위로 몸을 수그리며 뱁스에게 말했다. "있잖아, 우리 마누라는 공부를 너무 열심히 해서 탈이야. 요즘은 경제학 강의를 듣는다니까."

뱁스가 말했다. "여자가 뭔가에 관심을 갖는 건 좋은 일이라고 생각해요."

웨이터가 물었다. "식사는 뭘로 하실 건가요?"

"아, 우리는 방금 밥을 먹고 왔소."

"맛있는 대구 요리는 어떠십니까?"

"그것보다도 난 전화를 걸어야 해. 어디에 있소?"

"진짜 전화 말이에요, 아니면 화장실을 찾는 거예요?" 밀리가 물었다.

"전화기 말이야."

"2층 사무실에 있어요."

토니는 브렌다에게 전화를 걸었다. 한참 이따가 그녀가 전화를 받았다. "네, 누구세요?"

"앤터니 라스트 씨와 조슬린 그랜트멘지스 씨가 보내는 메시지입니다."

"아, 당신이군요, 토니. 무슨 일로 전화했어요?"

"내 목소리인 줄 알았어?"

"그럼요."

"으음, 메시지만 전하려고 했는데 당신과 통화가 됐으니 직접 말하지, 뭐."

"그러세요."

"조크와 내가 정말 미안한데, 오늘 밤에 당신한테 못 갈 것 같아."

"아, 그래요?"

"너무 나쁘게 생각하지 말았으면 좋겠어. 볼일이 좀 많아서 그래."

"괜찮아요, 토니."

"혹시 내가 자는 걸 깨웠나?"

"괜찮아요, 토니."

"그래, 그럼 잘 자."

"잘 자요."

토니는 내려가서 테이블로 돌아갔다. "브렌다와 통화했어. 좀 짜증스러워하는 것 같던데. 우리가 거기 가야 한다고 생각하나?"

"그러겠다고 약속했잖아." 조크가 말했다.

"숙녀를 실망시키면 안 되죠." 밀리가 말했다.

"음, 지금은 시간이 너무 늦었어."

뱁스가 물었다. "당신들 두 분 다 공무원이죠?"

"아니. 왜?"

"그런 것 같아서요."

밀리가 말했다. "나는 사업가들이 제일 좋더라. 재미난 얘기를 많이 알더라고요."

"그럼 당신 직업은 뭐예요?"

"집배원 모자를 디자인해." 조크가 대답했다.

"아, 그리고요?"

"그리고 내 친구는 바다사자를 훈련하지."

"또 말해 봐요."

뱁스가 말했다. "신문사에서 일하는 친구가 하나 있는데."

잠시 후에 조크가 말했다. "브렌다 건을 어떻게 해야 하지 않을까?"

"내가 못 간다고 전화하지 않았나?"

"그래⋯⋯. 하지만 그래도 기다리고 있을지도 몰라."

"그럼 이렇게 하지. 자네가 전화를 걸어서 브렌다가 정말로 우릴 기다리는지 알아봐."

"그래야겠군." 조크는 십 분 후에 돌아왔다. "내가 듣기엔 조금 짜증이 난 것 같던데. 어쨌든 우리가 가지 않을 거라고 말했네."

"아마 피곤할 거야. 수업 때문에 일찍 일어나야 하니까. 참, 지금 생각났는데, 아까 저녁에 전화했을 때 누가 브렌다가 피곤하다고 말했는데."

"이 끔찍한 생선은 대체 뭔가?"

"자네가 주문했다고 웨이터가 그러던데."

"그랬나 보군."

"내가 클럽 고양이한테 줄게요. 블랙베리라고, 예쁜 녀석이 있거든요." 뱁스가 말했다.

그들은 한두 번 더 춤을 췄다. 그리고 조크가 말했다. "브렌다한테 다시 전화를 걸어 봐야 할까?"

"그래야 할 것 같아. 우리 때문에 짜증이 난 것 같더라고."

"여기서 나가지. 전화는 나가면서 하자고."

"저희 집에 안 가실래요?" 뱁스가 물었다.

"오늘 밤은 안 되겠어."

"빼지 말고요." 밀리가 말했다.

"정말 안 된다니까."

"좋아요. 그럼 작은 선물은 어때요? 우리가 전문 댄스 파트너라는 거 아시잖아요." 뱁스가 말했다.

"아, 그래, 미안해, 얼마지?"

"어머, 그건 신사분들이 알아서 주셔야죠."

토니는 그들에게 1파운드를 주었다. 그러자 뱁스가 말했다. "조금 더 쓰실 수도 있을 텐데. 두 시간이나 같이 있었잖아요."

조크가 1파운드를 더 주었다. "언제 한가하면 저녁때 또 놀러 와요." 밀리가 말했다.

2층으로 올라가면서 토니가 말했다. "몸이 별로 좋지 않아. 굳이 브렌다한테 전화하지 않아도 될 것 같은데."

"그럼 메시지를 전해 달라고 해."

"그게 좋겠군……. 이봐요." 토니는 허름한 제복을 입은 수위를 불렀다. "이 번호로 전화를 해서 어떤 부인이 전화를 받으면, 그랜트멘지스 씨와 라스트 씨가 대단히 미안해하면서 오늘 방문 못 하겠다고 하더라고 전해 주겠소? 내 말 알아들었소?" 그는 수위에게 반 크라운짜리 동전을 주었다. 두 사람은 느릿느릿 싱크 거리로 걸어 나왔다. "브렌다도 그 이상은 기대하지 않을 거야." 토니가 말했다.

"지금부터 내가 할 일을 말해 주지. 그녀가 자지 않고 우릴 기다리고 있을지도 모르니까, 내가 그녀의 아파트 앞을 지나가다가 초인종을 누르겠네."

"그래, 그렇게 하게. 내가 친구 하나는 잘 됐군, 조크."

"내가 브렌다를 좋아한다니까……. 멋진 여자야."

"멋진 여자지……. 내 컨디션이 나쁘지 않았더라면 좋았을 텐데."

토니는 다음 날 아침 8시에 일어나서 전날 밤 기억의 조각들을 비참하게 떠올렸다. 기억이 나면 날수록 자신이 했던 행동들이 형편없게 느껴졌다. 9시에 그는 목욕을 하고 차를 마셨다. 10시에 그가 브렌다에게 전화를 걸까 말까 망설이고 있는데 마침맞게 그녀한테서 전화가 왔다.

"여보, 기분은 좀 어때요?"

"최악이야. 어제 완전히 취했거든."

"그랬죠."

"죄책감도 드는군."

"그렇겠죠."

"어제 일이 전부 명확하게 기억나지는 않아. 하지만 조크와 내가 당신을 좀 귀찮게 했다는 느낌은 드는군."

"그랬어요."

"당신 화났어?"

"글쎄, 어젯밤엔 그랬죠. 토니, 다 큰 어른들이 대체 왜 그랬어요?"

"우리 둘 다 우울했어."

"오늘 아침엔 더 울적하겠네요……. 좀 아까 조크가 하얀 장미 한 상자를 보냈어요."

"내가 그 생각을 했더라면 좋았을걸."

"당신들 둘 다 어린애 같아요."

"당신 정말 화 안 났어?"

"화 안 났어요, 여보. 그러니까 당신은 곧장 헤턴으로 돌아가세요. 내일이면 다시 기분이 괜찮아질 거예요."

"그럼 당신 얼굴도 못 보는 거야?"

"오늘은 안 되겠어요. 오전 내내 강의를 들어야 하고 점심 약속도 있거든요. 하지만 금요일 저녁이나 토요일 아침에는 집에 갈게요."

"알겠소. 점심 약속을 취소하거나 강의를 빠질 순 없단 말이지?"

"그래요, 여보."

"알았어. 어젯밤 일은 너그럽게 생각해 줘서 고마워."

"어젯밤엔 정말로 운이 좋았어요. 내 짐작대로라면 토니는 앞으로 몇 주 동안 죄책감 때문에 괴로워할 거예요. 어젯밤엔 정말 화가 났지만 그만한 가치가 있었어요. 그이는 자기가 너무 큰 잘못을 했기 때문에 내가 무슨 짓을 하든 뭐라고 하기는커녕 화 낼 자격도 없다고 생각할 거예요. 게다가 런던에 와서 전

혀 즐겁지 않았으니 그것도 잘된 일이죠. 그렇게 갑자기 찾아와
선 안 된다는 걸 배웠을 거예요."

"당신에게는 사람들로 하여금 뭔가를 깨닫게 만드는 재주가
있군요." 비버가 말했다.

토니는 춥고 지친 데다 무거운 죄책감까지 느끼며 3시 18분
열차에서 내렸다. 존 앤드루가 차로 마중을 나와 있었다. "안
녕, 아빠, 런던에서 재미있으셨어요? 제가 나왔다고 화나신 거
아니죠? 보모를 설득해서 간신히 나온 거거든요."

"존, 널 보니 반갑구나."

"엄마는 어떻게 지내세요?"

"잘 지내는 것 같더라. 만나지는 못했어."

"하지만 만날 거라고 그러셨잖아요."

"그래, 그럴 생각이었는데 계획대로 안 됐단다. 전화 통화는
몇 번 했어."

"하지만 전화는 여기서도 할 수 있잖아요. 안 그래요, 아빠?
왜 런던까지 가서 전화를 하셨어요? ……왜 그랬어요, 아빠?"

"설명하자면 길단다."

"그러면 조금만 얘기해 주세요……. 왜 그랬는데요?"

"존, 아빠 지금 피곤해. 조용히 있지 않으면 다시는 기차역
에 마중 못 나오게 할 거다."

존 앤드루가 울상을 짓기 시작했다. "제가 마중 나오면 아빠
가 좋아하실 줄 알았어요."

"너 지금 울면 도슨 옆에 앉힐 줄 알아. 다 큰 녀석이 어디
서 눈물이야."

"차라리 도슨 옆으로 갈래요." 존 앤드루가 울먹이며 말했다.

토니는 차를 세우라고 하려고 전성관을 집어 들었지만 운전사가 그 소리를 듣지 못했다. 그래서 그는 송화기를 다시 제자리에 걸어 놓았고 부자는 집에 도착할 때까지 아무 말도 하지 않았다. 존 앤드루는 창문에 몸을 기대고 조금씩 훌쩍거렸다. 집에 도착하자 토니가 말했다. "보모, 앞으로는 나나 마님이 허락하지 않는 한 존이 기차역에 못 나오게 해요."

"알겠습니다. 오늘도 원래 안 보낼 거였는데 도련님이 혼자가 버렸더라고요. 존, 어서 코트 벗자. 세상에, 손수건은 대체 어디다 둔 거니?"

토니는 홀로 서재 벽난로 앞에 가서 앉았다. 그는 속으로 생각했다. '서른이나 먹은 남자 둘이 왕립 사관학교에서 하룻밤 외출 나온 젊은이들처럼 굴다니……. 잔뜩 취해서 여기저기 전화를 해 대고, 올드 헌드레드스에서 창녀들이랑 춤이나 추고……. 그런데 브렌다가 너그럽게 구니까 더 끔찍한 기분이군.' 그는 잠깐 졸다가 옷을 갈아입으러 올라갔다. 저녁 식사를 하면서 그가 말했다. "앰브로즈, 앞으로 마님이 없을 때에는 서재에서 식사하겠네." 식사를 마친 후 그는 책을 들고 난롯가에 앉았지만 글자가 눈에 들어오지 않았다. 10시가 되자 그는 2층으로 올라가기 전에 벽난로의 장작을 흐트러뜨렸다. 그러고는 서재 창문들을 단단히 잠그고 모든 불을 껐다. 그날 밤 그는 브렌다의 빈방에서 잠을 잤다.

2

토니가 돌아온 날은 수요일이었다. 목요일이 되자 토니는 한결 기분이 나아졌다. 오전에는 주 의회 모임이 있었고 오후에는 농장에 내려가 대리인과 함께 새로운 종류의 트랙터에 관해 상의를 했다. 그때부터 그는 이렇게 생각할 수 있었다. '내일 이맘때엔 브렌다와 조크가 여기 와 있겠군.' 그는 서재의 벽난로 앞에서 식사를 했다. 식단 조절은 몇 주 전에 이미 그만둔 상태였다.("앰브로즈, 나 혼자 있을 땐 거창한 식사는 필요 없어. 앞으로는 두 가지 요리만 준비해 주게.") 그는 대리인이 두고 간 청구서들을 훑어본 후 잠자리에 들며 생각했다. '잠에서 깼을 땐 주말이겠군.'

그러나 다음 날 아침 조크에게서 다음과 같은 전보가 왔다. 주말에 방문 불가. 선거구에 가야 함. 다음다음 주말은 언제? 그는 회신을 보냈다. 아무 때나 좋음. 늘 여기 있음. '여자 친구와 화해한 모양이군.' 토니는 생각했다.

그리고 연필로 쓴 브렌다의 편지도 도착해 있었다.

토요일에 폴리 차 타고 폴리랑 폴리 친구 베로니카와 함께 가요. 데이지 메이즈랑 짐 가방들은 3시 18분 기차로 갈 것 같고요. 앰브로즈와 모숍 부인한테 얘기해 두세요. 폴리는 불편한 건 못 참으니까 리오네스* 방을 주는 게 좋겠어요. 베로니카는 아무 방이나 상관없지만 갤러해드는 안 돼요. 폴리 말로는 굉장히 재미있는 여자래요. 비버 부인도 가는데, 일 때문이니까 신경 쓰지 마요. 거

---

* 아서 왕 전설에서 트리스탄이 태어난 나라.

실을 손봐 줄 수 있을 것 같대요. 폴리는 운전사도 데리고 갈 거예요. 그리고 다음 주에 그림쇼를 헤턴에 두고 갈 거니까 모슙 부인한테 말해 두세요. 그림쇼를 런던에서 하숙시키는 건 성가시기도 하고 비용도 많이 들어요. 전 혼자서도 괜찮을 것 같은데 당신 생각은 어때요? 바느질할 땐 조금 아쉽겠지만요. 존이 보고 싶네요. 손님들은 모두 일요일 저녁에 돌아갈 거예요. 여보, 술 드시지 마요. 노력해 보세요.

××××××

B.

금요일에 토니는 할 일이 거의 없었다. 써야 할 편지는 10시 전에 다 썼다. 농장에 가 보았지만 거기에도 할 일은 없었다. 전에는 그렇게 다양해 보였던 할 일들이 지금은 그의 하루 중에서 극히 적은 시간만 차지했다. 그가 브렌다 때문에 얼마나 많은 시간을 낭비했는지 전에는 미처 깨닫지 못했던 것이다. 그는 존이 목장에서 말 타는 모습을 지켜보았다. 존은 수요일에 아빠한테 혼난 일 때문에 아직도 마음속에 앙금이 남아 있었다. 점프를 잘했다고 토니가 칭찬해 주자 존이 말했다. "평소에는 더 잘해요." 그리고 조금 이따가 물었다. "엄마는 언제 오세요?"

"내일."

"아."

"아빠 오늘 오후에 리틀베이턴에 가야 해. 사냥개들을 구경할 수 있을지도 모르는데 너도 따라갈래?"

존은 몇 주 전부터 거기 가고 싶다고 노래를 불렀다. "됐어요. 그럼 마저 그려야 해요."

"그림은 아무 때나 그릴 수 있잖아."

"전 오늘 오후에 꼭 하고 싶단 말이에요."

토니가 간 후에 벤이 말했다. "도대체 뭣 때문에 아빠한테 그렇게 말했니? 크리스마스 때부터 줄곧 사냥개들을 보고 싶다고 그랬잖아."

"아빠랑은 안 가요."

"요 배은망덕한 망할 녀석아, 자기 아빠를 그딴 식으로 말하면 못써."

"아저씨도 내 앞에서 망할 녀석이라느니 그딴 식이라느니 같은 말 쓰면 안 돼요. 보모가 그랬어요."

그래서 토니는 혼자 리틀베이턴에 갔다. 브링크 대령과 상의할 일이 있었기 때문이다. 그는 브링크 부부가 더 머물다 가라고 말해 주길 바랐지만 그들도 차를 마시러 외출해야 했기에, 땅거미가 질 무렵 차를 몰고 다시 헤턴으로 돌아왔다.

옅은 안개가 저택 정원을 가슴 높이까지 뒤덮고 있었다. 회색 탑과 흉벽 들은 답답한 모습으로 서 있었다. 난방 관리인이 중앙 탑의 깃발을 끌어 내리고 있었다.

"오, 브렌다, 정말 끔찍한 방이네요." 비버 부인이 말했다.

"많이 사용하는 방은 아닙니다." 토니가 아주 냉랭한 목소리로 말했다.

"그래 보이네요." 베로니카라는 여자가 말했다.

"그렇게 나쁘진 않은 것 같은데. 곰팡내가 좀 나는 것만 빼면." 이번엔 폴리가 끼어들었다.

브렌다가 토니 쪽은 쳐다보지도 않고 말했다. "그러니까 제 생각은, 1층에 쓸 만한 방이 한 개는 있어야 한다는 거예요. 지금은 흡연실이랑 서재뿐이거든요. 응접실은 너무 커서 생각해 볼 필요도 없고요. 제게 필요한 건 혼자서 쓸 만한 조그만 거실이에요. 이 방을 고치면 가능할 것 같지 않아요?"

데이지가 말했다. "하지만 브렌다, 형태가 너무 나빠요. 게다가 저 맨틀피스하며……. 대체 뭘로 만든 거야? 분홍색 화강암인가? 벽토 바른 거랑 널벽은 또 어떻고. 전부 다 말이 아니네. 거기다 너무 어두워."

비버 부인이 보다 완곡하게 말했다. "브렌다가 원하는 게 뭔지 정확히 알겠어요. 불가능하진 않을 것 같아요. 좀 더 생각해 봐야겠지만. 베로니카 말대로 방의 구조 때문에 조금 제약이 있긴 해요……. 유일한 해결책은 원래 구조를 완전히 무시하고 이 방을 제대로 표현해 주는 확실한 방법을 찾는 거예요. 그러니까 말하자면…… 벽에 크롬 도금을 하고 바닥엔 천연 양가죽 카펫을 깐다든가 하는 방법이 있겠죠……. 혹시 그러면 원래 예산을 많이 초과하나요?"

"나라면 싹 다 뜯어고쳐 버리겠어요." 베로니카가 말했다.

토니는 그들끼리 떠들도록 내버려 두고 자리를 떴다.

"당신 정말로 비버 부인이 그 거실을 수리하길 원해?"

"당신이 싫다면 안 할게요."

"하지만 상상해 봐……. 하얀색 크롬 도금이라고?"

"그건 그냥 예였을 뿐이에요."

토니는 그들이 옷을 갈아입을 때 늘 그렇듯 모건 방과 귀네비어 방 사이를 왔다 갔다 했다. 그는 조끼를 들고 다시 와서 말했다. "당신, 내일 갈 건 아니지?"

"가야 해요."

그는 모건 방에 가서 넥타이를 가지고 다시 브렌다의 방으로 돌아온 다음 그녀와 함께 화장대 앞에 나란히 앉아 넥타이를 맸다.

"참, 그림쇼를 데리고 있는 문제에 대해선 어떻게 생각해요? 아무리 봐도 낭비인 것 같은데."

"전에는 그림쇼 없이는 못 살 것 같다고 늘 그랬잖아."

"그랬죠. 하지만 지금은 아파트에서 살고 있으니까 모든 게 간단해요."

"살고 있다고? 아주 거기 영원히 눌러앉은 것처럼 말하네."

"여보, 조금만 옆으로 비켜 줄래요? 잘 안 보여요."

"브렌다, 그 경제학 공부는 언제까지 할 거야?"

"글쎄, 잘 모르겠어요."

"하지만 뭔가 계획이 있을 거 아냐?"

"아, 배울 게 너무 많아요……. 남들보다 늦게 시작하기도 했고요……."

"브렌다……."

"어서 가서 재킷 입으세요. 다들 아래층에서 우릴 기다리고 있을 거예요."

그날 저녁 폴리와 비버 부인은 백개먼을 했다. 브렌다와 베로니카는 함께 소파에 앉아 바느질을 하면서 자수에 대한 얘기를 나눴다. 이따금 여자들은 봇물 터지듯 갑작스럽게 수다를 떨어 대곤 했다. 그들에게는 토니가 이해할 수 없는 자신들만의 은어를 사용하는 습관이 있었다. 그것은 도둑들의 은어로, 한 단어 안에서 음절들의 순서를 바꾸어 말하는 것이었다. 토니는 여자들로부터 조금 떨어진 곳에 있는 램프 옆에 앉아서 책을 읽었다.

밤이 되어 모두 2층으로 올라가자 손님들은 브렌다의 방에 둘러앉아서 침대에 누워 있는 그녀에게 이야기를 들려주었다. 토니는 곁방 문틈으로 새어 들어오는, 여자들의 낮은 웃음소리를 들을 수 있었다. 그들은 전기 주전자에 물을 끓여 놓고 함께 세도브롤*을 마셨다.

이윽고 여자들이 여전히 깔깔거리면서 브렌다의 방을 떠나자 토니는 그 방으로 들어갔다. 방 안은 깜깜했다. 하지만 그가 들어오는 소리가 들리고 빠끔히 열린 틈으로 들어오는 빛이 보이자 브렌다가 침대 머리맡에 있는 작은 램프를 켰다.

"토니, 당신이군요."

그녀는 베개에 머리를 깊게 묻고 침대 위쪽에 누워 있었다. 얼굴은 화장을 지우고 남은 기름기 때문에 번들거렸다. 램프를 켜느라 이불 밖으로 꺼낸 한쪽 팔이 누빈 깃털 이불 위로 나와 있었다. "토니, 당신이군요. 막 잠이 들려던 참이었는데."

"많이 피곤해?"

"으음."

"혼자 있고 싶소?"

"너무 피곤해요……. 그리고 폴리가 가져온 걸 엄청 많이 마셨어요."

_____

* 진정 작용이 있는 드링크제의 상표명.

"그렇군…… 그럼 잘 자구려."

"당신도요…… 괜찮죠? ……너무 피곤해서요."

그는 침대 위로 올라가서 그녀에게 키스했다. 그녀는 눈을 감은 채 꼼짝 않고 누워 있었다. 그는 불을 끄고 다시 곁방으로 돌아갔다.

"브렌다 부인께서 어디 편찮으신 건 아니지요?"

"네, 별것 아닙니다. 고맙습니다. 주중에 런던에서 좀 무리를 하는 것 같아요. 그래서 일요일은 조용하게 지내고 싶어 한답니다."

"그 공부는 어떻게 돼 가나요?"

"잘하고 있는 것 같습니다. 여전히 열심이에요."

"잘됐군요. 조만간 우리 모두 재정 문제를 해결해 달라고 부인한테 찾아가겠어요. 그런데 라스트 씨와 존은 부인이 보고 싶지 않으세요?"

"많이 보고 싶지요."

"부디 부인께 안부 전해 주십시오."

"그러지요. 감사합니다."

토니는 교회를 떠난 후 늘 다니는 길을 지나 온실에 도착했다. 그리고 자기 것으로는 치자나무 꽃을, 손님들한테 줄 것으로는 거의 새까만 카네이션을 몇 송이 골랐다. 토니가 그들이 있는 방에 들어서자 다들 갑자기 웃음을 터뜨렸다. 그는 당황해서 문간에 멈춰 섰다.

"여보, 들어와요. 별것 아니에요. 당신이 무슨 색깔 꽃을 단춧구멍에 꽂고 들어올지 내기를 했는데 아무도 못 맞혔어요."

그들은 그가 가져다준 꽃을 옷에 꽂는 동안에도 계속 킥킥 댔다. 비버 부인만 웃지 않고 이렇게 말했다. "꺾꽂이 모나 씨 앗을 사실 때에는 저를 통해서 사세요. 아마 모르셨겠지만 제가 그쪽 사업에도 손대고 있거든요……. 온갖 종류의 희귀한 꽃을 취급하죠. 실비아 뉴포트를 비롯한 다양한 부류의 사람 들을 위해 그런 모든 일을 한답니다."

"그런 얘기는 우리 집 십장한테 하셔야 할 겁니다."

"사실은 벌써 했어요. 오늘 아침에, 라스트 씨가 교회에 가 셨을 때에요. 그는 내 말을 잘 이해하는 것 같더군요."

그들은 저녁 식사 시간에 맞춰 런던에 도착하기 위해 일찍 떠났다. 돌아가는 차 속에서 데이지가 말했다. "세상에, 저택이 엄청나네요."

"내가 그동안 어떻게 살아왔을지 알 만하죠?"

"불쌍한 브렌다." 베로니카가 옷에 단 카네이션을 떼어 창밖 으로 던지면서 말했다.

다음 날 브렌다는 이렇게 털어놓았다.

"사실은 토니에 대해서 완전히 안심이 안 돼요."

"노인네가 요즘 뭘 하고 지내는데 그래요?" 폴리가 물었다.

"아직까진 별일 없지만 그이가 줄곧 헤턴에만 있어서 꽤 무 료한가 봐요."

"별 게 다 걱정이네."

"나도 걱정하는 건 아니에요. 단지 알코올중독에 빠진다거 나 할까 봐 그래요. 그러면 상황이 대단히 어려워질 거예요."

"토니한테 그런 경향이 있다는 말을 하지 말걸 그랬네…….

그럼 여자한테 관심을 갖게 만들어야겠네요.”

“그럴 수만 있다면…… 누가 있을까요?”

“시빌이 있잖아요.”

“폴리, 그이는 평생 시빌을 알고 지내 왔단 말이에요.”

“아니면 수키 드 푸코에스테르하지는 어떨까.”

“그이는 미국인들이랑 잘 못 어울려요.”

“음, 어쨌든 누군가를 찾아 주자고요.”

“문제는 그이가 나한테 너무 익숙하다는 거예요. 새로운 여자한테 쉽게 빠지지 않을 텐데……. 나랑 비슷한 여자가 좋을까요, 아니면 완전히 다른 여자가 좋을까요?”

“다른 스타일이 낫겠지. 하지만 확신은 못 하겠어요.”

그들은 그 문제를 모든 면에서 상의했다.

3

브렌다는 다음과 같은 편지를 썼다.

사랑하는 토니에게

편지도 못 쓰고 전화도 못 해서 미안해요. 복본위제*를 공부하느라 바빴어요. 굉장히 어렵네요.

토요일에 폴리랑 같이 내려갈 거예요. 두 번이나 와 주다니 고마운 일이죠. 리오네스 방은 다른 방들만큼 끔찍하지 않은가 봐요, 그렇죠?

또 새로 사귄 예쁜 여자분도 같이 가는데, 우리 모두 그녀에게

---

* 금과 은의 가치를 기준으로 삼는 화폐 제도.

잘해 줬으면 좋겠어요. 힘들게 살아온 여자고 우리 아파트에 살고 있어요. 이름은 제니 압둘 악바르라고 해요. 본인이 아니라 남편이 흑인이에요. 그녀에게 직접 얘기를 들어 보세요. 아마 3시 18분 기차로 도착할 거예요. 학교에 가야 해서 이만 쓸게요.

술은 되도록 멀리하세요.

×××××

브렌다

어젯밤에 카페 드 파리에서 조크가 어떤 경박해 보이는 금발 여자랑 같이 있는 걸 봤어요. 누구예요?

쥔, 아니 진이 ─ 어느 쪽이 맞죠? ─ 류머티즘에 걸려서 마저리가 걱정이 이만저만이 아니에요. 마저리 생각에는 진의 골반이 어긋난 것 같은데 크러트웰 씨가 진을 봐 주지 않으려 해요. 마저리가 여태껏 그한테 소개해 준 많은 사람들을 생각하면 너무한 일이죠.

"토니가 제니를 마음에 들어하리라고 확신해요?"

"뭘들 확신할 수 있겠어요. 나한테는 지루하기 짝이 없는 여자지만 대단한 노력가이긴 해요." 폴리가 대답했다.

"아빠, 엄마 오늘 와요?"

"그래."

"또 누가 와요?"

"제니 압둘 악바르라는 사람."

"이름이 되게 우습네요. 외국 사람이에요?"

"모르겠구나."

"외국 사람 이름 같지 않아요, 아빠? 영어를 전혀 못하는 사람일까요? 흑인이에요?"

"엄마 말로는 아니래."

"음…… 또 누가 와요?"

"콕퍼스 부인."

"그 원숭이 아줌마요? 그 아줌마, 얼굴 빼고 나머지 부분은 원숭이 하나도 안 닮았던데요. 가까이서 봤는데 꼬리도 없는 것 같아요……. 돌돌 말아서 다리 사이에 감춘 게 아니라면요. 아빠는 그 아줌마한테 꼬리가 있는 것 같아요?"

"있다고 해도 놀라진 않을 것 같다."

"꼬리가 있으면 굉장히 불편하겠어요."

토니와 존은 다시 사이가 좋아졌다. 그러나 지난주는 무기력한 일주일이었다.

헤턴에 늦게 도착하는 것은 폴리 콕퍼스의 계획 중 일부였다. "제니에게 제대로 해 볼 수 있는 기회를 주자고요." 그녀가 말했다. 그래서 폴리와 브렌다는 제니가 기차역에서 이미 출발한 뒤까지도 런던을 떠나지 않았다. 지독하게 춥고 이따금 빗방울도 떨어지는 날씨였다. 몸집이 작지만 강단 있어 보이는 여인은 저택 정문에 도착할 때까지 무릎 담요를 덮고 몸을 잔뜩 움츠리고 있었다. 그러나 차가 정문을 통과하자 그녀는 손가방을 열고 얼굴의 베일을 걷어 올린 다음 분첩을 탁탁 털어서 화장을 고쳤다. 그녀는 붉은 혀로 날렵하게 손가락에 묻은 립스틱을 핥았다.

그녀가 도착했다는 전갈을 받았을 때 토니는 흡연실에 있었다. 낮에는 서재가 너무 시끄러웠다. 바로 옆방인 거실에서 인부들이 벽 공사를 하느라, 벽토로 만든 장식들을 뜯어 내고 있었기 때문이다.

"압둘 악바르 공주님이십니다."

토니는 그녀를 맞이하기 위해 일어섰다. 그녀의 모습이 채 나타나지도 않았는데 짙은 사향 향기가 풍겨 왔다.

"어머, 라스트 씨. 정말 고풍스럽고 멋진 저택이군요."

"하지만 상당히 많이 개축한 건데요."

"아, 하지만 분위기는 여전히 고풍스러워요. 전 늘 집이란 분위기가 제일 중요하다고 생각해 왔답니다. 아주 품격 있으면서도 안정감이 있어요. 물론 라스트 씨는 이런 것들에 익숙하시겠죠. 하지만 저처럼 불행하게 살아온 사람들은 이런 것들의 참된 가치를 알아보는 법이랍니다."

토니가 말했다. "브렌다는 아직 도착하지 않았습니다. 콕퍼스 부인과 함께 차를 타고 올 겁니다."

"브렌다는 정말 좋은 친구예요." 그녀는 모피 코트를 벗고 벽난로 앞 의자에 앉아 토니를 올려다보며 말했다. "모자 좀 벗어도 될까요?"

"그럼요……. 괜찮습니다."

그녀는 모자를 소파 위에 던지고 나서 머리를 좌우로 흔들었다. 칠흑 같은 곱슬머리였다. "라스트 씨, 지금부터 당신을 테디라고 부를게요. 제가 건방지다고 생각하시는 건 아니죠? 당신은 저를 제니라고 부르세요. '공주님'이라는 호칭은 너무 딱딱해요. 꽉 끼는 바지와 금몰도 떠오르고요. 물론……." 그녀는 양손을 벽난로 쪽으로 쭉 뻗으면서 말을 계속했다. 머리칼이 앞으로 흘러내려 그녀의 얼굴을 살짝 가렸다. "모로코에서 제 남편은 '왕자'라고 불리지 않았어요. 물라라고 불렸죠. 그런데 거기에 해당하는 여자 호칭이 없어서 유럽에서는 늘 저를 공주라고 소개했어요……. 실은 물라가 훨씬 더 높은 존칭이거든요……. 제 남편은 마호메트의 자손이었답니다. 동양에 관심 있으세요?"

"아니요……. 네, 그러니까 제 말은, 동양에 대해 제가 아는 게 거의 없다는 뜻입니다."

"저는 동양에 신비한 매력을 느껴요. 테디, 당신도 꼭 가 보세요. 틀림없이 마음에 들 거예요. 브렌다한테도 늘 말하곤 한답니다."

"묵으실 방을 보고 싶으시겠지요. 곧 차가 준비될 겁니다."

"아뇨, 그냥 여기 있을래요. 전 고양이처럼 난로 앞에 웅크리고 있는 게 좋아요. 당신이 저한테 상냥하게 굴면 전 가르랑거릴 거고, 못되게 굴면 못 본 척할 거예요. 꼭 고양이처럼……. 가르랑거리는 소리를 내 볼까요, 테디?"

"어…… 그러세요……. 뭐, 당신이 원하신다면."

"영국 사람들은 정말 점잖고 선량해요. 돌아와서 얼마나 기쁜지 몰라요……. 우리 민족이 있는 곳에. 가끔씩 제 삶을 뒤돌아보면요, 특히 지금처럼 근사한 영국 물건들과 친절한 사람들 사이에 있을 때에 말이에요, 그러면 지난 모든 일이 끔찍한 악몽이었구나라는 생각이 들어요……. 하지만 곧 제 상처의 흔적들이 생각나죠……."

"브렌다가 당신이 자기와 같은 아파트에 산다고 하던데요. 아파트가 무척 편리한가 보군요."

"테디, 당신도 전형적인 영국인이네요. 개인적이고 내밀한 얘기를 꺼리는 걸 보니……. 당신의 그런 점이 맘에 들어요. 저는 충실하고 가정적이고 좋은 것들은 다 좋아하게 됐어요……. 별별 일을 다 겪은 후로는요."

"당신도 브렌다처럼 경제학을 공부하시진 않지요?"

"네. 브렌다가 경제학을 공부해요? 저한텐 그런 말 한 적 없는데. 브렌다도 참 대단하네요. 언제 그럴 시간이 있을까?"

"아, 드디어 차가 오네요. 머핀 좀 드셔 보세요. 요즘엔 식사 조절 중인 손님들이 많더군요. 하지만 저는 머핀이야말로 영국의 겨울을 견딜 수 있게 해 주는 몇 안 되는 음식 중 하나가 아닌가 생각합니다."

"머핀은 정말 많은 것을 의미하죠."

그녀는 맛있게 양껏 먹었다. 이따금 혀를 내밀어 입술에 붙은 부스러기나 머핀에서 묻은 버터를 핥아 먹기도 했다. 버터 한 방울이 그녀의 턱에 묻어서 반짝거렸는데 토니만 그것을 알아챘다. 그때 마침 존 앤드루가 들어와서 그는 다행이다 싶었다.

"이리 와서 압둘 악바르 공주님께 인사드리렴."

존 앤드루는 태어나서 한 번도 공주를 만나 본 적이 없었다. 아이는 잔뜩 호기심 어린 눈으로 그녀를 쳐다보았다.

"나한테 키스해 주지 않으련?"

존이 그녀에게 다가가자 그녀는 아이의 입에 입맞춤을 해 주었다.

"아." 존은 뒤로 물러나면서 자기 입술에서 립스틱을 문질러 지웠다. 그리고 말했다. "와, 좋은 냄새가 나요."

"그게 나와 동양을 이어 주는 마지막 고리란다."

"턱에 버터가 묻었어요."

그녀는 웃으면서 가방을 향해 손을 뻗었다. "어머나, 정말이네. 테디, 얘기해 줄 수도 있었잖아요."

"왜 우리 아빠를 테디라고 불러요?"

"아빠랑 좋은 친구가 되고 싶어서."

"이유가 재밌네요."

존은 그들과 한 시간 동안 함께 있었는데 그동안 내내 호기심 어린 눈으로 그녀를 쳐다보았다. "왕관은 있어요?" 존이 물었다. "영어는 어떻게 배우셨어요? 그 커다란 반지는 뭘로 만든 거예요? 비싼 건가요? 손톱은 왜 그런 색깔이에요? 말 탈 줄 아세요?"

그녀는 아이의 모든 질문에 대답하면서 이따금 토니에게 수수께끼 같은 눈빛을 보냈다. 그녀는 짙은 향수 냄새가 나는 손수건을 꺼내 거기 수놓인 자기 이름의 머리글자를 보여 주었다. "지금은…… 이게 내가 가진 유일한 왕관이란다." 그녀는 예전에 자신이 소유했던 말들에 대해 이야기해 주었다. 목이 활처럼 휜 윤기 나는 검은 말, 은 재갈 주위에 맺혀 있던 거품, 이마 위에서 흔들리던 깃털 장식, 은 징이 달린 마구, 선홍색 안장깔개 등등. "물라의 생일이 되면 말이야……."

"물라가 뭐예요?"

그녀가 진지하게 설명했다. "잘생기고 아주 못된 남자란다. 그의 생일이 되면 수하의 모든 기수가 가장 좋은 옷과 마구와 보석 들로 치장하고 손에는 장검을 들고 커다란 광장에 모이곤 했어. 물라는 커다랗고 붉은 천개 아래 왕좌에 앉아 있었지."

"천개가 뭐예요?"

"천막 같은 거야." 그녀는 날카로운 목소리로 대답했다가 다시 부드러운 목소리로 돌아왔다. "기수들은 칼을 휘두르면서 뿌연 흙먼지를 일으키며 광장을 가로질러 물라를 향해 달려갔어. 그러면 기수들이 물라를 덮치고 말겠다는 생각에 모두들 숨을 죽이고 지켜보았지. 하지만 전속력으로 달리던 기수들은 물라에게서 몇 미터 떨어진 곳에 다다르면, 그러니까 지금 너랑 나 사이의 거리쯤 말이야, 그러면 고삐를 잡아당겨서 말이 뒷발로 서게 만들고는 경례를 했어……."

"와, 그러면 안 되는데. 그건 되게 나쁜 승마 예절이에요. 벤 아저씨가 그랬어요."

"그들은 세상에서 가장 훌륭한 기수들이야. 세상 사람들이 다 알아."

"아니에요, 그런 걸 한다면 훌륭한 기수일 수 없어요. 그건 가장 나쁜 일 중 하나니까요. 그 기수들은 원주민이었어요?"

"그렇단다."

"벤 아저씨가 그러는데 원주민은 사람이 아니래요."

"음, 하지만 그 사람은 아마 흑인을 생각하고 말한 걸 거야. 그 기수들은 순수한 셈족이란다."

"그게 뭔데요?"

"유대인이랑 같은 거야."

"벤 아저씨는 유대인이 원주민보다 더 나쁘대요."

"어머, 애야, 끔찍한 말을 하는구나. 나도 옛날에는 너랑 비슷했지. 하지만 살다 보면 관대해지는 법을 배우게 된단다."

"벤 아저씨는 그렇지 않은가 봐요. 엄마는 언제 와요? 전 엄마가 벌써 와 계신 줄 알았어요. 이럴 줄 알았으면 그림이나 계속 그리는 건데."

그러나 보모가 자신을 데리러 오자 존은 제니가 그러라고 하지도 않았는데 그녀한테 다가가서 잘 자라는 키스를 했다. "잘 자라, 조니보이." 그녀가 말했다.

"방금 저를 뭐라고 부르셨어요?"

"조니보이라고 불렀어."

"공주님은 이름들을 참 재밌게 부르시네요."

2층에서 존은 골똘히 생각에 잠긴 채 숟가락으로 빵죽을 철벅거리면서 이렇게 말했다. "보모, 저 공주님 되게 예쁘지 않아요?"

보모는 콧방귀를 뀌면서 이렇게 말했다. "사람들 생각이 전부 똑같다면 이 세상이 얼마나 따분하겠니."

"그분은 텐드릴 양보다도 더 예뻐요. 제가 본 여자 중에서 제일 예쁜 것 같아요…… 공주님이 제가 목욕하는 걸 보고 싶어 할까요?"

1층에서는 제니가 이렇게 말하고 있었다. "아이가 정말로 귀엽네요…… 전 애들을 정말 좋아한답니다. 그 점이 제겐 크나큰 비극이었지요. 제가 아이를 가질 수 없다는 사실을 알았을 때 물라가 처음으로 자기 '본성'의 '다른 면'을 보였거든요. 제 잘못도 아닌데 말이죠…… 제 자궁의 위치가 좀 잘못됐거든요…… 당신한테 왜 이런 얘기를 하는지 잘 모르겠지만 당신이라면 이해해 주실 것 같아요. 정말 시간 낭비 아닌가요? 누군가를 좋아하게 될 것을 알면서 계속 아닌 척하는 거…… 전 진정한 친구가 될 사람을 곧바로 알아볼 수 있어요……."

폴리와 브렌다는 7시가 다 돼서 도착했다. 브렌다는 곧장 존의 방으로 올라갔다. "엄마, 아래층에 되게 예쁜 아줌마가 있어요. 그분한테, 여기 와서 내게 잘 자라고 말해 달라고 해 주세요. 보모는 그분이 그러기 싫어할 거래요."

"아빠가 그분을 좋아하는 것 같던?"

"아빠는 말을 별로 안 했어요…… 그분은 말이나 원주민에 대해선 아무것도 모르지만 정말로 예뻐요. 여기로 올라오라고 해 주세요, 네?"

브렌다는 1층으로 내려갔다. 제니는 폴리와 토니와 함께 흡연실에 있었다. "존 앤드루가 당신한테 홀딱 반했네요. 당신을 한 번 더 봐야만 잠을 자겠대요."

둘은 함께 2층으로 올라갔다. 제니가 말했다. "토니와 존, 둘다 맘에 드네요."

"토니랑 좀 친해지셨어요? 제가 미리 와서 기다렸어야 하는 건데 정말 죄송해요."

"굉장히 인정 많고 점잖으시던데요…… 사려도 굉장히 깊으시고요."

두 사람은 존의 침실에 있는 작은 침대에 걸터앉았다. 존이 이불을 걷어 젖히고 기어 나오더니 제니를 꼭 껴안았다. "어서 이불 속으로 들어가. 안 그러면 맴매할 거야." 그녀가 말했다.

"그럼 세게 때려 주실래요? 그래도 괜찮을 것 같아요."

"어머나, 당신 때문에 애가 이상해졌어요. 평소에는 절대 이러는 애가 아닌데." 브렌다가 말했다.

두 사람이 나가자 보모는 창문을 활짝 열었다. "어휴! 온 방에 냄새가 진동을 하네."

"이 냄새가 싫어요? 나는 되게 좋은데."

브렌다는 폴리를 리오네스 방으로 데려갔다. 그 방은 에드 워드 왕을 위해 새틴우드로 꾸민 스위트룸이었다. 그가 왕세자 였을 때 헤턴에서 열리는 사냥 파티에 오기로 했기 때문이다. 하지만 그는 결국 오지 않았다.

"어떻게 돼 가는 것 같아요?" 브렌다가 초조하게 물었다.

"아직 뭐라 말하긴 일러요. 하지만 틀림없이 잘될 거예요."

"엉뚱한 사람이 넘어갔어요. 존 앤드루가 그녀한테 푹 빠졌 거든요⋯⋯. 어찌나 난처하던지."

"토니는 발동이 늦게 걸리는 타입인가 봐요. 제니가 그의 이 름을 잘못 부르던데. 우리가 얘기해 줘야 할까요?"

"아니, 일단 내버려 두자고요."

옷을 갈아입으면서 토니가 말했다. "브렌다, 그 우스꽝스러 운 여잔 도대체 누구야?"

"당신은 그 여자분이 맘에 안 들어요?"

그녀의 목소리에 실망한 기색이 역력해서 토니는 신경이 쓰 였다. "뭐, 정확하게 싫어하는지 어떤지는 모르겠어. 하지만 그 여자 좀 우습지 않아?"

"그분은⋯⋯ 그러니까⋯⋯ 불행한 일을 많이 겪었대요."

"그런 것 같더군."

"여보, 그분한테 잘해 주세요."

"음, 그러지. 유대인인가?"

"모르겠어요. 생각해 본 적이 없어서. 그럴지도 모르죠."

저녁 식사 직후 폴리는 피곤하다면서 브렌다에게 자기가 잠 옷으로 갈아입는 동안 말벗이 되어 달라고 청했다. "둘만 남겨 놓자고요." 그녀가 문 뒤에서 속삭였다.

"글쎄, 별로 효과가 있을 것 같진 않네요……. 저 노인네도 나름대로 취향과 유머 감각이라는 게 있거든요."

"아까 식사 때 제니가 처신을 잘 못 했죠?"

"아마 계속 그럴 거예요……. 그리고 토니는 칠 년 동안 나한테 익숙해졌잖아요. 그이한텐 좀 갑작스러운 변화일 거예요."

"피곤해?"

"으음. 조금요."

"당신 때문에 압둘 악바르랑 너무 오래 단둘이 있었어."

"알아요. 미안해요, 여보. 폴리가 잘 준비 하는 데 너무 오래 걸려서 그랬어요……. 힘들었어요? 난 당신이 그녀를 좀 더 좋아했으면 좋겠어요."

"피곤한 여자더군."

"좀 봐줘야지요……. 상처가 많은 여자예요."

"자기도 그렇다데."

"저는 그 상처를 봤어요."

"하지만 난 당신이 보고 싶었어."

"아."

"브렌다, 지난번에 내가 취해서 당신 잠 못 자게 한 것 때문에 아직도 화난 건 아니지?"

"아니에요, 그래 보여요?"

"……모르겠어. 조금은……. 주중엔 즐겁게 보냈어?"

"별로요. 힘들었어요. 복본위제 때문에요."

"그랬군……. 이제 자고 싶을 것 같은데."

"으음…… 너무 피곤해요. 잘 자요, 여보."

"당신도."

"엄마, 공주님한테 가서 아침 인사 해도 돼요?"
"아직 안 일어나셨을걸."
"엄마, 제발요, 가서 보면 안 돼요? 문틈으로 살짝 보고 아직 주무시면 그냥 올게요."
"그분이 어느 방에 있는지 엄마는 몰라."
"갤러해드 방에 계세요." 브렌다의 옷을 꺼내던 그림쇼가 말했다.
"저런, 세상에, 왜 그 방에서 잤지?"
"라스트 씨께서 그렇게 하라고 하셨어요."
"그럼 지금쯤 깨어 있겠네."
존은 방에서 빠져나와 총총걸음으로 복도를 지나 갤러해드 방으로 갔다. "들어가도 돼요?"
"어머, 조니보이구나. 어서 들어와."
존은 문손잡이에 매달려서 몸의 반은 방 안에, 반은 방 밖에 걸치고 있었다. "아침 드셨어요? 엄마는 공주님이 아직 안 일어나셨을 거라고 그랬는데."
"한참 전부터 일어나 있었단다. 예전에 심하게 다친 후로는 늘 잠을 깊게 못 자거든. 어떤 푹신한 침대도 나한테는 딱딱하게 느껴져."
"헤에. 무슨 일이 있었는데요? 자동차 사고를 당했어요?"
"사고는 아니었단다, 조니보이. 사고는 아니지……. 어쨌든 들어오렴. 그렇게 문 열고 있으면 춥잖니. 여기 포도가 좀 있는데 먹을래?"

조니는 침대로 기어 올라갔다. "오늘은 뭐 하실 거예요?"

"아직 모르겠어. 특별히 들은 게 없단다."

"그럼 제가 얘기해 드릴게요. 우리는 아침에 교회에 갈 거예요. 제가 가야 하니까요. 그리고 나서 선더클랩을 보러 가면 제가 점프하는 곳을 보여 드릴게요. 그다음에는 제가 점심 먹을 때 같이 가요. 저는 점심을 좀 일찍 먹거든요. 그리고 브루턴 숲에 가는 거예요. 거기 가면 보모는 진흙투성이가 될 테니까 데려갈 필요 없어요. 거기에 가면요, 사람들이 여우를 사로잡은 숲 바로 앞 도랑도 볼 수 있어요. 하마터면 놓칠 뻔했죠. 그다음엔 제 방에 와서 차를 마셔요. 저한테는 레지 외삼촌이 크리스마스 선물로 주신 조그만 축음기가 있으니 그걸로 「아빠가 거실을 도배했을 때」도 들을 수 있어요. 그 노래 아세요? 벤 아저씨는 그 노래 할 줄 아는데. 제 책도 보여 드리고, 마스턴 무어 전투*를 그린 그림도 보여 드릴게요."

"그러면 정말 재밌겠다. 그런데 네 아빠랑 엄마랑 콕퍼스 부인이랑도 함께 시간을 보내야 하지 않을까?"

"아, 그 사람들요……. 그런데 콕퍼스 부인한테 꼬리가 있다고 한 건 순전히 제 상상이에요. 제발요, 오늘 하루 종일 저랑 함께 보낼 거죠?"

"글쎄, 두고 보자꾸나."

"제니가 토니랑 같이 교회에 갔어요. 좋은 징조죠?"

"꼭 그렇지도 않아요, 폴리. 그이는 혼자 가거나 나랑 같이

---

* 영국 청교도혁명 때 왕당과 군대가 처음으로 패배한 주요 전투.

가는 걸 좋아하거든요. 지금쯤이면 마을 사람들이랑 한담을
나누고 있겠네요."

"그럼 제니도 같이 한담을 나누겠죠, 뭐."

"폴리, 당신은 노인네를 잘 몰라요. 그이는 당신이 생각하는
것보다 훨씬 더 특이한 사람이라고요."

"설교하시는 걸 들으니 목사님께서는 동양에 대해 많이 아
시는 것 같아요."

"예예, 그럼요, 거의 평생 거기서 살았으니까요."

"동양엔 신비한 매력이 있어요, 그렇죠?"

"자, 빨리 가요." 존이 제니의 코트 자락을 잡아당기며 말했
다. "우린 선더클랩을 보러 가야 한다고요."

그래서 토니는 홀로 온실에 들러 꽃을 따 가지고 돌아왔다.

점심 식사 후 브렌다가 말했다. "제니한테 저택을 구경시켜
주지그래요?"

"아, 그러지, 뭐."

공사 중인 거실에 도착하자 그가 말했다. "브렌다가 수리를
시키는 중이에요."

그곳에는 널빤지와 사다리와 회반죽 더미 같은 것들이 여기
저기 널려 있었다.

"어머나, 테디, 이게 웬일이에요. 난 현대식으로 고치는 거
싫던데."

"어차피 자주 사용하던 방도 아닌데요, 뭘."

"그래도……." 그녀는 바닥에 어지럽게 흩어져 있는 백합 문
양으로 몰딩된 테두리와 변색된 금박과 스텐실 무늬가 찍힌

먼지투성이 조각들을 뒤적거렸다. "있잖아요, 브렌다는 저한테 정말로 좋은 친구예요. 나쁘게 말하려는 뜻은 없지만……. 이곳에 온 후로 전 그녀가 이 아름다운 저택을 제대로 이해하는 건가, 또 이 저택이 당신에게 어떤 의미가 있는지 잘 모르는 게 아닌가 하는 생각이 들었답니다."

"힘들었던 과거 얘기를 좀 더 듣고 싶군요." 토니가 그녀를 중앙 홀로 데려가면서 말했다.

"당신은 정말로 자기 얘기 하길 꺼리는군요, 그렇죠, 테디? 가슴속에만 담아 두는 것은 좋지 않아요. 저도 굉장히 불행했어요."

토니는 자신을 도와줄 사람을 찾아 애타게 주변을 두리번거렸다. 그때 도움의 손길이 나타났다. "아, 여기 계셨네요." 씩씩한 어린아이의 목소리였다. "우리 지금 같이 숲으로 가요. 서두르지 않으면 깜깜해질 거예요."

"오, 조니보이, 내가 꼭 가야 하니? 지금 아빠랑 얘기하는 중인데."

"어서요. 준비 다 됐어요. 이따가 저랑 2층에서 차 마시게 해 줄게요."

토니는 조용히 서재로 들어갔다. 오늘은 인부들이 쉬는 날이라 서재에 있을 만했다. 두 시간 후에 브렌다가 그를 찾아 서재에 나타났다. "토니, 여기 혼자 있었어요? 우린 당신이 제니랑 함께 있는 줄 알았는데. 제니는 어떡했어요?"

"존이 데리고 갔어……. 내가 무례한 말을 내뱉기 직전에 말이야."

"오, 저런……. 흡연실에는 폴리랑 저뿐이에요. 같이 가서 차나 좀 마셔요. 당신 안색이 안 좋아요. 자고 있었어요?"

"이건 확실한 실패로 봐야겠어요."

"노인네가 원하는 게 대체 뭘까요? 사람들 사이에서 인기
있어 보이지도 않던데."

"제니가 그이 이름을 잘못 부르지만 않았어도 잘됐을지도
몰라요."

"어쨌거나 당신 책임은 아니에요. 당신은 노인네의 기운을
북돋아 주려고 어떤 아내보다도 노력을 많이 했어요."

"맞아요, 그건 그래요."

4

또 닷새가 지난 후 브렌다가 헤턴에 왔다. "다음 주말에는
못 올 거예요. 베로니카네에서 지내기로 했어요."

"나도 초대했어?"

"물론 그랬죠. 하지만 내가 당신 대신 거절했어요. 당신은 집
떠나 있는 거 싫어하잖아요."

"가도 괜찮은데."

"아, 미리 알았더라면 좋았을걸. 베로니카도 기뻐했을 텐
데……. 하지만 지금은 너무 늦었죠, 뭐. 베로니카네는 그리 넓
지 않거든요……. 사실 난 당신이 그녀를 별로 좋아하지 않는
다고 생각했어요."

"지독하게 싫어했지."

"그런데 왜……?"

"아, 그런 건 별로 중요하지 않아. 당신 월요일에 돌아가야

하지? 수요일에 여기서 사냥 대회가 열릴 거야."

"우리가 가든파티를 여는 건가요?"

"응, 매년 그렇게 하잖아."

"맞아요, 그렇죠."

"그때까지 있으면 안 돼?"

"안 돼요, 여보. 수업 한 번만 빠져도 뒤처져서 다음 내용을 따라갈 수가 없다고요. 게다가 사냥개들을 별로 보고 싶지도 않고요."

"벤이 존을 나가게 할 거냐고 물어봤어."

"어머, 존은 아직 너무 어려요."

"사냥은 당연히 안 되지. 하지만 존이 조랑말을 집합 장소에 데리고 나가서 첫 번째 굴까지만 달려 보는 건 괜찮을 것 같아. 존이 굉장히 좋아할 거야."

"정말 안전해요?"

"그럼, 안전하지."

"아, 나도 여기 있다가 존을 볼 수 있으면 좋을 텐데."

"그럼 다시 생각해 봐."

"아니, 진짜 안 돼요. 자꾸 그 얘기 하지 마요."

이것은 브렌다가 헤턴에 도착한 직후에 오간 대화다. 나중에는 분위기가 한결 나아졌다. 그 주말에는 조크도 와 있었고 앨런과 마저리 부부, 토니가 오랫동안 알고 지낸 또 다른 부부도 있었다. 브렌다가 토니를 위해 그들을 초대해 둔 덕에 토니는 꽤 즐거워했다. 토니와 앨런은 떼까마귀 소총*을 가지고 나

---

* 토끼, 조류, 노루 등을 사냥하는 데 적합한, 가볍고 화력이 약한 단발총.

가서 저물녘에 토끼 몇 마리를 잡았다. 식사 후에 네 남자는 여자 한 명이 지켜보는 가운데 당구대에서 빌리어드 파이브스 게임을 했다.

"노인네가 무척 즐거워하네. 새로운 체제에 훌륭하게 적응하고 있어." 브렌다가 마저리에게 말했다.

남자들은 위스키소다 때문에 얼굴이 약간 벌게져서 숨을 헐떡이며 들어왔다.

"토니가 공 하나를 창밖으로 날릴 뻔했어요." 조크가 말했다.

그날 밤 토니는 귀네비어 방에서 잤다.

"모든 게 다 정상이야, 그렇지?" 토니가 말했다.

"그럼요, 여보."

"여기 혼자 있으면 우울해져서 이런저런 상상을 하게 돼."

"우울해하지 마요, 여보. 그건 절대 해서는 안 되는 일 중 하나예요."

"이제 우울해하지 않을 거야."

다음 날 브렌다는 그와 함께 교회에 갔다. 그녀는 이번 주말을 온전히 토니를 위해 보내기로 결심한 터였다. 한동안은 그럴 일이 없을 것이었기 때문이다.

"브렌다 부인, 어려운 공부는 어떻게 돼 가시나요?"

"무척 재미있답니다."

"우리 모두 당좌대월에 대한 조언을 얻으러 당신을 찾아가게 되겠군요."

"하하하."

"선더클랩은 잘 있니?" 텐드릴 양이 물었다.

"수요일에 선더클랩을 데리고 사냥 대회에 나갈 거예요." 존이 대답했다. 그는 다가올 사냥 대회 때문에 흥분해서 압둘 악바르 공주에 대해선 까맣게 잊어버렸다. "하느님, 사냥감의 냄새가 잘 나게 해 주세요. 그리고 사냥감 죽이는 걸 제가 볼 수 있게 해 주세요. 제가 실수하지 않게 해 주시고, 벤 아저씨와 선더클랩에게 은총을 내려 주세요. 엄청나게 크고 높은 울타리를 뛰어넘을 수 있게 해 주세요." 아이는 예배 내내 이렇게 기도했다.

브렌다는 토니와 함께 정원사들의 오두막집과 온실 들을 한바퀴 돌았다. 그가 꽃 고르는 것도 도와주었다.

점심때 토니는 무척 기분이 좋았다. 브렌다는 그가 얼마나 재미있는 사람인지 언젠가부터 잊고 있었다. 식사 후 그는 다른 옷으로 갈아입고 조크와 함께 골프를 치러 갔다. 둘은 클럽 하우스에 한동안 머물렀다. 토니가 말했다. "수요일에 헤턴에서 사냥 대회가 있네. 그때까지 있을 수 없나?"

"돌아가야 해. 돼지 안건에 대한 토론이 있을 예정이거든."

"자네가 있었으면 좋겠는데. 이봐, 자네 여자 친구한테 이리로 오라고 하면 어떨까? 내일이면 다들 돌아갈 거거든. 그녀한테 전화해 보는 게 어때?"

"그럴까."

"싫어하려나? 리오네스 방에서 묵으면 돼. 폴리가 두 번이나 연달아 거기서 잔 걸 보면 그렇게 불편한 방은 아니야."

"아마 좋아할 걸세. 내가 전화해서 한번 물어보지."

"자네도 사냥에 참가하지 그러나? 브링크웰이라는 사내에게 꽤 괜찮은 삯말들이 있다네."

"좋아."

"조크는 머물기로 했어. 경박해 보이는 금발 여자도 이리로 부를 거야. 괜찮지?"

"저요? 전 상관없어요."

"정말로 즐거운 주말이었어."

"내가 보기에도 당신, 즐거워 보였어요."

"옛날로 돌아간 것 같더군……. 당신 경제학 공부가 시작되기 전 말이야."

마저리가 조크에게 물었다. "형부가 비버 씨에 대해 아는 것 같아요?"

"전혀요."

"전 앨런한테 얘기 안 했는데. 그이가 알까요?"

"글쎄요."

"아, 조크, 이 일이 과연 어떻게 끝날까요?"

"브렌다는 곧 비버한테 질릴 거예요."

"문제는 그가 언니를 전혀 좋아하지 않는다는 거예요. 만일 좋아한다면 금방 끝날 텐데……. 언니는 왜 이리 바보 같은지."

"제 생각에는 언니가 상당히 잘하고 있는 것 같은데요."

다른 부부 한 쌍은 이런 대화를 나눴다. "마저리와 앨런이 브렌다 일을 아는 것 같아?"

"모르는 게 분명해."

브렌다가 앨런에게 말했다. "토니의 기분이 아주 좋아 보이죠?"

"아주 생기가 넘치시네요."

"그이가 걱정되던 참이었거든요…… 토니가 제 일에 대해 아는 것 같진 않지요?"

"전혀 아니에요. 그런 생각은 꿈에도 못 하실 겁니다."

"전 그이가 불행해지는 걸 원치 않아요…… 마저리는 이번 일에 대해 가정교사처럼 끔찍하게 잔소리를 해 대요."

"마저리가요? 저랑은 이 문제에 관해서 한 번도 얘기한 적이 없는데요."

"그럼 제부는 어디서 들으셨어요?"

"이런, 맙소사, 지금 이 순간까지 저는 처형한테 무슨 일이 있는지 전혀 몰랐던 겁니다. 그리고 거기에 대해 아무것도 묻지 않을 거고요."

"아…… 전 다들 아는 줄 알았어요."

"사람들이 밖으로 나다니기 시작하면 늘 그게 문제예요. 아무도 모르거나 모두 안다고 생각하거든요. 하지만 사실은 폴리나 시빌 같은 몇몇 사람들이나 남의 사생활을 캐내려고 하지, 대부분은 관심도 없어요."

"아."

나중에 앨런은 마저리에게 이렇게 말했다. "아까 저녁에 처형이 나한테 비버에 관한 얘기를 털어놓으려고 했어."

"난 당신이 아는 줄 몰랐어요."

"오, 물론 알지. 하지만 처형하고 그 얘기를 해서 기분이 우쭐해지게 만들어 주고 싶진 않았어."

"난 정말 못마땅해 죽겠어요. 당신, 비버를 알아요?"

"여기저기서 몇 번 봤지. 어쨌거나 그건 처형 부부의 일이지 우리랑은 상관없는 일이야."

5

조크의 금발 애인은 래터리 부인이었다. 토니는 간간이 들은 폴리의 수다와 조크가 흘린 다양한 단편적 사실들을 통해 그녀가 어떤 여자일지 대강 짐작했다. 래터리 부인은 서른이 약간 넘은 여자로 코티스모어 지방 어딘가에 사는, 다리가 길고 약간 평판이 안 좋은 래터리 소령과 결혼했더랬다. 원래는 미국인이었으나 지금은 국적이 없는 것과 같았고, 부유했으며, 재산이나 소유물이라고는 커다란 여행 가방 다섯 개에 들어갈 정도밖에 없었다. 조크는 지난여름 프랑스 비아리츠에서 그녀를 눈여겨보았는데 런던에서 우연히 다시 만났다. 그녀는 런던에서 하루에 예닐곱 시간씩 큰 판돈이 걸린 브리지 게임을 했는데 실력이 아주 좋았고 평균 삼 주에 한 번씩, 묵는 호텔을 바꿨다. 그녀는 정기적으로 모르핀 주사를 맞았다. 그럴 때면 브리지를 중단하고 호텔 스위트룸에서 가끔씩 차가운 우유를 마시며 며칠 동안 혼자 지냈다.

래터리 부인은 월요일 오후에 비행기로 도착했다. 손님이 비행기를 타고 오는 것은 처음이었기 때문에 헤턴 저택의 사람들 모두 무척 들떠 있었다. 조크의 지시에 따라 난방 관리인과 정원사가 정원에 말뚝으로 하얀 시트를 고정해서 착륙 지점을 표시했고 바람의 방향을 알 수 있도록 젖은 잎들을 모아다가 불을 피웠다. 여행용 가방 다섯 개는 평범하게 기차로, 흠잡을 데 없이 단정한 나이 든 하녀와 함께 도착했다. 그 가방 중 하나에는 래터리 부인이 쓸 침대 시트가 들어 있었다. 그 시트는 실크도 아니었고 화려한 색깔이나 레이스, 장식도 전혀 없었다. 오직 이름 머리글자만 작게 수놓여 있을 뿐이었다.

토니와 조크와 존은 밖에 나가서 그녀가 착륙하는 것을 지켜보았다. 그녀는 조종석에서 내려 기지개를 켠 다음 비행용 가죽 모자의 끈을 끄르고 그들이 있는 데로 걸어왔다. "사십 이 분 걸렸어요. 역풍이 분 걸 감안하면 빨리 온 편이죠."

그녀는 키가 크고 체형이 곧았으며 헬멧과 위아래가 하나로 붙은 비행복뿐인 옷차림은 매우 간소했다. 토니의 상상과는 완전히 달랐다. 그는 머릿속으로 막연하게 실크 핫팬츠와 브래지어만 입은 쇼걸이 "오빠들, 안녕." 하고 외치면서 리본이 달린 커다란 부활절 달걀 속에서 튀어나오는 모습을 상상했던 것이다. 래터리 부인의 인사는 재치 있으면서도 왠지 거리감이 느껴졌다.

존이 그녀에게 물었다. "부인께서도 수요일에 사냥 가세요? 다들 여기서 모일 거거든요."

"말을 구할 수 있다면 반나절은 나갈 수 있을지도 모르겠어. 그러면 올 들어 처음이겠는걸."

"저도 처음이에요."

"너나 나나 몸이 엄청 뻣뻣하겠다." 그녀는 존이 마치 자기 또래 남자인 것처럼 말했다. "네가 나한테 시골 구경 좀 시켜 줘야겠어."

"사람들은 브루턴 숲부터 갈 거예요. 거기에 커다란 여우가 있거든요. 아빠랑 제가 봤어요."

⚜

단둘이 있게 되었을 때 조크가 말했다. "당신이 와 줘서 정말 기뻐요. 그런데 토니에 대해 어떻게 생각해요?"

"카페 드 파리에서 본, 그 예쁘장한 여자의 남편인가요?"

"맞아요."

"그리고 그 여자는 그 젊은 남자랑 사귄다고 했죠?"

"그래요."

"이상한 여자네요…… 이 남자 이름이 뭐랬죠?"

"토니 라스트요. 꽤 으스스한 집이지 않아요?"

"그런가요? 난 집에는 별로 관심이 없어서요."

그녀는 대접하기 힘들지 않은 손님이었다. 저녁 식사 후 그녀는 카드 네 벌을 꺼내 흡연실 테이블 위에 펼쳐 놓고 대단히 복잡한 페이션스*를 하면서 저녁내 몰두했다. "나 기다리지 말고 먼저들 주무세요. 이게 끝날 때까지 여기 있을 거니까요. 어떤 때에는 몇 시간도 걸려요."

그들은 불 끄는 스위치가 있는 곳을 가르쳐 주고 방을 나왔다.

다음 날 조크가 말했다. "자네 농장에 혹시 돼지도 있나?"

---

* 혼자서 하는 카드놀이의 총칭.

"있지."

"내가 가서 좀 구경해도 돼?"

"물론이지. 그런데 왜?"

"돼지를 돌보는 사람이 따로 있나? 돼지에 대해 설명해 줄 만한 사람 말일세."

"응."

"그럼 오늘 아침은 거기서 보내야겠네. 돼지에 관한 연설을 곧 해야 하거든."

점심때까지 래터리 부인의 모습은 보이지 않았다. 토니는 그녀가 아직 자는 줄 알았지만 그녀는 어제와 같은 차림으로, 공사 중인 거실에서 나왔다. "일찍 일어나서 내려왔는데 인부들이 천장을 뜯어내고 있더라고요. 가만있을 수가 없지 뭐예요. 저 때문에 언짢으신 거 아니죠?"

오후에 그들은 삯말을 빌리러 근처 마장에 갔다. 차를 마신 후 토니는 브렌다에게 편지를 썼다. 지난 몇 주 동안 그에게는 편지 쓰는 습관이 붙었다.

주말에는 정말 즐거웠어. 자상한 당신에게 진심으로 감사하고 싶어. 당신이 다음 주말에 내려오거나 지난 주말에 조금 더 머물수 있었더라면 좋았을 텐데. 하지만 난 다 이해해.

'경박해 보이는 금발 여자'는 우리가 상상했던 모습이랑 전혀 달라. 굉장히 침착하고 사람들과 거리를 두는 타입이야. 조크의 평소 취향과는 딴판이지. 그녀는 자기가 지금 어디에 와 있는지, 내 이름이 뭔지 따위에는 관심이 없는 게 확실해.

거실 공사는 잘돼 가. 오늘 십장이 그러는데 이번 주말쯤에 크롬 도금 작업을 시작할 것 같대. 내가 그것에 대해 어떻게 생각하는지 당신도 잘 알지.

존은 입만 열면 내일 사냥 얘기야. 목이나 부러지지 말아야 할 텐데. 조크랑 '경박해 보이는 금발 여자'도 함께 갈 예정이야.

헤턴은 세 사냥 구역의 분기점 근처에 있었다. 헤턴이 속한 구역의 주인인 피그스탠턴 사냥단은 세 구역을 분할할 때 가장 나쁜 곳을 배정받았던 터라 베이턴 근처의 숲에 깊은 원한을 품고 있었다. 그들은 다소 성미가 고약한 사람들로 서로의 공적을 멸시했고 이방인에게 적대적이었으며 악의로 분열되어 있었으나 단장을 싫어한다는 점에서만 단결되었다. 원래 모든 사냥단은 단장을 싫어하기 마련이지만 인치 대령의 경우 그것은 상당히 부당한 일이었다. 그는 내성적이고 눈에 잘 띄지 않는 사람으로, 거액의 사재를 들여서 지역 사람들의 사냥을 지원해 주었다. 하지만 정작 본인은 사냥개들이 모이는 곳에 나타나는 일이 거의 없었다. 그는 조금 떨어진 오솔길에서 우울한 표정으로 생강 비스킷을 갉아먹거나 저물녘에 말을 타고 생각에 잠긴 채 느릿느릿 들판을 가로지르곤 했다. 갈아 놓은 밭을 배경으로 외롭게 서 있던 그 진홍색 형체는 짙어 가는 어둠 속에서 주변을 두리번거리다가 시골뜨기들에게 큰 소리로 길을 물었다. 그가 사냥단장이 됨으로써 얻는 유일한, 하지만 중요한 즐거움은 자신이 운영하는 여러 회사의 '이사회'에서 지나가는 말로 그 사실을 언급하는 것이었다.

피그스탠턴 사냥단은 일주일에 두 번 모였다. 원래 수요일 모임에 사람이 많이 참석하는 일은 드물었지만 헤턴에서의 모임은 인기가 있었다. 헤턴은 가장 좋은 지역에 위치해 있었고 사냥 시작 전에 제공되는 술을 마실 수 있으리라는 기대도 있었기 때문에 이웃 사냥단의 극성맞은 노부인들이 많이 찾아왔다. 그 밖에도 많은 구경꾼들이 걸어서 오거나 다양한 종류의 탈것을 타고 왔는데 어떤 이들은 쭈뼛거리면서 뒤쪽에서 어슬렁거렸고 토니와 안면이 있는 사람들은 다과 테이블 주변에 모였다. 텐드릴 목사의 집에서 머무는 그의 조카딸은 오토바이를 타고 왔다.

존은 선더클랩 옆에 진지하면서도 흥분한 모습으로 서 있었다. 벤은 이웃 농부에게서 튼튼하고 머리가 네모난 암말을 빌려다 놓았다. 그는 존을 먼저 집으로 보낸 뒤에 자신도 사냥에 참가하기를 원했다. 존의 간곡한 부탁에 따라 보모는 집에서 다른 하녀들과 함께 위쪽 창문으로 고개를 쑥 내밀고 바깥을 구경하는 중이었다. 그날 보모는 기분이 좋지 않았다. 그녀는 존에게 옷을 입힐 때부터 이미 화가 났다. "내가 여우를 죽이는 자리에 있으면 인치 대령님이 내 얼굴에 피를 묻혀 줄 거예요."*

"네가 여우 죽는 걸 보는 일은 없을 거야." 보모가 말했다.

그리고 지금 보모는 벽에 난 구멍에 눈을 바짝 갖다 대고 씩씩대며 아래쪽의 활기 넘치는 광경을 바라보고 있었다. '이게 다 벤 해킷의 터무니없는 수작 때문이야.' 그녀는 생각했다. 그녀는 모든 것이 못마땅했다. 사냥개들, 단장, 사냥단원들, 사냥개 몰이꾼들, 비옷을 입은, 텐드릴 목사의 조카딸, 약식 사

---

* 영국에는 난생처음 사냥에 성공한 사람의 얼굴에 죽은 동물의 피를 바르는 관습이 있다.

냥복을 입은 조크, 실크해트를 쓰고 모닝코트를 입은 채* 다른 참가자들의 의심 가득한 눈길은 전혀 느끼지 못하는 래터리 부인, 웃으면서 손님들과 얘기를 나누는 토니, 테리어들을 데리고 서 있는 이상한 노인, 신문사 사진기자, 잔디밭에서 자꾸 비뚜름하게 뛰어가는 어린 말 때문에 끙끙대는 아름다운 리폰 양, 마부와 예비 말들, 그 뒤에 서 있는 이름 모를 초라한 구경꾼들 등 그 모든 것이 벤 해킷의 터무니없는 수작 때문이라고 생각했다. '어젯밤에 존이 너무 흥분하는 바람에 11시가 넘어서야 겨우 재웠잖아.'

이윽고 사람들은 브루턴 숲을 향해 출발했다. 콤프턴 라스트를 통과하는 남쪽 길을 따라가다가 큰길을 1킬로미터쯤 간 뒤에 들판으로 접어드는 코스였다. 토니는 출발하기 전에 벤에게 이렇게 말했다. "존은 여우 굴까지만 행렬을 따라가게 해."

"예, 알겠습니다. 하지만 사냥개들이 여우를 굴에서 몰아낼 때까지는 있어도 괜찮지요?"

"그래, 상관없네."

"만약 여우가 집 쪽으로 도망친다면, 길에서 벗어나지 않는 한 저희가 그 뒤를 조금 따라가도 괜찮지요?"

"그래. 하지만 한 시간 이상 바깥에 있어서는 안 되네."

"개들이 추격할 때까지 있는 건 안 되겠죠?"

"어쨌든 1시 전에 집에 도착하도록 하게."

"알겠습니다." 벤이 존에게 말했다. "걱정 마라, 꼬마야. 오늘 사냥은 실컷 할 테니."

----

* 실크해트와 모닝코트 모두 남성 의류다.

존 일행은 길게 늘어선 말들이 모두 출발할 때까지 기다렸다가 침착하게 그 뒤를 따라갔다. 그들 바로 뒤에서는 자동차들이 저속 기어로 뿌연 배기가스를 내뿜으며 뒤따라왔다. 존은 숨이 차고 약간 어지러웠다. 선더클랩은 머리를 까딱까딱하면서 재갈을 흔들어 댔다. 무리가 이동하는 동안 선더클랩이 두 번이나 도망치려고 하는 바람에 존은 조그맣게 원을 그리고 나서 제자리로 돌아와야 했다. 그래서 벤은 "꽉 잡아라, 존."이라고 말하고는 만일 선더클랩이 날뛸 것 같아 보이면 고삐를 잡을 수 있도록 존 옆으로 바싹 다가왔다. 한번은 선더클랩이 갑자기 앞으로 치고 나가려고 해서, 깜짝 놀란 존이 잠시 몸의 균형을 잃기도 했다. 존은 안장 앞부분을 꽉 붙잡아서 균형을 되찾은 다음 죄책감 어린 표정으로 벤을 쳐다보았다. "오늘 나 되게 못 타는 거 같아요. 다른 사람들이 눈치챘을까요?"

"아냐, 괜찮아. 원래 사냥할 때에는 연습 때처럼 할 순 없는 거란다."

조크와 래터리 부인의 말은 옆으로 나란히 서서 빠르게 걷고 있었다. 래터리 부인이 말했다. "나는 이 이상한 말이 왠지 맘에 드네요." 그녀는 다리를 양쪽으로 벌리고 말을 탔다.* 말에 올라탄 순간부터 다들 느꼈겠지만 그녀가 말을 썩 잘 탄다는 사실은 누가 봐도 명백했다.

피그스탠턴 사냥단원들은 그 광경을 보고 못마땅한 감정을 드러냈다. 그들의 평소 생각 — 동료 단원들은 하나같이 어릿

---

* 원래 여성들은 다리를 한쪽으로 모으고 말을 탔다.

광대에 겁쟁이고, 이방인들은 예외 없이 무례한 미치광이며 근방 0.5킬로미터 이내에 있는 모든 이에게 심각한 위협이라는 ── 이 그로 인해 흔들렸기 때문이다.

마을을 반쯤 지나왔을 때 리폰 양은 빵집 주인이 세워 둔 트럭 옆을 지나가느라 쩔쩔맸다. 그녀의 말은 뒷다리를 들었다 앞다리를 들었다 하더니 몸을 푸르르 떨고는 제자리에서 빙글빙글 돌다가 요란하게 미끄러져 넘어졌다. 사람들은 못마땅한 표정으로 싫은 소리를 중얼거리며 멀찍이 떨어져서 그녀를 피해 갔다. 모두들 그 말에 대해 알았다. 리폰 양의 아버지가 몇 달 동안 그 말을 팔려고 애쓰다가 최근에 80파운드까지 값을 내렸기 때문이다. 그 말은 간혹 훌륭한 점프를 선보이긴 했지만 타고 다니기에는 아주 고약한 녀석이었다. 리폰 양의 아버지는 자기 딸이 사람들 앞에서 망신을 당하면 말이 팔릴 가능성이 정말로 높아질 거라고 생각했던 걸까? 지독한 구두쇠인 그는 80파운드 때문에 딸의 목숨을 위험하게 만들고도 남을 사람이었다. 어쨌거나 리폰 양은, 종류에 관계없이, 말을 타고 외출할 일이 없는 사람이었다…….

잠시 후 그녀는 쏜살같이 달려서 그들을 지나쳐 갔다. 얼굴은 새빨갰고 틀어 올린 머리는 비뚤어져 있었다. 그녀는 온 몸무게를 실어서 고삐를 뒤로 잡아당겼다. "저 아가씨 저러다 무슨 일 내겠는데." 조크가 말했다.

그들은 굴 앞에서 리폰 양을 다시 만났다. 그녀의 말은 비지땀을 흘리고 있었는데 지금은 잠시 쉬면서 숲 여기저기에 돋아난 사초를 뜯어 먹고 있었다. 리폰 양은 숨을 몹시 헐떡였고 베일과 쪽 찐 머리와 중산모를 만지작거리는 손은 부들부들 떨렸다. 그때 존이 조크에게 다가왔다.

"그랜트멘지스 씨, 지금 뭐 하는 거예요?"

"사냥개들이 여우를 굴 밖으로 몰아내고 있단다."

"아, 그렇구나."

"재미있니?"

"그럼요. 선더클랩의 상태가 아주 좋아요. 오늘 같은 모습은 처음 봐요."

숲 한가운데서 나팔 소리가 울려 퍼진 것은 그로부터 한참을 기다린 후였다. 사람들은 모두 넓은 들판 한구석에, 산길 근처에 서 있었다. 그중에 리폰 양은 없었다. 그녀는 몇 분 전에 무슨 말인가 하다 말고 갑자기 전속력으로 말을 몰아 헤턴 언덕 쪽으로 가 버렸던 것이다. 삼십 분 후에 조크가 말했다. "사냥개들을 불러 모으는군."

"허탕이라는 뜻인가요?"

"그래."

"우리 숲에서 이런 일이 있다니. 예감이 안 좋네요." 벤이 말했다.

아니나 다를까, 피그스탠턴 단원들은 자신들이 받은 환대는 벌써 잊고 라스트 씨 본인이 사냥에 나오지 않았는데 뭘 기대했냐는 둥, 지난주에 사냥터지기 한 명이 밤늦게 땅속에 '뭔가'를 묻는 걸 누가 봤다는 둥 쑥덕거리기 시작했다.

그리고 그들은 헤턴 저택과 반대 방향으로 이동하기 시작했다. 벤은 자신의 책임을 떠올렸다. "꼬마 도련님을 집에 데려다 줘야 할까요?"

"라스트 씨가 뭐라고 했는데?"

"여우 굴까지는 가도 좋다고 하셨어요. 몇 번째 굴인지는 말씀 안 하셨고요."

"그건 존이 되돌아가야 한다는 얘기로 들리는군."

"아아, 멘지스 씨!"

"자, 갑시다, 존 도련님. 오늘은 이만하면 충분하니까."

"하지만 난 아직 아무것도 못 잡았는걸요."

"네가 오늘 집에 일찍 돌아가면 아빠가 다음번 사냥 때 또 나오게 허락하실 가능성이 훨씬 높아."

"하지만 다시 기회가 없을지도 모르잖아요. 그 전에 세상이 멸망할지도 모른다고요. 제발요, 벤 아저씨. 제발요, 멘지스 씨."

"사냥개들이 아무것도 못 찾아서 좀 그렇네요. 도련님이 많이 기대했는데." 벤이 말했다.

"그래도 라스트 씨는 지금 존을 돌려보내길 원할 걸세." 조크가 말했다.

그래서 존의 운명이 결정되었다. 존과 벤은 사냥개들이 간 방향과 반대 방향으로 가기 시작했다. 큰길에 이를 무렵 존은 울음을 터뜨리기 직전이었다.

벤이 그를 달래며 말했다. "저기 봐, 성질 고약한 구렁말을 탄 리폰 양이 온다. 저 아가씨도 집으로 되돌아가는 중인가 봐. 모양새를 보아 하니 말에서 떨어졌나 보구나."

리폰 양의 모자와 등에는 진흙과 이끼가 잔뜩 묻어 있었다. 그녀는 아까 모습을 감춘 후 이십 분 동안 굉장히 고생한 터였다. 그녀가 말했다. "말을 집으로 데려가는 중이에요. 오늘 아침엔 도통 말을 안 듣네요." 그녀는 그들과 나란히 서서 마을을 향해 천천히 갔다. "라스트 씨가 제게 저택 안으로 들어오라고 하신 다음에 집에 전화해서 차 좀 보내 달라고 말씀하실지도 모른다고 저는 생각했어요. 이 상태로 집까지 가고 싶지는 않거든요. 얘가 대체 왜 이러는지 모르겠어요." 그녀는 충직하게 덧붙였다. "토요일에도 타고 나갔거든요. 전에는 이런 적이 없었는데."

"남자가 타라는 거죠, 뭐." 벤이 말했다.

"어머, 남자가 타도 다를 거 없어요. 그리고 저희 아빠는 이 말 근처에도 안 오려고 하시고요." 그녀는 발끈한 나머지 경솔한 말을 내뱉었다. "적어도…… 제 말은…… 지금 상태에서는 누가 타도 마찬가지일 거라는 뜻이에요."

그때 리폰 양의 말은 옆의 말들과 보조를 맞추며 얌전하게 걷고 있었다. 셋은 옆으로 나란히 서서 전진했다. 가운데에 존, 길 바깥쪽에 리폰 양, 반대편에 벤이 있었다.

그리고 그 사건이 벌어졌다. 길이 꺾이는 곳에 이르렀을 때 그들은 동네를 순환하는 한 층짜리 시골 버스 한 대와 마주쳤다. 버스는 빨리 달리지 않았으므로 운전사는 맞은편에서 오는 말들을 보자 속도를 한층 더 줄이고 길 가장자리로 차를 붙였다. 한편 그날 사냥을 단념한 텐드릴 목사의 조카딸도 조금 뒤에서 오토바이를 타고 존 일행을 따라오고 있었다. 그녀 역시 속도를 늦췄다가 리폰 양의 말이 말썽을 부릴 것 같아 보이자 아예 오토바이를 세웠다.

벤이 말했다. "제가 먼저 가겠습니다, 아가씨. 그러면 녀석이 자연스레 뒤따라올 거예요. 고삐를 너무 세게 당기지 마시고 가볍게 쳐 주세요."

리폰 양은 벤이 시키는 대로 했다. 사실 모두 분별 있게 행동했다.

그들은 버스 옆을 지나갔다. 리폰 양의 말은 버스를 달가워하지 않았지만 그럭저럭 지나갈 수 있을 것처럼 보였다. 버스 승객들은 그 광경을 흥미롭게 쳐다보았다. 그 순간, 중립 기어 상태에서 조용히 돌던 오토바이 엔진이 역화하면서 날카로운 폭발음을 냈다.

리폰 양의 말은 놀라서 잠시 경직된 상태로 서 있었다. 그러고 나서 앞뒤로 동시에 위협을 받았을 때 하는 당연한 행동, 즉 옆을 향해 뒷걸음치면서 그쪽에 서 있던 조랑말을 들이받는 행동을 했다. 존은 안장에서 튕겨 나와 땅으로 떨어졌다. 리폰 양의 말은 뒷다리를 들었다 앞다리를 들었다 하면서 계속 버스에서 멀어지려고 했다.

"꽉 붙잡아요! 채찍질을 하세요!" 벤이 소리쳤다. "애가 말에서 떨어졌어요."

그녀가 채찍질을 하자 말은 진정했고 곧 마을을 향해 난 길로 달리기 시작했다. 하지만 말이 달려가기 직전에 휘두른 뒷발에 존이 맞으면서 길 옆 도랑으로 떨어졌다. 아이는 허리가 완전히 반으로 접힌 채 꼼짝 않고 누워 있었다.

모두가 이 일은 누구의 잘못도 아니라고 생각했다.

조크와 래터리 부인이 소식을 들은 것은 거의 한 시간이 지나서였다. 그때 그들은 또 다른 텅 빈 굴 옆에서 기다리고 있었다. 인치 대령은 그날 사냥을 중지하고 개들을 사육장으로 돌려보냈다. 오 분 전까지만 해도 라스트 씨가 그 지역에 있는 여우들을 전부 다 쏴 죽이라는 명령을 내린 게 틀림없다고 떠들어 대던 사람들도 지금은 조용했다. 나중에 목욕까지 한 뒤에는 리폰 양의 아버지를 욕하는 것으로 아까 못다 한 험담을 벌충했지만 그 순간만큼은 모두 충격으로 아무 말도 하지 못했다. 누군가가 조크와 래터리 부인에게 저택까지 타고 갈 차를 빌려 주고 삯말들을 데려갈 마부도 구해 주었다.

"이렇게 끔찍한 일이 일어나다니. 토니한테 대체 뭐라고 하죠?" 조크가 빌린 차를 타고 가면서 말했다.

"전 이런 경우엔 거의 도움이 안 되는 사람이에요." 래터리 부인이 말했다.

그들은 사고 현장을 지나갔다. 그곳에서는 아직도 사람들이 모여서 웅성대고 있었다.

저택에 도착하니 사람들이 홀에 모여 서성대며 이야기를 하고 있었다. 의사는 이제 막 떠나려고 웃옷 단추를 채우는 중이었다.

의사가 말했다. "즉사했습니다. 두개골 아랫부분을 정통으로 맞았어요. 정말 슬프네요. 저도 몹시 예뻐했던 아이거든요. 하지만 누구의 잘못도 아니지요."

보모도 울면서 거기 서 있었다. 텐드릴 목사와 그의 조카딸도 거기 있었다. 경찰관 한 사람과 벤과 시신 옮기는 것을 도와준 사내 둘은 하인들 거처에 있었다. "아이 잘못이 아니었어요." 벤이 말했다.

"누구의 잘못도 아니었지요." 그들은 말했다.

"오늘은 하루 종일 되는 일이 없더니만, 불쌍한 녀석." 벤이 말했다. "잘못이 있다면, 집으로 돌아가라고 한 그랜트멘지스 씨에게 있지요."

"누구의 잘못도 아니었어요." 그들이 말했다.

토니는 서재에 혼자 있었다. 조크가 들어왔을 때 토니가 처음으로 한 말은 이것이었다. "브렌다에게 알려야 해."

"어디로 연락하면 되는지 아나?"

"아마 학교에 있을 거야…… 하지만 전화로 얘기할 순 없지…… 어쨌거나 앰브로즈가 학교랑 아파트에 모두 전화해 봤는데 연락이 안 된대…… 브렌다한테 어떻게 얘기하면 좋지?"

조크는 아무 말이 없었다. 그는 승마 바지 주머니에 양손을 넣고 토니를 등진 채 벽난로 앞에 서 있었다. 이윽고 토니가 다시 입을 뗐다. "자네는 근처에 없었지?"

"응, 우리가 다음 여우 굴로 이동한 후였어."

"텐드릴 목사의 조카딸이 제일 먼저 나한테 소식을 알려 줬어…… 그리고 나서 그들이 도착했고, 벤이 정황을 설명해 줬지…… 그 아가씨도 안됐더군."

"리폰 양 말인가?"

"응, 조금 아까 떠났어…… 그 아가씨도 그 일 직후에 말에서 심하게 떨어졌다더군. 마을에서 말이 미끄러져 넘어졌대…… 상태가 많이 안 좋았는데 거기다…… 존까지. 자기 때문에 존이 다친 걸 한참 후에야 알았다고 하더라고…… 약국에서 머리에 붕대를 감던 중에 소식을 들었다는군. 말에서 떨어질 때 이마가 찢어졌대. 그녀의 상태도 말이 아니었지. 차에 태워서 돌려보냈네…… 그 아가씨 잘못은 아니었어."

"그래, 누구의 잘못도 아니야. 그냥 사고였을 뿐이지."

"맞아. 그냥 사고였어…… 브렌다한테는 어떻게 말하지?" 토니가 말했다.

"우리 중 누군가가 런던으로 가야겠지."

"그래……. 난 여기 있어야 할 것 같네. 이유는 잘 모르겠지만, 챙겨야 할 일들이 있을 것 같아. 하지만 이건 남한테 부탁하기도 뭐한 일인데……."

"내가 가겠네."

"여기서 챙겨야 할 일들이 있을 거야……. 의사 말로는 사건 심리가 있을 거라더군. 물론 형식적인 거긴 하지만 리폰 양에게는 끔찍한 일일 걸세. 증언을 해야 할 테니까……. 그녀의 상태는 정말 참혹해 보였어. 내가 잘 처신한 거였으면 좋겠군. 사람들이 막 존을 데려온 직후라 내가 경황이 없었거든. 그녀의 몰골은 엉망이었어. 아버지가 모질게 대하는 것 같아……. 브렌다가 여기 있었으면 좋았을 텐데. 그녀는 모든 사람을 잘 다루거든. 나는 늘 당황하지만."

두 남자는 말없이 서 있었다. 토니가 말했다. "자네 정말 런던에 가서 브렌다를 만나 줄 수 있겠나?"

"그래, 내가 감세." 조크가 말했다.

잠시 후 래터리 부인이 들어왔다. 그녀가 말했다. "인치 대령님이 오셨어요. 제가 그분과 얘기를 나눴는데, 당신에게 위로의 말을 전해 달라고 하시더군요."

"아직 여기 계신가요?"

"아니요. 당신은 아마 혼자 있고 싶을 거라고 제가 말했거든요. 자기가 사냥을 중지시켰다는 얘길 들으면 당신이 기뻐하리라고 생각하더라고요."

"와 주신 것만도 고마운 일이죠……. 부인은 오늘 즐거우셨습니까?"

"아뇨."

"유감이군요. 우린 지난주에 분명히 브루턴 숲에서 여우를 봤거든요, 존과 제가요……. 조크가 브렌다를 데리러 런던으로 갈 겁니다."

"제가 비행기에 태우고 갈게요. 그편이 훨씬 빠르니까요."

"그래요, 그편이 더 빠르겠군요."

"가서 옷 갈아입고 올게요. 십 분도 안 걸릴 거예요."

"나도 갈아입고 올게." 조크가 말했다.

혼자 남은 토니는 종을 울렸다. 젊은 남자 하인 하나가 들어왔다. 그는 꽤 어리고 헤턴에 온 지 얼마 안 된 사내였다.

"앰브로즈에게 래터리 부인이 오늘 떠나신다고 알리게. 그랜트멘지스 씨와 함께 비행기로 가실 거야. 마님은 아마 저녁 기차로 내려오실 걸세."

"예, 알겠습니다."

"두 분이 출발하시기 전에 점심을 드시는 게 좋겠어. 나도 같이 먹겠네……. 그리고 인치 대령께 전화를 걸어서 와 주셔서 감사하다고 전해 주겠나? 내가 편지드리겠다고 하게. 그리고 리폰 씨에게 전화해서 따님이 괜찮은지 물어보고. 목사님 댁에 전화해서 오늘 저녁에 나를 만나 주실 수 있는지 알아봐 주게. 아직까지 여기 계신 건 아니지?"

"네. 조금 아까 떠나셨습니다."

"내가 이런저런 준비 과정을 상의하고 싶어 하더라고 말씀드려."

"예, 알겠습니다."

라스트 씨는 모든 일 처리에 있어서 대단히 사무적이었다고 나중에 그 하인은 말했다.

서재에는 완벽한 정적이 감돌았다. 그날만큼은 거실의 인부들이 공사를 중지했기 때문이다.

래터리 부인이 먼저 준비를 마치고 나타났다.

"점심 식사 준비를 하고 있습니다."

그러자 그녀가 대답했다. "우린 생각이 없는데요. 우리가 사냥터에서 돌아왔다는 사실을 잊으셨군요."

"뭐라도 드시는 게 좋을 겁니다. 브렌다한테 말하는 건 조크에게 쉽지 않은 일일 거예요. 브렌다가 내려오는 데 시간이 얼마나 걸릴지 모르겠네요." 토니가 말했다.

래터리 부인은 토니의 목소리에서 뭔가를 느끼고 이렇게 물었다. "기다리는 동안 뭘 하실 건가요?"

"모르겠습니다. 처리해야 할 일들이 있겠죠."

"이렇게 해요. 조크는 자동차로 가는 게 낫겠어요. 전 브렌다 부인이 오실 때까지 여기 있을게요." 래터리 부인이 말했다.

"그렇게까지 안 하셔도 됩니다."

"아니에요. 있을게요."

토니가 말했다. "바보같이 들리시겠지만…… 그래 주셨으면 좋겠습니다……. 그런데 정말 괜찮으시겠습니까? 전 지금 너무 혼란스러워서요. 이런 일이 정말로 일어났다는 게 도저히 믿기지가 않습니다."

"정말로 일어났어요."

하인이 들어와서 텐드릴 목사는 티타임 이후에 방문할 것이고 리폰 양은 집에 도착하는 즉시 잠자리에 들어서 그 후로 계속 자고 있다고 전했다.

"그랜트멘지스 씨는 자동차로 가실 거야. 아마 오늘 밤에 돌아오실 걸세. 래터리 부인은 마님이 도착하실 때까지 여기 계시기로 했네." 토니가 말했다.

"잘 알겠습니다. 그리고 인치 대령님께서 장례식 때 사냥개 몰이꾼들이 「땅속으로 숨다」를 연주하는 게 어떠냐고 물으셨습니다."

"편지드리겠다고 전하게." 토니는 하인이 방을 나간 뒤에 이렇게 말했다. "끔찍한 제안이군요."

"아, 글쎄요, 그분은 어떻게든 돕고 싶은 거예요."

"사람들은 단장으로서 인치 대령님을 별로 안 좋아해요."

조크는 2시 30분이 조금 지나서 출발했다. 토니와 래터리 부인은 서재에서 커피를 마셨다.

"어쩌다 보니 굉장히 어색한 상황이 되었군요. 우리는 서로 거의 모르는 사이잖습니까." 토니가 말했다.

"저 신경 쓰실 필요 없어요."

"부인이 불편하실 것 같아서 그럽니다."

"그런 생각 마시라니까요."

"노력해 보죠……. 우스운 건, 사실 그런 생각을 하지도 않았으면서 말하고 있다는 겁니다……. 줄곧 다른 생각들을 하고 있었거든요."

"알아요. 아무 말씀 안 하셔도 돼요."

잠시 후 토니가 말했다. "브렌다가 훨씬 더 괴로워할 겁니다. 그 사람한테는 존밖에 없거든요. 제겐 브렌다가가 있고, 또 아끼는 이 집도 있지만…… 브렌다에겐 언제나 존이 첫 번째였어요……. 당연한 일이지요……. 게다가 요즘에는 존을 자주 보지도 못했고요. 주로 런던에서 지냈으니까요. 그래서 더 마음이 아플 겁니다."

"사람들이 뭐 때문에 마음 아파할지는 알 수 없는 거예요."

"하지만 전 브렌다를 굉장히 잘 안답니다."

6

서재의 창문들은 활짝 열려 있었다. 화려한 장식들이 달려 있는, 높다란 중앙 탑의 시계가 정각을 치자 그 소리가 조용한 방 안에 울려 퍼졌다. 그들이 말없이 있은 지도 꽤 오래되었다. 래터리 부인은 토니에게 등을 보인 채 앉아 있었다. 그녀는 테이블 위에 카드 네 벌을 펼쳐 놓고 페이션스를 하고 있었다. 토니는 점심 식사 후에 앉은 상태 그대로, 벽난로 앞 의자에 앉아 있었다.

"아직 4시밖에 안 됐어요?" 그가 말했다.

"주무시는 줄 알았어요."

"아닙니다, 뭘 좀 생각하느라……. 조크는 지금쯤 반 이상 갔겠네요. 에일즈베리나 트링쯤요."

"빨리 갈 수 있는 거리는 아니에요."

"그 일이 일어난 지 채 네 시간도 안 되었군요……. 아까와 지금이 같은 날이라는 게 믿기지 않아요. 다섯 시간 전만 해도 다들 여기 모여서 술을 마시고 있었는데." 그가 잠시 말을 멈춘 동안 래터리 부인은 테이블 위의 카드를 그러모았다가 다시 깔기 시작했다. "소식을 들은 건 12시 28분이었어요. 그때 시계를 봤거든요……. 사람들이 존을 데려온 건 12시 50분이었죠……. 세 시간이 좀 넘었네요……. 정말 믿기 어려운 일 아닙니까? 모든 것이 완전히 달라질 수도 있는 건가요? 이렇게 한 순간에?"

"사람 사는 게 원래 그렇죠."

"한 시간쯤 후면 브렌다도 소식을 듣겠지요……. 조크가 찾아갔을 때 집에 있다면요. 물론 외출했을 가능성이 더 높아요. 조크는 어디 가서 그녀를 찾아야 할지도 모르겠죠. 아파트에 달리 아무도 없을 테니까요. 브렌다는 외출할 때 빈집을 잠가 둬요……. 하루 중 절반은 밖에 있답니다. 제 전화를 안 받을 때가 종종 있거든요. 조크가 몇 시간 동안 헤맬지도 모르겠네요……. 사고가 난 후부터 지금까지의 시간만큼 걸릴지도 몰라요. 그래 봤자 8시겠네요. 브렌다는 8시 전에 안 들어올 가능성이 높아요……. 그러니까 사고 후부터 지금까지의 시간만큼이 한 번 더 지난 다음에야 브렌다가 알게 되는 거죠. 정말 어처구니 없지 않나요? 그리고 그녀는 여기로 내려와야 하겠지요. 9시 몇 분에 출발하는 기차가 있으니 아마 그걸 탈 거고요. 저도 런던에 갔어야 하는 걸까요……. 하지만 존을 두고 가고 싶진 않았어요."

(래터리 부인은 마치 북이 베틀을 가로지르듯 카드를 테이블 이쪽저쪽으로 민첩하게 옮기면서 게임에 열중해 있었다. 그녀의 손이 닿으면 혼돈에서 질서가 생겨났다. 그녀는 카드를 높은 숫자 순으로 배열했다. 그녀 앞에 놓인 기호들이 차차 논리와 상호 연관성을 띠기 시작했다.)

"……물론 조크가 찾아갔을 때 브렌다가 집에 있을 수도 있어요. 그러면 예전에 늘 이용하던 저녁 기차를 탈 수 있을 겁니다. 아파트를 구하기 전, 런던에 당일치기로 다녀올 때 타던 기차 말입니다……. 저는 앞으로 일어날 일을 머릿속에 그려 보려고 애쓰고 있어요. 조크가 온 걸 보고 브렌다는 깜짝 놀 랄 테고, 그러면 조크가 소식을 전하겠죠……. 그 친구한테 힘 든 일을 부탁했어요……. 브렌다는 5시 30분이나 그보다 조금 일찍 오늘 일을 알게 되겠죠."

"페이션스를 안 하신다니 유감이에요."

"한편으론 그녀가 알고 나면 제 기분이 좀 나아질 것 같아 요……. 지금은 뭔가 대단히 잘못된 것 같거든요. 브렌다가 모 르는 비밀이 있다는 게……. 전 브렌다의 일과가 어떤지 잘 모 릅니다. 마지막 수업이 5시쯤 끝났던 것 같아요……. 차나 칵테 일을 마시러 나갈 때 집에 들러서 옷부터 갈아입는지 어떤지 모르겠네요. 아파트에 오래 있진 못해요. 너무 좁거든요."

래터리 부인은 바둑판 모양으로 늘어선 카드들을 쳐다보며 한참을 골똘히 생각하더니 그것들을 양손으로 그러모아서 다 시 무의미한 카드 더미로 만들어 버렸다. 성공의 문턱에까지 갔 지만 다이아몬드 6이 엉뚱한 곳에 놓여 있는 바람에 한쪽 귀 퉁이가 꽉 막혀 버렸고 결국 어떤 카드도 움직일 수 없는 상황 이 되었던 것이다. "정말 안타까운 게임이네요." 그녀가 말했다.

또 시계 종이 쳤다.

"이제 겨우 십오 분 지난 건가요? ……저 혼자 있었으면 머 리가 돌아 버렸을 거예요. 함께 있어 주셔서 고맙습니다."

"베지크* 할 줄 아세요?"

---

* 두 사람이 카드 두 벌에서 2부터 6까지의 마흔 장을 뺀 예순네 장을 가지 고 하는 카드놀이.

"못 합니다."

"그럼 피케*는요?"

"몰라요. 카드놀이는 동물 스냅밖에 못 배웠어요."

"저런."

"마저리랑 몇몇 사람들한테도 전보를 보내야 하지만 조크가 브렌다를 만났다는 걸 확실히 알 때까지 기다리는 게 좋겠어요. 브렌다가 마저리와 함께 있을 때 전보가 도착할지도 모르니까요."

"그런 생각을 안 하도록 노력해 보세요. 크랩스**는 할 줄 아세요?"

"아니요."

"아주 쉬워요. 가르쳐 드릴게요. 백개먼 게임 판에 주사위가 있을 거예요."

"전 정말로 괜찮습니다. 게임은 하고 싶지 않아요."

"당장 주사위 가지고 이리 와서 테이블 앞에 앉아요. 아직도 여섯 시간이나 더 버텨야 한다고요."

그녀는 토니에게 크랩스 하는 법을 가르쳐 주었다. 그가 말했다. "영화에서 본 적 있어요. 침대차 사환이나 택시 기사 들이 하는 거요."

"물론 그러셨을 거예요. 아주 쉬워요……. 이렇게 하면 당신이 이겨서 판돈을 전부 다 갖는 거예요."

잠시 후 토니가 말했다. "아, 지금 막 생각난 게 있어요."

"당신의 뇌는 쉬지도 않나요?"

---

* 두 사람이 7부터 에이스까지 서른두 장을 가지고 하는 카드놀이.

** 주사위 두 개를 던져서 나온 숫자 합이 특정한 값이 되면 이기는 게임.

"이미 석간신문에 기사가 났다고 가정해 봅시다. 그러면 브렌다가 벽보를 볼 수도 있고, 우연히 신문을 집어 들었다가 기사를 볼 수도 있어요……. 사진까지 실렸을지도 모르고요."

"맞아요, 저도 그 생각을 했답니다. 당신이 전보 얘기를 했을 때 말이죠."

"하지만 충분히 있을 법한 일 아닙니까? 신문들이야 워낙 그런 데 빠르니까요. 그럼 이제 어쩌죠?"

"우리가 할 수 있는 일은 없어요. 그저 기다리는 수밖에……. 자, 어서 주사위를 던지세요."

"게임은 그만하렵니다. 걱정이 돼서요."

"당연히 걱정되시겠죠. 말씀 안 하셔도 알아요……. 하지만 행운이 코앞까지 다가왔는데 지금 게임을 포기하시진 않을 거죠?"

"미안합니다……. 게임도 별 도움이 안 되네요."

그는 방 안을 이리저리 서성댔다. 처음엔 창가로 갔다가 그다음엔 벽난로 쪽으로 갔다. 그러고는 파이프에 담배를 채우기 시작했다. "적어도 석간신문에 기사가 났는지 안 났는지 알 수 있어요. 클럽 짐꾼한테 전화를 걸어 물어보면 되니까요."

"그렇다고 해도 부인이 신문을 읽는 걸 막을 수는 없잖아요. 그냥 차분히 기다리는 게 나아요. 아까 당신이 아는 게임이 뭐라 그랬죠? 동물 뭐요?"

"스냅요."

"전 모르는 거네요."

"애들용 게임이에요. 게다가 둘이 하는 것도 좀 우습고요."

"어떻게 하는 건데요?"

"먼저 각자 동물을 하나씩 골라요."

"좋아요. 전 강아지, 당신은 암탉으로 하죠. 그다음은요?"

토니가 게임 방법을 설명했다.

"아주 기분 좋은 상태에서 해야만 즐길 수 있는 게임인 것 같네요. 하지만 뭐든 해 보겠어요." 래터리 부인이 말했다.

그들은 각자 카드를 한 벌씩 들고 패를 돌리기 시작했다. 곧 8 원페어가 나왔다. 래터리 부인이 카드를 거둬들이면서 "멍 멍." 하고 소리를 냈다.

다시 페어가 나오자 그녀는 또 "멍멍."이라고 한 다음 이렇 게 말했다. "게임에 집중하지 않는군요."

그러자 토니가 "아." 하고 놀라더니 "꼬꼬꼬." 하고 소리를 냈다.

그러곤 조금 후에 또다시 "꼬꼬꼬." 소리를 냈다.

"바보같이 굴지 마세요. 그건 원페어가 아니잖아요……."

앨버트가 커튼을 치려고 들어왔을 때에도 그들은 여전히 게 임을 하고 있었다. 토니는 카드가 두 장밖에 안 남아서 계속 그것만 뒤집었다. 래터리 부인은 카드를 나눠 들 수밖에 없었 다. 너무 많아서 한 번에 다 들 수가 없었기 때문이다. 그들은 앨버트가 방 안에 있다는 사실을 알고 게임을 멈췄다.

"저 친구가 어떻게 생각했을까요?" 앨버트가 나간 뒤에 토 니가 말했다.

(앨버트는 이렇게 말했다. "아들이 죽어서 2층에 누워 있는데 그는 암탉처럼 꼬꼬거리면서 앉아 있더군.")

"그만하는 게 좋겠습니다."

"별로 재밌는 게임은 아니네요. 그런데 유일하게 아시는 게임이 그거라니, 원."

그녀는 카드를 모두 모아서 순서대로 정리하기 시작했다. 앰브로즈와 앨버트가 차를 가져왔다. 토니가 자기 손목시계를 들여다보았다. "5시군요. 이제 덧문을 닫을 테니 더 이상 시계 종소리도 들리지 않겠네요. 조크는 지금쯤 런던에 도착했겠어요."

래터리 부인이 말했다. "저는 위스키를 좀 마시고 싶네요."

조크는 브렌다의 아파트를 본 적이 없었다. 그녀의 집은 그 지역에 흔한, 커다랗고 별 특징 없는 평범한 건물에 있었다. 비버 부인은 계단과 텅 빈 홀 때문에 공간이 낭비되었다고 개탄했다. 그 아파트에는 관리인이 없었고 그 대신 일주일에 세 번 일하는 여자가 아침에 양동이와 대걸레를 가져와서 청소를 했다. 입주자들의 이름이 적힌 안내판은 조크에게 브렌다의 상태가 '재실'임을 알려 주었다. 그러나 조크는 그 정보를 크게 신뢰하지 않았다. 브렌다가 외출하거나 귀가할 때 그 표시를 잊지 않고 바꿀 만한 사람이 아님을 알았기 때문이다. 조크는 3층에서 브렌다의 명패가 달린 문을 발견했다. 계단이 처음으로 꺾이는 곳에서 바닥 재질은 대리석에서 빛바랜 카펫으로 바뀌었다. 그 카펫은 비버 부인이 건물 개조를 하기 전부터 있었던 것이다. 조크가 초인종을 누르자 문 바로 뒤에서 벨 울리는 소리가 들렸다. 아무런 대답도 없었다. 그때가 5시 10분이었으므로 조크도 브렌다가 집에 있으리라고는 예상하지 않았다. 그래서 아파트를 먼저 방문해 보고 없으면 클럽에 가서 브렌다가 있는 곳을 알 만한 그녀의 친구들한테 전화해 보려고 마음먹고 온 터였다. 그는 습관적으로 한 번 더 초인종을 누르고 잠시 기다렸다. 그러곤 가려고 돌아섰다. 그때 옆집 문이 열리더니 진홍색 벨벳 옷을 입은 까무잡잡한 여인이 문밖으로 고개를 내밀었다. 그녀는 부조 무늬가 달린 값싸고 불투명한 보석을 동양풍 선조(線彫) 세공에 갖다 붙인 커다란 귀고리를 하고 있었다.

"브렌다 라스트 부인을 찾으세요?"

"예. 혹시 친구분 되십니까?"

"어머, 친구다마다요." 압둘 악바르 공주가 대답했다.

"그럼 어디 가면 그녀를 찾을 수 있는지 혹시 아십니까?"

"틀림없이 콕퍼스 부인 집에 있을 거예요. 저도 막 거기 가려던 참인데 브렌다에게 말씀 전해 드릴까요?"

"제가 직접 가서 만나는 게 좋겠습니다."

"아, 그럼 오 분만 기다리셨다가 저랑 같이 가요. 잠깐 들어오세요."

가구들이 산만하게 배치된 그녀 방은 물건의 본래 특성을 무시하는 진정한 동양적 사고방식에 따라 꾸며져 있었다. 무어인 지방관이 관복을 입을 때 차는 칼들은 벽 방식에 매달려 있었고, 회교도들의 기도용 깔개는 긴 의자 위에 놓여 있었다. 바닥에 깔린 보카라 융단은 원래 벽걸이용으로 만들었던 것이다. 화장대 위에는 크루즈선 승객들에게 팔기 위해 요코하마에서 만든 숄을 걸쳐 놓았다. 포트사이드에서 만든 팔각형 테이블 위에는 옅은 색 동석 티베트 불상이 서 있었고, 봄베이에서 만든 상아 코끼리 여섯 마리는 라디에이터 위에 나란히 서 있었다. 다른 문화권 물건들도 많았다. 르네 랄리크*의 유리병

---

* 아르누보 운동에 크게 기여한 프랑스의 보석, 유리 공예가.

과 분갑 들, 세네갈에서 가져온 남근 모양 주물(呪物), 네덜란드산 구리 사발, 식각(蝕刻) 요법으로 무늬를 새긴 휴지통, 해변 호텔의 만찬회에 나왔던 흑인 인형, 공주의 사진이 끼워져 있는 액자 십여 개, 채색한 나무 조각들을 정교하게 이어 붙여서 만든 정원 풍경화, 암모니아 증기로 색을 진하게 만든 오크 케이스에 들어 있는 튜더 왕조 스타일의 라디오 등이었다. 조그만 방에 그 많은 물건들이 들어차 있어서 분위기가 어수선했다. 공주는 거울 앞에 앉았고 조크는 그 뒤에 있는 긴 의자에 앉았다.

"성함이 어떻게 되세요?" 그녀가 어깨 너머로 물었다. 조크가 대답해 주었다. "아, 들어 본 적 있는 것 같네요. 지지난 주말에 헤턴에 갔거든요…… 정말로 색다르게 고풍스러운 저택이었어요."

"당신에겐 말씀드리는 게 낫겠군요. 오늘 아침 그곳에서 끔찍한 사고가 있었습니다."

제니 압둘 악바르는 가죽 스툴 위에서 뒤로 돌아앉았다. 놀라서 눈은 동그래지고 한 손은 가슴에 꼭 붙이고 있었다. 그녀는 낮은 목소리로 물었다. "어서 말씀해 주세요. 못 기다리겠어요. 누군가가 죽었나요?"

조크가 고개를 끄덕였다.

"그 집 아들이…… 말에 차였습니다."

"꼬마 지미가."

"존입니다."

"존이…… 죽었군요. 그렇게 끔찍한 일이."

"누구의 잘못도 아니었습니다.

"오, 아니에요. 잘못한 사람이 있어요. 제 잘못이에요. 거길 가지 말았어야 해요…… 끔찍한 저주가 저를 따라다니거든요. 제가 가는 곳에는 늘 슬픈 일이 생겨요…… 차라리 내가 죽었더라면…… 이제 다시는 라스트 부부의 얼굴을 똑바로 못 볼 것 같아요. 살인자가 된 기분이에요…… 그렇게 씩씩했던 아이가 죽다니."

"저라면 그런 말은 하지 않을 겁니다."

"이런 일이 처음이 아니랍니다…… 언제든, 어디서든 저주는 저를 쫓아왔어요…… 일말의 연민도 없었죠. 오, 세상에, 제가 무슨 죄를 지었기에 이런 일이 일어나는 걸까요?"

그녀는 자리를 피하기 위해 의자에서 일어섰지만 갈 곳이라고는 화장실밖에 없었다. 조크가 문 너머로 말했다. "저는 폴리의 집에 가서 브렌다를 만나야 합니다."

"잠깐만 기다리세요. 저도 갈 거예요." 화장실에서 나온 그녀 표정은 아까보다 밝았다. "차를 갖고 오셨나요? 아니면 택시를 부를까요?"

티타임 후에 텐드릴 목사가 방문했다. 토니는 그를 만나느라 삼십 분쯤 서재에서 나가 있었다. 다시 돌아왔을 때 그는 술과 술잔 들이 담긴 쟁반 쪽으로 갔다. 그것은 래터리 부인의 지시에 따라 서재 안에 남겨 두었던 것이다. 토니는 잔에 위스키와 진저에일을 따랐다. 래터리 부인은 다시 페이션스를 하고 있었다. "얘기가 잘 안 됐나요?" 그녀가 시선을 돌리지 않은 채로 물었다.

"힘들었어요." 그는 단숨에 잔을 비우고 조금 더 따랐다.

"저도 한 잔 주실래요?"

"전 단지 장례식 절차를 상의하려고 했던 건데 위로를 하려고 하시더라고요. 괴로웠습니다……. 이럴 때 가장 이야기하고 싶지 않은 주제가 바로 종교인 법인데 말이죠."

"그걸 원하는 사람도 있어요."

"물론……." 토니는 잠시 멈췄다가 다시 말했다. "부인처럼 자식이 없는 사람들은……."

"저도 아들이 둘 있어요."

"그러세요? 미안합니다. 몰랐어요……. 우리는 서로에 대해 아는 게 정말 없군요. 제가 경솔했습니다."

"괜찮아요. 다들 놀라곤 하니까요. 애들을 자주 보진 못해요. 다른 데서 학교를 다니거든요. 지난여름에는 영화관에 데려갔죠. 금세 몰라보게 자라더군요. 한 녀석은 곧 미남이 될 것 같아요. 애들 아빠가 잘생겼거든요."

"6시 15분이네요. 지금쯤이면 조크가 브렌다에게 말했을 거예요."

콕퍼스 부인 집에서는 작은 모임이 열리고 있었다. 베로니카, 데이지, 시빌, 수키 드 푸코에스테르하지 외에도 여자들이 네다섯 명 더 있었다. 그들은 노스코트 부인이라는 새로운 점쟁이에게 상담을 하기 위해 모인 것이었다. 비버 부인이 찾아낸 그 점쟁이는 5기니를 벌 때마다 소개비 조로 비버 부인에게 2파운드 12실링 6펜스를 주었다. 이 여자는 새로운 방식으로 운수를 점쳤다. 족상을 봤던 것이다. 여자들은 초조하게 자기 순서를 기다렸다. "데이지를 보는 데 굉장히 오래 걸리네요."

"저 여자는 굉장히 꼼꼼하게 봐요. 좀 간지럽긴 하더라고
요." 폴리가 말했다.

이윽고 데이지가 모습을 드러냈다. "어땠어요?" 모두가 물
었다.

"입 밖에 내면 복이 다 달아난대요." 데이지가 말했다.

그들은 카드로 순서를 정한 터였다. 이제 브렌다 차례였다.
브렌다는 노스코트 부인이 있는 옆방으로 들어갔다. 노스코트
부인은 안락의자 옆에 놓인 스툴에 앉아 있었다. 그녀는 옷차
림이 촌스러운 중년 여자로, 약간 점잖은 척하는 말투로 말했
다. 브렌다가 자리에 앉아 신발과 스타킹을 벗었다. 노스코트
부인은 브렌다의 발을 자기 무릎 위에 올려놓고 대단히 엄숙
한 표정으로 살펴보았다. 그러곤 한 손으로 발을 쥐고 은제 샤
프 끝으로 발바닥 금들을 훑어 내려가기 시작했다. 브렌다는
기분 좋은 듯 발가락을 꼼지락거리다가 곧 차분하게 점쟁이의
말에 귀를 기울였다.

옆방의 여자들은 이렇게 말하고 있었다. "오늘 브렌다의 비
버 씨는 어디 갔나요?"

"새로 나온 벽지를 보러 어머니랑 함께 프랑스에 갔대요. 혹
시 사고나 나지 않았을까 브렌다가 온종일 걱정하던데요."

"정말 감동적이지 않아요? 나는 그가 도대체 어디가 잘났는
지 모르겠지만……."

"매주 목요일에는 아무것도 하면 안 돼요." 노스코트 부인
이 브렌다에게 말했다.

"아무것도 하지 말라니요?"

"중요한 일은 하지 말란 얘기예요. 당신은 지적이고, 상상력

이 풍부하고, 남에게 잘 공감하고, 귀가 얇고, 충동적이고, 상냥하네요. 예술적 기질이 풍부한데 자신의 능력을 충분히 발휘하지 못하고 있어요."

"연애 운에 관한 것은 없나요?"

"지금 얘기하려는 참이에요. 여기 엄지발가락에서 발등으로 이어지는 선들이 연애 쪽이거든요."

"아, 그래요. 계속하세요……."

하인이 압둘 악바르의 도착을 알렸다. "브렌다 어디 있어요? 여기 있는 줄 알았는데." 그녀가 말했다.

"노스코트 부인이 점을 봐 주고 있어요."

"조크 멘지스가 만나고 싶어 해요. 지금 1층에 있어요."

"어머, 조크가……. 왜 같이 올라오지 않았어요?"

"굉장히 중요한 일이에요. 조크 혼자서 브렌다를 만나야 해요."

"어머나, 무슨 일일까. 브렌다는 금방 나올 거예요. 지금 방해하면 안 돼요. 안 그러면 노스코트 부인이 화를 낼 거예요."

제니는 그들에게 소식을 말해 주었다.

방문 저편에서는 브렌다가 다리에 한기를 약간 느끼기 시작하고 있었다. 노스코트 부인이 말했다.

"네 남자가 당신의 운명을 지배하고 있네요. 한 명은 충성스럽고 다정하지만 아직 자신의 사랑을 드러내지 않았어요. 또 다른 남자는 정열적이고 강한 성격인데, 당신이 그를 조금 두려워하는군요."

"어머나, 신기해라. 그들이 과연 누굴까요?"

"한 사람은 반드시 피해야 해요. 당신에게 득 될 것이 없거든요. 그는 차갑고 탐욕스러워요."

"틀림없이 비버 씨일 거예요."

아래층에서는 폴리의 손님들이 점심 식사 전에 모이곤 하는 전실에서 조크가 기다리고 있었다. 그때가 6시 5분이었다.

이윽고 브렌다가 스타킹과 신발을 신고 여자들 있는 데로 나왔다. "정말 재밌네요. 어머나, 분위기가 왜 이래요?"

"조크 그랜트멘지스가 아래층에서 자기를 기다려요."

"조크가요? 웬일일까? 안 좋은 일은 아니죠?"

"직접 가서 만나 봐요."

브렌다는 방 안의 이상한 분위기와 친구들의 낯선 표정에 갑자기 겁이 났다. 그녀는 조크가 기다리는 방으로 서둘러 내려갔다.

"무슨 일이에요, 조크? 어서 말해 봐요. 무섭단 말이에요. 나쁜 일은 아니죠?"

"유감스럽지만 나쁜 일이에요. 심각한 사고가 있었어요."

"존한테요?"

"그래요."

"죽었나요?"

그가 고개를 끄덕였다.

브렌다는 벽 앞에 놓인, 딱딱하고 자그마한 제정양식 의자에 앉았다. 양손을 무릎 위에 포개 놓은 채 꼼짝도 하지 않는 것이 마치 어른들만 가득한 방에 방금 소개받고 들어선, 가정 교육을 잘 받은 어린아이 같았다. 잠시 후 그녀가 입을 열었다. "무슨 일이 있었는지 말해 주세요. 그리고 어째서 당신이 그 사실을 저보다 먼저 알고 있는 거죠?"

"전 주말부터 쭉 헤턴에 있었습니다."

"헤턴에요?"

"기억 안 나세요? 존이 오늘 사냥 나가기로 했잖아요."

그녀가 얼굴을 찌푸렸다. 조크의 말을 얼른 이해하지 못하는 듯했다. "존이…… 존 앤드루가……. 난……. 오, 세상에……." 그러곤 울음을 터뜨렸다.

그녀는 앉은 채로 몸을 돌려 금칠된 의자 등받이에 이마를 대고 한참을 흐느꼈다.

2층에서는 노스코트 부인이 수키 드 푸코에스테르하지의 발을 잡고 이렇게 말하고 있었다. "네 남자가 당신의 운명을 지배하고 있네요. 한 명은 충성스럽고 다정하지만 아직 자신의 사랑을 드러내지 않았어요……."

정적에 잠긴 헤턴의 관리인 방 근처에서 전화벨이 울리더니 곧 서재로 연결되었다. 토니가 전화를 받았다.

"나야, 조크. 방금 브렌다를 만났네. 이따가 7시 기차로 내려갈 거야."

"많이 충격받았나?"

"그래, 당연한 얘기지만."

"지금 어디 있나?"

"나랑 함께 있네. 폴리 집에서 전화하는 거거든."

"내가 통화해 볼까?"

"안 하는 게 나을 걸세."

"그래……. 내가 마중 나가지. 자네도 같이 오는 건가?"

"아니."

"그래, 어쨌든 고맙네. 자네랑 래터리 부인이 없었다면 나 혼자 어떻했을지 모르겠어."

"아니야, 별말을 다 하는군. 내가 브렌다를 배웅하겠네."

브렌다는 이제 울음을 멈추고 의자에 웅크리고 앉아 있었다. 그녀는 조크가 전화하는 동안에도 바닥만 쳐다보고 있었다. 그리고 이렇게 말했다. "그래요, 그 기차로 갈게요."

"지금 출발해야 해요. 아파트에서 뭘 좀 챙겨 와야 하지 않아요?"

"제 가방은…… 2층에 있어요. 좀 갖다 주세요. 그 방에 다시 못 들어가겠어요."

그녀는 아파트로 가는 동안 한마디도 하지 않았다. 조크가 운전하는 동안 그녀는 옆자리에 앉아서 계속 앞만 바라보았다. 아파트에 도착하자 그녀는 문을 열고 그를 안으로 안내했다. 방 안에는 가구가 거의 없었다. 그녀는 하나밖에 없는 의자에 앉았다. "아직 시간이 많이 남았으니, 어떻게 된 건지 자세히 얘기해 주세요."

조크가 말해 주었다.

"가엾은 존, 가엾은 내 아가."

그러곤 벽장을 열고 몇 가지 물건을 여행 가방에 챙겨 넣었다. 화장실도 두어 번 들락거렸다. "다 됐어요. 그래도 시간이 많이 남는데요."

"뭘 좀 드실래요?"

"아뇨, 집에 먹을 게 아무것도 없어요." 그녀는 다시 의자에 앉아 거울에 비친 자신을 쳐다보았다. 하지만 화장을 하려고 하지는 않았다. "당신이 처음 얘기했을 때, 무슨 말인지 어리

둥절했어요. 제가 무슨 말을 하는지도 몰랐어요."

"그랬을 겁니다."

"제가 아무 말도 안 했지요?"

"뭐라고 했는지 아시잖아요."

"네, 알아요……. 그러려고 한 건 아니었는데……. 설명하려고 해 봤자 소용없겠죠."

"다 챙긴 게 확실해요?"

"네, 저게 전부예요." 그녀는 침대 위에 있는 작은 가방을 쳐다보며 고개를 끄덕였다. 그녀의 얼굴에 절망적인 표정이 역력했다.

"자, 이제 역으로 갑시다."

"네. 좀 이르긴 하지만 그런 게 무슨 상관이에요."

조크는 열차가 있는 데까지 그녀를 바래다주었다. 수요일이라 런던에서 쇼핑을 하고 돌아가는 부인들로 기차가 만원이었다.

"1등칸을 타지 그러세요?"

"아니에요. 전 항상 3등칸을 타요."

그녀는 긴 좌석 한가운데에 앉았다. 양옆에 앉은 여자들이 브렌다가 어디 아픈가 궁금해하며 호기심 어린 눈으로 쳐다보았다.

"뭐 읽을 거 안 필요하세요?"

"필요 없어요."

"먹을 것은요?"

"됐어요."

"그럼 안녕히 가세요."

"안녕히 계세요."

가벼운 짐 꾸러미들을 든 어떤 여자가 조크를 밀어제치면서 열차 안으로 들어갔다.

소식을 들은 마저리는 앨런에게 이렇게 말했다. "어쨌거나 이걸로 비버 씨와의 관계도 끝이겠네요."

하지만 폴리 콕퍼스는 베로니카에게 이렇게 말했다. "이제 브렌다와 토니도 끝장이겠어."

라스트가의 가난한 친척들은 전보를 받고 충격에 휩싸였다. 그들은 프린시스리스버러 근처에서, 규모는 크지만 수익은 시원찮은 양계장을 운영하며 살았다. 하지만 그때, 혹시 무슨 일이 생기면 자신들이 헤턴을 상속받으리라고 생각한 사람은 아무도 없었다. 설사 그런 생각이 들었다 할지라도 마찬가지로 통렬한 슬픔을 느꼈을 것이다.

조크는 패딩턴 역에서 차를 몰고 브랫 클럽으로 갔다. 바에 앉아 있던 남자들 중 하나가 말했다. "토니 라스트의 아들한테 끔찍한 일이 있었다며?"

"그래. 나도 거기 있었다네."

"그랬나? 정말 끔찍한 일이야."

잠시 후 전화 메시지가 도착했다. "압둘 악바르 공주님께서 그랜트멘지스 씨가 클럽에 계신지 알고 싶어 하십니다."

"아니, 아니, 여기 없다고 해요." 조크가 말했다.

7

사건 심리는 다음 날 오전 11시에 열렸다. 오래 걸리지는 않았다. 의사, 버스 운전사, 벤, 리폰 양이 증언을 했다. 리폰 양은 앉은 채로 증언하는 것을 허락받았다. 그녀는 얼굴이 창백했고 떨리는 목소리로 증언을 했다. 그녀의 아버지가 가까운 곳에 앉아서 그녀를 노려보고 있었다. 그녀의 모자 밑에는 작은 땜통이 있었다. 찢어진 상처를 치료하기 위해 머리를 깎아 냈기 때문이다. 최종 결론을 내리면서 검시관은 증거와 정황으로 볼 때 그 불행한 사건은 누구의 책임도 아닌 것이 확실하다고 말했다. 다만 소중한 아들을 잃은 라스트 씨와 브렌다 부인에게 본 법정이 심심한 조의를 표할 일만 남았다고 했다. 사람들은 토니와 브렌다가 재판정을 나갈 때 길을 비켜 주었다. 인치 대령과 사냥단 간사도 와 있었다. 유족들의 슬픔을 배려하는 차원에서 모든 과정이 세심하게 진행되었다.

브렌다가 말했다. "잠깐만요. 불쌍한 리폰 양이랑 얘기 좀 해야겠어요."

그녀는 상냥하게 대화를 잘 끝냈다. 사람들이 모두 돌아간 후에 토니가 말했다. "어제 당신이 있었더라면 좋았을걸. 정말 많은 사람이 다녀갔는데 뭐라고 해야 할지 모르겠더라고."

"하루 종일 뭐 했어요?"

"경박해 보이는 금발 여자와 있었어⋯⋯. 둘이 동물 스냅을 했지."

"동물 스냅요? 그걸 하니 좀 낫던가요?"

"아니, 별로⋯⋯. 어제 이맘때엔 아무 일도 일어나지 않았다고 생각하니 기분이 이상해."

"가엾은 내 아가."

브렌다가 도착한 후로 두 사람은 거의 대화를 나누지 않았다. 토니는 차를 몰고 역으로 그녀를 마중 나갔더랬다. 그들이 저택에 도착했을 때 래터리 부인은 이미 잠자리에 든 후였다. 그리고 오늘 아침 그녀는 라스트 부부에게 인사도 없이 비행기를 타고 떠나 버렸다. 그들은 비행기가 집 위를 지나가는 소리를 들었다. 그때 브렌다는 목욕 중이었고, 토니는 1층 사무실에서 중요한 편지들을 처리하고 있었다.

햇빛이 간간이 나고 바람이 세차게 불었다. 하늘 높이 떠 있는 흰색과 회색 구름들은 거의 움직이지 않았지만 저택 주변의 앙상한 나무들이 심하게 흔들렸고 마구간 뜰에서 밀짚이 빠르게 소용돌이쳤다. 벤은 심리 때 입었던 정장을 평상복으로 갈아입고 늘 하던 일을 시작했다. 선더클랩은 전날 말에게 차인 탓에 오른쪽 앞다리를 약간 절룩거렸다.

브렌다는 모자를 벗어 홀에 있는 의자 위에 던졌다. "뭐 할 말 없죠?"

"꼭 해야 하는 얘긴 없잖아."

"그래요. 장례식을 준비해야겠네요."

"그래야지."

"내일 할 거예요?"

그녀는 공사하던 거실을 들여다보았다. "작업을 꽤 많이 해 놓았네요."

브렌다의 모든 동작은 평상시보다 느렸고 그녀의 목소리는 단조롭고 무미건조했다. 그녀는 홀 가운데에 있는 여러 안락의자들 중 하나에 주저앉았다. 지금껏 그 의자들을 사용한 사람은 아무도 없었다. 그녀는 우두커니 앉아 있었다. 토니가 그녀의 어깨에 손을 얹자 그녀는 "하지 마요."라고 말했는데 신경

질적이거나 짜증스러워하는 목소리가 아니라 아무런 감정이 없는 말투였다. 토니가 말했다. "난 가서 편지를 마저 쓸게."

"네."

"점심때 봐."

"네."

그녀는 일어나서 멍한 표정으로 두리번거리더니 모자를 찾아 집어 들고는 아주 천천히 2층으로 올라갔다. 스테인드글라스를 끼운 창문으로 들어온 햇빛이 그녀 주위에서 반짝이며 부서졌다.

방에 들어온 브렌다는 창가에 앉아서 밖을 내다보았다. 목초지와 암갈색 경작지, 바람에 흔들리는 앙상한 나무들, 교회 탑들, 아래쪽 테라스 근처에서 소용돌이치는 흙먼지와 잎사귀들이 눈에 들어왔다. 그녀는 여전히 모자를 손에 쥔 채 모자 한쪽에 꽂힌 브로치를 손가락으로 만지작거렸다.

그때 보모가 노크를 하고 들어왔다. 그녀의 눈이 충혈되어 있었다. "저기요, 마님, 제가 도련님 물건을 정리하고 있는데 도련님 게 아닌 손수건이 나와서요."

한구석에 있는 왕관 문양과 머리글자, 짙은 향수 냄새가 손수건의 주인이 누구인지 말해 주었다.

"누구 건지 알겠어. 내가 주인한테 돌려보낼게."

"이게 왜 여기 있는지 모르겠어요."

"가엾은 내 아가, 가엾은 내 아가." 브렌다는 보모가 나간 뒤 혼자 중얼거렸다. 그리고 어수선한 바깥 풍경 너머를 가만히 바라보았다.

"나리, 조랑말에 대해 생각을 좀 해 봤는데요."

"그런데?"

"계속 데리고 계실 건가요?"

"생각 안 해 봤는데…… 아니, 그러지 않을 걸세."

"레스틸에 사는 웨스트매콧 씨가 그 말에 대해서 물어 왔거든요. 자기 딸한테 주면 좋을 것 같다면서요."

"그래."

"얼마나 달라고 할까요?"

"글쎄, 모르겠군……. 자네가 적당한 가격을 부르게."

"그 녀석은 종자도 좋고 관리도 굉장히 잘했잖습니까. 적어도 25파운드 이상은 받아야 할 것 같습니다."

"그래, 자네가 알아서 처리해."

"30파운드 불렀다가 조금 깎아 줄까요?"

"알아서 해."

"알겠습니다."

✣

점심 식사를 하면서 토니가 말했다. "조크가 전화했어. 뭐 도와줄 일 없냐고."

"고맙기도 해라. 조크더러 주말에 여기 오라고 하지그래요?"

"당신은 그랬으면 좋겠어?"

"나는 여기 없을 거예요. 베로니카네에 가요."

"베로니카한테 간다고?"

"네, 기억 안 나요?"

방 안에 하인들이 몇 명 있었기 때문에 그들은 거기서 대화를 멈췄다. 나중에 두 사람만 서재에 남았을 때 토니가 물었다. "정말 갈 거야?"

"네. 여기 못 있겠어요. 당신도 이해하죠?"

"그래, 이해하고말고. 난 우리 둘이서 어디 외국에라도 나갈까 생각했지."

브렌다는 그의 말에 대답하지 않고 자기 얘기를 계속했다. "여기 못 있겠어요. 이제 다 끝났어요. 모르겠어요? 헤턴에서의 우리 생활은 다 끝났다고요."

"여보, 그게 무슨 말이야?"

"자꾸 캐묻지 마요……. 지금은요."

"하지만 여보, 난 이해가 안 가는데. 우린 둘 다 젊잖아. 물론 결코 존을 잊을 순 없을 거요. 존은 언제까지나 우리의 장남일 거야. 하지만……."

"그만해요, 토니. 제발 그만해요."

그래서 토니는 하던 말을 멈추었다. 그리고 조금 이따 다시 이렇게 말했다. "그래, 내일 베로니카한테 가겠다고?"

"으음."

"조크한테 오라고 해야겠군."

"그러세요. 나라도 그럴 거예요."

"그럼 앞으로의 계획은 우리가 좀 더 진정됐을 때 세우기로 하지."

"그래요, 나중에요."

다음 날 아침.

"엄마가 편지를 보내셨어요." 브렌다가 편지를 건네며 말했다. 세인트 클라우드 부인은 다음과 같이 썼다.

……나는 장례식에 참석 못 할 것 같다. 하지만 너희 두 사람과 사랑하는 우리 손자를 항상 생각할 거다. 크리스마스 때 너희 셋이 함께 있던 모습을 기억할 거야. 얘들아, 이런 때에는 너희 둘만이 서로에게 위안이 될 수 있단다. 슬픔보다 강한 것은 오직 사랑뿐이야…….

"조크한테서 전보가 왔는데, 올 수 있다는군." 토니가 말했다.

베로니카가 말했다. "브렌다가 온다니, 우리 모두한테 당황스러운 일이지 뭐야. 브렌다는 이미 토니를 차 버렸을지도 몰라. 무슨 말을 해야 할지 정말 모르겠는걸."

저녁 식사 후 조크와 단둘이 있을 때 토니가 말했다. "나는 이해하려고 노력해 왔고, 지금도 그러고 있다고 생각하네. 중요한 건 내 기분이 어떠냐가 아니라 브렌다와 내가 여러 면에서 많이 다르다는 걸세. 브렌다가 그들과 함께 있고 싶어 하는 이유는 그들이 낯선 사람들이고, 존을 모르고, 이곳에서의 우리 생활에 속하지 않기 때문이야. 그래서 그런 것 같지 않나? 그녀는 완전히 혼자 있고 싶은 거야. 여기서 일어난 일을 생각나게 하는 모든 것으로부터 달아나고 싶은 거지……. 그녀를 보내는 내 마음도 몹시 괴로워. 여기 있는 동안 브렌다가 어땠는지 아나……. 거의 기계적으로 움직였다네. 그녀가 나보다 훨씬 더 괴로워해. 내가 별달리 도와줄 방법이 없다는 게 너무 비참해."

조크는 아무 말도 하지 않았다.

비버는 베로니카네 집에 머물렀다. 브렌다가 비버에게 말했다. "수요일에, 그러니까 당신한테 무슨 일이 일어난 게 틀림없다고 생각했을 때에야 비로소 내가 당신을 사랑한다는 걸 깨달았어요."

"그 말 벌써 몇 번이나 했어요."

"당신이 이해하게 만들고야 말겠어요. 바보 같은 사람."

월요일 아침에 토니는 아침 식사 쟁반에서 다음과 같은 편지를 발견했다.

사랑하는 토니

난 헤턴에 돌아가지 않을 거예요. 그림쇼가 짐을 전부 챙겨서 제 아파트로 가져오도록 해 줘요. 그 후에는 더 이상 그녀가 필요 없을 거예요.

뭔가가 잘못돼 가고 있다는 건 당신도 이미 알겠죠.

나는 존 비버를 사랑하고, 당신과 이혼하고 그와 결혼하고 싶어요. 만일 존 앤드루가 죽지 않았다면 이렇게까진 되지 않았을지도 모르죠. 나도 잘 모르겠어요. 지금 상태에서는 도저히 다시 시작할 수가 없어요. 너무 상심하지 마요. 이혼 수속을 밟는 동안에는 만나지 못하겠지만 그 후에는 좋은 친구로 지낼 수 있길 바라요. 당신이 나를 어떻게 생각하든 나는 언제까지나 당신을 좋은 친구로 생각할 거예요.

사랑을 담아
브렌다

토니가 그 편지를 읽고 처음 든 생각은 브렌다가 이성을 잃었다는 것이다. "내가 알기론 브렌다는 비버를 두 번밖에 안 만났는데."

그러나 나중에 그가 조크에게 편지를 보여 주자 조크는 이렇게 말했다. "일이 이렇게 돼서 유감이네."

"하지만 사실이 아니잖아, 응?"

"안됐지만 사실이야. 사람들한테 알려진 지도 꽤 되었다네."

그러나 토니가 그 편지의 의미를 완전히 이해하기까지는 며칠이 더 지나야 했다. 그는 브렌다를 사랑하고 믿는 일에 너무 익숙했던 것이다.

4
영국 고딕 양식 2

1

"노인네가 이 일을 어떻게 받아들여요?"

"많이 괴로워해요. 내가 아주 못된 여자가 된 기분이에요. 상심이 큰가 봐요."

"그가 상심하지 않았어도 당신 기분은 별로였을 거예요." 폴리가 브렌다를 위로하려고 말했다.

"아마 그렇겠죠."

"무슨 일이 일어나더라도 내가 당신 곁에 있을게요." 제니 압둘 악바르가 말했다.

"아, 이제 모든 일이 다 잘 풀리겠죠. 친척들 때문에 좀 불편했거든요."

토니는 삼 주째 조크와 함께 지내고 있었다. 래터리 부인이 캘리포니아로 떠나고 없어서, 조크도 토니와 함께 있게 된 것을 고마워했다. 그들은 거의 매일 저녁 식사를 같이했다. 브랫 클럽에는 더 이상 가지 않았다. 비버도 마찬가지였다. 서로 만날까 봐 두려웠기 때문이다. 대신 토니와 조크는 비버가 회원이 아닌 브라운 클럽에 갔다. 그즈음 비버는 대여섯 집 사이를 옮겨 다니면서 늘 브렌다와 함께 지냈다.

비버 부인은 이번에 벌어진 일이 마음에 들지 않았다. 헤턴에서 일하던 그녀의 인부들이 공사가 끝나기도 전에 돌려보내졌기 때문이다.

브렌다가 떠나고 난 첫째 주에 토니는 몇 번이나 짜증스러운 대화를 나눠야만 했다. 일례로 앨런은 마치 자기가 중재인이라도 된 것처럼 굴었다.

"몇 주만 기다려 보세요. 처형은 돌아올 겁니다. 금방 비버한테 싫증을 낼 거예요."

"하지만 나는 그녀가 돌아오길 바라지 않아."

"형님 기분이 어떨지 압니다. 하지만 고리타분하게 굴어 봤자 좋을 거 없어요. 처형이 존의 죽음 때문에 충격받는 일이 없었다면 이런 지경까지 오지는 않았을 겁니다. 왜, 작년에 마저리가 그 머저리 같은 로빈 비슬리 자식이랑 만날 싸돌아다녔잖아요. 그때 집사람은 그 자식한테 완전히 미쳤지만 제가 모른 척했더니 결국 조용히 끝났지요. 제가 형님이라면 아무 일도 없었던 척할 겁니다."

또 마저리는 이렇게 말했다. "당연히 언니는 비버를 사랑하지 않아요. 어떻게 그럴 수가 있겠어요? ……만약 지금 언니가 스스로 비버를 사랑한다고 생각한다면, 언니가 바보짓을 하지 않게 형부가 말려야만 해요. 절대로 이혼해 주시면 안 돼요. 적어도 언니가 좀 더 제대로 된 사람을 만날 때까지는요."

세인트 클라우드 부인은 이렇게 말했다. "브렌다가 아주, 아주 바보같이 굴고 있어. 원래 흥분을 잘하는 아이긴 하지만 정말로 잘못된 일은 안 했을 걸세. 그건 브렌다답지 않은 일이니까. 난 비버 씨를 한 번도 만난 적이 없고 앞으로도 보고 싶지 않아. 어느 모로 보나 부적당한 남자일 테니까. 브렌다도 그런 사람이랑 결혼하고 싶진 않을 걸세. 이보게, 상황이 어쩌다 이렇게 됐는지는 내가 잘 알아. 그 애는 자네가 자기한테 조금 소홀하다고 느꼈던 거야. 결혼하고 그 시기쯤 되면 그렇게 느끼는 사람들이 많지. 나는 그런 부부를 수없이 많이 봤다네. 그럴 때 젊은 남자한테서 구애를 받으면 당연히 기분이 날아가지. 그래서 그런 거지 뭐 심각하게 잘못된 건 아니야. 그런데 존의 사고로 충격을 받아서 이성을 잃었던 걸세. 그 애도 자기가 무슨 말을 하고 있는지, 편지에 무슨 말을 쓰고 있는지도 몰랐을 거야. 몇 년 후에는 이 작은 소동을 추억하며 둘이 웃게 될 걸세."

토니는 장례식 날 오후 이후로 브렌다를 보지 못했다. 전화 통화만 한 번 했을 뿐이다.

토니가 지독하게 외롭고, 이런저런 조언들로 혼란스러웠던 둘째 주의 일이었다. 앨런은 옆에서 계속 화해하라고 강요하고 있었다. "제가 처형이랑 얘기해 봤는데, 이미 비버한테 싫증이 났답니다. 처형은 헤턴으로 돌아와서 형님이랑 다시 시작하길 바라요."

앨런이 옆에 있는 동안 토니는 계속 귀를 닫고 있었지만 시간이 지날수록 그가 한 말과 그로 인해 떠오르는 영상들이 계속 머릿속을 떠나지 않았다. 그래서 그는 브렌다에게 전화를 했다. 그녀의 목소리는 침착하고 무거웠다.

"브렌다, 나야."

"아, 여보, 웬일이에요?"

"앨런하고 얘기를 나눴어. 당신 마음이 바뀌었다고 하던데."

"무슨 말인지 모르겠어요."

"비버랑 헤어지고 헤턴으로 돌아오고 싶다고 했다면서."

"앨런이 그렇게 말하던가요?"

"응. 아니야?"

"아니에요. 주제넘게 간섭하고 있군요. 제부가 오늘 오후에 여기 왔어요. 당신이 이혼을 원하지 않고, 내가 스캔들만 일으키지 않는다면 런던에 계속 혼자 머물면서 뭐든 마음대로 해도 좋다고 했다더군요. 좋은 생각인 것 같아서 당신한테 막 전화하려던 참이었어요. 하지만 그것도 다 그의 작전이었군요. 어쨌거나 지금 당장은 헤턴에 돌아갈 계획이 없어요."

"알았어. 어쩐지 아닐 것 같더라니……. 그냥 한번 전화해본 거야."

"괜찮아요. 어떻게 지내요?"

"잘 지내. 고마워."

"잘됐네요. 저도 그래요. 그럼 잘 있어요."

그것이 통화 내용의 전부였다. 그 이후로 두 사람 다 서로 만날 가능성이 있는 장소에는 가급적 가지 않았다.

브렌다가 원고가 되는 쪽이 편리할 것 같았다. 토니는 이 문제를 처리하는 데 친족법 전문 사무 변호사를 고용하지 않고 이혼을 전문으로 다루는 좀 덜 유명한 법률 회사에 의뢰했다. 그는 그 변호사들이 직업상 유쾌하고 심지어는 경박하기까지 할 거라고 예상했는데 실제로 만나 보니 오히려 우울하고 의심이 많았다.

"브렌다 부인은 신중하지 못하신 것 같군요. 국왕 대소인(代 訴人)*이 개입할 가능성이 높아 보입니다……. 게다가 돈 문제도 있고요. 현재 합의 내용에 따르면, 브렌다 부인은 죄가 없는 피해자이기 때문에 법정에서 라스트 씨에게 상당한 금액의 위자료를 청구할 권리를 갖는다는 점은 아시는 거지요?"

"아, 괜찮습니다. 그 문제에 관해서는 이미 브렌다의 제부와 검토했고 일 년에 500파운드씩 주기로 했습니다. 아내에겐 재산이 총 400파운드 있고 비버 씨에게도 재산이 조금 있는 것으로 압니다."

"이 내용을 기록할 수 없어서 유감입니다만 공모죄가 성립할 수도 있습니다."

"브렌다의 말은 믿어도 됩니다."

"발생 가능성이 극히 희박한 경우로부터도 고객들을 보호하는 것이 저희 목표거든요." 변호사는 자못 경건한 분위기로 말했다. 그는 토니처럼 브렌다를 사랑하고 신뢰하는 습관에 물들 기회를 가져 본 적이 없었던 사람이었기 때문이다.

브렌다가 헤턴을 떠난 후 넷째 주 주말이 토니가 간통을 저

---

* 이혼 소송에서 불법적인 통모(通謀)가 이루어지지 않도록 감시하는 사법관. 그 당시 영국 법률이 인정했던 이혼 사유는 간통뿐이었기 때문에 거짓으로 간통을 꾸미는 경우가 종종 있었다.

지를 날로 정해졌다. 해변 호텔의 스위트룸을 예약했고 ("저희
는 고객들을 늘 그곳으로 보냅니다. 거기 종업원들이 증언하는 데
익숙하거든요.") 사설탐정들에게도 연락해 두었다. "이제 파트
너를 고르는 일만 남았습니다." 변호사가 말했다. 외설스러운
얘기도 그의 우울함을 덜어 주진 못했다. "고객분들께 파트너
를 몇 번 구해 드린 적이 있었는데 항의가 많이 들어오더군요.
그래서 고객에게 맡기는 것이 최선임을 알았습니다. 최근에 특
히 까다로운 사례가 한 건 있었지요. 남자 쪽이 굉장히 도덕적
으로 엄격한 데다 수줍음까지 타는 사람이었거든. 결국 그
의 아내가 파트너가 되어 주기로 했지요. 그녀가 빨간 가발을
썼는데 대단히 성공적이었습니다."

"이번엔 그 방법은 안 될 것 같군요."

"그럼요. 그냥 재미 삼아 들려 드린 것뿐입니다."

"제가 적당한 상대를 찾을 수 있을 겁니다."

"물론 그러시리라 믿습니다." 변호사가 정중하게 인사하며
말했다.

그러나 나중에 그 문제를 조크와 상의해 보니 그렇게 쉬워
보이지가 않았다. 조크가 말했다. "아무 여자한테나 부탁할 수
있는 일이 아니야. 자네가 상대방한테 어떤 식으로 말해도 마
찬가지일 걸세. 순전히 법적인 문제라고 말하면 상대가 모욕을
느낄 거고, 철저하게 속이면 파렴치한 사람이 되는 거지…….
그러니까 내 말은, 이제껏 상대에게 한 번도 특별한 관심을 보
이지 않다가 그런 제안을 하고, 또 그 일이 있고 나서는 계속
만나자는 얘기를 안 한다면 말일세……. 참, 시빌은 어떤가?"

그러나 시빌조차도 거절했다. 그녀가 말했다. "다른 때라면

기꺼이 해 주겠지만 지금은 안 되겠어요. 이 일에 대한 소문을 들으면 오해할지도 모르는 사람이 있거든요……. 제니 압둘 악 바르라는 굉장히 예쁜 여자가 있는데 혹시 당신이 본 적 있는지 모르겠네요."

"네, 만나 본 적 있어요."

"그녀는 어떨까요?"

"안 돼요."

"어쩌나. 다른 사람은 생각나질 않는데요."

"차라리 올드 헌드레드스에 가서 찾아보는 게 낫겠어." 조크가 말했다.

두 사람은 조크의 집에서 저녁을 먹었다. 최근에 그들은 브라운 클럽의 분위기가 조금 우울하다고 느꼈고, 사람은 누구나 불행한 사람을 피하고 싶어 하기 마련이기 때문이었다. 두 사람은 1.5리터들이 샴페인 한 병을 다 마셨지만 지난번 싱크 거리에서만큼 분위기가 쾌활해지지는 않았다. 이윽고 토니가 말했다. "거기 가는 게 도움이 될까?"

"시도할 가치는 있지. 어차피 즐기러 가는 것도 아니잖나."

"그렇지."

싱크 거리 100번지의 가게 문은 열려 있었고 밴드는 텅 빈 플로어를 향해 연주하고 있었다. 웨이터들은 구석의 작은 테이블에서 식사를 하고 있었다. 슬롯머신 주위를 둘러싼 여자 두셋은 몇 실링을 잃고 춥다며 투덜대고 있었다. 토니와 조크는 몽모랑시 와인 회사의 브랜디 한 병을 주문한 다음 앉아서 기다렸다.

"저 여자들 중 아무라도 괜찮을까?" 조크가 물었다.

"난 상관없네."

"자네 마음에 드는 여자로 하는 게 나을걸. 상당히 많은 시간을 함께 보내야 할 테니 말일세."

잠시 후 밀리와 뱁스가 2층에서 내려왔다.

"집배원 모자 일은 잘돼 가요?" 밀리가 말했다.

두 남자는 그녀의 말을 얼른 알아듣지 못했다.

"지난달에 여기 오셨던 분들이잖아요?"

"맞아, 그랬지. 그때 우리가 좀 취했어."

"그랬어요?" 밀리와 뱁스는 근무시간에 취하지 않은 사람을 보는 일이 매우 드물었다.

"어쨌든 이리 와서 좀 앉지. 두 사람은 잘 지냈나?"

뱁스가 대답했다. "감기가 들었나 봐요. 몸이 안 좋아요. 치사한 자식들, 왜 난방을 안 하는 거야?"

뱁스보다 좀 더 기분이 좋은 밀리는 의자에 앉은 채 음악에 맞춰 몸을 흔들었다. "춤추실래요?" 그녀가 말했고 밀리와 토니는 플로어 위에서 발을 끌며 춤추기 시작했다.

"내 친구가 해변에 같이 갈 여자를 찾고 있어." 조크가 말했다.

"어머나, 이 날씨에요? 외로운 여자한테나 반가운 초대겠네요." 뱁스는 둥글게 구겨 쥔 손수건을 코에 대고 훌쩍거렸다.

"이혼 때문에 그래."

"아, 그렇군요. 밀리를 데려가지 그러세요? 저 애는 웬만해선 감기도 잘 안 걸려요. 게다가 호텔에서 어떻게 처신해야 하는지도 잘 알고요. 여기 아가씨들은 시내에서 데리고 놀기에는 괜찮지만 이혼 때문이라면 숙녀가 필요하잖아요."

"이런 부탁을 자주 받아?"

"가끔요. 한번 기분 전환 하고 오기엔 괜찮죠. 하지만 얘기를 정말 많이 해야 해요. 신사분들이 끝도 없이 자기 아내 이야기를 늘어놓거든요."

한편 토니는 춤을 추는 동안 단도직입적으로 용건을 꺼냈다. "혹시 주말에 어디론가 여행 가고 싶지 않아?" 그가 물었다.

"좋죠. 어딘데요?" 밀리가 말했다.

"브라이턴에 갈 생각인데."

"아……. 이혼 때문인가요?"

"맞아."

"제 딸을 데려가면 안 될까요? 성가시게 굴진 않을 거예요."

"응."

"그건 된다는 뜻인가요?"

"안 된다는 뜻이지."

"음……. 저한테 여덟 살짜리 딸이 있을 줄은 몰랐죠?"

"응."

"이름은 위니예요. 겨우 열여섯에 그 애를 낳았지요. 저는 막내였는데 의붓아버지가 우리 자매들을 가만히 놔두질 않았어요. 그래서 저는 일을 해야만 해요. 위니는 핀칠리*에서 어떤 부인과 함께 살고 있어요. 옷값을 빼고도 일주일에 28실링이나 들죠. 그 애는 바닷가를 정말 좋아해요."

"아이는 안 돼. 미안하지만 그건 곤란하겠소. 대신 거기서 예쁜 선물을 사서 당신이 아이한테 갖다 주는 걸로 하지."

---

* 런던 북서부의 자치구. 에드워드 시대에는 첩들이 사는 곳으로 인식되었다.

"알았어요……. 전에 어떤 신사분은 위니한테 크리스마스 선물로 어린이용 자전거를 사 줬죠. 위니가 그걸 타다 넘어져서 무릎을 다쳤고요……. 출발은 언젠가요?"

"기차가 좋아, 아니면 자동차로 가는 게 좋아?"

"기차요. 차를 타면 위니가 멀미를 하거든요."

"위니는 안 간다니까."

"그래도 어쨌든 기차로 가요."

그래서 그들은 토요일 오후에 빅토리아 역에서 만나기로 했다.

조크는 뱁스에게 10실링을 주고 토니와 함께 집으로 돌아왔다. 토니는 요즘 잠을 잘 못 잤다. 혼자 있을 때면 비버가 헤턴에 다녀간 후에 있었던 모든 일을 곱씹어 생각하지 않을 수 없었기 때문이다. 그는 자신이 놓쳤던 단서들을 찾아보고, 자신의 말이나 행동이 상황을 바꿔 놓은 시점이 언제였는지 생각해 보았다. 또 브렌다를 처음 알게 된 시점까지 거슬러 올라가서 그녀에게 일어난 변화를 더 이해하기 쉽게 만들어 주었을 징후들을 찾아보았으며, 지난 팔 년간 자신의 삶을 한 장면, 한 장면 머릿속으로 재현해 보았다. 이 모든 것 때문에 그는 잠을 이룰 수 없었다.

2

총집합은 1등칸 매표소 앞에서 이루어졌다. 탐정들은 가장 먼저, 약속 시간보다 십 분이나 일찍 와 있었다. 탐정들이 미행을 놓치는 일이 없도록 변호사 사무실에서는 토니에게 그들의 인상착의를 일러 주었다. 그들은 쾌활한 중년 남자들로, 중

절모를 쓰고 두꺼운 코트를 입고 있었다. 그들은 이번 주말을 기대했다. 평소 그들이 하는 일이란 대개 거리 모퉁이를 서성대며 건물 현관을 감시하는 것이었기 때문에 이런 일은 서로 맡으려고 사무실 안에서 경쟁이 치열했다. 보통 좀 더 간단한 이혼 사건에서는 변호사들도 호텔 종업원들의 증언에 의지하는 것으로 만족했다. 탐정을 쓴다는 것은 일종의 사치였으므로 탐정들도 그에 맞는 대우를 받길 원했기 때문이다.

그날 런던에는 안개가 약간 끼어서 기차역 조명이 일찍부터 켜져 있었다.

다음으로 도착한 사람은 토니였다. 옆에는 의리 있게 그를 배웅하러 나온 조크가 있었다. 그들은 기차표를 사고 기다렸다. 직업상 행동 강령을 엄수하는 탐정들은 벽보를 들여다보거나 기둥 뒤에서 몰래 상황을 살피는 등 위장술을 사용했다.

"악몽 같은 주말이 되겠군." 토니가 말했다.

십 분 뒤에 밀리가 도착했다. 어둠 속에서 나타난 밀리 앞에는 그녀의 여행 가방을 든 짐꾼이 있었고, 뒤에는 그녀의 팔을 뒤로 잡아끌고 있는 아이가 있었다. 밀리의 옷은 거의 대부분 이브닝드레스였다. 낮에는 대개 가운 차림으로 가스난로 앞에 앉아서 시간을 보냈기 때문이다. 그녀는 훌륭하진 않지만 남부끄럽지 않은 차림으로 나타났다.

"혹시 늦었다면 죄송해요. 애가 신발을 못 찾지 뭐예요. 위니도 함께 데려왔어요. 당신이 정말로 싫어하지는 않으실 거라고 생각했거든요. 애들 표는 반값이면 돼요."

위니는 커다란 금테 안경을 쓴 못생긴 아이였다. 말을 할 때는 앞니가 두 개 빠진 것이 보였다.

"설마 이 아이도 데려갈 생각은 아니겠지."

"그럴 생각이에요. 말썽은 안 피울 거예요. 가지고 놀 퍼즐도 가져왔고요."

토니는 허리를 굽히고 여자아이에게 말했다. "애야, 넌 지저분한 호텔에 가고 싶지 않지? 여기 이 친절한 아저씨랑 함께 가거라. 이분이 너를 가게에 데리고 가서 거기서 제일 큰 인형을 고르게 해 주실 거야. 그다음엔 자동차로 집까지 데려다주실 거고. 어때, 그러고 싶지 않니?"

"싫어요. 나도 바닷가에 갈래요. 저 아저씨랑 같이 안 갈 거예요. 인형 같은 거 없어도 돼요. 엄마랑 같이 바닷가에 가고 싶어요."

탐정들 외에도 몇몇 사람들이 이 이상한 조합의 무리에게 시선을 보내기 시작했다.

토니가 말했다. "맙소사! 데려가는 수밖에 없겠는걸."

탐정들은 약간 거리를 두고 뒤따라왔다. 토니는 침대차에 일행을 태웠다. 밀리가 말했다. "이것 봐, 우리 1등칸 타고 가는 거야. 신나지 않니? 차도 마실 수 있단다."

"아이스크림도 먹을 수 있어요?"

"아이스크림은 아마 없을 거야. 하지만 맛있는 홍차를 마실 수 있어."

"하지만 난 아이스크림을 먹고 싶은데."

"아이스크림은 브라이턴에 도착하면 사 줄게. 지금부턴 얌전히 앉아서 퍼즐 갖고 놀아야 해. 안 그러면 다시는 바닷가에 안 데려갈 줄 알아."

"대중소설에 나오는 '끔찍한 애' 같은데." 조크가 토니와 헤어지며 말했다.

위니는 브라이턴까지 가는 내내 그 역할에 충실했다. 비록 창의적이진 않았지만 고전적인 레퍼토리는 훤히 꿰고 있어서, 진부하긴 해도 어른들을 놀라게 하는 데는 효과적인, 힘겹게 숨 쉬기나 멀미 난다고 불평하기 등의 기술을 차례로 선보였다.

호텔 방은 토니를 위해 변호사들이 미리 예약해 두었다. 그래서 위니가 도착했을 때 접수원은 놀라지 않을 수 없었다. 그가 말했다. "선생님 성함으로는 2인실 하나, 그 방과 붙어 있는 1인실 하나, 욕실과 거실이 예약되어 있습니다. 따님을 데려오시는 줄은 몰랐는데요. 방 하나를 더 쓰시겠습니까?"

"아니에요, 위니는 저랑 같은 방을 쓰면 돼요." 밀리가 대답했다.

가까이에 서 있던 탐정 두 명이 못마땅한 눈빛을 교환했다.

토니는 숙박부에 라스트 부부라고 적었다.

"따님도 쓰셔야죠." 접수원이 숙박부 위를 짚으며 말했다.

토니가 잠시 머뭇거리다 말했다. "애는 내 조카입니다." 그리고 다른 줄에다가 스미스 양이라고 적었다.

조금 후에 숙박부를 쓰면서 탐정 중 한 명이 동료에게 말했다. "잘 둘러댔어. 꽤 영리하군. 하지만 난 이 사건이 마음에 안 들어. 뭔가 범상치 않단 말이야. 어린애를 끌고 들어오는 바람에 추잡하면서도 고상한 분위기를 풍기게 됐잖아. 뭐, 회사에서 결정할 일이긴 하지만. 국왕 대소인이랑 엮여서 좋을 게 없다고."

"간단하게 한잔 어때요?" 그의 동료가 심드렁하게 응수했다.

위층에서는 위니가 이렇게 물었다. "바다가 어디 있어요?"

"저기, 길 건너에."

"가서 보고 싶어요."

"지금은 어두워서 안 돼. 내일 보자꾸나."

"오늘 밤에 보고 싶어요."

"지금 데리고 나갔다 와." 토니가 말했다.

"혼자 적적하지 않으시겠어요?"

"응, 전혀."

"금방 올게요."

"괜찮아. 애한테 구경이나 제대로 시켜 줘."

토니는 바에 내려가서 탐정들을 만나자 반가웠다. 남자 일행이 그립던 참이었다. "안녕들 하십니까." 그가 인사를 건넸다.

탐정들은 의심스러운 눈으로 그를 쳐다보았다. 이번 사건에서는 모든 일이 일부러 그들을 놀라게 하려는 의도로 계획된 것만 같았다. "안녕하세요. 으스스하고 궂은 날씨네요." 선배 탐정이 인사를 받았다.

"한잔하시죠."

어차피 토니가 그들의 경비를 지불하는 것이었기 때문에 그 제안은 불필요해 보였지만 후배 탐정은 본능적으로 환한 표정을 지으며 말했다. "아, 감사합니다."

"이리 와서 앉으세요. 좀 쓸쓸해서 그럽니다."

그들은 술잔을 들고 그들의 말소리가 바텐더한테 들리지 않는 테이블로 옮겼다. 선배 탐정이 말했다. "라스트 씨, 잘못하고 계신 겁니다. 저희한테 알은척하시면 안 돼요. 사무실에서 뭐라고 할지 모르겠네요."

"인사드리겠습니다." 후배 탐정이 말했다.

그러자 선배 탐정이 그를 소개했다. "이쪽은 제 동료 제임스입니다. 저는 블렌킨솝이라고 하고요. 제임스는 이런 일이 처음이에요."

"저도 마찬가집니다." 토니가 말했다.

"날씨가 이렇게 나빠서 유감입니다. 습기 찬 데다가 바람도 많이 불고. 관절이 쑤셔 죽겠어요." 블렌킨솝이 말했다.

"이런 여행에 보통 아이들을 데려오나요?" 토니가 물었다.

"안 데려오죠."

"저도 그럴 거라 생각했습니다."

"라스트 씨께서 얘길 꺼내셨으니 말인데요, 상당히 이례적이고 지각없는 행동입니다. 한마디로 이상해 보인다는 얘깁니다. 이런 일에서는 실제 같은 인상을 주는 것이 중요한데 말이지요. 물론 제임스나 저에게는 문제가 안 됩니다. 증언할 때 그에 대해서는 한마디도 언급하지 않을 테니까요. 하지만 종업원들은 믿을 수가 없습니다. 증언이라는 걸 처음 해 보는 사람한테 걸려서 그 사람이 다 불어 버리면 어떡하실 겁니까? 저는 그런 상황이 되는 걸 원치 않습니다."

"아무렴, 저보다 더하시겠습니까."

"전 아이들을 좋아합니다. 같이 한잔하시죠?" 이런 일이 처음이라는 제임스가 말했다.

테이블에 앉고 나서 시간이 좀 흘렀을 때 토니가 물었다.

"이혼 때문에 이런 일을 꾸미는 부부들을 틀림없이 많이 보셨겠지요. 다른 사람들은 시간을 어떻게 보냅니까?"

블렌킨솝이 대답했다. "여름에는 더 수월합니다. 젊은 아가씨들은 보통 수영을 하고 남자들은 해변 산책로에서 신문을 읽지요. 어떤 사람들은 드라이브를 가고, 또 어떤 사람들은 바에서 뭉그적대고요. 대부분 월요일이 되면 아주 기뻐하지요."

토니가 올라왔을 때 밀리와 위니는 거실에 있었다.
"아이스크림을 시켰어요." 밀리가 말했다.
"잘했소."
"나 저녁 먹을래, 저녁 먹을래."
"안 돼. 여기서 아이스크림 먹어."
토니는 다시 술집으로 내려갔다. 그리고 제임스에게 말했다. "제임스 씨, 당신이 아이들을 좋아한다고 했던 것 같은데요."
"네. 적절한 장소에 있을 때에는요."
"저하고 같이 온 여자아이와 저녁 식사를 함께해 주실 수 없나요? 그 은혜는 잊지 않겠습니다."
"아, 그건 안 됩니다."
"보답은 반드시 하겠습니다."
"라스트 씨, 저도 불친절한 사람처럼 보이고 싶진 않습니다만, 그건 제가 할 일이 아닙니다."
제임스는 약간 흔들리는 듯했지만 블렌킨솝이 끼어들었다. "그건 절대 안 될 말입니다."
토니가 자리를 떠나자 블렌킨솝은 제임스에게 자신의 경험에서 우러나온 이야기를 들려주었다. 이번 일에서 그와 제임스가 처음으로 호흡을 맞췄기 때문에, 그는 후배를 교육해야겠다는 일종의 의무감을 느꼈다. "우리가 마주치는 문제는 늘 한가지일세. 그건 바로 고객들에게 이혼이 심각한 문제라는 걸 깨닫게 하는 거지."

결국 내일 이런저런 일을 해 주겠다는 거창한 약속을 받아
내고, 아이스크림을 두세 번 더 시켜 먹고, 그것 때문에 조금
우울해지고 나서야 위니는 겨우 잠자리에 드는 데 동의했다.

"우리는 어떻게 잘 거죠?" 밀리가 물었다.

"아, 당신 좋을 대로."

"당신이 좋을 대로 하세요."

"위니는 아마 당신과 자고 싶어 할 거야⋯⋯. 물론 내일 아
침에 룸서비스가 왔을 때에는 위니가 저쪽 방에 가 있어야 하
겠지만."

위니를 더블베드 한쪽에 눕히고 이불을 덮어 주자 그들이
저녁 식사를 하러 내려가기도 전에 아이가 잠드는 것을 보고
토니는 놀라지 않을 수 없었다.

옷을 갈아입자 토니와 밀리 둘 다 기분이 달라졌다. 자신이
가진 옷 중에 가장 좋은, 등이 깊게 파인 주홍빛 이브닝드레스
를 입고, 화장을 새로 하고, 탈색한 머리를 곱게 빗고, 굽이 높
은 빨간 구두를 신고, 손목에는 팔찌를 여러 개 하고, 커다란
모조 진주 귀고리 뒤쪽에 향수를 바른 밀리는 가정사에 대한
근심을 훌훌 털어 버렸고, 겨우내 막사 안에 무기력하게 갇혀
있다가 전시 복무를 명받아 다시 한 번 군복을 입고 상관에게
신고를 하는 재향군인이 되었다. 한편 토니는 거울 앞에서 담
뱃갑을 채워 가지고 야회복 주머니에 밀어 넣으면서, 이 모든
상황이 환영 같고 섬뜩하기까지 하지만 그럼에도 주체는 자신
이라는 사실을 상기했다. 그러곤 옆방 문을 노크한 다음 침착

한 태도로 방으로 들어갔다. 근 한 달 동안 그는 질서가 갑자기 실종돼 버린 세계에서 살아왔다. 모든 사물의 합리적이고 훌륭한 본질이, 그가 경험이나 교육을 통해 당연하다고 여겼던 모든 것이, 화장대 위 어딘가에 잘못 놓인 하찮고 눈에 안 띄는 물건이 되어 버린 듯한 기분이었다. 어떤 비정상적인 상황을 만난다 해도, 어떤 새롭고 기이한 사건을 목격한다 해도, 그것은 지금 그의 귓가에서 새된 소리를 내고 있는 총체적 혼란에 영향을 미칠 수 없었다. 그는 문간에 서서 밀리에게 미소를 지으며 말했다. "예쁘군. 정말 아름다워. 이제 식사하러 내려갈까?"

그들이 묵는 방은 2층에 있었다. 그들은 팔짱을 낀 채 한 걸음 한 걸음 계단을 내려가 아래층의 환한 홀에 들어섰다.

"얼굴 좀 펴세요. 소 혀 샌드위치를 드시면 말을 좀 하시게 될 거예요."

"미안. 내가 그렇게 따분한가?"

"농담이에요. 당신이 좀 진지한 타입이긴 하잖아요?"

날씨가 사나웠지만 호텔은 주말 손님으로 만원인 듯했다. 현관문으로 계속해서 들어오고 있는 사람들은 바깥 추위에 눈가가 촉촉했고 볼이 얼어 있었다.

밀리가 쓸데없는 설명을 했다. "유대인들이네요. 그래도 가끔은 이렇게 클럽이 아닌 곳에 오는 것도 좋죠."

새로 도착한 사람들 중에 밀리의 친구가 있었다. 그는 자신의 짐 가방들이 제대로 옮겨지고 있나 감독 중이었다. 그는 어디에 있어도 눈에 띌 법한 인물이었다. 커다란 모피 코트를 입은 데다 베레모까지 쓰고 있었기 때문이다. 코트 밑으로는 체

크무늬 양말, 흰색과 검은색이 섞인 신발이 보였다. "빨리 짐 갖고 올라가서 풀어!" 그가 말했다. 그는 땅딸막한 젊은이였다. 함께 온 여자 역시 모피 코트를 입고 있었는데 잔뜩 골이 난 표정으로 홀에 있는 진열장 중 하나를 쏘아보고 있었다.

"오, 맙소사." 그 여자가 말했다.

밀리와 젊은 남자는 서로 인사를 나눴다. "이쪽은 댄이에요." 밀리가 말했다.

"자, 자, 이제 뭘 할까?" 댄이 말했다.

"술이나 한잔할까?" 댄의 여자 친구가 말했다.

"베이비, 자기는 내가 마셔야 할 때에만 마셔. 두 분도 저희랑 같이 가실래요? 아니면 혹 덩어리는 사라져 드릴까요?"

그들은 다 같이 화려한 라운지로 갔다. "추워 죽겠어." 베이비가 말했다.

댄은 조금 전에 거대한 모피 코트를 벗었는데 그 안에서 드러난 옷은 부드러운 자주색 반바지와, 토니라면 잠옷용으로 골랐을 법한 무늬의 실크 셔츠였다. "금방 따뜻해질 거야." 그가 말했다.

"여기서 유대인 고린내가 나." 베이비가 말했다.

"저는 그게 좋은 호텔이라는 표시라고 생각하는데, 그렇게 생각하지 않으세요?" 토니가 말했다.

"전혀요." 베이비가 말했다.

"베이비는 신경 쓰지 마세요. 추워서 그래요." 댄이 해명했다.

"자기 차처럼 형편없는 자동차를 타고 왔는데 누군들 안 춥겠어?"

그들은 칵테일을 몇 잔 마셨다. 그리고 댄과 베이비는 방으로 올라갔다. 근처에서 열리는 댄 친구의 파티에 가야 해서 옷을 차려입어야 한다고 그들은 설명했다. 토니와 밀리는 저녁을 먹으러 갔다. 밀리가 말했다. "굉장히 좋은 사람이에요. 클럽에도 자주 오죠. 별별 손님이 다 있지만 댄은 점잖은 축에 속해요. 한번은 댄이랑 외국에 나가려고 한 적이 있었는데 그 사람 사정 때문에 결국 못 갔죠."

"그 여자 친구는 우리를 별로 좋아하지 않는 것 같던데."

"아, 추워서 그런 거예요."

토니는 저녁 식사 자리에서 대화를 이어 가기가 쉽지 않았다. 처음에는 에스피노사 식당에서 브렌다와 식사를 할 때처럼 주변 테이블에 앉아 있는 사람들을 화젯거리로 삼았다. "저쪽 구석에 있는 여자 참 예쁘네."

"그런데도 가서 합석하자고 안 하는 게 용하네요." 밀리가 퉁명스럽게 대꾸했다.

"저 여자 다이아몬드 좀 봐. 진짜일까?"

"그렇게 궁금하면 직접 가서 물어보지그래요?"

"저 여자 괜찮은데……. 춤추고 있는 흑인 여자 말이야."

"저 여자가 그 말 들으면 좋아하겠네요."

토니는 곧 깨달았다. 밀리가 속한 세계에서는 함께 있는 여자 외의 다른 여자에게 관심을 표현하는 것이 예의가 아니라는 사실을.

그들은 샴페인을 마셨다. 탐정들도 샴페인을 마시고 있는 것을 보자 토니는 못마땅했다. 비용 청구서가 도착하면 그에 대해 한마디 해야겠다는 생각이 들었다. 그들이 위니 문제에 대해서 편의를 봐준 것도 아니지 않은가. 그러는 동안에도 토니는 계속 머릿속으로 저녁 먹은 다음에 뭘 할까 고민했다. 그런데 그가 막 시가에 불을 붙였을 때 고민이 저절로 해결되었다. 식당 저쪽에서 댄이 나타났던 것이다. 그가 말했다. "두 분 특별한 일 없으시면 제 친구네 파티에 같이 가시는 게 어때요? 마음에 드실 겁니다. 그 친구는 언제나 최고만을 내놓거든요."

"어머, 그럼 우리도 같이 가요." 밀리가 말했다.

댄의 야회복은 푸른색 천으로 만든 것으로, 원래 인공조명 아래서는 검은색으로 보여야 했다. 하지만 어째서인지 지금은 새파란 색으로 보였다.

밀리와 토니는 댄의 친구 집에 가서 융숭한 대접을 받았다. 이삼십 명가량 되는 손님들은 다들 댄과 비슷한 부류였다. 댄의 친구는 굉장히 친절했다. 저녁내 말썽을 부린 라디오를 만지작거릴 때 외에는 계속 손님들 사이를 돌아다니면서 빈 잔을 채워 주었다. 그는 술의 상표를 보여 주며 이렇게 말했다. "꽤 괜찮은 술입니다. 드셔도 괜찮을 거예요. 좋은 술이니까요."

그래서 그들은 그 좋다는 술을 많이 마셨다.

댄의 친구는 토니가 사람들과 잘 어울리지 못하는 것을 여러 번 알아챘다. 그때마다 그는 토니에게 다가와서 어깨에 손을 올리며 말했다. "댄이 당신과 함께 와서 정말 기쁩니다. 마음껏 즐기고 가셨으면 좋겠군요. 뵙게 되어서 반갑습니다. 이렇게 사람이 많지 않을 때 다시 오셔서 저희 집을 구경하세요. 장미에 관심 있으십니까?"

"예, 굉장히 좋아합니다."

"장미가 필 때 오세요. 장미에 관심 있으시면 그때가 좋을 거예요. 저 망할 놈의 라디오가 또 말썽이군요."

토니는 모르는 사람들이 갑자기 헤턴을 방문했을 때 자신도 저 사람처럼 싹싹했던가 생각했다.

어느 순간 그는 자신이 댄과 함께 소파에 앉아 있음을 깨달았다. 댄이 말했다. "좋은 여자죠, 밀리는."

"그래요."

"제가 아는 사실 한 가지 가르쳐 드릴까요. 밀리가 끌어당기는 남자는 다른 여자들이 끌어당기는 남자들과 달라요. 당신이나 나 같은 사람들이란 말이죠."

"그렇군요."

"여덟 살짜리 딸이 있을 거라고는 생각 못 하셨죠?"

"예. 저도 무척 놀랐습니다."

"저도 오랫동안 몰랐어요. 그런데 밀리를 데리고 디에프로 주말여행을 가려고 했더니 자기 딸아이도 데려가고 싶다는 거예요. 물론 그걸로 우리 관계는 끝났지만 저는 그 후에도 늘 변함없이 밀리를 좋아했어요. 그녀라면 어디에서든 제대로 처신할 거라고 믿어도 돼요." 그는 이 말을 하면서 베이비를 못마땅하게 쳐다봤다. 그녀는 그 좋다는 술을 잔뜩 마시고 한껏 취한 티를 내고 있었다.

파티는 새벽 3시가 지나서야 끝났다. 댄의 친구는 토니에게 장미가 피면 꼭 다시 오라고 당부했다. "영국 남부에서 여기만큼 멋진 장미를 볼 수 있는 데는 없을 겁니다." 그가 말했다.

그들은 댄이 운전하는 차를 타고 호텔로 돌아왔다. 베이비는 잔뜩 골이 난 채로 조수석에 앉아 있었다. "자기, 어디 있었어?" 그녀가 계속 다그쳤다. "저녁내 보이지도 않던데. 대체 어디 갔던 거야? 어디 숨어 있었어? 정말 형편없는 데이트였다고."

토니와 밀리는 뒷좌석에 앉아 있었다. 습관적으로, 그리고 피곤하기도 해서 그녀는 토니의 어깨에 머리를 기대고 그의 손을 잡았다. 하지만 방에 도착하자 밀리는 이렇게 말했다. "조용히 하세요. 위니가 깨면 안 되니까."

토니는 한 시간가량 따뜻한 침실에 누워서 지난 석 달간 있었던 일들을 몇 번이나 떠올려 보았다. 그러다가 잠이 들었다.

그를 깨운 것은 위니였다. "엄마는 아직 주무세요."

토니는 손목시계를 보았다. "그렇겠구나." 그가 말했다. 7시 15분이었던 것이다. "어서 돌아가서 자."

"싫어요. 벌써 옷 다 입었는걸요. 우리 밖에 나가요."

위니가 창가로 걸어가서 커튼을 걷자 차가운 아침 햇살이 방 안을 가득 채웠다. "비가 거의 안 와요."

"뭘 하고 싶은데 그러니?"

"부두에 나가 보고 싶어요."

"아직 안 열었을 거야."

"그래도 바닷가에 내려가고 싶어요. 빨리요."

토니는 오늘 아침에 다시 잠자긴 틀렸음을 깨달았다. "그래. 아저씨 옷 입는 동안 저쪽 방에 가서 잠깐 기다리렴."

"그냥 여기 있을래요. 엄마가 코를 골아서요."

이십 분 뒤에 두 사람은 아래층 홀로 내려갔다. 앞치마를 두른 웨이터들이 가구를 쌓아 놓고 카펫을 청소하고 있었다. 문밖으로 나가자 살을 에는 바람이 불어왔다. 포장된 산책로는 파도가 일으킨 물보라와 빗물로 젖어 있었다. 여인 두세 명이 장갑 낀 손에 기도서를 꼭 움켜쥐고 바람을 향해 허리를 수그린 채 급히 걸어갔다. 쭈글쭈글한 노인 네다섯 명이 마부처럼 웟웟 소리를 내면서 수영을 하러 절뚝거리며 내려가고 있었다.

"아저씨, 빨리 와요."

두 사람은 해변으로 내려가 자갈 위를 비틀거리며 걸어서 물가까지 갔다. 위니가 돌을 몇 개 던졌다. 아까 그 노인들은 이제 물속에 있었다. 그들 중 몇 사람이 데려온 개들이 콧숨을 몰아쉬며 같이 헤엄치고 있었다.

"아저씬 왜 수영 안 하세요?"

"너무 추우니까."

"하지만 저 사람들은 하잖아요. 저도 하고 싶어요."

"네 엄마한테 물어봐야 해."

"겁나서 그러는 거죠? 아저씨 수영할 줄 아세요?"

"응."

"근데 왜 안 하세요? 못하는 거죠?"

"그래, 못해."

"그럼 아깐 왜 할 줄 안다고 그랬어요? 거짓말쟁이."

그들은 자갈 해변을 따라 걸어갔다. 위니는 다리를 양쪽으로 쫙 벌리고 미끄러지듯 물웅덩이 위를 지나갔다. "내 바지가 다 젖어 버렸어요."

"돌아가서 갈아입는 게 좋겠다."

"기분이 찝찝해요. 우리 가서 아침 먹어요."

그 호텔은 원래 일요일 아침 8시에 아래층에 내려와서 아침 식사를 하려는 손님들에게 식사를 제공하지 않았다. 그래서 뭐든 준비되기까지 그들은 한참을 기다려야 했다. 게다가 아이스크림까지 없어서 위니는 짜증이 났다. 위니는 그레이프프루트와 훈제 청어와 토스트 위에 얹은 스크램블드에그를 먹으면서 젖은 옷에 대해 간간이 불평을 했다. 식사를 마친 후 토니는 옷을 갈아입으라고 위니를 올려 보낸 다음 라운지에 앉아 파이프 담배를 피우면서 일요 신문들을 훑어보았다. 9시가 되자 블렌킨숍이 나타났다. "어젯밤에 안 보이시던데요." 그가 말했다.

"파티에 갔습니다."

"그러시면 안 되는데……. 엄밀히 말하면 그렇단 얘깁니다. 하지만 큰 문제는 없겠지요. 아침은 드셨습니까?"

"네. 위니랑 식당에서요."

"라스트 씨, 대체 무슨 생각을 하고 계신 겁니까? 호텔 종업원들한테서 쓸 만한 증언을 받아 낼 생각을 하셔야지요."

"밀리를 깨우고 싶지 않았습니다."

"그러려고 고용하신 것 아닙니까? 제발요, 라스트 씨, 이러서서 좋을 게 없어요. 정신 똑바로 차리지 않으면 영영 이혼 못 하실 겁니다."

"알겠소. 아침 식사를 다시 하지요."

"꼭 침실에서 드십시오."

"그러지요." 그리고 토니는 피곤한 듯 2층 방으로 올라갔다.

위니가 커튼을 걷어 놓았는데도 밀리는 여전히 자고 있었다. "엄마가 잠깐 깼다가 다시 누웠어요. 엄마 좀 깨워 주세요. 부두에 나가고 싶어요."

"밀리, 밀리." 토니가 단호한 목소리로 그녀를 깨웠다.

"아……. 몇 시예요?"

"우리 아침 먹어야 해."

"생각 없는데. 조금 더 잘래요."

"아까 아침 드셨잖아요." 위니가 말했다.

"어서 일어나. 잘 시간은 나중에도 많으니까. 우린 이것 때문에 여기 온 거라고."

그러자 밀리가 일어나 앉았다. "알았어요. 위니, 의자에 있는 엄마 윗옷 좀 갖다 줄래?" 그녀는 아무리 내키지 않는 일이라도 자신이 맡은 일은 기꺼이 끝까지 해내는 성실한 여자였다. "하지만 아직 이른 시간이에요."

토니는 자기 방으로 가서 넥타이와 칼라를 풀어서 빼고 구두, 조끼, 재킷을 벗은 다음 가운을 걸쳤다.

"아저씨는 욕심쟁이. 아침을 두 번이나 먹고."

"너도 좀 더 크면 이해할 거야. 이게 다 '법' 때문이란다. 이제 한 십오 분 동안만 거실에 조용히 있어. 약속할 수 있지? 그 후엔 네가 하고 싶은 걸 해도 돼."

"수영해도 돼요?"

"그럼, 물론이지. 지금 조용히 있으면 말이다."

토니는 침대 위로 올라가 밀리 옆에 앉은 다음, 가운을 목까지 바싹 끌어 올려서 꼭 여몄다. "이상해 보이지 않아?"

"훌륭해요."

"좋아. 그럼 내가 벨을 울리지."

종업원이 식사를 들여놓고 나가자 토니는 침대에서 일어나 옷을 입었다. "이만하면 됐겠지. 신문에서 이걸 '간통'이라고 표현할 거란 생각을 하니 이상하군."

"이제 나 수영해도 돼요?"

"그럼."

밀리는 다시 자려고 드러누웠다. 토니는 위니를 해변에 데려갔다. 바람이 사나워져서 파도가 해변의 자갈에 거세게 부딪쳤다.

"이 꼬마가 수영을 하고 싶어 하는데요." 토니가 말했다.

"오늘 아이들은 수영 못 합니다." 해변 관리인이 말했다.

주변 사람들이 말했다. "세상에나! 애를 익사시킬 작정인가?" "애 맡기면 안 될 사람이네." "사악한 인간 같으니."

"그래도 수영하고 싶어요. 아저씨가 아침 두 번 먹는 대신 저는 수영하기로 했잖아요."

곤경에 처한 토니를 구경하려고 모여든 사람들은 곁눈질로 서로를 쳐다봤다. "아침을 두 번이나 먹어? 이 날씨에 애를 수영시키려고 해? 저 남자 정신이 나갔군."

"신경 쓰지 마. 부두로 가자." 토니가 말했다.

군중 가운데 몇몇은 그 정신 나간 아버지가 또 어떤 터무니없는 행동을 할지 궁금해서 토니와 위니를 뒤따라왔다. "아침을 두 번이나 먹고 어린 딸을 익사시키려고 하는 남자가 있어." 그들은 다른 구경꾼들에게 이렇게 알리면서 스키볼*로 위니를 즐겁게 해 주려고 하는 토니에게 회의적인 눈길을 보냈다. 토니의 행동은 그들이 오늘 아침에 주간신문에서 읽은 인간 본성에 대한 견해를 확인해 주었다.

브렌다의 변호사가 말했다. "자, 저희 쪽은 이제 소송 준비가 완벽하게 끝났습니다. 제 생각에는 다음 개정 기간이나 되

---

* 야구공 크기 공을 던져서 각각의 구멍에 넣을 때마다 다른 점수를 얻는 게임기.

어야 재판이 시작될 것 같습니다. 요즘 밀린 사건이 많거든요. 하지만 부인의 증언을 미리 준비해서 나쁠 건 없지요. 제가 모두 타이핑해 두었습니다. 갖고 계시면서 잘 외워 두시는 게 좋을 겁니다."

브렌다가 읽어 내려갔다. "……제 결혼 생활은 더할 나위 없이 행복했습니다. 하지만 작년 크리스마스 전부터 저에 대한 남편의 태도가 달라졌다는 걸 느끼기 시작했습니다. 제가 공부 때문에 런던에 갈 때에도 남편은 항상 시골에 남았습니다. 그이가 전만큼 저를 사랑하지 않는다는 사실을 깨달았지요. 남편은 술을 많이 마시기 시작했고, 한번은 제 런던 아파트에 찾아와서 소란을 피우기도 했습니다. 잔뜩 취해서 끊임없이 전화를 해 대고 취한 친구를 보내서 제 현관문을 두드리게 했지요……. 이런 얘기까지 해야 하나요?"

"꼭 필요한 건 아니지만 넣는 것이 좋습니다. 어떤 인상을 주느냐가 대단히 중요하니까요. 판사들이 때로 예리해질 때면 행복한 결혼 생활을 하는 점잖은 남자가 왜 알지도 못하는 여자와 해변으로 주말여행을 가는지 생각해 보기도 하거든요. 전반적인 타락의 증거를 제시하는 것은 늘 도움이 됩니다."

"알겠어요. 그 후로 저는 사설탐정을 고용해서 남편을 감시했습니다. 그리고 그들이 해 준 이야기를 듣고 4월 5일에 남편의 집을 떠났습니다. 네, 명확하게 잘 정리된 것 같네요.".

3
세인트 클라우드 부인은 '가장'의 권위와 초자연적인 훌륭한 판단에 대한 구시대적인 믿음을 간직한 사람이었다. 따라서 그녀가 마저리에게서 브렌다의 탈선에 대한 이야기를 듣고 가장 먼저 취한 행동은 튀니지에서 몇몇 무덤을 모독하고 있던 레지에게 돌아오라는 전보를 치는 것이었다. 레지는 평소 습관대로 느긋하게 출발했다. 그는 전보를 받은 후에 있었던 첫 번째 배도, 두 번째 배도 타지 않았고, 결국 토니가 브라이턴에 다녀온 다음 월요일 런던에 도착했다. 그는 자신의 어머니, 브렌다, 마저리, 앨런, 변호사를 서재에 모아 놓고 가족 비밀회의를 열었다. 나중에는 그 문제에 관해 그들 모두와 개별적으로도 충분히 의논했다. 비버와는 점심 식사를 함께했으며, 조크와는 저녁을 같이 먹었다. 심지어 토니의 숙모 프랜시스를 방문하기도 했다. 마지막으로 목요일 저녁에는 브라운 클럽에서 토니와 저녁 식사를 하기로 했다.

레지는 브렌다보다 여덟 살 위였다. 그와 마저리 사이에는 아주 가끔씩 순간적이고 뭐라 정의하기 힘든 유사성이 보이곤 했지만 그와 브렌다는 성격도 외모도 완전히 극과 극이었다. 그는 벌써부터 중년 남자처럼 부자연스럽게 뚱뚱해서, 스스로도 익숙지 않은 듯 무거운 살덩어리를 이고 다녔다. 마치 그날 아침에 처음으로 그것을 착용해서 좀 더 편한 위치로 조정하려고 아직까지도 시험해 보는 사람 같았다. 그의 불안정한 걸음걸이와 은밀하게 주위를 살피는 시선은 마치 그가 언제든 급습당할 위험에 노출돼 있지만 잽싸게 몸을 피하기에는 신체적으로 불리하다는 사실을 안다고 말하는 것만 같았다. 하지만 이러한 인상은 전적으로 그의 겉모습에서 기인했다. 눈빛이 수상쩍어 보이는 이유는 두 눈이 두꺼운 지방 속에 파묻혀 있기 때문이었다. 그의 움직임이 조심스러운 것도 몸의 균형을 잡기 위해서였지, 자신의 형편없는 몸매에 창피함을 느껴서가 아니었다. 그는 자신의 외모가 별나다고 생각한 적이 한 번도 없었다.

레지 세인트 클라우드는 자신의 시간과 수입의 절반 이상을 소소한 해외 발굴 여행을 가는 데 썼다. 그의 런던 집은 그 결과물들로 가득했다. 깨진 조각을 이어 붙인 고대 단지, 부식된 청동 도끼날, 뼛조각과 검게 탄 막대기, 세월이 흐르면서 이목구비가 마모되고 평평해진, 그레코로만 양식의 대리석 두상 등. 그는 자신의 발굴에 관한 짧은 논문 두 편을 개인적으로 인쇄해서 왕가에 헌정하기도 했다. 그리고 런던에 돌아오면 정기적으로 상원에 출석했다. 그는 마흔이 훌쩍 넘은 사람들하고만 어울렸고 벌써 몇 년 전부터 그들과 같은 세대로 인정받았다. 그를 사윗감으로 고려하는 어머니는 아직까지 거의 없었다.

"이번 브렌다 일은 무척 유감이네." 레지 세인트 클라우드가 말했다.

토니도 동의했다.

"어머니께서 몹시 걱정하시네, 당연한 일이지만. 나도 그렇고. 정말 솔직하게 말해서, 나도 브렌다가 굉장히 바보같이, 그리고 부적절하게 행동했다는 것을 인정하네. 자네가 상심이 크리라는 것도 이해하고 말일세."

"네."

"하지만 자네 기분을 충분히 고려한다 하더라도 자네가 복수심 때문에 이렇게 행동하는 게 아닌가 하는 생각이 들어."

"저는 브렌다가 원하는 대로 해 주고 있습니다."

"이보게, 브렌다는 자기가 뭘 원하는지 몰라. 내가 어제 비버라는 친구를 만나 봤는데 맘에 드는 구석이 한 군데도 없더군. 자넨 어떤가?"

"전 그에 대해 잘 모릅니다."

"뭐, 그 친구가 내 맘에 들지 않았던 건 확실하네. 그런데 자네는 지금 브렌다를 그 녀석 품으로 던져 주고 있지 않은가. 결과적으로 그렇다는 거야, 내가 보기엔. 그래서 복수심이 아니냐는 걸세. 물론 지금 당장은 브렌다도 자기가 그를 사랑한다고 생각하겠지. 하지만 오래가진 않을 거야. 비버 같은 친구하고는 잘될 수가 없거든. 두고 보게. 일 년 후엔 자네한테 돌아오고 싶어 할 걸세. 앨런도 똑같은 말을 하더군."

"앨런한테도 얘기했습니다만, 저는 브렌다가 돌아오는 걸 원치 않습니다."

"그게 복수가 아니고 뭔가."

"그런 게 아니에요. 브렌다에 대한 감정이 예전 같지 않을 뿐입니다."

"왜 꼭 똑같은 감정을 느껴야 하나? 사람은 나이가 들면 변하는 법이야. 난 십 년 전만 해도 수메르 시대 이후의 것에는 전혀 흥미가 없었는데 지금은 기원후 시대의 물건조차도 대단히 중요하게 느껴진다네."

그리고 얼마 동안 레지는 자신이 최근에 발굴한 저주 현판*에 대해 이야기했다. "거의 모든 무덤에 그게 있었다네. 대

---

* 타인에 대한 저주를 적은 얇은 납판.

부분 광장 도당*에 관한 내용이 납판에 새겨져 있었지. 그 납판들은 통풍구를 통해 무덤 속에 넣어지곤 했네. 마흔세 개를 찾아낸 상태에서, 이 불행한 일이 일어나는 바람에 런던으로 돌아와야만 했던 거야. 그러니 나로선 당연히 언짢을밖에."

그는 잠시 동안 말없이 음식을 먹었다. 레지의 마지막 발언 때문에 대화의 주제는 다시 '떠남'으로 되돌아왔다. 확실히 그는 원래 주제에 대해 아직 할 말이 많았고, 그것에 가장 용이하게 접근하는 방식에 대해 고민 중이었다. 그는 우악스러운 태도로 음식을 우적우적 씹어 먹었다.(다른 사람들이라면 접시에 남겼을 법한 것들, 즉 대구 머리와 꼬리, 몇 번에 걸쳐 먹어야 다 먹을 수 있는 닭 뼈, 복숭아씨나 사과 심, 치즈 겉껍질, 아티초크의 질긴 부분까지 종종 무의식적으로 다 먹어 버리는 습관이 그에겐 있었다.) "게다가 자네도 알다시피, 전적으로 브렌다 잘못인 것 같지는 않네."

"특별히 누구 잘못인지까지는 생각해 보지 않았습니다."

"그건 잘한 일이군. 하지만 자넨 어쩐지 상처 입은 남편의 입장을 취하는 것 같아. 예전 같지 않다느니 하는 게 그렇단 말일세. 그러니까 내 말은, 손바닥도 마주쳐야 소리가 나는 법이니까 언젠가부터 둘 사이가 틀어지기 시작했던 게 아니냐는 걸세. 예를 들면 자네, 얼마 전부터 술을 많이 마셨다면서. 그나저나 포도주 좀 더 들게나."

"브렌다가 그러던가요?"

---

* 로마 시대의 광장은 전차 경주를 비롯한 여러 가지 경기가 열리는 장소였다. 따라서 오늘날의 팬클럽처럼 자신이 응원하는 팀에 따라 서로 다른 도당이 존재했다.

"그래. 그리고 다른 여자들과 어울리기도 했다면서. 브렌다가 헤턴에 있을 때 이름이 무어인식인 여자를 집에 묵게 한 적도 있다고 들었네. 그건 좀 지나친 행동 아닌가. 난 사람들이 자기 나름의 방식대로 사는 것에는 찬성하지만, 그런 사람들이 남을 비난해서는 안 된다고 생각하네. 내 말이 무슨 뜻인지 알겠지."

"브렌다가 그러던가요?"

"그래. 자네한테 훈계 같은 걸 하려는 건 아니네만 지금 상황에서 자네가 브렌다에게 복수심을 품을 권리는 없다고 생각하네."

"제가 술독에 빠져 지냈고 이름이 무어인 같은 여자랑 놀아났다고 브렌다가 그랬단 말이죠?"

"글쎄, 정확히 그렇게 말했는지는 모르겠지만, 자네가 최근에 술을 많이 마셨고 그 여자한테 관심이 있는 게 분명하다고 했네."

토니와 마주 앉은 이 뚱뚱한 젊은이는 말린 자두와 크림을 주문했다. 토니는 이제 그만 먹겠다고 말했다.

지난 주말에만 해도 토니는 더 이상 놀랄 일은 없을 거라고 생각했더랬다.

레지가 차분하게 말을 계속했다. "그러니 내가 하고 싶은 말이 뭔지 알겠지. 바로 돈 문젤세. 존이 죽은 직후 브렌다가 매우 혼란스러운 상태에서 위자료에 관해 자네와 구두로 합의한 걸로 아네."

"그래요. 일 년에 500파운드씩 주기로 했습니다."

"한데 난 자네가 브렌다의 관대함을 그런 식으로 이용할 권리는 없다고 생각하네. 브렌다가 자네의 제안을 받아들인 건 대단히 경솔한 일이었어. 브렌다도 그때에는 자기가 제정신이 아니었다고 하더군."

"그럼 그 대신 원하는 게 뭔가요?"

"나가서 커피나 한잔하세."

두 사람이 텅 빈 흡연실의 난로 앞에 자리를 잡고 앉자 레지가 말했다. "변호사들이랑 우리 가족들과 상의해 봤는데 2,000파운드는 돼야 한다는 게 우리 생각이야."

"그건 말도 안 됩니다. 불가능해요."

"이보게, 나는 브렌다의 이익을 생각해야만 해. 그 애의 재산은 형편없이 적을 뿐 아니라 앞으로 늘어날 가능성도 없네. 우리 어머니의 수입은 아버지의 유언에 따라 내가 드리는 용돈이 전부고 내가 브렌다에게 돈을 줄 수도 없어. 리비아 사막의 오아시스로 원정을 떠나기 위해 모든 자금을 끌어모으는 중이거든. 비버라는 녀석은 사실상 빈털터리인 데다 현재 수입도 없는 것 같네. 그러니까……"

"하지만 형님, 말도 안 되는 요구라는 것 아시지 않습니까."

"자네 수입의 3분의 1도 안 되는 돈이잖나."

"그렇긴 하지만 제 수입은 거의 대부분 헤턴 저택의 유지비로 쓰입니다. 브렌다와 제가 개인적인 용도로 쓴 돈을 합쳐도 지금 말씀하신 액수의 반도 넘은 적이 없는 건 아세요? 현 상태를 유지하려면 500파운드가 최대입니다."

"자네가 이렇게 나올 줄 몰랐군. 자네는 지금 억지를 부리고 있어. 요즘 세상에, 혼자 사는 남자가 일 년에 4,000파운드를 가지고도 안락하게 살 수 없다는 건 말이 안 되네. 나도 그 정도로 살아 본 적이 있는데 말이야."

"그건 헤턴을 포기하라는 소립니다."

"그러니까 나도 브레이클리를 판 것 아닌가. 맹세컨대 그 일을 후회한 적은 한 번도 없다네. 물론 당시에는 굉장히 속이 쓰렸지. 지나간 추억이라든가 뭐 그런 것들 때문에 말이야. 하지만 분명히 말하는데, 거래가 끝났을 때에는 완전히 새로운 사람이 된 기분이었다네. 가고 싶은 곳에 자유롭게 갈 수 있고……."

"하지만 저는 헤턴 외에 다른 곳에는 가고 싶지 않아요."

"노동당원들이 흔히 하는 이 말에는 많은 의미가 담겨 있어. 영국의 대저택은 과거의 유물이다."

"브렌다가 이런 제안에 동의했을 때 제가 헤턴을 떠나야 한다는 것도 알았나요?"

"응, 그 얘기도 오갔던 것 같아. 아마 학교 같은 곳에 쉽게 팔 수 있을 거야. 내가 브레이클리를 처분하려고 했을 때 긴물이 고딕 양식이 아니라 유감이라고 중개인이 그랬거든. 학교나 수녀원에서 고딕 양식을 선호한다더군. 자네는 아마 썩 괜찮은 값을 받을 수 있을 거고 나중에는 지금보다 더 여유롭게 살걸세."

"아니요. 그럴 순 없습니다."

"자넨 지금 모든 사람을 몹시 곤란하게 만들고 있어. 대체 왜 이렇게 나오는 건지 이해가 안 가는군."

"더구나 제가 동의하리라고 브렌다가 생각했다거나 그러길 원했다는 건 믿을 수 없어요."

"아, 그건 사실일세. 내가 장담할 수 있어."

"말도 안 돼요."

레지가 시가를 뻐끔뻐끔 피우며 말했다. "그리고 사실은 돈 문제만 있는 게 아니야. 원랜 이럴 생각이 아니었는데 전부 말하는 게 낫겠군. 실은 비버가 비열하게 나오고 있어. 브렌다가 위자료를 제대로 받지 않으면 결혼할 수 없다는 거야. 그 애한테 부당한 처사라면서. 그 친구가 무슨 말을 하고 싶은지는 이해가 가네."

"저도 이해가 가네요. 그러니까 형님의 제안은 결국 브렌다에게 비버를 사 주기 위해 저더러 헤턴을 포기하라는 말씀이군요."

"나라면 그렇게까지 말하진 않겠네."

"전 그렇게 못 합니다. 그럼 얘기 끝났군요. 말씀 다 하신 거면 전 이만 가 보겠습니다."

"아니, 아직 할 얘기가 더 있네. 내가 표현을 좀 잘못한 것 같군. 다른 사람을 지나치게 배려하는 습관 탓이지. 우리 쪽에서 어떻게 할 작정인지 설명할 때 난 자네에게 동의해 달라고 부탁한 게 아니었네. 가급적 모든 걸 우호적으로 해결하려고 애썼는데 불가능할 것 같군. 브렌다는 법정에서 위자료로 일 년에 2,000파운드를 요구할 거고 우리 쪽 증거라면 틀림없이 승소할 걸세. 자네 때문에 이런 식으로밖에 말할 수 없어서 유감이야."

"이렇게 나오실 줄은 몰랐네요."

"솔직히 말해 우리도 그랬네. 이건 비버의 생각이었거든."

"형님이 저를 정말로 비참한 상황에 빠뜨리신 것 같군요."

"나라면 그렇게까지 말하진 않겠네."

"브렌다도 이 내용을 아는지 확실히 확인해 봐야겠습니다. 전화해 봐도 되죠?"

"그럼, 물론이지. 오늘 밤은 마저리네에 머문다고 했네."

"브렌다, 나 토니야……. 방금 형님이랑 저녁 먹었어."

"그래요. 오빠가 그럴 거라고 하더군요."

"형님 말로는 당신이 위자료 청구 소송을 할 거라던데, 정말이야?"

"여보, 그렇게 무섭게 말하지 마요. 다 변호사들이 하는 일이에요. 저한테 얘기해 봐야 소용없어요."

"2,000파운드를 요구할 거라는 건 알아?"

"네. 들었어요. 좀 많아 보인다는 건 알지만……."

"내 재산 사정은 당신도 알잖아? 그 말은 헤턴을 팔아야 한다는 뜻인 것도 알지? ……여보세요, 내 말 들어?"

"네, 듣고 있어요."

"그런 뜻이라는 거 당신도 알지?"

"여보, 날 나쁜 사람으로 만들지 마요. 그동안 여러 가지로 힘들었다고요."

"당신이 요구하는 게 뭔지 아는 거지?"

"네……. 그래요."

"알았어, 그걸 알고 싶었을 뿐이야."

"여보, 무슨 소리 하는 거예요……. 끊지 마요."

토니는 수화기를 내려놓고 다시 흡연실로 돌아갔다. 그동안 그를 혼란스럽게 했던 많은 점들이 갑자기 분명해졌다. 고딕 세계는 이미 무너지고 없었다……. 이제 숲 속 빈터를 지나가는 빛나는 갑옷도, 잔디밭 위를 걸어가는 수놓인 신발도 더 이상 존재하지 않았다. 얼룩무늬가 있는 크림색 유니콘도 날아가 버린 뒤였다…….

레지는 의자에 푹 퍼진 채 앉아 있었다. "어떻게 됐나?"

"통화했습니다. 형님 말씀이 맞더군요. 의심해서 죄송합니다. 처음엔 정말 사실일 것 같지 않았거든요."

"괜찮아."

"이제 저도 마음을 정했습니다."

"잘했네."

"브렌다는 이혼하지 못할 겁니다. 제가 브라이턴에서 만든 증거는 쓸모 없을 거예요. 어린아이 하나가 계속 같이 있었거든요. 제가 묵기로 했던 방에서는 이틀 밤 다 그 애가 잤지요. 굳이 소송을 진행한다 해도 결국엔 제가 이기겠지만 저희 쪽 증거를 보면 소송을 취하하고 싶어질 겁니다. 저는 한 육 개월 쯤 멀리 떠나 있을 생각입니다. 제가 돌아왔을 때에도 브렌다가 이혼을 원한다면 어떠한 위자료도 없이 이혼해 주겠습니다. 아시겠어요?"

"하지만 이보게."

"그럼 전 이만 가 보겠습니다. 저녁 식사 감사합니다. 발굴 여행 잘되시길 바랄게요."

토니는 브라운 클럽에서 나오는 길에 존 비버의 입회 허가 여부가 표결에 부쳐졌음을 알았다.

"노인네가 그렇게 나올 줄 누가 알았겠어요?" 폴리 콕퍼스 가 말했다.

"이혼법 개정에 관한 신문 기사가 왜 그렇게 계속 나오는지 이제야 알겠다니까요. 이대로 토니가 승소한다면 너무 끔찍한 일일 거예요." 베로니카가 말했다.

"그에게 미리 말한 게 실수였지요, 뭐." 수키는 이렇게 말했다.

"그렇게 모든 사람을 다 믿다니 정말 브렌다답지 뭐예요." 제니 압둘 악바르가 말했다.

✤

"형부가 그렇게 간단히 빠져나갈 수는 없을 거예요." 마저리가 말했다.

앨런이 말했다. "글쎄, 그럴까. 내가 보기엔 바보 같은 당신 오빠가 일을 그르친 것 같던데."

5
도시를 찾아서

1

"갑판을 몇 번이나 돌면 1킬로미터가 될까요?"

"모르겠습니다. 하지만 벌써 꽤 많이 걸으신 것 같은데요."

"스물두 바퀴 돌았어요. 활동적인 생활에 익숙한 사람은 바다에 나오면 금세 우울해지거든요. 이 배는 그다지 좋진 않네요. 이 항로를 자주 이용하십니까?"

"처음입니다." 토니가 대답했다.

"아, 그러세요. 섬 관련 사업에 종사하시나 생각했어요. 매년 이맘때는 나가는 관광객들이 적거든요. 오히려 반대지요. 제 얘기는, 귀국하는 사람들뿐이란 말입니다. 멀리 가세요?"

"데메라라 강*에 갑니다."

"아. 광물 같은 걸 찾으러 가시는 건가요?"

---

* 가이아나의 수도 조지타운 근방을 흐르는 강.

"아니요. 실은 도시를 찾으러 가는 겁니다."

이 상냥한 승객은 잠시 놀란 듯하더니 곧 웃음을 터뜨렸다. "도시를 찾으러 간다고 말씀하신 걸로 들렸어요."

"맞습니다."

"정말로 그렇게 말씀하셨다고요?"

"예."

"제가 잘못 들은 줄 알았는데…… 그럼, 전 이만 가 보겠습니다. 저녁 식사 전에 몇 바퀴 더 돌아야겠어요."

그는 균형을 잡기 위해 두 다리를 약간 벌린 채 가끔씩 한 손으로 난간을 잡고 걸으면서 갑판 저쪽으로 멀어져 갔다.

그 남자는 약 한 시간 전부터 삼 분에 한 번꼴로 토니가 있는 곳을 지나갔다. 처음에 토니는 그가 다가오는 것을 보고 그냥 고개를 돌려 바다를 쳐다보았다. 그런데 조금 지나자 남자가 목례를 하더니 그다음에는 "안녕하세요." "파도가 좀 이는데요." "또 만났네요."라며 말을 건네기 시작했다. 그러다가 결국엔 걸음을 멈추고 대화까지 나누게 된 것이었다.

토니는 이 어색한 상황이 반복되는 것을 피하기 위해 고물 쪽으로 갔다. 그리고 계단을 통해 후갑판으로 내려갔다. 그곳에 내려가 보니 한쪽에, 밧줄로 고정되어 있는 궤짝 안에 다양한 종류의 가축들이 있었다. 종우들, 두꺼운 옷을 입은 경주마들, 비글 두어 마리는 모두 서인도제도의 여러 섬나라로 수출되는 것들이었다. 토니는 궤짝들 사이를 통과한 다음 승강구를 지나 고물로 갔다. 그는 거기서 윈치에 기대앉아 수평선이 배의 굴뚝들 위로 올라갔다 다시 내려왔다 하는 것을 지켜보면서 그 굴뚝들이 어두워지는 밤하늘보다 더 새까맣게 보일 때까지 있었다. 고물에 있으니 배 중앙에 있을 때보다 뒷질이 훨씬 더 잘 느껴졌다. 가축들은 불안한 듯 비좁은 우리 안에 서 계속 이리저리 움직였다. 비글들은 간간이 낑낑거렸다. 하루 종일 밧줄 위에서 펄럭대던 세탁물을 동인도 출신의 선원 하나가 걷어 갔다.

배가 일으키는 물보라는 높은 파도 속으로 금방 사라졌다. 배는 영국해협의 서쪽으로 향했다. 밤이 되자 프랑스 해안에 번쩍이는 등대들이 나타났다. 잠시 후 승무원이 환하게 불 밝힌 상갑판을 돌면서 놋쇠 대롱으로 만든 종을 울리자 아까 그 상냥한 승객은 저녁을 먹기 전에 뜨거운 바닷물로 목욕을 하려고 아래로 내려갔다. 그는 욕조 이쪽저쪽으로 튀는 뜨거운 물에 비누를 풀어서 끈적끈적한 거품이 뜬 목욕물을 만들었다. 그날 저녁 정장을 입은 승객은 그뿐이었다. 토니는 짙어 가는 어둠 속에 계속 앉아 있다가 두 번째 종소리가 들리자 두꺼운 외투를 객실 안에 벗어 놓고 식사를 하러 갔다.

바다 위에서 맞는 첫 번째 밤이었다.

토니는 선장의 테이블에 앉았지만 선장은 선교에 올라가 있었다. 토니의 양옆은 비어 있었다. 그릇이 떨어지지 않도록 식탁에 테두리를 둘러야 할 만큼 파도가 심하지는 않았지만 승무원들은 꽃병을 치우고 미끄러지지 않도록 식탁보를 적셔 두었다. 한 흑인 부주교가 토니의 맞은편에 앉았다. 그는 대단히 고상한 태도로 식사를 했지만 젖어 있는 새하얀 식탁보 위에서 그의 검은 손은 무지막지하게 커 보였다. 그가 말했다. "오늘 밤 우리 테이블의 출석률은 저조할 것 같습니다. 당신은 환자가 아닌가 보군요. 제 아내는 선실에 있어요. 그 사람은 환자거든요."

그는 국제회의에 참석했다가 돌아가는 길이라고 했다.

계단 위에는 '음악 감상과 글쓰기를 위한 방'이라는 휴게실이 있었다. 낮에는 창문 스테인드글라스가 햇빛을 가려 주고, 밤에는 분홍색 실크 전등갓이 전기 초 불빛을 가려 줘서 그곳에서는 항상 은은한 불빛이 흘렀다. 승객들은 태피스트리를 걸쳐 둔 커다란 소파나 책상 앞 바닥에 고정해 놓은 회전의자에 앉아서 커피를 마셨다. 그곳에도 승무원이 매일 한 시간씩 와서 그 배의 도서관이라 할 수 있는, 소설책이 가득 꽂힌 책꽂이를 관리했다.

상냥한 승객이 토니 옆에 앉으며 말했다. "이 배는 썩 훌륭한 배는 아니에요. 하지만 날이 밝으면 좀 나아 보일 겁니다."

토니가 시가에 불을 붙이자 승무원이 와서, 이 방에서는 금연이라고 일러 주었다. 상냥한 승객이 말했다. "괜찮아요. 우린 바(bar)로 내려갈 거니까요." 그리고 몇 분 후에는 또 이렇게 말했다. "제가 사과를 해야 할 것 같습니다. 아까 저녁 먹기 전에 당신이 머리가 좀 어떻게 된 사람이라고 생각했거든요. 도시를 찾아 데메라라에 간다고 하셨을 때 말입니다. 사실 정말 미친 소리처럼 들렸어요. 그런데 사무장이 — 전 사무장의 테이블에 앉아요. 항상 제일 유쾌한 사람들이 앉는 데다 서비스도 제일 좋거든요. — 당신에 대한 얘기를 해 줬답니다. 당신은 탐험가시죠?"

"네, 생각해 보니 그런 것 같군요."

토니는 자신이 탐험가라는 사실이 실감 나지 않았다. 탐험가가 된 지 채 이 주도 지나지 않았기 때문이다. 그의 이름과

'항해 중에는 필요 없음'이라는 레이블이 붙은 커다란 궤짝 두 개 — 구급상자, 자동 엽총, 캠핑 장비, 짐 싣는 안장, 무비카메라, 다이너마이트, 소독약, 접이 카누, 여과기, 버터 통조림, 그리고 그중에서도 가장 이상한, 메신저 박사가 '교역품'이라고 부르는 일습 등 낯설고 생소한 물건들이 들어 있는 궤짝들 — 의 존재에도 그는 이 탐험 여행이 본질적으로 진지하다는 사실을 완전히 납득하진 못했다. 이 모든 것을 준비한 사람은 메신저 박사였다. 오르골, 생쥐 태엽 인형, 거울, 빗, 향수, 알약, 낚싯바늘, 도끼날, 알록달록한 로켓, 인조견 두루마리를 고른 사람 또한 메신저 박사였다. 이것들은 '교역품' 상자에 담겨 있었다. 메신저 박사는 토니가 최근에 안 사람으로 지금은, 흑인 성직자라면 '질환'이라고 불렀을 법한 것 때문에 자기 침대에 기진맥진한 상태로 누워 있었다. 토니는 그를 만난 이래 처음으로 그가 인간다워 보인다고 생각했다.

토니는 외국에서 지내 본 적이 별로 없었다. 열여덟 살, 대학 입학 전 여름에 프랑스 투르 근처에서 어느 나이 든 남자와 함께 하숙을 한 적이 있었다. 프랑스어를 배울 생각이었다. (……하숙집은 포도나무로 둘러싸인 회색 돌집이었다. 욕실에는 박제된 스패니얼이 있었다. 나이 든 남자는 그것을 '스톱'이라고 불렀다. 당시에는 강아지한테 영어 이름 붙이는 것을 멋있다고 생각했기 때문이다. 토니는 자전거로 곧고 하얀 길을 달려서 성을 방문하곤 했다. 롤빵과 냉육을 자전거 뒤에 묶은 채 달리고 나면 미세한 먼지가 음식을 싼 종이 사이로 들어가서 먹을 때 잔모래가 씹히곤 했다. 그곳에 영국 소년이 두 명 더 있어서 토니는 프랑스어를 거의 배우지 못했다. 세 사람이 읍내에서 열린 축제에 갔던 날,

두 소년 중 한 명은 사랑에 빠졌고 다른 한 명은 발포성 포도주인 부브레를 마시고 난생처음 술에 취했다. 그날 저녁 토니는 빙고 게임에서 이겨 살아 있는 비둘기를 상품으로 받았다. 그는 비둘기를 놓아 주었지만 나중에 빙고 가게 주인이 잠자리채로 다시 붙잡는 것을 보았다……) 나중에 토니는 베일리얼 칼리지에 다니는 친구 하나와 중앙 유럽에서 몇 주를 보낸 적이 있었다. (마르크화가 하락하는 바람에 그들은 갑자기 부자가 되어 가장 큰 스위트룸에서 호사를 누렸다. 그때 토니는 단 몇 실링에 모피를 사서 영어를 한마디도 못하는 뮌헨의 어떤 여자에게 선물했다.) 더 나중에는 이탈리아 리비에라*의 빌린 별장으로 브렌다와 신혼여행을 떠났다. (……그곳에는 사이프러스와 올리브 나무가 있었고, 별장에서 항구로 내려가는 언덕 중턱에는 돔 지붕을 얹은 교회가 있었다. 그들은 저녁이면 카페에 앉아 모터보트가 들어올 때 이는 갑작스러운 소리와 움직임의 변화를 기다리며 고깃배들과 잔잔한 수면 위에 비친 불빛들을 바라보았다. 모터보트의 주인인 매력적인 공무원은 자신의 배를 재즈 걸이라고 불렀다. 그는 매일 하루에 스무 시간은 그 작은 항구를 들락날락하며 보내는 것 같았다……) 또 브렌다와 토니는 브랫 클럽의 골프 팀 멤버들과 함께 프랑스의 르투케에 간 적이 있었다. 그게 전부였다. 아버지가 세상을 떠난 후로 토니는 영국을 떠난 적이 없었다. 그럴 만한 사정이 안 됐다. 외국에 나가는 것은 상속세를 다 처리할 때까지 미뤄 둔 일들 중 하나였다. 게다가 토니는 헤턴을 떠나면 행복하지 않았고 브렌다는 존 앤드루와 떨어지고

---

* 프랑스의 칸과 이탈리아의 라스페치아 사이에 있는 지중해 연안 지대.

싶어 하지 않았다.

　그래서 토니에게는 여행에 대한 강렬한 욕망 같은 것은 없었다. 그가 외국에 나가야겠다고 결심하고 나서 가장 먼저 한 일은 여행사에 가서 알록달록한 안내서를 한 움큼 가져오는 것이었다. 거기에는 야자수와 흑인 여자들과 고대 유적 들을 구경하는 편리한 크루즈 여행 광고가 실려 있었다. 토니가 떠나기로 결심한 이유는 그것이 그와 같은 상황에 처한 남편이 응당 할 법한 행동처럼 느껴졌기 때문이다. 또 당시에는 헤턴에 남아 있는 것이 괴롭기만 했고, 자신이나 브렌다를 아는 사람들이 없는 곳에서, 어느 모퉁이를 돌더라도 브렌다나 비버나 레지 세인트 클라우드와 마주칠 가능성이 없는 곳에서 몇 달쯤 지내고 싶었다. 그렇게 도망치고 싶다는 생각이 머릿속에 가득한 상태에서 그는 안내서들을 가지고 그레빌 클럽으로 갔다. 그는 몇 년 전부터 그 클럽의 회원이었지만 실제로 온 적은 거의 없었다. 탈퇴가 미뤄진 유일한 이유는 그가 자꾸만 깜박하고 클럽 회비 자동이체를 취소하지 않았기 때문이다. 이제 브랫 클럽이나 브라운 클럽에 가는 것은 끔찍했으므로 그는 그레빌 클럽의 회원 자격을 유지해서 다행이라고 생각했다. 그레빌은 분위기가 지적인 클럽으로 교수들, 몇몇 작가들, 박물관 임원들, 학식 있는 사람들이 주로 드나드는 곳이었다. 그 클럽 회원들은 전통적으로 수다스러웠으므로, 그가 안락의자에 앉아서 사진으로 가득한 접이책들을 보고 있는데 어떤 모르는 남자가 다가와서 여행을 떠날 생각이냐고 물었을 때에도 토니는 별로 놀라지 않았다. 정작 그가 놀란 것은 고개를 들어 그 남자를 쳐다보았을 때였다.

메신저 박사는 꽤 젊었는데도 턱수염을 기르고 있었다. 토니가 아는 젊은이들 중에 수염을 기른 사람은 거의 없었다. 또 그는 체구가 매우 작았고 피부가 검게 탔으며 나이에 어울리지 않게 머리가 벗었다. 불그스름한 구릿빛이 갑자기 사라진 이마 끝에서부터는 창백한 빛깔의 벗은 머리가 솟아 있었다. 그는 철제 안경을 쓰고 푸른색 서지(serge) 정장을 입었는데 그 모습이 어딘지 모르게 불편해 보였다.

토니는 배 여행을 계획 중임을 인정했다.

메신저 박사가 말했다. "저도 곧 브라질로 떠납니다. 적어도 브라질 아니면 네덜란드령 기아나, 둘 중 하나가 되겠지요. 정확히 말할 순 없습니다. 한 번도 국경을 확실히 정한 적이 없으니까요. 원래 지난주에 출발했어야 하는데 계획이 어그러졌습니다. 혹시 폰손비라는 이름과 피츠클래런스라는 이름을 번갈아 사용하는 니카라과 사람을 아십니까?"

"아니요, 모릅니다."

"운이 좋으시군요. 그자가 방금 제게서 200파운드와 기관총 몇 정을 훔쳐 갔습니다."

"기관총요?"

"네, 원래 호신용 아니면 물물교환용으로 한두 개 가지고 다니는데 요즘엔 구하기 쉽지 않답니다. 사 본 적 있으세요?"

"아니요."

"제 말은 믿으셔도 됩니다. 그냥 가게에 들어가서 주문할 수 있는 물건이 아니에요."

"예, 그럴 것 같네요."

"그리고 위험할 때 꼭 필요한 것도 아닙니다. 하지만 200파운드는 없으면 곤란하죠."

토니의 무릎 위에는 모로코 아가디르의 항구 사진이 펼쳐져 있었다. 메신저 박사가 토니의 어깨 너머로 그것을 보고 말했다. "아, 흥미로운 곳이죠. 혹시 그곳의 징어먼이라는 친구를 아십니까?"

"모릅니다. 아직 한 번도 안 가 봤거든요."

"당신도 분명 좋아할 겁니다. 굉장히 올곧은 친구거든요. 평화협정 전에는 베르베르족 추장들에게 무기를 팔아서 돈도 많이 벌었죠. 물론 조약에 포함된 사항이었기 때문에 쉬운 돈벌이였지만 그는 다른 사람들보다 훨씬 많은 돈을 벌었습니다. 지금은 모가도르에서 식당을 운영하는 걸로 압니다." 그리고 그는 꿈꾸듯 이렇게 말했다. "이번 원정을 왕립지리학회와 함께 가지 못하는 게 유감입니다. 덕분에 자금을 제가 개인적으로 마련해야만 하거든요."

1시가 되자 클럽 안은 사람들로 북적이기 시작했다. 한 이집트학 학자는 손수건 하나 가득 든 스카라바이우스*를 교회 주보 편집인에게 보여 주고 있었다.

"올라가서 점심이나 먹는 게 좋겠습니다." 메신저 박사가 말했다.

토니는 원래 그레빌에서 점심을 먹을 생각이 없었지만 메신저 박사의 권유에는 뭔가 거역할 수 없는 힘이 있었다. 게다가 어차피 다른 선약도 없는 터였다.

메신저 박사는 사과와 쌀 푸딩을 먹었다.("저는 먹는 것에

---

* 왕쇠똥구리 모양으로 조각된 부적 및 도장. 고대 이집트에서는 부활을 상징했다.

신경을 많이 써야 하거든요.") 토니는 냉육과 소 콩팥 파이를 먹었다. 그들은 2층의 널찍한 식당 창가에 앉아 있었다. 옆 테이블들도 곧 클럽 회원들로 가득 찼다. 그들은 수다의 전통을, 등을 뒤로 젖히고 어깨 너머로 옆 테이블 사람들과 이야기를 나누는 행위로까지 발전시켰다. 이러한 관행은 가뜩이나 형편 없는 웨이터들의 서비스를 심각하게 방해했다. 하지만 토니는 주변 이야기는 전혀 듣지 못한 채 메신저 박사가 하는 말에만 몰두했다.

"⋯⋯'그 도시'에 관한 이야기는 16세기에 최초의 탐험가들이 있었던 이래로 끊임없이 구전되어 왔습니다. 도시 위치에 대한 가설도 다양합니다. 때로는 브라질의 마투그로수 고원까지 내려가기도 하고, 때로는 지금의 베네수엘라 영토에 있는 오리노코 강 상류까지 올라가기도 하지요. 저는 그곳이 우라리쿠에라 강 어딘가에 있으리라고 생각했습니다. 그리고 작년에 그곳에 갔을 때 피위족과 접촉하게 되었지요. 그 전까지는 그들을 만나러 갔다가 살아 돌아온 백인이 한 명도 없었답니다. 하지만 저는 피위족에게서 어디를 찾아가야 하는지까지 알아냈습니다. 물론 그들도 그곳엘 직접 가 본 것은 아니지만 그 도시에 대해 알고 있었지요. 시우다드볼리바르와 파라 사이에 사는 원주민들은 누구나 다 그 도시를 압니다. 다만 이야기하지 않을 뿐이지요. 좀 묘한 사람들이에요. 하지만 저는 피위족 한 사람과 의형제를 맺었습니다. 흥미로운 의식이었어요. 그들은 나를 목까지 진흙 속에 파묻은 다음, 부족 모든 여인들이 내 머리에 침을 뱉게 했습니다. 그러고 나서 우리 두 사람이 두꺼비와 뱀과 딱정벌레를 먹고 나자 저는 그의 의형제가 되었지요. 제 형제가 말해 주길, 그 도시는 코런타인 강 상류와 타쿠투 강 사이에 있다고 했습니다. 그 지역에는 탐험가들의 발길이 닿지 않은 땅이 굉장히 많아요. 그래서 그곳에 꼭 한번 가 봐야겠다는 생각을 자주 했답니다.

저는 역사적인 측면도 조사해 봤습니다. 그래서 그 도시가 어떻게 그곳에 세워졌는지 대강 알았지요. 잉카제국이 최고 전성기를 누리던 15세기 초에 페루의 인디오들이 이주해 왔던 것입니다. 이 이야기는 초기 에스파냐 문헌들에도 유명한 전설로 언급되었습니다. 제국 왕자들 중 한 명이 반란을 일으켜서 자기 백성을 이끌고 숲으로 들어갔다는 내용이지요. 종족들 대부분에겐 자신들의 영토를 지나간 이민족에 대한 설화가 있습니다."

"그런데 그 도시가 어떤 모습일 거라고 생각하세요?"

"뭐라고 말하기 힘듭니다. 부족들마다 표현이 다르거든요. 피위족은 '빛나는' 혹은 '눈부신' 도시라고 하고, 아레쿠나족은 '물이 많은' 도시라고 하고, 파타모나족은 '밝은 날개가 달린' 도시라고 표현하고, 와라우족은 특이하게 그들이 만드는 향기로운 잼을 가리킬 때 쓰는 단어를 사용합니다. 물론 오백 년 동안 고립돼 있었던 문명이 어떻게 발전했는지 혹은 퇴보했는지는 아무도 알 수 없지요……"

토니는 그날 그레빌 클럽을 떠나기 전에 자신이 가지고 있던 여행 안내서들을 찢어 버렸다. 메신저 박사의 원정에 동참하기로 했기 때문이다.

"그런 일을 많이 해 보셨나요?"

"아뇨. 실은 이번이 처음입니다."

"아, 그러시군요. 실제로는 아마 얘기로 들으신 것보다 훨씬 더 재미있을 겁니다." 상냥한 승객이 말했다. "안 그러면 그렇게 많은 사람들이 할 리가 없죠."

이 배를 설계할 때 조금이라도 안락함을 고려한 부분이 있다면 그것은 열대지방용이라는 점이었다. 흡연실 안은 갑판 위보다 약간 더 추웠다. 토니는 선실에 가서 모자와 코트를 가져왔다. 그리고 다시 고물 쪽으로, 저녁 식사 전에 앉아 있었던 곳으로 갔다. 별 하나 없는 밤이라 배의 불빛이 미치는 좁은 공간 너머로는 아무것도 보이지 않았다. 좌현 앞쪽 멀리서 등대 하나만 짧게 길게, 짧게 길게 반짝였을 뿐이다. 파도의 물마루가 산책 갑판의 불빛을 받아 잠깐 반짝했다가 뒤쪽의 시커먼 심연 속으로 사라졌다. 비글들은 자지 않고 깨서 낑낑댔다.

요 며칠 동안 토니는 최근에 있었던 일들을 잊고 지냈다. 그의 머릿속은 그 도시, 그 '빛나'고 '물 많'고 '밝은 날개가 달리'고 '향기로운 잼과 이름이 같은' 도시에 대한 생각으로 가득했다. 그는 도시 모습을 머릿속에 선명하게 그릴 수 있었다. 그 도시의 건축양식은 고딕이었다. 모든 풍향계와 뾰족탑, 이무깃돌, 흉벽, 교차궁륭과 장식 창살, 정자와 테라스가 마치 헤턴의 모습을 변형해 놓은 것 같았고 문장기(紋章旗)들이 부드러운 미풍에 펄럭였으며 모든 것이 투명하게 빛났다. 그것은 수풀과 개울들 사이에 자리한, 데이지로 수놓인 초록색 언덕 꼭대기에 우뚝 선 산홋빛 성채였으며, 문장(紋章) 속에 나오는 전설의 동물들과 균형이 잡힌 듯 잡히지 않은 꽃들로 가득한 태피스트리 속 풍경처럼 보였다.

배는 파도에 요동치면서 검은 바다를 가르며 그 눈부신 성지를 향해 나아갔다.

"저 개들을 누가 돌보는지 어쩐지 모르겠네요." 상냥한 승객이 토니에게 바싹 다가앉으며 말했다. "내일 사무장한테 물어봐야겠어요. 우리가 운동 정도 시키는 건 괜찮을 거예요. 저 상태로 여행을 계속해야 한다면 너무 불쌍하네요."

다음 날 배는 대서양에 있었다. 육중한 파도가 어둡고 불투명한 바다 위로 솟아올랐다. 파도의 물마루에 거품이 이는 모습은 마치 해빙기가 지났는데도 높은 곳에 아직 눈이 남아 있는 초원 같았다. 햇빛 아래에서 바다는 납빛이나 석판 색으로, 또 전장에서의 군복 같은 올리브색이나 탁한 파란색, 카키색으로도 보였다. 머리 위의 칙칙한 강청색 하늘에서는 부푼 구름들이 빠르게 지나갔고 아주 가끔 삼십 분 정도씩 해가 비추곤 했다. 돛대들은 천천히 하늘을 가로지르듯 좌우로 흔들렸고 뱃머리는 수평선 위로 올라갔다 내려갔다를 반복했다. 토니의 친구가 된 상냥한 승객은 비글 두 마리를 데리고 갑판 위를 돌아다녔다. 개들은 목줄을 팽팽하게 당긴 채 갑판 배수구 냄새를 열심히 맡았다. 그 상냥한 사내는 불안정하게 비틀거리며 개들에게 끌려다녔다. 그는 가끔 바다를 바라볼 때 쓰는 보안경을 썼는데 토니와 마주칠 때마다 한번 써 보라고 권하곤 했다.

그가 말했다. "무선통신 기사랑 얘기해 봤는데요, 11시쯤에 아머스캐슬호(號)와 꽤 가깝게 스쳐 지나갈 거랍니다."

서 있는 승객은 거의 없었다. 갑판에 나와 있는 사람들도 구석진 곳에서 격자무늬 담요로 몸을 감싸고 긴 의자에 누운 채 생각에 잠겨 있었다. 메신저 박사는 선실에 틀어박혀 있었다. 토니가 내려가 보니 그는 수면제인 포수클로랄 주사를 잔뜩 맞고 뻗어 있었다. 저녁이 가까워지자 바람이 다시 일기 시작하더니 저녁 식사 때쯤엔 꽤 세차게 몰아쳤다. 승무원들이 배의 현창을 단단히 조이고 깨지기 쉬운 물건을 전부 선실 바닥으로 치웠지만 갑자기 배가 요동치는 바람에 '음악 감상과 글쓰기를 위한 방'에서 커피 잔 여남은 개가 깨졌다. 그날 밤에는 배에 탄 사람 모두 거의 잠을 이루지 못했다. 배의 철판들이 삐걱거리고 짐들이 이쪽 벽에서 저쪽 벽으로 미끄러졌기 때문이다. 토니는 구명띠로 자신의 몸을 침대에 단단히 고정한 다음 그 도시에 관해 생각했다.

……카펫과 천개, 태피스트리와 벨벳, 성문과 성채, 해자 위에 떠 있는 물새들과 그 가장자리를 따라 핀 미나리아재비, 화려한 꽁지깃을 끌고 잔디밭을 가로지르는 공작새들. 백조의 솜털 같은 사파이어색 하늘 저 높이 떠 있는, 설화석고로 지은 작은 탑에서 울리는 은 종들.

어둠과 피로, 짠바람과 축축한 안개, 무적(霧笛)과 금속이 팽팽해지면서 나는 소음으로 가득한 나날이 계속됐다. 하지만 아조레스제도를 지나자 그 모든 것이 사라졌다. 갑판 위에는 다시 차양이 쳐졌고 승객들은 의자를 바람이 불어오는 쪽으로 옮겼다. 때는 정오였고 흘수선은 수평을 이루고 있었다. 푸른 바닷물이 뱃전에서 철썩이다가 잔물결을 일으키며 배 뒤쪽으로 사라져 갔다. 축음기와 덱 테니스*도 등장했다. 날치들

---

* 2~4명이 네트를 사이에 두고 고무 고리를 주고받는 경기.

이 수면 위로 뛰어올라 호를 그렸다.("어니, 빨리 와 봐. 저기 상어가 있어." "상어가 아니라 돌고래야." "브링크 씨가 돌고래랬어." "저기 또 나온다. 아, 카메라가 있었으면 좋았을 텐데.") 바닷물은 맑고 잔잔했다. 배의 스크루만이 정기적으로 돌아갈 뿐이었다. 비글들이 지나갈 때면 많은 사람들이 쓰다듬어 주었다. 모두들 웃고 떠드는 와중에 브링크 씨가 경주마를, 아니 한술 더 떠서 황소를 조련해야겠다고 말했다. 그는 쾌활한 무리와 함께 사무장의 테이블에 앉아 있었다.

메신저 박사가 선실에서 나와 갑판과 식당에 모습을 드러냈다. 부주교의 아내도 나타났다. 그녀는 남편보다 피부색이 훨씬 옅었다. 토니의 옆에는 테레즈 드 비트레라는 아가씨가 앉아 있었다. 그는 흐린 날에 한두 번 그녀를 보았는데, 그때마다 모피와 쿠션과 담요에 푹 파묻혀 있었고 쓸쓸해 보였다. 자그마한 얼굴에는 핏기가 없었고 눈동자는 커다랗고 새까맸다. 그녀가 말했다. "지난 며칠은 정말 끔찍했어요. 선생님이 왔다 갔다 하시는 모습을 봤는데 부럽더군요."

토니는 "지금부터는 쭉 잔잔할 겁니다."라고 말한 다음 "멀리 가십니까?"라고 물을 수밖에 없었다.

"트리니다드 섬에 가요. 거기가 제 고향이거든요…… 사실은 제가 승객 명단을 보고 선생님이 누구인지 맞혀 보려고 했더랬어요."

"제가 누구인 것 같던가요?"

"음……. 스트래퍼 대령님요."

"제가 그렇게 나이 들어 보이나요?"

"대령들은 나이가 많아요? 전 몰랐어요. 트리니다드에는 대

령이 많지 않거든요. 이제는 선생님이 누구신지 알아요. 승무
원장에게 물어봤거든요. 탐험 이야기 좀 들려주세요."

"메신저 박사한테 들으시는 게 나을 겁니다. 저보다 더 많이
아니까요."

"싫어요. 선생님이 해 주세요."

그녀는 열여덟 살이었다. 체구는 자그마하고 피부는 거무스
름한 데다 턱 선도 뾰족하지 않아서 보는 사람의 시선이 자연
히 근심 어린 눈과 볼록한 이마로 쏠렸다. 그녀는 통통한 여학
생 티를 벗은 지 얼마 안 되었기 때문에 자못 의기양양해하며
다녔다. 흡사 최근에 걱정거리 하나를 떨쳐 내고 그 뒤에 따라
올 다른 짐들로 인한 피로는 아직 느끼지 못한 사람 같았다.
그녀는 이 년 동안 파리에서 학교를 다녔다고 했다.

"……몇몇 친구들은 립스틱을 침실에 몰래 숨겨 두었다가
밤이 되면 발라 보곤 했어요. 앙투아네트라는 애는 그걸 바
른 채로 주일 미사에 왔지요. 그 애는 드 쉬플리스 부인한테
호되게 혼쭐이 났고 결국 그 학기가 끝나자마자 학교를 떠났
어요. 정말 용감한 행동이었지요. 우리 모두 걔를 부러워했어
요……. 하지만 그 앤 못생긴 애였어요. 항상 초콜릿을 먹고 있
었던…….

……저는 지금 결혼하러 가는 거예요……. 아뇨, 약혼은 아
직 안 했지만 제가 결혼할 수 있는 상대는 몇 명 안 돼요. 반
드시 가톨릭교도에다 우리 섬 출신이어야 하거든요. 공무원이
랑 결혼해서 영국으로 돌아가는 것 가지곤 안 돼요. 하지만 제
겐 형제자매가 없고 아빠에겐 트리니다드에서 손꼽히는 집이
있으니까 쉽게 결혼할 수 있을 거예요. 선생님도 꼭 와서 보세

요. 교외에 있는 돌집이랍니다. 우리 집안은 프랑스혁명 때 트리니다드로 왔어요. 우리 집만큼 부유한 가문이 두셋 있으니 그중 한 곳으로 시집 가게 될 거예요. 그리고 제 아들이 아빠 집을 물려받겠죠. 간단한 일이에요……."

그녀는 요즘 유행하는 작은 코트를 입고 있었고 진주 목걸이 외에 다른 장신구는 하지 않았다. "……드 쉬플리스 부인의 학교에 약혼한 미국인 여자애가 있었어요. 그 애에겐 커다란 다이아몬드가 박힌 약혼반지가 있었지만 잠잘 때에만 끼는 것을 허락받았죠. 그러던 어느 날 약혼자한테서 편지가 왔는데, 글쎄 다른 여자랑 결혼을 한다는 거예요. 걔가 얼마나 울었는지 몰라요. 우리는 다 같이 그 편지를 읽었는데 대부분 울음을 터뜨렸지요……. 하지만 트리니다드에서는 결혼하는 게 굉장히 쉬워요."

토니는 그녀에게 탐험에 대해 이야기해 주었다. 중세 페루인들의 이주와 산을 넘고 숲을 가로지르는 그 기나긴 행렬의 여정과 정교한 세공품을 잔뜩 실은 라마들에 대해, 해안 지방까지 퍼져 나가는 빈번한 소문들과 숲 속으로 사람들을 유혹하는 모험가들에 대해, 그들이 강을 거슬러 올라가다 수풀을 헤치며 원주민들이 다니던 샛길을 따라가서 미지의 지역을 통과하기까지의 경로에 대해, 더 높은 곳에서 만날 수도 있는 개울과 (메신저 박사의 말에 따르면) 그들이 어떻게 나무 카누를 만들어서 다시 물길을 따라갈지에 대해, 그리고 그들이 어떻게 해서 비잔티움에 도착한 바이킹들처럼 '그 도시'의 성벽 안에 도착할지에 대해 들려주었다. 그리고 이렇게 덧붙였다. "물론 그곳에 아무것도 없을 수도 있어요. 그래도 재미있는 여행이 될 거예요."

"제가 남자였다면 얼마나 좋았을까요." 테레즈 드 비트레가
말했다.

저녁 식사 후에 그들은 크게 틀어 놓은 축음기 음악에 맞
춰 춤을 추었다. 그녀는 갑판의 바(bar) 바깥에 있는 벤치에 앉
아 빨대 두 개로 레몬스쿼시를 마셨다.

일주일 동안 푸른 바닷물은 나날이 더 맑아지고 잔잔해졌
고, 배와 승객들 위로 내리쬐는 햇볕은 더욱더 따뜻해져서 그
들을 기분 좋고 편안하게 만들어 주었다. 햇빛을 받은 푸른 물
에 물비늘 수천 개가 반짝거려서 돌고래나 날치를 찾는 사람
들이 눈부셔했다. 얕은 곳에서는 맑은 물을 통해 몇 미터 아
래 은모래 바닥과 반질반질한 자갈들이 보였다. 갑판 위의 차
양 밑에는 따뜻하고 기분 좋은 그늘이 생겼다. 배는 햇빛을 받
아 반짝이는 거대한 푸른색 원반 위로 끝없이 펼쳐진 수평선
을 가로지르며 나아갔다.

토니와 드 비트레 양은 고리 던지기와 원반 넣기*를 했다.
그들은 조금 떨어진 곳에 놔둔 양동이에 고리를 던져 넣었다.
(메신저 박사는 "작은 보트를 타고 가야겠어요. 갑판에서 하는
끔찍한 게임에서 벗어나게 말이에요."라고 말했다.) 토니는 배의
운항을 놓고 한 내기에서 두 번이나 연속으로 이겼다. 딴 금액
은 18실링이었다. 그는 이발소에서 토끼 인형을 사서 드 비트
레 양에게 주었다.

---

* 점수가 매겨진 칸에 긴 막대기로 원반을 밀어 넣는 놀이.

토니가 누군가를 '○○ 양'이라고 부르는 일은 드물었다. 텐드릴 양 외에는 누군가를 그런 식으로 부른 기억이 없었다. 하지만 '토니'라고 이름을 먼저 부른 사람은 테레즈였다. 그의 담배 케이스에 브렌다의 필체로 새겨져 있는 걸 봤던 것이다. 그녀가 말했다. "참 희한하네요. 드 쉬플리스 부인의 학교에 다닐 때 미국인 친구와 파혼했던 남자 이름도 토니였거든요." 그때부터 두 사람은 서로를 성이 아닌 이름으로 부르기 시작했다. 이는 다른 승객들을 몹시 흡족하게 했다. 이렇게 현재진행 중인 연애 사건 말고는 배 위에 흥미로운 일이 없었기 때문이다.

"그 춥고 궂은 날에 우리가 타고 있었던 배와 이 배가 같은 배라는 게 믿기지 않아요." 테레즈가 말했다.

그들은 첫 번째 섬에 도착했다. 초록색 띠처럼 늘어선 야자수 뒤편에는 숲이 우거진 언덕이 솟아 있었고 해변을 따라 옹기종기 모여 있는 집들은 작은 마을을 이루었다. 테레즈와 토니는 물가로 가서 수영을 즐겼다. 테레즈는 머리를 우스꽝스럽게 물 위로 내놓고 헤엄을 쳤다. 트리니다드에서는 수영을 거의 하지 않는다고 그녀는 설명했다. 그들은 단단한 은빛 해변에 한동안 누워 있었다. 그러곤 토니가 빌린 덜거덕거리는 쌍두마차를 타고 마을로 돌아갔다. 다 쓰러져 가는 오두막들을 지나칠 때에는 흑인 소년들이 뛰어나와 뿌연 흙먼지를 뒤집어써 가면서 구걸을 하거나 마차 굴대에 매달렸다. 마을에는 마땅히 식사할 만한 곳이 없어서 그들은 저물녘에 배로 다시 돌아왔다. 배는 마을에서 조금 떨어진 곳에 정박해 있었지만 두 사람이 저녁 식사 후 난간에 기대서서 보니 윈치가 돌아가지 않을 때에는 마을 사람들이 길거리에서 떠들거나 노래하는 소리가 간간이 들려왔다. 테레즈가 토니의 팔짱을 꼈다. 갑판은 승객들, 수하물 출납 담당자들, 수하물 목록을 든 작고 까무잡잡한 사람들로 붐볐다. 그날 밤에는 아무도 춤을 추지 않았다. 두 사람은 구명보트가 있는 갑판으로 올라갔고, 토니는 그곳에서 그녀에게 키스를 했다.

메신저 박사는 마지막 보트로 배에 돌아왔다. 마을에 있는 지인을 만나러 갔던 것이다. 그는 토니가 테레즈와 가까워지는 것을 몹시 못마땅하게 여겼고 터키 스미르나의 뒷골목에서 칼에 찔린 자기 친구 이야기를 들려주면서, 여자와 엮였을 때 일어날 수 있는 일에 대해 경고했다.

섬에 들른 후로 배 위의 생활에도 많은 변화가 생겼다. 우선 승객들이 바뀌었다. 흑인 부주교는 배 위의 모든 사람과 악수를 나눈 뒤 배에서 내렸다. 마지막 날 아침 그의 아내는 오르간 수리를 위한 모금함을 돌렸다. 선장은 식사 때 절대로 식당에 나타나는 법이 없었다. 토니가 처음으로 사귄 친구도 더 이상 저녁 식사 때 정장을 입지 않았다. 하루 종일 닫혀 있었던 선실에서는 탁한 냄새가 났다.

토니와 테레즈는 바베이도스에서 또다시 수영을 했고 차를 타고 섬을 돌아보면서 성처럼 생긴 교회들을 구경했다. 그들은 외곽의 높은 언덕에 있는 호텔에서 날치 요리로 저녁 식사를 했다.

"토니도 우리 집에 와서 진짜 크리올* 요리가 어떤 건지 맛봐야 하는데. 초기 이민자들이 사용하던 오래된 요리법을 많

---

* 라틴아메리카에서 태어났지만 유럽풍 생활 방식을 고수하는 백인.

이 알거든요. 우리 아버지, 어머니도 만나 보고요."

그들이 식사하고 있는 테라스에서는 배의 불빛들을 볼 수 있었다. 밝은 갑판 위를 왔다 갔다 하는 사람들의 형상과 두 줄로 늘어선 현창들이 보였다.

"모레면 트리니다드에 도착하는군요." 토니가 말했다.

그러고 나서 탐험 이야기를 나누던 중 테레즈가 틀림없이 위험한 여행이 될 것 같다고 말했다. "저는 메신저 박사가 싫어요. 마음에 드는 구석이 하나도 없어요."

"그리고 당신은 남편감을 골라야만 하겠죠."

"그래요. 후보가 일곱 명 있어요. 오노레라는 남자가 맘에 들었는데, 당연한 말이지만 이 년 동안 만나질 못했어요. 그는 엔지니어가 되기 위한 공부를 하고 있었죠. 멘도사라는 남자는 굉장히 돈이 많지만 순수한 트리니다드 사람이 아니에요. 할아버지가 도미니카 출신인 데다 사람들 말로는 흑인 피도 섞였다고 하더라고요. 그래서 아마 오노레와 결혼할 것 같아요. 어머니는 제게 편지를 쓰실 때마다 늘 그 사람 이름을 언급하셨고, 그는 크리스마스나 제 생일 때면 선물을 보냈죠. 사실 좀 바보 같은 짓이었어요. 포트오브스페인에 있는 상점들은 형편없거든요."

조금 이따 그녀가 다시 말했다. "돌아갈 때 트리니다드에 들를 거죠? 그럼 그때 보겠네요. 숲 속에는 오래 있을 거예요?"

"그때쯤이면 당신은 결혼한 후겠군요."

"토니, 당신은 왜 결혼 안 했어요?"

"했어요."

"결혼했다고요?"

"그래요."

"장난치지 마요."

"정말이에요. 적어도 한때는 그랬죠."

"어머나."

"놀랐어요?"

"모르겠어요. 당신은 왠지 결혼 안 했을 것 같았는데. 부인은 어디 있어요?"

"영국에요. 약간 다툼이 있었죠."

"아……. 지금 몇 시예요?"

"아직 초저녁이에요."

"우리 돌아가요."

"그러고 싶어요?"

"네. 오늘 정말 즐거웠어요."

"작별 인사라도 하듯 말하는군요."

"제가 그랬어요? 난 모르겠는데."

흑인 운전사가 굉장히 빠른 속도로 그들을 시내까지 데려다주었다. 그러고 나서 그들은 거룻배를 타고 천천히 본선으로 되돌아갔다. 낮에 기분이 좋았을 때 그들은 박제된 물고기를 샀더랬다. 테레즈는 그것을 호텔에 놓고 왔다는 사실을 깨달았다. "별로 중요한 것도 아닌데요, 뭐." 그녀가 말했다.

푸른 바닷물은 바베이도스에서 끝났다. 트리니다드 주변 바다는 불투명하고 탁했다. 오리노코 강이 대륙에서 실어 온 진흙 때문이었다. 테레즈는 하루 종일 선실에서 짐을 꾸리며 보냈다.

다음 날 그녀는 토니에게 급하게 작별 인사를 했다. 그녀의 아버지가 부속선을 타고 마중 나온 것이다. 그는 체격이 건장한 구릿빛 사내로 긴 회색 콧수염을 기르고 있었다. 그는 파나마모자와 맵시 있는 비단옷 차림을 한 채 시가를 피우고 있었다. 완벽한 19세기 노예 소유주의 모습이었다. 테레즈는 토니에게 아버지를 소개하지 않았다. "배에서 알게 된 사람이에요." 그녀는 분명 이렇게 말했다.

토니는 다음 날 시내에서 그녀를 한 번 더 보았다. 그녀는 어머니로 보이는 사람과 함께 차에 타고 있었다. 그녀는 손을 흔들긴 했지만 차를 세우지는 않았다. "진짜 크리올들은 남한테 마음을 잘 안 줘요." 토니와 처음에 친구가 되었던, 그리고 이제 다시 토니를 따라다니는 상냥한 승객이 말했다. "대부분 찢어지게 가난하면서도 자존심은 지독하게 세죠. 저도 몇 번이나 배 위에서 친해져 봤는데, 항구에 도착하면 안녕이더라고요. 자기네 집에 오라고 하는 법이 있는 줄 아세요? 절대 없어요."

토니는 트리니다드에 사업상 볼일이 있었던 그 친구와 이틀을 함께 보냈다. 둘째 날에는 비가 많이 와서 호텔 밖으로 나갈 수가 없었다. 메신저 박사는 무슨 기술적인 문의를 하러 농업 연구소에 다녀왔다.

트리니다드와 조지타운 사이의 바다 역시 흙탕물이었다. 짐이 줄어든 배는 넘실대는 파도를 따라 심하게 요동쳤다. 메신저 박사는 또다시 선실에 틀어박혔다. 비가 쉼 없이 내리고 옅은 안개가 주위를 에워싸서 마치 조그만 갈색 웅덩이 속에서 배가 움직이는 것만 같았다. 빗속에서 정기적으로 무적 소리가 들렸다. 배에 남은 승객은 열두 명이 될까 말까 했다. 토니는 텅 빈 갑판을 우울하게 거닐거나 음악 감상실에 홀로 앉아 있었다. 그의 마음은 한때 그가 막아 두었던 길을 따라, 키 큰 느릅나무가 늘어선 헤턴의 가로수 길과 지금 막 싹을 틔우고 있을 관목 숲을 향해 흘러갔다.

다음 날 그들은 데메라라 강 어귀에 도착했다. 세관 창고에서는 설탕 냄새가 지독하게 났고 벌들이 윙윙거리는 소리가 시끄러웠다. 통관 절차는 굉장히 오래 걸렸다. 메신저 박사가 그 과정을 지켜보는 동안 토니는 시가를 피워 물고 어슬렁거리며 부두로 나갔다. 온갖 종류의 작은 배들이 주위를 둘러싸고 있었다. 저쪽 둑 위로는 키 작은 녹색 맹그로브 숲의 끄트머리가 살짝 보였다. 그 뒤로 깃털 같이 생긴 야자수들 사이에 마을의 양철 지붕들이 점점이 박혀 있었다. 아까까지 비가 온 탓에 모든 것에 김이 서린 것처럼 보였다. 항만의 흑인 인부들은 작업을 하는 동안 노래를 부르듯 박자를 맞춰 가며 불평을 했다. 동인도인들은 화물 송장과 선하증권을 들고 이리저리 분주하게 움직였다. 이윽고 메신저 박사가 밖으로 나와서, 모든 절차가 끝났고 시내 호텔로 출발해도 된다는 사실을 알려 주었다.

2

램프는 두 해먹 사이의 바닥 위에 놓여 있었다. 하얀 모기장에 덮인 해먹은 거대한 누에고치처럼 보였다. 때는 8시, 일몰로부터 두 시간이 지난 후였다. 강과 숲은 이미 깊은 어둠 속에 잠겨 있었다. 울음원숭이들은 조용했지만 가까이에서 청개구

리들이 쉬지 않고 시끄럽게 합창을 해 댔다. 새들도 자지 않고 깨서 우짖었고, 저 멀리 숲 속에서는 죽은 나무가 쓰러지면서 꺾이는 소리가 가끔씩 메아리치며 들려왔다.

선원으로 따라온 흑인 소년 여섯 명은 조금 떨어진 곳에서 모닥불 주위에 쪼그리고 앉아 있었다. 그들은 사흘 전 숲 속에서 옥수수를 몇 개 주웠다. 그곳은 한때는 농장이었으나 지금은 버려져서 야생식물들만 무성했다.(그곳에 생겨난 2차림*은 전부 외래종 과실수와 곡식이었는데 이제는 포화 상태에 이르러서 원시림 때의 수종으로 다시 바뀌고 있었다.) 소년들은 깜부기불에 그 옥수수를 굽고 있었다.

모닥불에 램프까지 켰는데도 별로 환하지가 않았다. 그들 머리 위의 초라한 지붕, 부려 놓은 야적더미, 그 위에 우글대는 개미들, 그 뒤편의 개벌지를 침범해 들어간 덤불, 그 위로 거대한 기둥처럼 솟아 있는 나무줄기나 겨우 알아볼 수 있을 정도였다. 그것들마저도 이내 어둠 속으로 사라져 버렸다.

또 박쥐들이 시든 과일처럼 초가지붕에 무리 지어 매달려 있는가 하면 커다란 거미들이 자기 그림자를 타고 지붕을 가로지르며 이리저리 돌아다니기도 했다. 이곳은 원래 발라타 고무 농장이 있던 터였다. 채산성이 있는 곳 중에서는 가장 내륙 깊숙이 들어온 것이다. 메신저 박사는 지도에 이곳을 삼각형으로 표시한 다음 빨간 펜으로 '제1베이스캠프'라고 적었다.

여행의 첫 번째 단계가 끝났다. 그들은 지난 열흘 동안 바닥이 널찍하면서도 얕은 배를 타고 강을 거슬러 올라왔다. 도중

---

* 토지 본래의 자연 식생이 재해나 인위적 행위에 파괴된 뒤 발달한 산림. 원시림과 2차림을 합하여 천연림이라고 한다.

258

에 한두 번 급류를 지나기도 했다.(배에 달린 엔진만으로는 역부족이라 사람들이 노를 저어 힘을 보탰다. 사람들은 선장의 구령에 맞춰 노를 저었다. 갑판장이 뱃머리에 서서 장대로 배가 바위에 부딪히지 않게 했다.) 해가 지면 그들은 모래톱이나 덤불로 둘러싸인 빈터에서 야영을 했다. 한두 번은 발라타 수액이나 사금 채취자들이 버리고 간 '집'을 발견하기도 했다.

토니와 메신저 박사는 배 위 화물 더미 사이에 야자나무 잎으로 대충 만든 햇빛 가리개를 쳐 놓고 온종일 드러누워 있었다. 이른 오후의 무더운 시간에는 잠이 들기도 했다. 그들은 배 위에서 통조림으로 식사를 했고 럼주에 강물을 섞어 마셨다. 강물은 짙은 갈색이었지만 굉장히 깨끗했다. 토니에게 밤은 끝없이 길게 느껴졌다. 깜깜한 어둠이 열두 시간 동안이나 계속됐고 숲 속 동물들이 내는 깍깍, 개굴개굴, 뿌우 소리는 도시 한복판의 소음보다 더 시끄러웠다. 메신저 박사는 잇달아 나는 소리만 듣고도 시간을 맞힐 수 있을 정도였다. 램프 불빛으로는 책을 읽을 수도 없었다. 낮 시간을 나른하고 무기력하게 보낸 탓에 잠드는 시간이 불규칙할 수밖에 없었다. 할 얘기도 없었다. 이미 낮에 화물 더미 사이 선선한 그늘 아래서 모든 이야기를 다 나눴기 때문이다. 토니는 몸을 긁적이면서 깨어 있었다.

조지타운을 떠난 후로 토니의 몸에는 성한 곳이 없었다. 그의 얼굴과 목은 강물에 반사되는 햇볕에 탔고, 그 바람에 살갗이 벗겨져서 면도도 할 수 없었다. 뻣뻣하게 자란 턱수염은 턱과 목 사이를 계속 찔러 댔다. 옷 밖으로 드러난 맨살은 한 군데도 빠짐 없이 카부리라는 날벌레한테 물렸다. 놈들은 단춧

구멍을 통해 셔츠 속으로도, 바지 속으로도 기어 들어왔다. 저녁에 헐렁한 바지로 갈아입으면 모기들이 발목에 달려들었다. 수풀에서 옮은 털진드기는 살갗에 잠복해 있다 기어 다니기를 반복했다. 메신저 박사가 벌레를 쫓아 줄 거라면서 독한 오일을 줬지만 바르는 곳마다 발진이 생겼다. 토니는 매일 저녁 씻고 자리에 누운 후에 담배꽁초로 진드기를 몇 마리씩 죽였는데 그러고 난 자리에는 작은 염증성 흉터가 남았다. 흑인 소년한 명이 토니의 발톱 밑과 발뒤꿈치 각질과 발바닥 앞쪽 볼록한 부분에서 잡아 준 벌레도 마찬가지로 흉터를 남겼다. 왼손은 말벌에 쏘여서 퉁퉁 붓고 몹시 아팠다.

토니가 가려운 곳을 긁자 해먹을 걸어 놓은 기둥이 흔들렸다. 메신저 박사가 뒤척이며 말했다. "아, 제발 좀." 토니는 긁지 않으려고 노력했다. 그다음엔 최대한 살살 긁으려고 애썼다. 그러다가 결국엔 미친 듯이 긁어 대서 피부가 여남은 군데나 까지고 말았다. "아, 제발 좀." 메신저 박사가 말했다.

토니는 생각했다. '8시 30분이면 런던에서는 지금쯤 저녁 식사를 하러 모이고 있겠군.' 매년 이맘때면 런던에서는 매일 밤 파티가 열렸다.(예전에 그가 브렌다와 약혼하려고 애쓰던 때에는 이 파티들에 모두 다 참석했다. 혹 브렌다와 다른 집에서 저녁 식사를 한 날이면 그는 군중 속에서 브렌다를 찾다가 계단 근처에서 서성대며 그녀가 오기를 기다리곤 했다. 그리고 나중에는 그녀를 집까지 바래다주려고 또 기다렸다. 세인트 클라우드 부인이 그를 적극적으로 도와주었다. 결혼하고 나서 토니의 아버지가 죽기 전까지, 런던에서 살았던 이 년 동안 그들은 예전만큼 자주 파티에 가지 않았다. 기껏해야 일주일에 한두 번 가는 게 고작이었다. 딱 한 달, 브렌다가 존 앤드루를 낳고 산후 조리를 마친 후 기분이 좋았던 달에만은 자주 갔다.) 토니는 그 순간 런던에서 저녁 식사를 하기 위해 사람들이 모이는 모습을 상상해 보았다. 브렌다는 새로운 손님이 도착할 때마다 놀라는 표정으로 맞이했다. 만일 그곳에 난로가 있다면 그녀는 난로에 최대한 가깝게 서 있을 것이다. 5월 말에도 불을 뗐던가? 기억이 나지 않았다. 헤턴에서는 계절에 상관없이 저녁이면 거의 항상 난로를 켜 뒀다.

또 한바탕 긁고 나자 지금 영국은 8시 30분이 아니라는 생각이 떠올랐다. 다섯 시간의 시차가 있었기 때문이다. 항해를 시작한 이후 그들은 매일 시계를 다시 맞췄다. 그런데 어느 방향으로? 시차를 이해하는 것은 어렵지 않았다. 해는 동쪽에서 뜬다. 영국은 아메리카의 동쪽에 있으니까 그와 메신저 박사는 영국에서보다 해를 늦게 보게 된다. 폴리 콕퍼스와 비버 부인과 압둘 악바르 공주가 쓰고 난, 약간 더러워진 해가 그들에게 오는 것이다……. 브렌다가 한 벌에 10파운드나 15파운드를 주고 사던 폴리의 드레스들처럼……. 그는 잠이 들었다.

토니는 한 시간쯤 뒤에 메신저 박사가 욕하는 소리를 듣고 잠에서 깼다. 메신저 박사는 해먹 위에 앉은 채로 엄지발가락에 요오드를 바르고 붕대를 감느라 낑낑대고 있었다.

"흡혈박쥐한테 물렸어요. 내가 발을 그물에 대고 잠들었나 봐요. 내가 깨기 전까지 얼마나 오래 빨아 먹고 있었던 건지, 원. 원래 불빛이 있는 곳은 안 오는데 이 램프 가지고는 안 되나 봐요."

흑인 소년들은 아직도 자지 않고 불 가에 앉아서 뭔가를 우적우적 씹어 먹고 있었다. 그들이 말했다. "이쪽 흡혈박쥐들 많이 지독해요, 대장님. 그래서 우리가 불 옆을 안 떠나는 거예요."

메신저 박사가 말했다. "제기랄, 이러다 병 걸리는 거지. 피를 몇 리터는 뺏겼겠네."

브렌다와 조크는 앵커리지 저택에서 함께 춤을 추고 있었다. 늦은 시간이라 사람들이 줄어들어서 그날 중 처음으로 즐기면서 춤을 출 수 있었다. 무도장 벽에는 태피스트리가 걸려 있었고 조명은 촛불이 전부였다. 앵커리지 부인이 얼마 전 왕족의 장례식에 다녀왔기 때문이다.

브렌다가 말했다. "저는 늦게까지 깨어 있는 걸 몹시 싫어해요. 하지만 비버 씨를 데려가면 안 되겠지요? 그는 여기 와서 굉장히 들떠 있거든요, 가엾은 사람. 앵커리지 부인한테 비버 씨도 초대해 달라고 부탁하느라 무척 힘들었어요……." 잠시 후에 그녀가 덧붙였다. "지금 생각해 보니 제가 이런 파티에 올 수 있는 것도 올해가 마지막이겠네요."

"이혼 수속은 끝나 가나요?"

"모르겠어요, 조크. 그건 사실 제가 어찌할 수 있는 부분이 아니에요. 순전히 비버 씨를 말릴 수 있느냐 없느냐의 문제죠. 그를 다루기가 점점 힘들어져요. 제가 거의 매주 그에게 상류 사회 생활을 맛보게 해 줘야만 하는데 이혼이 성립되면 그것도 전부 다 끝일 테니까요. 토니한테서는 무슨 소식 없어요?"

"아뇨. 한동안 못 들었어요. 육지에 도착했을 때 전보를 한 통 받긴 했죠. 무슨 사기꾼 같은 박사랑 탐험인지 뭔지를 떠났어요."

"안전한 게 확실해요?"

"아, 그럴 겁니다. 요즘은 문명화되지 않은 지역이 없잖습니까. 어딜 가나 관광버스나 토머스 쿡 앤드 선 여행사가 있죠."

"네, 제 생각도 그래요……. 토니가 괴로워하지 않았으면 좋겠는데. 전 그이가 불행해지는 걸 원치 않아요."

"그 친구도 변화에 적응하는 중일 겁니다."

"그랬으면 좋겠어요. 토니가 저한테 끔찍한 짓을 하긴 했지만 전 여전히 그를 많이 좋아하거든요."

베이스캠프에서 이삼 킬로미터 떨어진 곳에 원주민 마을이 있었다. 이곳에서 토니와 메신저 박사는 피위족들이 사는 곳까지 300킬로미터의 행군을 같이할 짐꾼을 구할 생각이었다. 흑인들은 강 사람들이라 인디오들의 구역에 들어갈 수 없었기 때문이다. 그들은 다시 배를 타고 돌아갈 예정이었다.

새벽녘에 토니와 메신저 박사는 뜨거운 코코아를 한 잔씩 마시고 비스킷 조금과 전날 밤에 먹다 남은 콘비프를 먹었다. 그리고 마을을 향해 출발했다. 흑인 선원 한 명이 앞장서 가면서 단검으로 길을 냈다. 메신저 박사와 토니는 차례대로 그 뒤를 따랐다. 그리고 또 다른 선원이 교역품 견본을 들고 두 사람 뒤를 따라왔다. 20달러짜리 벨기에제 총, 날염한 면직물 두루마리 몇 개, 플라스틱 틀 색깔이 화려한 손거울, 향이 짙은 포마드 몇 병 등이었다.

사람이 잘 다니지 않는 그 험한 길은 쓰러진 나무들로 곳곳이 막혀 있었다. 그들은 무릎까지 빠지는 시내를 두 개나 걸어서 건넜는데 그 개울들은 한참을 흘러가다 나중에 큰 강과 합쳐졌다. 그 밖에도 때로는 단단하게 얽힌 나무뿌리가, 때로는 축축하고 미끄러운 부엽토가 발밑에 밟히곤 했다.

이윽고 그들은 마을에 다다랐다. 그곳은 갑작스럽게 그들의 시야에 들어왔다. 덤불이 갑자기 끝나면서 확 트인 공간이 나타났던 것이다. 흙벽 위에 야자나무 지붕을 얹어 만든 둥근 오두막집이 여덟아홉 채 정도 있었다. 사람은 눈에 띄지 않았지만 굴뚝 두세 개에서 가늘고 곧은 연기가 아침 하늘을 향해 올라가고 있는 것으로 보아 사람이 살고 있음을 알 수 있었다.

"여기 사람 겁 많아요." 흑인 청년이 말했다.

"가서 우리랑 얘기할 만한 사람을 찾아봐 주게." 메신저 박사가 말했다.

선원은 가장 가까운 집의 나지막한 문가로 가서 안을 들여다보았다.

"아무도 없고 여자들 있어요. 옷 입고 있어요." 그러고는 안쪽을 향해 외쳤다. "이리 나와 봐요. 대장님 얘기하고 싶어해요."

마침내 자그마한 나이 든 여인이 몹시 수줍어하며 밖으로 나왔다. 그녀가 입은 지저분한 옥양목 옷은 낯선 사람들이 있을 때에만 입으려고 보관해 둔 것이었다. 그녀는 오(O)다리로 뒤뚱거리면서 그들을 향해 걸어왔다. 양쪽 발목에는 꽉 끼는 파란 구슬 발찌를 차고 있었고 곱슬거리지 않는 생머리는 덥수룩했다. 그녀의 시선은 자신이 들고 있는, 액체가 담긴 질그릇에 고정되어 있었다. 그녀는 토니와 메신저 박사 앞에서 몇 발자국 떨어진 곳까지 오자 질그릇을 땅바닥에 내려놓더니 여전히 시선은 아래로 향한 채 그들과 악수를 나눴다. 그리고 허리를 굽혀서 그릇을 다시 들어 올리더니 메신저 박사에게 내밀었다.

박사가 설명했다. "카시리라고 하는 건데 카사바를 발효시켜서 만든 이 지방 술이에요."

그는 한 모금 마신 다음 토니에게 그릇을 건네주었다. 그 안에는 걸쭉한 자주색 액체가 담겨 있었다. 토니가 한 입을 마시고 나자 메신저 박사가 말했다. "이 술을 만드는 방법이 아주 흥미로워요. 여자들이 잘근잘근 씹은 카사바 뿌리를 우묵한 나무 밑동 속에 뱉어서 만들거든요."

그러고 나서 그는 와피시아나어로 그 여인에게 말을 걸었다. 그러자 그녀가 처음으로 그를 쳐다보았다. 갈색 피부에 황인종의 특징이 보이는 그녀 얼굴에는 이해나 호기심 같은 것이 완전히 결여된 채 표정이 없었다. 메신저 박사는 똑같은 질문을 한 번 더 던진 다음 더 자세하게 설명했다. 그러나 여인은 토니에게서 질그릇을 빼앗아 땅바닥에 내려놓았을 뿐이다.

그동안 다른 얼굴들이 여러 오두막집 문 앞에 나타났다. 그중에 한 여자만 용감하게 앞으로 나섰다. 몸집이 뚱뚱한 그녀는 자신 있게 방문객들을 향해 미소 지었다.

그녀가 말했다. "안녕하세요? 만나서 반가워요. 나는 로사예요. 나 영어 아주 잘해요. 저기 바닥 쪽에서 포브스 씨랑 이 년 살아요. 나한테 담배 줘요."

"이 사람은 왜 대답을 안 하는 겁니까?"

"그녀 영어 몰라요."

"하지만 나는 와피시아나어로 말했는데요."

"그녀 마쿠시 여자예요. 여기 사람 다 마쿠시족이에요."

"아, 몰랐습니다. 남자들은 어디 있습니까?"

"남자들 다 사흘 사냥 갔어요."

"언제 돌아오나요?"

"강멧돼지 쫓아갔어요."

"그러니까 언제 돌아오냐고요."

"아니요, 강멧돼지요. 강멧돼지 많아요. 남자들 다 사냥 갔어요. 나한테 담배 줘요."

"이봐요, 로사. 나는 피위족 영토에 가고 싶어요."

"아니에요, 여기 마쿠시. 전부 다 마쿠시."

"우리는 피위족에게 가고 싶다고요."

"아니요, 전부 마쿠시예요. 나한테 담배 줘요."

"미치겠군. 남자들이 돌아올 때까지 기다려야겠어요." 메신저 박사가 말하고는 주머니에서 담뱃갑을 꺼냈다. "자, 이거 봐요, 담배."

"줘요."

"남자들이 사냥에서 돌아오면 강으로 와서 나한테 알려 줘요. 내 말 알겠어요?"

"아니요, 남자들 강멧돼지 사냥 갔어요. 나한테 담배 줘요."

메신저 박사는 그녀에게 담배를 주었다.

"또 뭐 있어요?"

메신저 박사는 두 번째 흑인이 땅바닥에 내려놓은 짐을 가리켰다.

"나 줘요."

"남자들이 돌아오면, 남자들이 나를 피위족에게 데려다 주면 많은 걸 줄게요."

"아니요, 여기 전부 마쿠시족이에요."

메신저 박사가 말했다. "이래 가지곤 아무 소득도 없겠어요. 차라리 캠프로 돌아가서 기다립시다. 남자들은 사흘간 여기 없다니까. 더 오래 걸리진 않을 것 같아요……. 내가 마쿠시 말을 할 줄 알면 좋을 텐데."

네 사람은 발길을 돌려 마을을 떠났다. 캠프에 도착했을 때는 토니의 손목시계로 10시였다.

✦

와우루팡 강에서 10시였던 시각에 영국 국회의사당에서는 질의 시간이 열렸다. 조크는 선거구민들이 물어봐 달라고 요청한 질문을 벌써 오래전부터 간직하고 있었다. 그것이 오늘 오후의 안건이었다.

"20번입니다." 그가 말했다.

몇 사람이 의사일정 표를 쳐다보았다.

20번.

"농업부 장관님께 질문합니다. 우리 나라에서 일본산 돼지고기 파이가 헐값에 거래되고 있음을 고려할 때 8.5점짜리 기본 등급의 기준을 기존의 '뱃살 두께 2.5인치'에서 2인치로 수정하는 것을 고려하실 의향이 있는지 알고 싶습니다."

장관 대신 차관이 대답했다. "그 문제에 대해서는 각별히 신경을 쓰고 있습니다. 의원님께서도 당연히 아시겠지만, 돼지고기 파이 수입 문제는 통상 위원회 소관이지 농업 위원회 소관이 아닙니다. 그리고 기본 등급 돼지의 충족 요건과 관련하여 의원님께 다시 상기시켜 드리고 싶은 점은, 이미 아시다시피, 8.5점짜리 돼지는 베이컨 생산업자들의 요구를 바탕으로 정해진 것이며 파이에 사용되는 돼지고기와는 직접적인 관련이 없다는 사실입니다. 이 문제를 다루는 별도의 위원회는 아직까지 보고서를 제출하지 않았습니다."

"돼지 어깨 부위 지방 함량의 최대치를 상향 조정하는 것은 고려하실 의사가 있습니까?"

"그 문제에 관해서는 정식 통고문을 제출하시기 바랍니다."

조크는 그날 오후 자신이 선거구민들의 이익을 위해 마침내 실질적인 무언가를 했다는 사실에 편안한 기분을 느끼며 의사당을 나왔다.

이틀 후에 인디오 남자들이 사냥에서 돌아왔다. 지루한 기다림이었다. 메신저 박사는 매일 몇 시간에 걸쳐서 짐 꾸러미를 점검했다. 토니는 총을 들고 숲 속에 들어갔지만 그 부근 강둑에 살던 사냥감들은 모두 다른 곳으로 떠나고 없었다. 흑인들 중 한 명은 색가오리에게 발과 종아리를 심하게 쏘였다. 그 후로 그들은 수영을 중단하고 아연 통에서 몸을 씻었다. 인디오 남자들이 돌아왔다는 소식이 캠프에 전해지자 토니와 메신저 박사는 그들을 만나러 마을로 갔지만 이미 축제가 한창이라 마을 사람 모두 취해 있었다. 남자들은 해먹에 누워 있었고 여자들은 카시리가 담긴 호리병을 들고 그 사이를 왔다 갔다 했다. 사방에서 돼지고기 굽는 냄새가 진동을 했다.

"맑은 정신으로 돌아오려면 일주일은 걸리겠어요." 메신저 박사가 말했다.

그래서 그로부터 일주일 동안 흑인들은 캠프에서 빈둥거리며 시간을 보냈다. 때로는 빨래를 해서 뱃전에 널어 햇볕에 말리기도 했고 때로는 낚시를 가서 엄청나게 큰 물고기를 창 끝에 꿰어 돌아오기도 했다.(하지만 살이 질기고 맛도 없었다.) 대개 저녁때에는 모닥불 옆에서 노래를 불렀다. 발을 쏘인 친구는 내내 해먹에 누워 큰 소리로 끙끙대면서 계속 약을 달라고 했다.

엿새째 되던 날부터 인디오들이 나타나기 시작했다. 그들은 돌아가면서 방문객 모두와 악수를 하고는 뒤로 물러나서 캠핑 장비들을 쳐다보고 서 있었다. 토니가 사진을 찍으려고 하자 그들은 소녀들처럼 깔깔대면서 달아났다. 메신저 박사는 물물 교환을 하려고 가져온 물건들을 땅바닥에 펼쳐 놓았다.

인디오들은 저물녘에 돌아갔지만 이렛날 엄청나게 숫자가 늘어서 다시 나타났다. 마을 주민 전체가 함께 왔던 것이다. 로사가 초가지붕 아래에 걸려 있는 토니의 해먹에 앉으며 말했다.

"나한테 담배 줘요."

"내가 피위족 마을에 갈 남자들을 구한다고 말해 주시오." 메신저 박사가 말했다.

"피위, 나쁜 부족. 마쿠시족, 피위족 상대 안 해요."

"열 명이 필요하다고 말해요. 그 사람들에게는 내가 총을 주겠소."

"나한테 담배 줘요……."

협상은 이틀간 계속됐다. 결국 열두 명이 가겠다고 했는데 그중 일곱은 자기 아내도 함께 데려가겠다고 우겼다. 그 아내들 중 한 명은 로사였다. 모든 준비가 완료되자 마을에서 잔치가 열렸고 인디오들 모두 또다시 취해 버렸다. 하지만 이번에는 여자들이 카시리를 많이 준비할 시간이 없었기 때문에 지난번보다 빨리 끝났다. 일행은 사흘 뒤에 출발할 수 있었다.

인디오 남자 한 명은 총신이 하나인 전장식(前裝式) 장총을 갖고 있었고 다른 몇 명은 활과 화살을 갖고 있었다. 그들은 허리에 두른 붉은 무명천을 제외하곤 완전히 알몸이었다. 여자들은 지저분한 옥양목 옷을 입고 있었는데 오래전에 어느 순회 설교자가 나눠 준 것을 이럴 때 입으려고 간직해 두었던 듯했다. 그들은 어깨에 버들고리를 지고 거기에 달린 끈을 이마에 걸어서 무게 부담을 줄였다. 무거운 짐은 모두 여자들이 이 바구니에 담아서 운반했다. 거기에는 그녀들과 남편들이 먹을 식량도 포함돼 있었다. 거기다 로사는 포브스 씨와의 친교의 유물인, 찌그러진 은 손잡이가 달린 우산까지 챙겨왔다.

흑인들은 강을 타고 해안으로 되돌아갔다. 양철통에 들어 있는 상당히 많은 식량이 강둑 옆 황폐한 은신처에 남겨졌다.

"여기에 손댈 사람은 없을 겁니다. 피위족 영토에서 위급한 일이 생기면 그때 다시 가지러 오면 돼요." 메신저 박사가 말했다.

토니와 메신저 박사는 길잡이 노릇을 하는 장총 든 남자 뒤에 바싹 붙어서 걸었다. 그 뒤의 행렬은 서로 점점이 떨어져 있어서 꼴찌인 사람은 수백 미터 뒤에서 따라왔다.

"여기서부터는 지도도 소용이 없습니다." 메신저 박사가 흥분된 목소리로 말했다.

(지도를 거둬라. 앞으로 몇 해 동안은 필요치 않을 것이니. 윌

리엄 피트가 말했다······.* 토니는 메신저 박사의 말을 듣고 사립학교 시절의 기억을 떠올렸다. 잉크투성이 작은 책상들과 바이킹 침입에 관한 컬러 삽화, 색깔이 화려한 넥타이를 매고 역사를 가르치던 트로터 선생님이 떠올랐다.)

3

"엄마, 브렌다가 일을 하고 싶어 해요."

"왜?"

"다른 사람들이랑 마찬가지죠, 뭐. 돈도 없고 할 일도 없으니까요. 엄마 가게에서 일할 수 없나 궁금해하던데요."

"글쎄······ 뭐라 말하기가 힘들구나. 다른 때였다면 브렌다야말로 내가 찾는 타입의 여점원인데······. 하지만 모르겠다. 상황이 이렇게 되고 보니 그녀를 쓰는 게 현명한 일일지 모르겠어."

"한번 물어보겠다고 한 것뿐이에요."

"존, 네가 나한테 아무 얘기도 하지 않으니 나도 간섭하고 싶지는 않다만, 너랑 브렌다는 어떻게 돼 가는 거니?"

"모르겠어요."

"넌 나한테 아무 얘기도 안 하잖니." 비버 부인이 똑같은 말을 반복했다. "그런데 정말 갖가지 소문이 다 돌고 있단다. 브렌다가 이혼은 할 거래?"

"모르겠어요."

비버 부인이 한숨을 쉬었다. "뭐, 어쨌든 난 가게로 돌아가야겠다. 점심은 어디서 먹을 거니?"

---

* 아우스터리츠 전투에서 나폴레옹이 승리했다는 소식을 듣고 당시 영국 수상이었던 윌리엄 피트가 한 말.

"브랫 클럽에서요."

"불쌍한 내 아들. 그나저나 너 브라운 클럽에 가입한 거 아니었니?"

"아직 아무 소식도 못 들었어요. 투표를 했는지 안 했는지도 몰라요."

"네 아빠도 거기 회원이었단다."

"그 클럽에는 아무래도 못 들어갈 것 같아요……. 어차피 그만한 여유도 없고요."

"존, 너 때문에 내가 속상하구나. 크리스마스쯤이면 내가 바라는 대로 상황이 잘 풀릴지 어쩔지 모르겠다."

"전화가 오네요. 아마 마고일 거예요. 벌써 몇 주째 식사 초대가 없었거든요."

하지만 전화를 건 사람은 브렌다였다.

"어머니 말씀이, 가게에 당신이 할 만한 일은 없다는군요."

"아, 괜찮아요. 곧 뭔가가 나타나겠죠. 지금 조금만 행운이 따라 주면 좋겠는데."

"나도 마찬가지예요. 앨런한테 브라운 클럽 건에 관해서는 물어봤어요?"

"네, 물어봤어요. 지난주에 열 명쯤 뽑았다고 하던데요."

"그럼 나는 투표에서 떨어졌다는 건가요?"

"저야 모르죠. 남자들은 원래 클럽에 대해서는 이상하게 굴잖아요."

"앨런이랑 레지가 나를 지지하도록 당신이 애써 줄 줄 알았는데."

"저도 부탁은 했어요. 어쨌거나 그게 뭐가 중요해요? 주말에 베로니카네 집에 오지 않을래요?"

"글쎄, 잘 모르겠어요."

"난 당신이 오면 좋겠어요."

"그 집은 너무 좁아서……. 베로니카가 나를 좋아하는 것 같지도 않고요. 또 누가 오죠?"

"저요."

"그렇군요……. 생각해 보고 알려 줄게요."

"오늘 저녁에는 우리 만나는 거예요?"

"이따가 알려 줄게요."

브렌다가 전화를 끊으면서 말했다. "세상에. 이젠 내가 싫어졌나 봐요. 자기가 브라운 클럽에 못 들어간 게 내 잘못도 아닌데. 사실은 오빠도 도와주려고 애썼단 말이에요."

제니 압둘 악바르가 브렌다와 함께 있었다. 그녀는 이제 매일 아침마다 가운 차림으로 브렌다의 방에 건너와서 함께 신문을 읽었다. 그녀의 가운은 줄무늬가 있는, 베르베르족의 실크로 만든 것이었다.

"우리 리츠에 가서 편안하게 점심 먹어요." 그녀가 말했다.

"점심때의 리츠는 편안하지도 않고 8파운드 6실링이나 들어요. 제니, 내가 지금 삼 주째 수표를 현금으로 못 바꾸고 있어요. 변호사들 정말 마음에 안 들어. 내 평생 이렇게 살아 본 적은 처음이에요."

"토니가 있다면 내가 한마디 해 줄 텐데! 당신을 이렇게 궁색하게 만들다니."

"토니를 탓해서 뭐하겠어요? 그 사람도 브라질인지 어디에 있는지는 몰라도 즐겁게 보내고 있을 것 같진 않아요."

"들리는 얘기론 헤턴에 화장실을 만들고 있다고 하던데…… 당신은 이렇게 무일푼인데 말이에요. 게다가 공사를 비버 부인에게 맡기지도 않았대요."

"그래요, 내 생각에도 그건 너무했어요."

잠시 후 제니는 옷을 입으러 자기 방으로 돌아갔다. 브렌다는 길모퉁이에 있는 식품점에 전화를 걸어 샌드위치를 주문했다. 그녀는 그날 하루를 침대에 누워서 보낼 것 같았다. 요즈음 일주일에 이삼 일은 그렇게 보내곤 했다. 혹시 앨런이 오늘도 어딘가에서 연설을 한다면 마저리가 저녁 식사에 부를 수도 있었다. 헬름허버드 부부가 그날 밤 저녁 파티를 열 예정이었지만 비버는 초대받지 못했다. '만일 내가 비버 없이 혼자서 간다면 아주 떠들썩한 파경이 되겠지…… 생각해 보니 마저리도 아마 거기 갈 것 같아. 뭐, 나야 언제든 여기서 샌드위치를 먹으면 되니까. 종류가 정말 다양하잖아. 근처에 그런 가게가 있어서 얼마나 다행인지, 원.' 브렌다는 최근에 나온 넬슨*의 전기를 읽고 있었다. 그 책은 아주 두꺼웠기 때문에 충분히 밤까지 버틸 수 있을 것이었다.

1시에 제니가 편안한 점심 식사를 위한 옷을 입고 인사를 하러 왔다.(그녀는 브렌다 아파트의 여벌 키를 갖고 있었다.)

"폴리랑 수키를 만나기로 했어요. 데이지네 식당에 가려고요. 당신도 같이 가면 좋을 텐데."

"나요? 아, 난 괜찮아요." 브렌다는 이렇게 말하면서 생각했다. '어쩌다 한번은 친구한테 한턱 낼 생각이 들 법도 한데.'

---

* 미국독립전쟁과 나폴레옹전쟁에서 싸운 영국 해군 사령관(1758~1805).

그들은 이 주 동안 하루에 평균 25킬로미터씩 걸었다. 어떤 날은 더 많이 갔고 어떤 날은 더 적게 갔다. 선두에 있는 인디오들이 캠핑할 장소를 정했다. 그들은 물과 악령의 유무를 기준으로 위치를 정했다.

메신저 박사는 컴퍼스로 자신들의 진행 경로를 다각측량해 보았다. 그러고 나니 뭔가 생각할 거리가 생긴 듯했다. 그는 매 시간마다 기압계를 확인했다. 행군이 일찍 끝난 날이면 해가 떠 있는 시간 동안 꼼꼼하게 도표를 만들었다. "마른강, 버려진 오두막 세 채, 돌이 많은 땅……."

"이제 우리는 아마존 강 수계 안에 있습니다." 하루는 그가 만족스러운 목소리로 말했다. "보세요, 물이 남쪽으로 흐르고 있어요." 하지만 그 말을 하자마자 그들은 반대 방향으로 흐르는 시내를 건너게 되었다. 메신저 박사가 말했다. "정말 신기하네요. 진정 과학적으로 조사할 가치가 있는 발견이군요."

다음 날 그들은 3킬로미터 간격으로 떨어져 있는 시내 네 개를 걸어서 건넜는데 물 흐르는 방향을 보니 북쪽과 남쪽이 번갈아 나타났다. 그 결과 도표가 이상한 형태를 띠기 시작했다.

"이 개울들에 이름이 있나요?" 메신저 박사가 로사에게 물었다.

"마쿠시족은 그를 와우루팡이라고 불러요."

"아니, 우리가 처음 캠핑했던 강 말고요. 이 강들 말이에요."

"네, 와우루팡요."

"여기 이 강이 뭐냐고요."

"마쿠시족은 그를 전부 와우루팡이라고 불러요."

"미치겠군." 메신저 박사가 말했다.

강 유역을 지날 때에는 앞이 보이지 않는 수풀을 뚫고 지나가야만 했다. 통로는 잡초에 뒤덮이고 쓰러진 나무로 가로막혀 있었다. 인디오의 눈과 기억을 통해서만 길을 찾을 수 있었다. 이따금 지나가는 사바나의 바싹 마른 땅에서는 암갈색 풀이 군데군데 메마른 다발처럼 뭉쳐서 자라나고 있었다. 도마뱀 수천 마리가 그들의 발 앞을 쏜살같이 지나갔고 풀은 신문지처럼 사각거리는 소리를 냈다. 숲으로 둘러싸인 그곳은 찌는 듯이 더웠다. 때로 바람이 부는 곳을 향해 올라갈 때면 바닥에 흩어진 붉은 자갈들 때문에 발에 멍이 들기도 했다. 이렇게 힘겹게 올라가고 나면 그들은 젖은 옷이 차갑게 느껴질 때까지 바람 속에 누워 있곤 했다. 그 낮은 언덕 위에서는 다른 언덕 꼭대기들과 그들이 지나온 숲, 그리고 뒤따라오는 짐꾼들의 행렬이 보였다. 남자든 여자든 그곳에 도착한 사람은 누구나 마른 풀밭에 털썩 주저앉아 짐에 기대어 쉬었다. 마지막 사람까지 모두 올라오고 나면 메신저 박사가 출발 지시를 내렸고 그들은 앞쪽에 펼쳐진 초록색 숲의 중심을 향해 내려갔다.

토니와 메신저 박사는 행군을 할 때건 휴식을 취할 때건 서로 거의 말을 하지 않았다. 계속되는 긴장에 피로까지 겹쳤기 때문이다. 저녁에 몸을 씻고 마른 셔츠와 플란넬 바지로 갈아입은 다음에야 조금 이야기를 나눴는데 주로 그날 몇 킬로미터나 전진했는지, 현재 위치가 어디쯤인지, 발 상태가 어떤지 등에 관해서였다. 그들은 목욕을 하고 나서 럼주에 물을 타마셨다. 저녁 식사로는 대개 소고기 통조림과 쌀, 밀가루 경단을 먹었다. 인디오들은 카사바 가루와 훈제 돼지고기, 그리고 도중에 잡은 별미 ─ 아르마딜로, 이구아나, 야자나무에서 잡은 통통하고 흰 굼벵이 — 를 먹었다. 여자들은 마을에서부터 가져온 건어물을 여드레 동안 먹었는데, 그것들을 다 먹어 치울 때까지 냄새가 날이 갈수록 점점 더 심해졌다. 다 먹어 치운 후에도 그 냄새는 여자들과 짐에 한동안 배어 있더니 점점 희미해지면서 무리 전체에서 공통적으로 풍기는 야릇한 냄새 속으로 흡수되어 버렸다.

그 지역에는 인디오들이 살지 않았다. 행군의 마지막 닷새 동안은 식수가 부족해서 고생했다. 도중에 있던 개울들은 거의 바닥이 드러나서 미지근한 물이 괴어 있는 웅덩이가 없나 하천 바닥 여기저기를 찾아다녀야 했다. 그러나 이 주 뒤에, 남동쪽으로 빠르게 흘러가는 깊은 강을 다시 한 번 만났다. 그곳이 피위족 영토의 경계선이었으므로 메신저 박사는 그들이 멈춘 곳을 지도에 '제2베이스캠프'라고 표시했다. 그 강 위에서는 카부리가 구름처럼 들끓고 있었다.

"존, 너 휴가 좀 가는 게 어떻겠니?"

"무슨 휴가요, 엄마?"

"기분 전환이나 하라고……. 나는 7월에 캘리포니아에 갈 거야. 피시바움 집안에, 아널드 피시바움 부인네에 말이다. 파리에 사는 사람 말고. 너도 같이 가면 좋을 것 같구나."

"그래요, 엄마."

"너도 좋지?"

"저요? 네, 좋아요."

"브렌다한테서 말버릇이 옮았구나. 남자 말투가 그러면 우스꽝스러워."

"죄송해요, 엄마."

"그래, 그럼. 그러기로 한 거다."

해가 지자 카부리들이 사라졌다. 그 전까지, 낮 동안에는 무
언가로 몸을 감싸고 있어야만 했다. 그 날벌레들이, 잼에 달려
드는 집파리처럼, 맨살이 드러난 곳에는 죄다 달라붙었기 때
문이다. 놈들이 배를 완전히 불리고 난 다음에야 그들은 비로
소 물렸다는 사실을 알 수 있었다. 물린 자리에는 검은 점과
따끔거리는 진홍색의 둥근 자국이 남았다. 토니와 메신저 박
사는 그럴 때 쓰려고 가져온 면장갑을 끼고 모자 아래로 모슬
린 베일을 늘어뜨렸다. 나중에는 여자 두 명을 시켜서 그들이
누운 해먹 옆에 쪼그리고 앉아 잎이 많이 달린 나뭇가지로 부
채질을 하게 했다. 아주 약한 바람도 카부리를 쫓는 덴 충분했
지만 토니와 메신저 박사가 졸기 시작하는 순간 여자들은 곧
바로 부채질을 멈추었고 결국 두 사람은 수백 군데를 물린 채
곧바로 잠에서 깨곤 했다. 인디오들은 소들이 쇠등에를 내버려
두듯 벌레들을 참아 냈다. 다만 가끔씩 짜증을 내면서 자기
어깨와 허벅다리를 내려칠 뿐이었다.

어두워진 후에는 한숨을 돌릴 수 있었다. 이번 베이스캠프
에는 모기가 거의 없었기 때문이다. 하지만 흡혈박쥐들은 밤새
도록 그물에 코를 비비적대거나 날개를 부딪쳐서 소리를 냈다.

인디오들은 그 숲에서 사냥을 하지 않으려고 했다. 그들은
사냥감이 없어서라고 했지만 메신저 박사는 그들이 피위족의
악령을 두려워하기 때문이라고 했다. 식량이 메신저 박사가 계
산했던 것보다 빨리 떨어져 가고 있었다. 행군하는 동안 짐을

제대로 지키기가 어려웠기 때문이다. 카사바 가루 한 봉지, 설탕 반 봉지, 쌀 한 자루가 없어졌다. 메신저 박사는 신중하게 배급을 했다. 모든 식량을 자기가 직접 법랑 컵으로 정확하게 재서 나눠 주었다. 그런데도 여자들은 재주껏 설탕을 빼돌렸다. 그와 토니는 비상용으로 남겨 둔 한 병만 빼고 럼주도 다 마셔 버린 상태였다.

"계속 통조림만 축낼 수는 없어요. 남자들이 나가서 뭘 좀 잡아 와야 해요." 메신저 박사가 짜증 난 목소리로 말했다.

하지만 인디오 남자들은 무표정하고 우울한 얼굴로 명령을 듣기만 할 뿐 캠프에서 꼼짝도 하지 않았다.

"여기 새도 동물도 없어요. 다 없어졌어요. 물고기는 좀 잡힐 거예요." 로사가 말했다.

그러나 인디오들을 설득하기란 불가능했다. 강기슭에 쌓여 있는 식량 자루와 꾸러미 들이 빤히 보였기 때문이다. 그게 다 없어져서 사냥이나 고기잡이를 시작해야 하기까지는 많은 시간이 지나야 할 것이었다.

한편 그들은 카누를 만들어야 했다.

메신저 박사가 말했다. "이건 분명히 아마존 강물입니다. 아마 브랑쿠 강이나 네그루 강으로 흘러 들어갈 거예요. 피위족은 강가에 살고 있고, 모든 얘기를 종합해 볼 때, '그 도시'는 여기보다 하류에, 지류들 중 하나에 있는 게 확실합니다. 첫 번째 피위족 마을에 도착하면 안내인을 구할 수 있을 거예요."

카누는 나무껍질로 만들었다. 적당히 굵고 곧은 나무를 찾아내서 쓰러뜨리는 데 사흘이 걸렸다. 그들은 나무 네 그루를 넘어뜨린 다음, 주위 수풀을 몇 미터 정도 베어서 정리하고 그

자리에서 작업을 했다. 날이 넓은 칼로 나무껍질을 벗기는 데에만 또 일주일이 걸렸다. 그들은 우직하게 일했지만 솜씨는 형편없었다. 나무껍질 하나는 줄기에서 떼어 내는 도중에 쪼개지고 말았다. 토니와 메신저 박사가 도울 수 있는 일은 없었다. 그 일주일 동안 두 사람은 여자들로부터 설탕을 지키며 보냈다. 남자들이 캠프 안이나 주위의 수풀을 돌아다닐 때에는 발소리가 나지 않았다. 그들의 맨발은 나뭇잎을 전혀 흩뜨리지 않는 것 같았고, 그들의 맨어깨는 얽히고설킨 풀숲을 지나가도 바스락 소리를 내지 않았다. 그들의 말은 짧았고 거의 들리지 않았으며 여자들이 웃고 떠들 때 그들은 동참하지 않았다. 가끔 일하다가 작게 투덜거릴 때는 있었다. 그들이 유일하게 즐거워했을 때는 그들 중 한 명이 작업을 하다가 칼이 미끄러져서 엄지손가락 아랫부분을 깊이 베였을 때뿐이다. 메신저 박사가 다친 사람의 손을 요오드로 소독하고 붕대를 감아 주었다. 그러자 여자들이 팔이나 다리에 살짝 긁힌 부분들을 보여 주며 약을 발라 달라고 계속 졸라 댔다.

나무 두 그루는 하루에 끝났고 또 한 그루(쪼개진 나무)는 그다음 날, 네 번째 나무는 그 다음다음 날에 작업을 마쳤다. 마지막 나무는 다른 것들보다 컸다. 마지막 섬유질을 잘라 내자 남자 넷이 나무줄기를 둘러싸고 선 다음 깨끗하게 껍질을 벗겨 냈다. 나무껍질은 잘라 내자마자 오그라들어서 속이 텅 빈 원통 모양이 되었다. 남자들은 그것을 물가로 가지고 내려가서 물에 띄운 다음 덩굴로 만든 올가미로 나무에 고정해 놓았다.

나무껍질이 모두 준비되자 그것으로 카누를 만드는 일은 쉬왔다. 네 명이 나무껍질을 벌리고 있으면 다른 두 명이 그 안에 버팀목을 고정했다. 배의 양쪽 끝은 따로 막지 않고 물이 들어오지 않을 정도로만 말아 올려 두었다.(배에 짐을 가득 실어도 3~5센티미터밖에 물에 잠기지 않았다.) 그러고 나서 남자들은 노깃이 하나인 노를 여러 개 만들기 시작했다. 그것 역시 쉬운 일이었다.

⚜

메신저 박사는 매일 로사에게 물었다. "배가 언제 다 만들어질까요? 남자들한테 물어봐요." 그러면 로사는 "지금 바로요."라고 대답했다.

"며칠이나? 나흘? 닷새? 며칠이나 걸려요?"

"아뇨. 많이 안 걸려요. 배 지금 바로 끝나요."

마침내 배가 거의 완성되었음이 확실해지자 메신저 박사는 이런저런 준비를 하느라 분주해졌다. 그는 짐을 분류해서 필요한 것들을 두 종류로 나눴다. 그와 토니는 서로 다른 배에 타고 각자 소총과 탄약, 사진기, 통조림, 교역품, 개인 소지품을 가져갈 예정이었다. 인디오 남자들만 탈 세 번째 카누에는 밀가루, 쌀, 설탕, 카사바 가루와 그들이 먹을 식량을 싣기로 했다. 배에 모든 짐을 실을 수는 없었으므로 강둑으로부터 조금 떨어진 곳에 '비상용 야적'을 놓아두었다.

"우리는 여덟 명을 데려갈 겁니다. 네 명은 여자들과 남아서 캠프를 지키게 하고요. 일단 피위족을 만나고 나면 모든 게 간단할 겁니다. 그땐 마쿠시족도 집으로 돌아가면 되지요. 저들이 우리 짐에 손대지는 않을 거예요. 자기들한테 유용한 물건은 하나도 없으니까요."

"로사는 통역사로 데리고 가는 게 낫지 않을까요?"

"네, 그러는 게 좋겠군요. 내가 로사한테 말해 보지요."

그날 저녁이 되자 노를 완성하는 것만 빼곤 모든 준비가 다 끝났다. 토니와 메신저 박사가 하루 종일 끼고 있던 답답한 장갑과 베일을 벗어 버릴 수 있는 유쾌한 어둠의 시간이 오자 그들은 자신들이 먹고 자는 곳으로 로사를 불렀다.

"로사, 우리는 당신을 데려가기로 결정했소. 남자들과 얘기할 때 당신이 도와줬으면 해요. 내 말 알아들어요?"

로사는 아무 말이 없었다. 그녀의 얼굴은 완전히 무표정했다. 그들과 로사 사이의 상자 위에 세워 둔 램프 불빛이 밑에서 그녀의 얼굴을 비췄다. 높은 광대뼈 그림자가 그녀의 눈을 어둠 속에 감췄다. 긴 머리는 덥수룩했고 이마와 입술 주변에는 희미해진 문신이 드문드문 보였으며 퉁퉁한 몸에는 지저분한 무명옷을 걸쳤고 갈색 다리는 굽어 있었다.

"내 말 알아들어요?"

여전히 아무 대답이 없었다. 그녀는 두 남자의 머리 너머로 캄캄한 숲을 쳐다보는 것 같았지만 어두워서 그녀의 눈동자가 보이지 않았다.

"이봐요, 로사, 여자들 모두와 남자 네 명은 여기 캠프에 남을 거예요. 남자 여덟 명만 배를 타고 피위족 마을에 갈 거라고요. 당신은 배를 타고 가는 거예요. 우리가 피위족 마을에 도착하면 당신이랑 남자 여덟 명은 배를 타고 나머지 사람들이 있는 캠프로 다시 돌아오는 거예요. 그러고 나서 마쿠시족

영토로 돌아간다고요. 내 말 알았어요?"

마침내 로사가 입을 열었다. "마쿠시 사람들, 피위 사람들과 안 사귀어요."

"피위 사람들이랑 사귀라는 게 아니에요. 당신과 남자들은 피위족 마을까지 우리를 데려다 주기만 하고 다시 마쿠시 사람들한테 돌아가는 거예요. 알았어요?"

로사는 한 팔을 들어 커다랗게 원을 그렸다. 지금 있는 베이스캠프와 지금까지 지나온 길, 그리고 그 너머의 드넓은 사바나를 가리키는 손짓이었다. "마쿠시 사람들은 저기." 그녀가 말했다. 그러고는 다른 팔을 들어 강 아래쪽의 낯선 지역을 향해 흔들어 보였다. "피위 사람들은 저기. 마쿠시 사람들, 피위 사람들과 안 사귀어요."

"잘 들어요, 로사. 당신은 똑똑한, 배운 여자예요. 흑인 신사인 포브스 씨와도 이 년 동안 살았잖아요. 당신은 담배도 좋아하고……."

"네, 나한테 담배 줘요."

"배를 타고 남자들과 함께 가요. 담배 많이, 많이 줄게요."

로사는 멍한 표정으로 앞만 볼 뿐 아무 말도 하지 않았다.

"이봐요, 당신 남편이랑 다른 일곱 명이 당신을 보호해 줄 거예요. 당신이 없으면 우리가 어떻게 남자들이랑 의사소통을 하겠어요?"

"남자들 안 가요."

"남자들은 당연히 갈 거예요. 유일한 문제는, 당신도 갈 거냐는 거예요."

"마쿠시 사람, 피위 사람 안 사귀어요."

지친 메신저 박사가 말했다. "미치겠군. 좋아요, 내일 아침에 다시 얘기합시다."

"나한테 담배 줘요……."

"저 여자가 안 가면 곤란해질 텐데요."

"아무도 안 가면 훨씬 더 곤란해지겠죠." 토니가 말했다.

다음 날 보트가 준비되었다. 정오에는 배들을 물에 띄우고 강둑에 매어 두었다. 인디오들은 조용히 식사 준비를 했다. 토니와 메신저 박사는 우설, 쌀, 복숭아 통조림을 먹었다.

메신저 박사가 말했다. "식량은 충분할 겁니다. 최소 삼 주치는 되는데 피위족 마을에는 하루나 이틀이면 도착할 테니까요. 출발은 내일 합니다."

인디오들에게 보수로 준 소총, 낚싯바늘, 무명 두루마리는 마을에 놔두고 왔다. 앞으로 여행의 다음 단계들에서 사용할 '교역품'은 아직 여섯 상자나 남아 있었다. 강멧돼지 다리 하나는 탄환 한 줌 또는 피모(被帽) 스무 개의 가치가 있었고, 살찐 새 한 마리에는 목걸이 하나를 줘야 했다.

식사가 끝나고 1시쯤 되었을 때 메신저 박사가 로사를 불렀다. "우린 내일 출발합니다."

"네, 지금 바로요."

"어젯밤에 내가 한 얘기를 남자들한테 가서 전해요. 여덟 명은 배를 타고 가고, 나머지는 여기서 기다린다고. 당신도 배를 타고 가는 거예요. 이쪽에 있는 짐들은 여기 놔두고 갈 거고, 저쪽에 있는 짐들은 배에 실을 겁니다. 남자들한테 그렇게 전해요."

로사는 아무 말도 없었다.

"알았어요?"

"아무도 배 타고 안 가요. 다 이쪽으로 가요." 그러면서 한 팔을 들어서 그들이 지나온 길 쪽을 향해 뻗어 보였다. "내일이나 다음 날 모든 사람, 마을로 돌아가요."

긴 침묵이 이어졌다. 마침내 메신저 박사가 말했다. "남자들한테 이리로 오라고 해요……." 로사가 뒤뚱거리며 모닥불 쪽으로 걸어가자 그는 토니에게 말했다. "저들을 협박해 봤자 소용없어요. 괴상하고 겁 많은 치들이니까. 위협이라도 했다간 겁을 먹어서 우리를 버리고 달아나 버릴 거요. 걱정 마요, 내가 어떻게든 설득할 수 있을 테니까."

로사가 불 앞에서 이야기하는 모습이 보였지만 인디오들은 아무도 움직이지 않았다. 잠시 후 메신저 박사의 말을 다 전달한 그녀는 입을 다물더니 그들 사이에 같이 쪼그리고 앉아서 다른 인디오 여자의 머리를 자기 무릎 사이에 끼웠다. 아까 메신저 박사가 로사를 불렀을 때 그 여자의 이를 잡아 주고 있었던 것이다.

"우리가 저쪽으로 가서 이야기하는 편이 낫겠습니다."

몇몇 인디오들은 해먹에 누워 있었다. 나머지는 바닥에 쪼그리고 앉아 있었다. 모닥불은 흙으로 덮어서 이미 꺼 버린 상태였다. 그들은 쭉 째진 작은 눈으로 토니와 메신저 박사를 뚫어져라 쳐다보았다. 오직 로사만이 무관심한 것 같았다. 그녀는 그들을 등지고 앉아 있었다. 친구 머리의 이를 잡아 죽이느라 바쁘게 움직이는 자신의 손가락에만 그녀의 관심이 쏠려 있었다.

메신저 박사가 말했다. "어떻게 된 겁니까? 남자들을 데려오라고 했잖아요."

로사는 아무 말도 하지 않았다.

"이제 보니 마쿠시족은 겁쟁이군요. 피위족이 무서운 거예요."

로사가 말했다. "카사바 밭 때문이에요. 돌아가서 카사바 캐야 해요. 안 그러면 썩을 거예요."

"잘 들어요. 난 일이 주 동안만 도와 달라는 거예요. 그거면 돼요. 그 후엔 모든 게 끝나요. 집에 갈 수 있다고요."

"카사바 캐야 할 때예요. 마쿠시 사람들은 큰 비가 오기 전에 카사바 캐요. 지금 바로 모두 집에 가요."

"이거 완전 협박이군. 가서 교역품을 좀 꺼내 옵시다." 메신저 박사가 말했다.

그와 토니는 상자 하나를 뜯고 그 내용물을 담요 위에 늘어놓았다. 옥스퍼드 거리에 있는 싸구려 상점에서 두 사람이 함께 고른 물건들이었다. 인디오들은 아무 말 없이 바닥에 놓인 물건들을 쳐다보았다. 향수병과 약병, 유리 장식이 달린 화려한 색깔의 플라스틱 빗, 거울, 알루미늄 손잡이에 양각 무늬를 새긴 주머니칼, 리본과 목걸이, 도끼날, 놋쇠 탄피, 빨간색 화약통 등 좀 더 실용적인 교역품들이었다.

"당신, 나 이거 줘요." 로사가 보트 경주 기념품으로 만들어진 담청색 장미꽃 배지를 집어 들며 말했다. "나 이거 줘요." 그녀가 향수 몇 방울을 손바닥에 문지른 다음, 냄새를 깊이 들이마시면서 또 말했다.

"배에 타는 사람은 이 중에서 세 개를 골라 가질 수 있어요."

하지만 로사는 무감정한 목소리로 말했다. "마쿠시 사람들은 지금 바로 카사바 캐요."

"소용없네요." 삼십 분간의 협상으로 아무런 성과도 얻지 못한 메신저 박사가 말했다. "생쥐 태엽 인형을 쓸 수밖에 없겠어요. 피위족 마을에 도착할 때까지 숨겨 두려고 했는데, 어쩔 수 없죠. 두고 봐요, 이 쥐를 보면 홀딱 넘어올 테니까. 인디오들 심리는 내가 잘 알지."

생쥐 인형은 비교적 비싼 물건이었다. 가격이 하나에 3실링 6펜스나 했다. 토니는 그 인형이 장난감 가게 바닥 위에서 움직이는 모습을 보았을 때 느꼈던 놀라움을 생생하게 기억했다.

그것은 독일 제품이었다. 크기는 커다란 실제 쥐만 했지만 초록색과 흰색 점들이 눈에 띄게 그려져 있었다. 그 밖에 큼지막한 유리 눈알과 빳빳한 수염, 초록색과 흰색 줄무늬가 있는 꼬리가 달려 있었다. 그것은 숨겨진 바퀴로 이리저리 움직였고 그럴 때마다 안에 들어 있는 작은 종들이 딸랑딸랑 소리를 냈다. 메신저 박사는 상자에서 생쥐 인형 하나를 꺼내 박엽지를 벗긴 다음 모두 잘 볼 수 있도록 높이 쳐들었다. 그가 관중의 시선을 사로잡은 것은 당연한 일이었다. 그리고 그는 인형의 태엽을 감았다. 그 소리를 들은 인디오들이 걱정스럽게 술렁거리기 시작했다.

그들이 캠핑하고 있는 곳은 홍수 때마다 침수되는 곳이라 진흙 땅은 딱딱하게 굳어 있었다. 메신저 박사가 인형을 자기 발치에 내려놓고 출발시켰다. 쥐는 명랑하게 종소리를 울리며 인디오들 쪽으로 돌진했다. 순간 토니는 그것이 뒤집어지거나 나무뿌리에 걸리면 어떡하나 걱정했지만 다행히도 장난감은 정상적으로 작동했고 진로를 막는 장애물도 없었다. 그리고 그 결과는 그의 모든 예상을 뛰어넘었다. 큰 소리로 숨을 들이마시는 소리, 겁에 질려 조그맣게 툴툴거리는 소리가 연달아 들렸고 여자들은 공포에 질려서 울부짖더니 앞다투어 부리나케 달아나 버렸다. 갈색 맨발들이 낙엽들 사이를 달려가는 소리, 맨팔다리가 박쥐처럼 조용하게 수풀을 헤치고 가는 소리, 해진 무명옷이 가시덤불에 걸려 찢어지는 소리가 들렸다. 쥐가 멈춰 서기도 전에, 딸랑딸랑 소리를 내며 가장 가까이 앉아 있던 인디오 앞에 도착하기도 전에, 캠프는 텅 비어 버렸다.

"이런, 제기랄. 내가 기대한 것 이상이군요." 메신저 박사가 말했다.

"어떤 식으로든 기대 밖이었겠죠."

"아, 괜찮습니다. 그들은 금방 돌아올 거예요. 난 그들을 잘 알아요."

하지만 해가 질 때까지도 아무런 기척이 없었다. 찌는 듯한 오후 내내 토니와 메신저 박사는 카부리를 피해 몸을 둘둘 감고 해먹에 누워 있었다. 텅 빈 카누는 강 위에 떠 있었다. 생쥐 인형은 치워 두었다. 해가 지자 메신저 박사가 말했다. "불을 피우는 게 좋겠어요. 인디오들은 어두워지면 돌아올 겁니다."

그들은 잿불에서 흙을 쓸어 내고 새 땔감을 가져와서 불을 지폈다. 램프도 켜 두었다.

"저녁이나 먹죠." 토니가 말했다.

그들은 물을 끓여서 코코아를 타고 연어 통조림을 따고 낮에 먹다 남은 복숭아를 먹어 치웠다. 또 파이프 담배를 피우고 해먹 주변에 모기장을 쳤다. 그동안 그들은 거의 말이 없었다. 이윽고 그들은 잠자리에 들기로 했다.

"아침에는 다들 돌아와 있을 겁니다. 참 희한한 종족이네요." 메신저 박사가 말했다.

그들 주위에서는 삑삑대고 깍깍대는 풀숲의 소리가 밤이 지나고 아침이 밝을 때까지 시간의 흐름에 따라 변하면서 계속됐다.

런던에 새벽이 찾아왔다. 맑고 상쾌하고 달콤한 회청색 새벽은 좋은 날씨를 예고했다. 가로등 불빛이 점차 희미해지더니 곧 사라졌다. 텅 빈 거리를 물이 씻어 내리는 가운데, 떠오르는 태양 빛이 소화전에서 솟아오르는 물에 반사되어 반짝반짝 빛났다. 작업복을 입은 사내들이 호스 끝을 이리저리 흔들자 물줄기는 번쩍이는 빛 속에서 솟구치기도 하고 폭포수처럼 쏟아져 내리기도 했다.

"창문 좀 열어 주세요. 실내 공기가 탁하네요." 브렌다가 말했다.

웨이터가 커튼을 걷고 창문을 열었다.

"밖이 꽤 환하네요." 그녀가 덧붙였다.

"5시가 넘었어요. 자러 가야 하지 않을까요?"

"네."

"이제 일주일 후면 파티도 전부 끝이군요." 비버가 말했다.

"그래요."

"자, 이제 가죠."

"그래요. 당신이 계산 좀 해 줄래요? 내가 지금 돈이 하나도 없어서 그래요."

그들은 파티에서 돌아오는 길에 아침 식사를 하려고 데이지가 개업한 클럽에 들렀던 것이다. 비버가 훈제 청어와 차 값을 지불했다. "8실링이군요. 데이지는 이런 값을 받으면서 어떻게 장사가 잘되길 기대할 수 있죠?" 그가 말했다.

"좀 비싸긴 하네요……. 그런데 당신, 정말 미국에 갈 거예요?"

"가야 해요. 어머니가 이미 표도 사 두셨어요."

"지난밤에 내가 한 얘기는 아무 소용이 없단 말인가요?"

"브렌다, 그만해요. 얘기 다 끝났잖아요. 그럴 수밖에 없다는 거 잘 알잖아요. 왜 마지막 주를 망치려고 하는 거예요?"

"당신, 올여름 즐겁게 보냈잖아요, 안 그래요?"

"물론 그랬죠……. 그럼 갈까요?"

"그래요. 나, 집까지 바래다줄 필요 없어요."

"정말 괜찮겠어요? 꽤 멀잖아요, 시간도 이르고."

"나한테 뭐가 괜찮은 일인지 당신이 알 리가 없죠."

"브렌다, 제발……. 이러는 거 당신답지 않아요."

"난 원래 비싸게 구는 여자가 아니에요."

인디오들은 밤에, 토니와 메신저 박사가 자는 동안에 돌아왔다. 그 자그마한 사람들은 서로 말 한마디 없이, 숨어 있던 곳에서 기어 나왔다. 잔가지가 옷에 걸려서 부러지는 일이 없도록 여자들은 옷을 벗어서 멀찌감치 놔두고 왔다. 그들은 알몸으로 덤불 속을 소리 없이 이동했다. 20미터 앞에서 빛나는 깜부기불과 램프가 그들에겐 유일한 빛이었다. 하늘엔 달도 없었다. 그들은 자신들의 버들고리와 카사바 가루, 활과 화살, 총과 날 넓은 칼을 챙겼다. 자신들이 쓰던 해먹도 돌돌 말았다. 자기 것이 아닌 물건에는 손대지 않았다. 그리고 그들은 다시 어둠 속으로 조용히 사라졌다.

토니와 메신저 박사가 깨어났을 때 그들은 간밤에 무슨 일이 있었는지 단번에 알 수 있었다.

"상황이 심각하군요. 하지만 절망적이진 않아요." 메신저 박사가 말했다.

4

나흘 동안 토니와 메신저 박사는 강을 노 저어 내려갔다. 두 사람은 카누 양 끝에 앉아서 위태롭게 균형을 잡았다. 둘 사이에는 제일 중요한 짐을 쌓아 놓았다. 나머지는 다른 카누들과 함께 캠프에 남겨 두었다. 피위족 마을에서 도와줄 사람을 구하면 그때 가지러 올 예정이었다. 메신저 박사가 최소한이라고 고른 짐만으로도 중량 초과여서 배가 위험할 만큼 물 속으로 많이 잠겨 있었다. 조그만 움직임 때문에 물결이 뱃전에 철썩이기만 해도 참사가 벌어질 수 있었다. 방향을 마음대로 돌리기에는 배가 너무 무거웠으므로 그들은 배의 양 끝을 물에 잠기지 않게 하고 물살을 따라 떠가는 데 만족하면서 아주 천천히 나아갔다.

급류를 두 번 만났을 때 그들은 배를 강기슭에 대고 짐을 내린 후 물속에서 배를 끌면서 걸어갔다. 때로는 허리까지 빠지기도 했고, 때로는 손으로 배를 끌고 바위를 기어오르기도 했다. 그러다 잔잔한 물이 다시 나오면 강가에 배를 묶어 두고 육지를 통해 짐을 가지고 내려왔다. 그 이후에는 강이 넓고 평온했다. 강 양쪽 기슭에 벽처럼 서 있는 숲이, 키 작은 덤불에서부터 수십 미터 위 꽃 피는 나무 꼭대기까지 검은 수면 위에 선명하게 비쳤다. 가끔 꽃잎이 잔뜩 흩뿌려져 있는 구간을 지날 때면 그들이 꽃잎만큼이나 천천히 움직였던 탓에 마치 꽃이 만발한 초원 위에서 쉬는 듯한 기분이 들었다. 밤에는 강 기슭의 마른땅 위에 방수포를 깔거나 수풀 속에 해먹을 걸어 놓고 잤다. 카부리나 드물게 나타나는 굼뜬 악어들만이 그들의 평온한 시간을 위협했다.

그들은 계속 강둑을 자세히 살폈지만 사람이 사는 흔적은 어디에도 없었다.

그러다 토니가 열병에 걸렸다. 넷째 날 오후에 갑자기 고열이 나기 시작했던 것이다. 그날 정오 휴식 때에만 해도 그는 완벽하게 건강했고 건너편 강가에 물을 마시러 내려온 작은 사슴을 쏘아 맞히기도 했더랬다. 그런데 그로부터 한 시간 후에는 몸을 격렬하게 떨기 시작해서 도저히 더 이상 노를 저을 수가 없었다. 머리는 불덩어리 같았고 온몸과 사지에는 오한이 들었다. 저물녘에는 조금씩 헛소리까지 했다.

메신저 박사가 토니의 체온을 재 보니 40도였다. 그는 토니에게 퀴넌* 1.5그램을 주고 토니의 해먹 가까이에 불을 피웠다. 어찌나 가까이에 피웠던지 아침에 보니 연기 때문에 해먹이 까맣게 그을려 있었다. 메신저 박사는 토니에게 담요로 몸을 계속 감싸고 있으라고 했는데, 토니가 자다가 중간 중간 깨 보면 온몸이 땀으로 흠뻑 젖어 있었다. 그는 계속 갈증이 나서 끊임없이 강물을 떠다 마셨다. 그날 밤에도 다음 날 아침에도 토니는 아무것도 먹을 수가 없었다.

---

* 말라리아 치료제.

하지만 다음 날 아침에 열은 다시 내려갔다. 그는 기운이 없었고 극도로 지쳤지만 자기 자리에 가만히 앉아서 조금씩 노를 저을 수는 있었다.

"그냥 지나가는 열병이겠지요? 내일쯤이면 완전히 낫겠죠?" 토니가 물었다.

"그러기를 바라야죠." 메신저 박사가 대답했다.

정오 무렵에 토니는 코코아를 조금 마시고 쌀을 한 컵 정도 먹었다. "기분이 아주 좋아요." 그가 말했다.

"다행이군요."

그날 밤 다시 열이 오르기 시작했다. 그들은 모래톱에서 야영을 하고 있었다. 메신저 박사가 돌을 달궈서 토니의 발과 허리 밑에 넣어 주었다. 그는 거의 밤을 새우다시피 하면서 불에 땔감을 넣고 토니의 컵에 물을 채워 주었다. 새벽에 한 시간쯤 자고 일어난 토니는 몸이 조금 좋아졌다고 느꼈다. 그는 퀴닌을 수시로 먹었지만 양쪽 귀에 소라 껍데기를 대고 있는 것처럼 계속 귀가 먹먹했다. 어린 시절 그는 그렇게 하면 바닷소리를 들을 수 있다는 얘기를 들었더랬다.

"우린 계속 가야 해요. 이제 피위 마을에 다 왔어요." 메신저 박사가 말했다.

"정말 죽겠어요. 내 몸이 완전히 나을 때까지 하루 더 기다리는 게 낫지 않을까요?"

"기다려 봤자 소용없습니다. 계속 가야 해요. 카누에는 탈 수 있을 것 같습니까?"

메신저 박사는 토니의 병이 하루 이틀에 나을 것이 아님을 알았다.

그날 처음 몇 시간 동안 토니는 뱃머리 쪽에 힘없이 누워 있었다. 그들은 토니가 반듯이 누울 수 있도록 미리 짐의 위치를 조정해 뒀다. 시간이 흐르자 다시 열이 오르면서 토니가 이를 딱딱 맞부딪치기 시작했다. 그는 일어나 앉아서 머리를 무릎 사이에 파묻고는 온몸을 사시나무 떨듯 떨었다. 정오의 뜨거운 태양 아래 이마와 양 볼만 불덩이처럼 뜨거웠다. 사람 사는 마을의 흔적은 여전히 보이지 않았다.

토니가 브렌다의 모습을 본 것은 늦은 오후였다. 그는 짐이 쌓인 배 중앙에 있는 이상한 형체를 한참 동안 뚫어져라 쳐다보고 나서야 그것이 사람임을 깨달았다.

"인디오들이 돌아왔나요?" 그가 물었다.

"네."

"그럴 줄 알았어요. 장난감에 겁을 집어먹다니 바보 같잖아요. 나머지 사람들도 뒤따라오고 있을 겁니다."

"네, 제 생각도 그래요. 움직이지 말고 가만있어요."

"장난감 쥐 때문에 겁을 먹다니, 멍청하긴." 토니는 배 가운데에 있는 여자를 향해 비웃듯이 말했다. 그러고 나서 그는 그녀가 브렌다임을 알아보았다. "미안하오. 당신인 줄 몰랐어. 당신이라면 장난감 쥐 따위에 겁을 먹을 리가 없지."

하지만 브렌다는 아무 대답도 하지 않았다. 그녀는 런던에 다녀온 뒤에 쪼그리고 앉아서 빵죽을 먹을 때처럼 그렇게 앉아 있었다.

메신저 박사가 방향을 틀어서 배를 강가에 댔다. 그가 토니를 부축해서 배에서 내릴 때에는 하마터면 배가 뒤집어질 뻔했다. 브렌다는 도움 없이 혼자서 내렸다. 그녀는 배의 균형을 흐트러지 않으면서 우아하고 능숙하게 내렸다.

토니가 말했다. "저런 게 바로 평형감각이라는 겁니다. 예전에 어떤 미국 회사에 지원하려면 반드시 작성해야 하는 질문지를 본 적이 있는데, 거기 있는 질문들 중 하나가 '당신에겐 평형감각이 있습니까?'였어요."

브렌다는 강둑 위에서 그를 기다리고 있었다. "그 질문이 말이 안 되는 이유는 지원자의 말이 사실인지 확인할 길이 없다는 겁니다." 토니가 열심히 설명했다. "그러니까 내 말은, 스스로 평형감각이 있다고 생각하면 실제로도 평형감각이 있느냐는 거죠."

"내가 해먹을 매달 동안 여기 가만히 앉아 있어요."

"네, 브렌다랑 여기 앉아 있을게요. 브렌다가 와서 정말 기쁘네요. 분명히 3시 18분 기차로 왔을 거예요."

브렌다는 그날 밤도, 그다음 날도 줄곧 토니와 함께 있었다. 토니는 쉴 새 없이 그녀에게 이야기했지만 그녀는 가끔 수수께끼 같은 대답만 할 뿐이었다. 다음 날 저녁에 그는 또 한바탕 땀을 쏟았다. 메신저 박사는 해먹 옆에 밤새도록 큰 불을 피워 두고 토니의 몸을 담요로 감싸 주었다. 토니는 새벽이 되기 한 시간 전에 잠들었는데 깨어나 보니 브렌다가 없었다.

"체온이 다시 정상으로 돌아왔어요."

"다행이네요. 나 많이 앓았던 거죠? 기억이 잘 안 나요."

메신저 박사는 꽤 훌륭한 캠프를 만들어 놓았다. 작은 방 크기만큼 수풀을 쳐 내서 네모난 빈 공간을 만들었다. 그리고 양쪽 끝에 해먹 두 개를 설치했다. 짐은 강가에 깔아 둔 방수포 위에 차곡차곡 정리해 놓았다.

"좀 어때요?"

"아주 좋아요." 토니는 이렇게 말했지만 해먹에서 내려서자 자신이 혼자 힘으로는 서 있을 수도 없음을 알았다. "아무것도 안 먹었으니 당연하죠, 뭐. 하루나 이틀이면 완전히 회복할 수 있을 겁니다."

메신저 박사는 아무 말도 하지 않은 채 컵에서 컵으로 차를 천천히 따라서 찻잎을 걸러 냈다. 그리고 거기에 연유를 한 큰 술 넣고 휘저었다.

"이것 좀 마실 수 있겠어요?"

토니는 그것을 맛있게 마시고 비스킷도 조금 먹었다.

"오늘도 계속 가나요?"

"생각해 봅시다." 메신저 박사는 강가로 컵을 가지고 가서 강물에 씻었다. 그리고 돌아와서 이렇게 말했다. "현 상황을 설명하는 게 나을 것 같소. 하루 열이 내렸다고 해서 병이 나았다고 생각하면 안 돼요. 그 병이 원래 하루는 펄펄 끓었다가 하루는 정상이었다 그래요. 다 나으려면 일주일이 걸릴 수도 있고 더 오래 걸릴 수도 있어요. 그게 지금 우리가 직면한 상황입니다. 당신을 배에 태우고 가는 건 너무 위험해요. 그저께에도 당신 때문에 몇 번이나 배가 뒤집힐 뻔했어요."

"내가 아는 사람이 배에 타고 있는 줄 알았거든요."

"여러 가지 착각이 들 겁니다. 앞으로도 계속 그럴 거고요. 그리고 이제 식량이 열흘 치밖에 안 남았어요. 당장 크게 걱정할 상황은 아니지만 염두에 두고 있어야 합니다. 게다가 당신에게 지금 필요한 건 지붕이 있는 집과 지속적인 보살핌입니다. 우리가 마을에 도착만 했어도……."

"내가 굉장히 성가신 존재가 되어 버렸군요."

"그런 얘기가 아닙니다. 중요한 건 우리한테 지금 최선이 무엇인지를 알아내는 겁니다."

하지만 토니는 너무 지쳐서 생각할 기력조차 없었다. 그는 한 시간가량 꾸벅꾸벅 졸았다. 깨어나 보니 메신저 박사가 수풀을 더 쳐 내고 있었다. "방수포로 지붕을 만들어 보려고요."

(그는 지도에다 현재 위치를 '임시 비상 베이스캠프'라고 적었다.)

토니는 맥없이 그를 쳐다보았다. 그러다 이렇게 말했다. "나를 여기 놔두고 혼자 강을 내려가서 도움을 청해 보는 게 어때요?"

"나도 생각해 봤어요. 하지만 그건 너무 위험합니다."

그날 오후 브렌다가 다시 토니 곁으로 돌아왔고, 그는 해먹에 누워 몸을 떨면서 계속 뒤척였다.

토니가 다시 눈앞의 사물들을 인식할 수 있게 되었을 때 보니 나무줄기에 매단 방수포가 그의 머리 위로 드리워 있었다. 그가 물었다. "우리가 여기에 있은 지 얼마나 됐습니까?"

"사흘밖에 안 됐습니다."

"지금 몇 시죠?"

"오전 10시가 다 돼 가요."

"몸이 너무 안 좋아요."

메신저 박사가 토니에게 수프를 조금 주면서 말했다. "내가 오늘 강을 따라 내려가서 마을이 있나 알아봐야겠어요. 당신 혼자 두고 가긴 싫지만 한번 해 볼 만한 일인 것 같습니다. 이제 배가 비었으니 멀리까지 저어 갈 수 있을 거예요. 얌전히 누워 있어요. 해먹에서 나오지 말고요. 밤이 되기 전에 돌아올 게요. 도와줄 인디오들과 함께 돌아올 수 있었으면 좋겠네요."

"알았어요." 토니는 이렇게 대답하고 잠이 들었다.

메신저 박사는 강가로 내려가서 배를 묶어 두었던 줄을 풀었다. 그는 소총과 컵과 하루치 식량을 챙겼다. 그는 배의 고물에 앉아서 노로 땅을 밀며 출발했다. 뱃머리가 물살을 타자 노질 몇 번만으로 배가 금방 강 한복판에 이르렀다.

해가 높이 솟았다. 수면에 반사된 빛 때문에 박사는 눈이 부셨고 금세 피부가 벌겋게 익었다. 그는 일정한 속도로 느긋하게 노를 저었다. 배가 빠르게 움직였다. 길이가 1.5킬로미터 쯤 되는 구간에서는 강폭이 좁아지면서 동시에 물살도 빨라져서 노를 키처럼 뒤로 끌기만 하면 되었다. 잠시 후 강 양쪽 기슭에 솟은 숲의 벽들이 뒤로 물러나면서 탁 트인 거대한 호수가 나왔다. 그곳에서는 배를 움직이려면 열심히 노를 저어야 했다. 그러는 동안에도 메신저 박사는 하늘로 피어오르는 연기나 초가지붕이나 수풀 속 갈색 그림자나 물을 마시는 소 등 그가 찾는 마을의 증거가 없는지 좌우를 열심히 살폈다. 하지만 어디에도 마을의 흔적은 없었다. 그는 탁 트인 곳에서 쌍안경을 꺼내 숲이 끝나는 곳까지 꼼꼼히 관찰했다. 하지만 아무런 흔적도 없었다.

잠시 후 다시 강폭이 좁아지더니 배가 급류에 휩쓸려서 빠르게 나아가기 시작했다. 앞쪽의 수면이 급류 때문에 부글거리고 있었다. 잔잔하던 강물이 굽이치고 소용돌이쳤다. 낮고 단조로운 물소리는 그 너머에 폭포가 있음을 알려 주었다. 메신저 박사는 강가를 향해 노를 젓기 시작했다. 물살이 거셌기 때문에 있는 힘을 다해야 했다. 급류가 시작된 곳으로부터 10미터쯤 되는 곳에서 뱃머리가 간신히 강기슭에 닿았다. 거기에는 가시 있는 관목이 무성하게 자라서 강 위까지 튀어나와 있었기 때문에 그 밑으로 미끄러져 들어간 카누가 모래사장에 뱃머리를 들이박았던 것이다. 메신저 박사는 조심스럽게 제자리에서 무릎을 꿇은 다음 머리 위 가지를 향해 손을 뻗었다. 바로 그 순간 비극이 일어나고 말았다. 배꼬리가 빙글 돌더니 그가 노를 낚아챔과 동시에 배가 옆으로 돌아간 채로 급류 속으로 휩쓸려 들어갔던 것이다. 그때부터 배는 이상하게 춤을 추며 빙글빙글 돌다가 폭포로 떨어지고 말았다. 메신저 박사는 균형을 잃고 물에 빠졌다. 군데군데 물이 얕은 곳이 있어서 바위에 매달렸지만 표면이 상아처럼 반질반질하게 닳아서 손으로 잡을 만한 곳이 없었다. 그는 두 번이나 굴러 떨어졌고 깊은 물에 빠지면 헤엄치려고 애쓰다가 다시 알돌들을 만나면 어떻게든 붙잡으려고 애썼다. 그러다 결국은 폭포에 이르렀다.

그 폭포 역시 주변의 다른 폭포들과 마찬가지로 평범했지만 — 높이가 3미터를 넘지 않았다. — 메신저 박사에게는 충분히 위험했다. 폭포 밑에서는 물거품이 거대한 웅덩이 속으로 사라져서 수면이 거의 잠잠했고, 그 위에는 주위를 둘러싼 숲의 나무들에서 떨어진 꽃잎들이 흩뿌려져 있었다. 메신저 박사의 모자는 아마존 강을 향해 천천히 떠내려갔고 그의 대머리는 물속으로 조용히 사라져 갔다.

브렌다는 변호사를 만나러 갔다.

"그레이스풀 씨, 저는 돈이 좀 더 필요해요."

그레이스풀 씨는 그녀를 애처롭게 바라보았다. "은행 지점장한테 물어보셔야 할 문제라고 생각하는데요. 부인의 유가증권은 부인 이름으로 되어 있고 배당금도 부인 계좌로 입금되는 것으로 알고 있습니다만."

"요즘은 배당금이 안 나오는 것 같아요. 게다가 그렇게 적은 돈으로는 살아가기가 굉장히 힘들다고요."

"물론 그러시겠죠."

"라스트 씨가 당신에게 대리 위임권을 주지 않았나요?"

"아주 제한적인 권한에 대해서만입니다, 브렌다 부인. 저는 헤턴의 피고용인들의 임금과 저택 유지와 관련된 비용을 지불하라는 지시를 받았습니다. 헤턴에 욕실을 새로 만들고 있고 거실에서 뜯어냈던 실내장식을 복원하고 있거든요. 유감스럽게도 제게는 그 외에 다른 용도로 라스트 씨 계좌에서 돈을 인출할 수 있는 권한이 없습니다."

"하지만 그레이스풀 씨, 그이도 이렇게 오래 외국에 나가 있을 생각은 아니었을 거예요. 그이가 일부러 저를 이렇게 힘든 처지로 몰아넣으려고 했을 리는 없잖아요? ……안 그래요?"

그레이스풀 씨는 잠시 머뭇거리다가 말을 이었다. "브렌다 부인, 솔직히 말씀드리면, 라스트 씨의 의도가 그것이었던 것 같습니다. 출국하시기 직전에 제가 이 문제를 거론했거든요. 라스트 씨는 이 문제에 굉장히 단호하셨습니다."

"그렇지만 그가 이런 일을 하는 게 가능한가요? 그러니까 제 말은, 제게도 부부 재산 계약 등에 대한 권리가 있지 않냐는 거예요."

"법원에 호소하지 않는 한, 요구하실 수 있는 권리는 없습니다. 고소를 하라고 조언하는 변호사를 만나실 수 있을지도 모릅니다. 하지만 저라면 그런 조언은 하지 않겠습니다. 라스트 씨는 그런 명령에 끝까지 이의를 제기하실 거고 현 상황으로 볼 때 법원은 틀림없이 라스트 씨의 손을 들어 줄 겁니다. 어쨌든 소송은 오래 걸리고, 비용도 많이 들고, 품위 없는 짓이 될 겁니다."

"알았어요……. 그럼 얘기 끝난 거죠?"

"그런 것 같습니다."

브렌다는 가려고 일어섰다. 한여름이어서 열린 창 밖으로 햇볕을 담뿍 받은 링컨 법학원의 정원이 보였다.

"한 가지만 더요. 혹시 라스트 씨가 다른 유언장을 만들어 두었는지 아세요?"

"죄송하지만 그건 제가 말씀드릴 수 있는 성질의 일이 아닙니다."

"그렇겠죠. 난처한 질문 드려서 죄송해요. 전 그저 그이가 저를 어떻게 생각했는지 알고 싶었을 뿐이에요."

환한 색깔의 여름옷을 입은 브렌다가 책상과 문 사이에 멍하니 서 있었다. "귀띔해 드리는 차원에서 이것까지는 말씀드려도 될 것 같습니다. 헤턴 저택의 추정 상속인은 라스트 씨의 친척인, 프린시스리스버러에 사는 리처드 라스트 씨 가족입니다. 라스트 씨의 성격과 평소 견해로 볼 때 자신의 저택과 재산을 같은 집안 사람에게 물려주고 싶어 했으리라는 점은 부인께서도 예상하실 수 있겠지요. 헤턴 저택이 라스트 씨가 생각하는 올바른 상태로 보존되도록 말입니다."

"네, 그 점을 미처 생각 못 했네요. 그럼 안녕히 계세요."

그리고 그녀는 홀로 햇빛 속으로 걸어 나왔다.

그날 토니는 시간의 흐름을 자꾸만 깜빡깜빡하면서 하루 종일 혼자 누워 있었다. 잠은 조금 잤다. 한두 번 해먹에서 나와 보았지만 기운이 없고 어지러웠다. 메신저 박사가 그를 위해 꺼내 놓고 간 음식을 조금 먹어 보려고 했으나 먹을 수가 없었다. 사위가 어둑해지고 나서야 하루가 지났음을 깨달았다. 그는 램프에 불을 켜고 불 피울 나무를 모으기 시작했지만 나뭇가지가 자꾸만 손가락 사이에서 미끄러졌고 그것을 주우려고 몸을 굽힐 때마다 현기증이 나서 몇 번 짜증을 내며 시도하다가 결국엔 그냥 내버려 두고 해먹으로 다시 돌아왔다. 그리고 담요로 몸을 싸고 누워서 울기 시작했다.

어두워지고 몇 시간이 지나자 램프 불빛이 가물거리기 시작했다. 그는 힘겹게 몸을 숙여서 램프를 흔들어 보았다. 기름이 거의 없었다. 그는 기름이 어디 들어 있는지 알았으므로 처음에는 해먹을 매단 밧줄에 의지해서, 그다음엔 쌓여 있는 상자들을 짚으면서 걸어갔다. 기름통을 찾아내서 마개를 열고 램프에 기름을 붓기 시작했지만 손이 부들부들 떨려서 기름을 땅바닥에 잔뜩 쏟고 나니 머리가 다시 빙빙 돌기 시작해서 눈을 감았다. 기름통은 옆으로 굴러갔고 기름이 꼴깍꼴깍 흘러나온 끝에 결국 텅 비고 말았다. 정신을 차리고 사태를 파악한 그는 또 울기 시작했다. 해먹에 눕고 나서 몇 분이 지나자 불빛이 점점 잦아들더니 깜박거리다가 이내 완전히 꺼져 버렸다. 그의 양손과 흠뻑 젖은 땅바닥에서 등유 냄새가 진동했다. 그는 어둠 속에서 울며 누워 있었다.

동이 트기 직전부터 다시 열이 나기 시작했고 끊임없이 나타나는 환영이 그의 정신을 어지럽혔다.

브렌다는 말할 수 없이 우울한 기분으로 잠에서 깼다. 전날 저녁에는 혼자 영화를 보러 갔다랬다. 영화가 끝나자 허기가 느껴졌지만 — 온종일 한 끼도 제대로 먹지 못한 터였다. — 혼자 식당에 저녁을 먹으러 들어갈 용기가 나지 않았다. 그녀는 커피 파는 노점에서 고기 파이를 사서 집으로 왔다. 파이는 맛있어 보였지만 막상 먹으려고 보니 입맛이 없었다. 먹다 남긴 고기 파이는 그녀가 잠에서 깰 때까지 화장대 위에 그대로 놓여 있었다.

때는 8월이었고 그녀는 완전히 혼자였다. 비버는 그날 뉴욕에 도착할 예정이었다.(그는 바다 날씨가 끝내준다고 대서양 한가운데에서 그녀에게 전보를 쳤다.) 그것이 그녀에게 전해진 비버의 마지막 소식이었다. 국회 회기가 끝나서 조크 그랜트멘지스는 예년과 다름없이 스코틀랜드에 있는 형네 집에 가 있었다. 마저리와 앨런은 마지막 순간에 모노마크 경의 요트에 올라타서 투우를 관람하는 등 호화롭게 에스파냐 해안을 따라 여행하고 있었다.(그들은 브렌다에게 진을 맡기기까지 했다.) 브렌다의 어머니는 앵커리지 부인이 늘 빌려 주는, 제네바 호(湖)의 별장에 가 있었다. 폴리는 여기저기를 돌아다니고 있었다. 제니 압둘 악바르조차 발트 해로 크루즈 여행을 떠나고 없었다.

브렌다는 신문을 펴 들고 어떤 젊은 사람이 쓴, 이젠 '런던 사교기'라는 것도 옛말이라는 기사를 읽었다. 요즘은 사람들이 너무 바빠서 전쟁 전의 풍습을 지키지 않고, 격식을 갖춘 무도회보다는 좀 더 간소하게 즐기는 분위기가 형성되었으며, 런던의 8월은 일 년 중 가장 즐거운 달이라는 내용이었다.(그는 이 말을 매년 조금씩 다르게 표현했다.) 그 기사는 브렌다에게 조금도 위안이 되지 않았다.

지난 몇 주 동안 그녀는 토니를, 그가 그녀를 대한 방식을 객관적으로 바라보려고 애썼다. 하지만 더 이상 그럴 수가 없었다. 그녀는 베개에 얼굴을 파묻고 돌아누우면서 분노와 자기 연민에 몸서리쳤다.

브라질에서 브렌다는 로사가 입었던 것과 똑같은 무늬가 있는 누덕누덕한 무명옷을 입고 있었다. 그럭저럭 어울리긴 했다. 토니는 잠시 동안 그녀를 바라보다가 입을 열었다. "왜 그런 옷을 입고 있는 거야?"

"맘에 안 들어요? 폴리한테서 얻었어요."

"너무 더러워 보여."

"폴리가 여기저기 많이 돌아다녀서 그래요. 당신 주 의회 회의에 참석하려면 지금 일어나야 해요."

"하지만 오늘, 수요일 아니잖아."

"그렇긴 하지만 여긴 브라질이잖아요. 기억나죠?"

"난 피그스탠턴까지 못 가. 메신저 박사가 돌아올 때까지 여기 있어야 해. 몸도 아파. 박사가 나더러 얌전히 있으랬어. 오늘 저녁에 돌아온다고 했다고."

"하지만 의원들이 전부 여기 와 있어요. '경박해 보이는 금발 여자'가 비행기에 태워서 데려왔다고요."

정말로 그들 모두 와 있었다. 레지 세인트 클라우드가 의장이었다. 그가 말했다. "나는 밀리가 위원회에 들어오는 것에 강력히 반대합니다. 그 여자는 평판이 좋지 않아요."

토니가 이의를 제기했다. "그녀에게는 딸이 있습니다. 콕퍼스 부인과 마찬가지로 그녀에겐 충분한 자격이 있습니다."

시장이 말했다. "다들 정숙하시오. 현재 논의 중인 주제에 대해서만 발언해 주시기 바랍니다. 우리는 베이턴과 피그스탠턴 간 도로 확장 문제를 결정해야 합니다. 그린라인 버스들이 헤턴 크로스에서 커브를 안전하게 돌기가 힘들다는 불평이 여러 차례 들어왔습니다."

"그린라인 쥐들."

"그린라인 쥐들이라고 했습니다. 녹색 줄무늬가 있는 생쥐 태엽 인형들 말이에요. 많은 주민들이 그것 때문에 놀라서 마을을 떠나 버렸어요."

레지 세인트 클라우드가 말했다. "나도 마찬가집니다. 녹색 장난감 쥐들 때문에 내 집에서 쫓겨났어요."

폴리 콕퍼스가 말했다. "다들 정숙하세요. 저는 라스트 씨가 연설할 것을 제안합니다."

"옳소, 옳소."

토니가 말했다. "신사 숙녀 여러분, 제가 병 때문에 해먹에서 일어날 수 없음을 이해해 주시기 바랍니다. 메신저 박사가 분명히 지시하고 갔거든요."

"위니가 수영하고 싶어 해요."

"브라질에서는 수영하면 안 돼요. 브라질에서는 수영하면

안 돼요." 위원들 전체가 외쳤다. "브라질에서는 수영하면 안
돼요."

"하지만 아저씨는 아침을 두 번 먹었잖아요."

시장이 말했다. "정숙하시오. 세인트 클라우드 경, 이 문제
를 투표에 부칩시다."

"문제는 헤턴 크로스 커브의 도로 확장 공사를 비버 부인에
게 맡길 것인가 하는 점입니다. 현재 제출된 입찰가 중에서는
비버 부인의 것이 가장 비쌉니다만 그녀의 공사 계획에는 마
을 남쪽에 크롬으로 도금된 벽을 세우는 것과……."

"……그리고 아침 식사 두 번도요." 위니가 상기시켰다.

"……공사 인부들의 아침 식사 두 끼 값이 포함된 걸로 알
고 있습니다. 제안에 찬성하시는 분들은 암탉처럼 꼬꼬 소리
를 내 주시고, 반대하시는 분들은 멍멍 소리를 내 주시기 바랍
니다."

레지가 말했다. "형편없는 진행이군. 하인들이 대체 어떻게
생각하겠나?"

"브렌다가 소식을 듣기 전에 우리가 뭐든 해야 해요."

"……저요? 전 괜찮아요."

"그럼 이 안은 통과된 것으로 하겠습니다."

"어머, 비버 부인이 공사를 맡게 돼서 정말 기뻐요." 브렌다
가 말했다. "저는 존 비버를 사랑해요. 저는 존 비버를 사랑해
요. 저는 존 비버를 사랑해요."

"그것이 위원회가 내린 결정입니까?"

"네, 그녀는 존 비버를 사랑합니다."

"그럼 만장일치로 가결되었습니다."

"안 돼요." 위니가 말했다. "아저씨는 아침 식사를 두 번 했어요."

"……절대 다수의 찬성으로 가결되었습니다."

"왜 다들 옷을 갈아입는 겁니까?" 사람들이 사냥복을 입는 것을 보고 토니가 물었다.

"총집합 때문에요. 오늘 여기서 사냥 대회가 열릴 거예요."

"하지만 여름에는 사냥을 할 수 없어요."

"브라질에서는 시간이 달라요. 수영도 하면 안 되고요."

"난 어제 브루턴 숲에서 여우를 봤어요. 태엽 감는 녹색 여우였는데 달릴 때마다 배 속에 있는 종이 딸랑딸랑 소리를 냈죠. 그것 때문에 사람들이 전부 겁을 집어먹고 달아나 버려서 해변이 텅 비고 비버 말고는 수영하는 사람이 아무도 없었어요. 그는 매일 수영할 수 있어요. 브라질에서는 시간이 다르거든요."

"저는 존 비버를 사랑해요." 앰브로즈가 말했다.

"이런, 자네가 여기 와 있는 줄은 몰랐네."

"주인님께서 편찮으시다는 사실을 일깨워 드리려고 왔습니다. 절대로 해먹에서 일어나시면 안 됩니다."

"하지만 내가 여기에만 있으면 '그 도시'에는 어떻게 가나?"

"제가 서재로 직접 갖다 드리겠습니다."

"그래, 서재로 가져오게. 마님이 브라질로 영영 떠나 버렸으니 식당을 사용할 이유가 없지."

"마구간에 지시해 두겠습니다."

"하지만 난 조랑말은 필요 없네. 벤한테 팔아 버리라고 얘기했어."

"하지만 흡연실까지 타고 가셔야 할 겁니다. 카누는 메신저 박사가 가져갔습니다."

"알았네, 앰브로즈."

"감사합니다."

위원들은 모두 큰길을 따라 내려갔다. 다른 길로 간 인치 대령만이 콤프턴 라스트를 향해 빠르게 움직이고 있었다. 남아 있는 사람은 토니와 래터리 부인뿐이었다.

"멍멍. 이 제안은 통과예요." 래터리 부인이 카드를 그러모으면서 말했다.

토니가 카드 테이블에서 시선을 들자 나무들 너머로 '그 도시'의 누벽(壘壁)과 홍벽이 보였다. 그것은 꽤 가까이에 있었다. 문지기가 사는 탑 위에서는 문장이 그려진 깃발이 열대의 바람 속에서 펄럭였다. 토니는 담요를 옆으로 젖히고 안간힘을 쓰며 일어났다. 몸에 열이 있을 때 오히려 더 힘이 나고 안정감이 느껴졌다. 그는 주위 가시덤불을 헤치고 앞으로 나아갔다. 번쩍이는 벽 뒤에서 음악 소리가 들려왔다. 사람들의 행렬이 벽을 따라 걸어가고 있었다. 그가 나무줄기를 향해 쓰러지자 넝쿨 식물의 뿌리와 넝쿨손에 온몸이 엉켜 버렸다. 하지만 그는 아픔과 피로도 느끼지 못한 채 계속 앞으로 나아갔다.

마침내 그는 탁 트인 공간에 들어섰다. 그의 눈앞에는 문이 여러 개 있었고 그의 도착을 축하하는 트럼펫 소리가 성벽을 따라 울려 퍼졌다. 그가 도착했다는 소식이 보루에서 보루로 전해져서 마침내 나침반의 네 끝 점에까지 이르게 되었다. 아몬드 꽃잎들과 사과 꽃잎들이 공중에 흩날렸다. 꽃잎들은 여름 폭풍우가 지나간 뒤 헤턴의 과수원에서처럼 온 길을 뒤덮었다. 금박을 입힌 큐폴라*와 설화석고로 만든 첨탑들이 햇빛을 받아 눈부시게 빛났다.

앰브로즈가 알렸다. "여기 그 도시를 대령하였나이다."

---

* 큰 지붕을 장식하기 위해 그 위에 얹는 조그만 지붕.

6
토드의 집 쪽으로

토드 씨가 아마소나스에서 산 지는 거의 육십 년이 다 되었
지만 그의 존재를 아는 사람은 몇몇 피위족 가족들 외엔 아무
도 없었다. 그의 집은 작은 사바나 안에 있었다. 그것은 그 근
방에 종종 나타나는 작은 모래 초원으로, 사방이 숲으로 둘러
싸이고 직경이 5킬로미터쯤 되는 땅이었다.

그 땅에 물을 공급하는 개울은 어떤 지도에도 표시되어 있
지 않았다. 그 개울은 항상 위험하고 거의 일 년 내내 건너기
가 불가능한 급류를 지나 메신저 박사가 비극을 맞은 강의 상
류와 만났다. 그 지역 주민들 중 토드 씨를 제외한 어느 누구
도 브라질이나 네덜란드령 기아나의 정부에 대해 들어 본 적이
없었지만 그 두 정부는 가끔씩 그곳에 대한 소유권을 서로 주
장하곤 했다.

토드 씨의 집은 이웃집들보다 규모만 더 크고 구조 자체는
비슷했다. 그 집은 야자나무 지붕, 진흙과 윗가지를 빚어 세운

가슴 높이 벽과 흙바닥으로 이루어졌다. 그는 사바나에서 방목하는 왜소한 소 10여 마리, 카사바 농장, 바나나 나무와 망고 나무 몇 그루, 개 한 마리를 소유했다. 그리고 그 동네에서 후장식 단신(單身) 산탄총을 가진 유일한 사람이었다. 그가 바깥세상에서 들여온 몇 안 되는 일용품은 10여 개 언어로 이루어진 물물교환을 통해 일련의 수많은 상인들의 손에서 손으로 넘겨져서 마나우스 시에서부터 저 깊은 밀림 속까지 뻗은 교역망 중에서 가장 긴 실의 맨 끝에 도달한 것이었다.

어느 날 토드 씨가 산탄을 채우고 있는데 피위족 주민 한 명이 와서, 대단히 아파 보이는 백인이 혼자서 숲을 지나 마을로 다가오고 있다는 소식을 전했다. 그는 들고 있던 산탄에 마개를 끼우고 장전한 다음 미리 만들어 둔 산탄들을 주머니에 넣고 인디오가 가르쳐 준 방향으로 출발했다.

토드 씨가 도착했을 때 사내는 이미 숲에서 나와 땅바닥에 앉아 있었는데 한눈에 보기에도 상태가 말이 아니었다. 모자도 신발도 없고 옷은 너무 많이 찢어져서 땀 때문에 간신히 몸에 붙어 있을 정도였다. 발은 여기저기 베이고 잔뜩 부어 있었다. 맨살이 드러난 곳은 온통 벌레들과 박쥐한테 물린 상처투성이였고 두 눈은 열 때문에 광기로 번뜩였다. 그는 착란상태에서 혼자 중얼거리다가 토드가 그에게 다가와서 영어로 말을 걸자 입을 다물었다.

토니가 말했다. "당신은 며칠 만에 처음으로 제게 말을 건 사람이에요. 다른 사람들은 절 보고 멈추지 않았어요. 계속 자전거를 탄 채 지나가더군요……. 난 지쳤어요……. 처음엔 브렌다가 내 옆에 있었는데 장난감 쥐를 보고 겁을 먹어서 카누를 타고 가 버렸어요. 그날 저녁에 돌아온다고 하고선 오지 않았지요. 브라질에서 새로 사귄 친구랑 함께 있나 봐요……. 당신도 브렌다 못 보셨지요?"

"당신은 내가 아주 오랜만에 만나는 외부인이오."

"브렌다는 떠날 때 실크해트를 쓰고 있었으니까, 당신도 금방 알아볼 수 있을 거예요." 그리고 그는 토드 옆에 있는 사람한테 이야기하기 시작했는데 사실 거기엔 아무도 없었다.

"저기 있는 집 보여요? 저기까지 걸어갈 수 있겠소? 안 되겠으면 인디오들을 불러서 도와 달라고 하겠소."

토니는 눈을 가늘게 뜨고 사바나 너머에 있는 토드 씨의 집을 쳐다보았다.

"주변 지역과 잘 어울리는 건축물이네요. 전부 이 지역에서 생산되는 재료만 썼어요. 비버 부인한테는 보여 주지 마세요. 크롬 도금을 하려고 들 테니까."

"한번 걸어 봐요." 토드 씨가 토니를 일으켜 세우더니 튼튼한 팔로 부축해 주었다.

"난 당신 자전거를 탈래요. 좀 전에 자전거를 타고 지나간 게 당신이었죠? …… 그런데 아까랑은 수염 색깔이 다르네요. 아까 그 사람 수염은 녹색이었는데……. 생쥐 같은 녹색……."

토드 씨는 토니를 데리고 작은 풀밭 언덕을 지나 집으로 향했다.

"조금만 가면 되오. 집에 도착하면 당신 몸이 좋아질 만한 걸 주겠소."

"정말 친절하시군요……. 아내가 카누를 타고 떠나 버리는 건 남자에게 아주 괴로운 일이에요. 오래전 일이죠. 그 후로는 아무것도 못 먹었어요……." 잠시 후 그가 다시 말했다. "당신 영국인이군요. 저도 영국인이에요. 제 이름은 라스트라고 합니다."

"라스트 씨, 더 이상 아무 걱정 안 해도 돼요. 당신은 환자고 힘든 여행을 했어요. 내가 당신을 돌봐 주겠소."

토니가 주위를 둘러보았다. "당신들, 모두 영국인이에요?"

"그래요, 다 영국인이오."

"저 인디오 처녀는 무어인과 결혼했어요……. 당신들을 만나서 천만다행이에요. 자전거 클럽 회원들이신가 봐요?"

"그렇소."

"전 너무 지쳐서 자전거 못 타겠어요……. 원래 그렇게 좋아하지도 않았고……. 당신들, 오토바이를 타야 해요, 훨씬 빠르고 시끄러우니까……. 여기서 멈춥시다."

"안 돼요. 저 집까지 가야 하오. 얼마 안 남았소."

"알았어요……. 여기서는 휘발유 구하기가 쉽지 않겠어요."

그들은 아주 천천히 움직였지만 마침내 집에 도착했다.

"저기 있는 해먹에 누워요."

"메신저 박사도 그렇게 말했어요. 그는 존 비버를 사랑해요."

"먹을 것 좀 가져오겠소."

"잘 생각했네. 늘 먹던 걸로 주게……. 커피랑 토스트랑 과일. 그리고 조간신문도. 마님이 일어나셨으면 마님이랑 같이 먹겠네……."

토드 씨는 뒷방으로 가서 가죽 무더기 밑에서 양철통 하나를 끌어냈다. 거기에는 말린 잎과 나무껍질이 가득 들어 있었다. 그는 그것을 한 움큼 꺼내 바깥에 피워 둔 모닥불로 갔다. 돌아와 보니 그의 손님은 허리를 꼿꼿이 편 채 해먹 위에 앉아서 성난 목소리로 말하고 있었다.

"······당신들, 내 말 잘 들어. 그리고 내가 말하는 동안에는 좀 더 예의를 갖춰서 가만히 서 있도록 해. 원을 그리면서 빙빙 돌지 말고. 내가 이 얘기를 해 주는 건 순전히 당신들을 위해서란 말이야······. 당신들이 내 아내의 친구들이고, 그래서 내 말을 안 들으려고 한다는 건 알아. 하지만 조심해. 내 아내는 잔인한 말도 하지 않을 거고, 목소리를 높이지도 않을 거고, 심한 말도 안 할 거야. 나중에도 예전처럼 당신들과 좋은 친구로 남길 바라니까. 하지만 그녀는 당신들을 떠날 거야. 밤사이에 소리 없이 떠나겠지. 해먹과 카사바 가루를 가지고 말이야······. 잘 들어. 나도 내가 똑똑하지 않다는 건 알지만, 그게 예절을 지키지 않을 이유가 되는 건 아니잖아. 가장 점잖은 방법으로 죽이자고. 내가 영국과는 시간이 다른 숲 속에서 배운 걸 말해 주지. '그 도시'는 없어. 비버 부인이 크롬 도금을 한 다음에 아파트로 바꿔 버렸다고. 집세는 일주일에 3기니고 욕실은 개별 욕실이야. 천한 사랑에 안성맞춤이지. 폴리도 거기 있을 거야. 그녀와 비버 부인은 무너진 성벽 아래서······."

토드 씨는 한 손으로 토니의 머리를 받치고 약초 달인 물이 들어 있는 호리병을 그의 입에 대 주었다. 토니는 한 모금 마시더니 고개를 돌려 버렸다.

그는 "맛이 지독해요."라고 말하곤 울음을 터뜨렸다.

토드 씨는 호리병을 들고 계속 그의 옆에 서 있었다. 이윽고 토니는 약물을 조금 더 마셨고 얼굴을 잔뜩 찌푸리더니 쓴맛 때문에 몸서리를 쳤다. 토드 씨는 토니가 병을 다 비울 때까지 곁에 있었다. 그런 다음 찌꺼기는 흙바닥에 버렸다. 토니는 해먹에 누운 채 조용히 흐느꼈다. 그리고 이내 깊은 잠에 빠졌다.

토니의 회복은 더뎠다. 처음에는 맑은 정신과 착란상태가 며칠 간격으로 번갈아 나타났다. 그러다 체온이 떨어지고 나자 몹시 아플 때에도 의식은 멀쩡해졌다. 그러고 나서는 열이 나는 간격이 점점 벌어지기 시작하더니 마침내 체온이 열대지방에서의 정상 범위 내에 들어왔고 나머지 날에는 비교적 건강한 상태가 유지되었다. 토드 씨는 계속해서 토니에게 정기적으로 약을 주었다.

"맛은 정말 지독하지만 확실히 효과는 있네요." 토니가 말했다.

"이 숲에는 없는 약이 없다오. 몸을 낫게 하는 약도 있고, 아프게 하는 약도 있지. 인디오였던 우리 어머니는 나한테 많은 약초를 가르쳐 주셨소. 다른 것들은 아내들에게서 하나씩 배운 거라오. 병을 치료하는 식물, 열이 나게 하는 식물, 사람을 죽이거나 미치게 만드는 식물, 뱀을 쫓는 식물도 있지. 물고기를 취하게 만들어서 나무에서 열매를 따듯 물속에서 건져 올릴 수 있게 해 주는 식물도 있소. 내가 모르는 약초들도 많소. 죽어서 썩기 시작한 사람을 살려 내는 약초도 있다는 말은 들었지만 그런 일을 실제로 본 적은 없소."

"그런데 영국인이라고 하셨죠?"

"아버지가 영국인이었소. 적어도 바베이도스*인이긴 했지. 아버지는 선교사로 기아나에 왔소. 백인 여자와 결혼했지만 그녀를 기아나에 남겨 놓고 금을 찾아 떠났지. 그 뒤에 우리 어머니를 만난 거요. 피위족 여자들은 못생겼지만 대단히 헌신적이라오. 나도 여러 명을 아내로 맞았으니까. 이 사바나에 사는 남자, 여자 들은 대부분 내 자식들이오. 그래서 내게 복종하는 거고 또 내가 총을 갖고 있기 때문이기도 하지. 아버지는 아주 오래 사셨소. 돌아가신 지 이십 년도 안 되었다오. 교육받은 분이었지. 글 읽을 줄 아시오?"

"네, 그럼요."

"모든 사람이 그렇게 운이 좋은 건 아니오. 난 못 읽소."

토니가 멋쩍게 웃었다. "하지만 여기서는 뭔가를 읽을 일이 별로 없을 것 같은데요."

"아, 그렇지 않소. 내겐 굉장히 많은 책이 있지. 당신 상태가 더 좋아지면 보여 주리다. 오 년 전까지만 해도 영국인 한 사람이 있었는데 흑인이었지만 조지타운에서 상당한 교육을 받은 사람이었소. 그런데 죽고 말았지. 죽기 전까지는 매일 나한테 책을 읽어 주곤 했다오. 몸이 다 나으면 당신이 읽어 주는 거요."

"기꺼이 그렇게 하겠습니다."

"그래요, 당신이 읽어 주는 거요." 토드 씨는 호리병 위로 고개를 주억거리며 똑같은 말을 반복했다.

---

* 바베이도스는 1627년부터 1966년까지 영국의 식민지였다.

회복 초기에 토니는 토드 씨와 거의 대화를 하지 않았다. 그는 해먹에 누워 지붕을 쳐다보면서 브렌다를 생각했다. 매일매일, 정확히 하루 열두 시간, 똑같은 날이 계속됐다. 해가 지면 토드 씨는 작은 램프 — 손으로 꼬아 만든 심지가 소기름이 담긴 통으로부터 늘어뜨려진 — 하나를 켜 둔 채 잠자리에 들었다. 흡혈박쥐를 쫓기 위해서였다.

토니가 처음 집 밖으로 나온 날, 토드 씨는 농장을 한 바퀴 돌면서 구경시켜 주었다.

"그 흑인의 무덤을 보여 주겠소." 그는 이렇게 말하곤 망고나무들 사이에 있는 작은 봉분으로 토니를 데려갔다. "굉장히 친절한 사람이었소. 죽기 전까지 매일 오후에 두 시간씩 나한테 책을 읽어 줬지. 여기에 십자가를 세울까 하오. 그의 죽음과 당신의 도착을 기리는 의미에서. 좋은 생각이지 않소? 당신은 신의 존재를 믿으시오?"

"아마도요. 깊게 생각해 본 적은 없습니다."

"난 그 문제에 대해 깊이 생각해 봤지만 여전히 잘 모르겠소……. 찰스 디킨스는 알았지."

"그런 것 같군요."

"아무렴. 그가 쓴 모든 작품에 분명히 나타나 있다오. 당신도 알게 될 거요."

그날 오후 토드 씨는 흑인의 무덤에 세울 장식물을 만들기 시작했다. 커다란 바퀴살용 대패를 가지고 나무를 깎는데 그 나무가 어찌나 단단하던지 마치 금속을 깎는 것처럼 요란한 소리가 났다.

마침내 토니가 열이 나지 않는 날이 육칠일쯤 계속되자 토드 씨가 말했다. "이제 책을 읽을 수 있을 만큼 건강해진 것 같구려."

오두막 한쪽 끝 처마 밑에는 대충 틀만 잡아 세운 일종의 다락방 같은 것이 있었다. 토드 씨가 사다리를 가져다 세우더니 그곳으로 올라갔다. 토니는 앓고 난 후라 아직 불안정한 자세로 그를 뒤따라 올라갔다. 토드 씨는 다락방 바닥에 앉고 토니는 사다리 꼭대기에 선 채로 안을 들여다보았다. 거기에는 넝마와 야자나무 잎, 생가죽 들로 묶은 작은 꾸러미들이 잔뜩 쌓여 있었다.

"좀이나 개미가 꼬이지 않게 하느라 얼마나 힘이 들었는지 모르오. 두 묶음은 아주 못쓰게 되어 버렸지. 하지만 인디오들이 만들어 준 기름이 아주 유용했소."

그는 가장 가까운 데 있는 꾸러미를 풀더니 송아지 가죽으로 장정된 책 한 권을 토니에게 건넸다. 미국에서 나온 『황량한 집』의 초기 판본이었다.

"어떤 걸 먼저 읽든 상관없소."

"디킨스를 좋아하세요?"

"아, 그럼, 좋아하고말고. 좋아한다는 말로는 부족하지. 디킨스의 소설들은 내가 읽은 유일한 책들이오. 처음에는 아버지가 읽어 주셨고 나중에는 흑인이…… 그리고 이젠 당신 차례요. 모든 작품을 지금까지 몇 번이나 들었는데도 전혀 질리지가 않소. 항상 새로운 걸 배우고 발견하고, 등장인물도 많고, 장면도 계속 바뀌고, 표현도 다양하니까……. 개미들이 쏠아 버린 몇 권을 제외한 디킨스의 모든 작품이 여기 있소. 전부 다 읽으려면 시간이 꽤 걸리지요. 이 년은 넘게 걸릴 거요."

"그럼 제가 여기 머무는 동안 읽을 거리가 떨어질 일은 없겠군요." 토니가 밝은 목소리로 말했다.

"오, 다 읽더라도 상관없소. 처음부터 다시 시작하는 것도 아주 즐거운 일이니까. 매번 전보다 더 즐기고 감탄한다오."

그들은 『황량한 집』 1권을 꺼냈고 그날 오후에 토니의 첫 번째 낭독회가 열렸다.

토니는 원래 책을 소리 내어 읽는 것을 좋아했고, 결혼 후 첫해에는 이런 식으로 브렌다와 몇 권의 책을 함께 읽었다. 그러던 어느 날 브렌다가 자신에게는 그것이 고문과 같다고 솔직하게 털어놓았다. 그래서 그는 겨울날 늦은 오후에 존 앤드루가 자기 방의 난로 앞에서 저녁을 먹는 동안 책을 읽어 줬다. 하지만 토드 씨는 특이한 청자였다.

그 노인은 토니 맞은편에 있는 해먹에 걸터앉아 시선을 토니에게 고정한 채 소리 없이 입술로 모든 단어를 따라 읽었다. 새로운 등장인물이 나올 때에는 종종 "그 이름을 다시 읽어 보시오. 잊어버렸소."라고 하거나 "그래그래, 그 여자 기억나오. 나중에 죽지, 불쌍하게도."라고 말하곤 했다. 도중에 끼어들어서 질문을 할 때도 많았다. 그런데 그의 질문들은 토니의 예상처럼 이야기 속 상황에 관한 것이 아니라 ── 형평법 법원*의 절차나 당시의 사회적 관습 등을 토드 씨가 알 리 없는데도 그런 쪽엔 관심이 없었다. ── 항상 등장인물과 관련된 것이었다. "그 여자는 왜 그런 말을 한 거요? 진심이었던 거요? 현기증을 느

---

* 지나치게 전문적이고 엄격한 보통법 법원에서 해결하지 못하는 민사를 처리하던 법원. 비효율성과 불공정성 때문에 디킨스 시대 이후에 고등법원의 일부로 편입되었다.

긴 건 불기운 때문이었소, 아니면 종이에 쓰인 내용 때문이었소?" 그는 책 속에 나오는 모든 농담과 토니가 보기엔 별로 우습지도 않은 대목에서도 큰 소리로 웃으면서 두세 번 다시 읽어 달라고 했다. 또 톰올얼론스*에 사는 하층민들의 비참한 생활상을 묘사한 부분에서는 눈물이 그의 뺨에서 턱수염까지 흘러내렸다. 작품에 대한 논평은 대개 간단했다. "데드록**은 굉장히 오만한 사람 같소."라거나 "젤리비 부인***은 아이들을 제대로 돌보지 않는구려."라고 하는 정도였다.

토니는 토드 씨만큼이나 그 낭독회를 즐겼다.

첫날 해가 저물자 노인이 말했다. "당신 참 잘 읽는구먼. 예전의 흑인보다 억양도 훨씬 낫고 말이지. 설명도 더 훌륭하오. 꼭 우리 아버지가 살아 돌아오신 것 같았소." 그는 책 읽기가 끝나면 항상 토니에게 정중하게 감사 인사를 했다. "대단히 즐거웠소. 정말로 가슴 아픈 장(章)이긴 했지만. 하지만 내 기억이 맞다면 결국에는 다 잘될 거요."

그러나 2권을 읽을 때쯤에는 토드 씨의 즐거워하는 모습도 더 이상 신기하게 생각되지 않았고 불안감을 느낄 만큼 토니의 건강도 좋아졌다. 그는 마을을 떠나는 것을 여러 번 언급하며 카누나 그 지역의 우기나 안내인을 구하는 문제에 대해 물어보았다. 그러나 토드 씨는 둔한 사람처럼 그러한 귀띔에 아

---

* 『황량한 집』에 나오는 런던의 빈민가.
** 『황량한 집』에 나오는 오만하고 부유한 귀족. 부정을 저지른 그의 아내는 브렌다와 달리 비참한 최후를 맞는다.
*** 『황량한 집』의 등장인물. 가족을 등한시하고 아프리카를 식민지로 만드는 데 헌신한다. 브렌다와 유사한 인물.

무런 관심도 보이지 않았다.

어느 날 토니가 『황량한 집』의 남아 있는 페이지들을 엄지손가락으로 스르륵 넘기면서 말했다. "아직 많이 남았군요. 제가 떠나기 전에 끝낼 수 있으면 좋겠네요."

"아, 괜한 걱정 마시오. 시간은 충분할 테니까."

토니는 이때 처음으로 토드 씨의 말투에서 약간 위협적인 무언가를 느꼈다. 그날 저녁, 해 지기 직전에 카사바 가루와 소고기 육포로 간단한 식사를 하면서 토니가 그 문제를 다시 끄집어냈다.

"저기, 토드 씨, 이제 제가 문명 세계로 돌아가는 문제에 대해 생각해야 할 때가 된 것 같습니다. 벌써 너무 오랫동안 선생님께 신세를 졌어요."

토드 씨는 접시 위로 고개를 푹 숙인 채 카사바 가루만 우적우적 씹어 먹을 뿐 아무런 대답도 하지 않았다.

"언제쯤이면 배를 얻을 수 있을까요? ……제가 지금, 언제쯤 배를 얻을 수 있느냐고 물었는데요? 저한테 베풀어 주신 친절은 이루 말할 수 없이 감사합니다만……."

"내가 당신에게 친절을 베푼 것이 있다면 그것은 디킨스의 소설을 읽어 준 것으로 충분히 보답이 되었소. 그 얘기는 다시 꺼내지 맙시다."

"즐겁게 들으셨다니 다행입니다. 저 역시 즐거웠어요. 하지만 이제는 정말로 돌아가야 할……."

"그래, 그 흑인도 당신 같았지. 늘 그 생각만 했소. 하지만 결국 여기서 죽었지……."

다음 날도 두 번이나 토니가 그 문제를 언급했지만 주인장은 명확한 대답을 피했다. 마침내 토니가 이렇게 말했다. "미안합니다만 토드 씨, 확실하게 말씀해 주셨으면 합니다. 제가 언제 배를 얻을 수 있습니까?"

"배는 없소."

"인디오들이 만들면 되잖아요."

"비가 올 때까지 기다려야 하오. 지금은 강에 수량이 충분치 않소."

"그건 얼마나 기다려야 하죠?"

"한 달…… 아니면 두 달……."

그들이 『황량한 집』을 다 읽고 『돔비와 아들』까지 거의 다 읽었을 때 비가 오기 시작했다.

"이제 떠날 준비를 해야겠어요."

"오, 그건 불가능하오. 인디오들은 우기에는 배를 만들지 않아요. 미신 때문이지."

"그럼 제게 말씀을 해 주셨어야죠."

"내가 말 안 했소? 깜박했나 보군."

다음 날 아침 토니는 주인이 바쁠 때 혼자 밖으로 나와서 최대한 아무 목적 없이 그냥 돌아다니는 척하며 사바나를 가로지른 다음 인디오들의 집이 모인 곳으로 갔다. 오두막 문간에 피위족 네댓 명이 앉아 있었다. 토니가 다가가는데도 그들은 고개조차 들지 않았다. 그는 여행 중에 배운 마쿠시어로 몇 마디 건네 보았지만 그들은 알아들은 건지 못 알아들은 건지조차 내색을 하지 않았다. 그래서 토니는 모랫바닥에 카누 모양을 그리고, 목공 일을 하는 몸짓을 대충 해 보이고, 손가락으로 그들을 가리킨 다음 자기 자신을 가리켰다. 그리고 나서 그들에게 무언가를 주는 동작을 한 뒤에 총과 모자 등 알아보기 쉬운 교역품의 윤곽을 땅바닥에 그렸다. 여자들 중 하나가 낄낄거렸지만, 아무도 그의 말을 이해했다는 표시를 하지 않았다. 토니는 낙담해서 다시 돌아왔다.

점심 식사를 할 때 토드 씨가 말했다. "라스트 씨, 인디오들이 그러는데 당신이 그들한테 말을 걸어 보려고 했다면서요. 하고 싶은 말이 있으면 나를 통하는 게 쉬울 거요. 당신이 아는지 모르겠소만 저들은 내 허락 없인 아무것도 하지 않아요. 아이들 대부분이 실제로도 그렇지만, 그들은 나를 아버지로 생각한다오."

"실은 배에 대해 물어보려고 했습니다."

"그랬다고 하더군요……. 자, 이제 식사가 끝났으면 다음 장을 읽어 볼까요. 나는 이 책에 아주 푹 빠졌다오."

그들은 『돔비와 아들』을 끝냈다. 토니가 영국을 떠난 지도 거의 일 년이 다 됐다. 그러던 어느 날 자신이 영원한 방랑자가 될지도 모른다는 우울한 예감이 갑자기 현실로 다가왔다. 『마틴 처즐윗』의 책갈피에서 연필로 쓰인, 삐뚤빼뚤한 글씨체로 쓴 서류를 발견했던 것이다.

1919년
나, 브라질의 제임스 토드는 조지타운의 바나바스 워싱턴에게, 그가 이 책 『마틴 처즐윗』을 다 읽는 즉시 집으로 돌려보내 줄 것을 맹세한다.

그 밑에는 굵은 연필로 쓴 X와 함께 이런 말이 쓰여 있었다. 이 표시는 토드 씨가 했음. 바나바스 워싱턴.

토니가 말했다. "토드 씨, 솔직히 말씀드려야겠습니다. 당신은 제 목숨을 구해 주셨어요. 그러니 제가 문명 세계로 돌아가면 제 능력껏 최대한 당신에게 보답해 드리겠습니다. 합당한 요구라면 무엇이든 들어 드릴 겁니다. 하지만 지금 당신은 제 의사와 상관없이 저를 여기 붙잡아 두고 있어요. 저는 석방을 요구하는 바입니다."

"이보시오, 친구, 무엇이 당신을 붙잡아 두고 있단 말이오? 당신을 막는 것은 아무것도 없소. 가고 싶으면 언제든 가요."

"당신의 도움 없인 갈 수 없다는 걸 잘 아시잖아요."

"그렇다면 이 늙은이 기분을 맞춰 줘야지. 다음 장을 읽어 보시오."

"토드 씨, 마나우스에 도착하면 저를 대신할 사람을 반드시 구하겠습니다. 뭐든 걸고 맹세할게요. 제가 돈을 주고 하루 종일 책을 읽을 사람을 고용하겠습니다."

"난 다른 사람은 필요 없소. 당신이 아주 잘 읽으니까."

"그럼 이제 더 이상 안 읽겠습니다."

"안 그러는 게 좋을 거요." 토드 씨가 부드럽게 말했다.

그날 저녁 육포와 카사바 가루가 담긴 접시는 하나뿐이었고 토드 씨 혼자 식사를 했다. 토니는 말없이 누워서 지붕만 쳐다봤다.

다음 날 정오에도 접시 하나만 토드 씨 앞에 놓였는데 이번에는 안전장치를 푼 총이 식사하는 동안 그의 무릎 위에 놓여 있었다. 토니는 『마틴 처즐윗』을 읽다 만 부분부터 다시 읽기 시작했다.

아무런 희망 없이 여러 주가 지나갔다. 그들은 『니컬러스 니클비』와 『꼬마 도릿』과 『올리버 트위스트』를 읽었다. 그리고 이방인이 사바나에 도착했다. 그는 혼혈인 금전꾼으로, 평생 숲속을 떠돌아다니면서 작은 개울의 수원을 찾고 자갈을 1온스씩 체질해서 나온 사금으로 조그만 가죽 자루를 채워 나가다가 대개는 500달러어치의 금을 목에 건 채 사고를 당하거나 굶어 죽는 외로운 부류 중 하나였다. 토드 씨는 그가 오자 몹시 초조해져서는 그에게 카사바 가루와 훈제 돼지고기를 줘서 한 시간 안에 쫓아 보냈다. 하지만 그사이에 토니는 용케 작은 쪽지에 자신의 이름을 적어서 그 사내의 손에 쥐여 주었다.

그때부터는 희망이 생겼다. 똑같은 일과가 반복되는 날들이 이어졌다. 해 뜰 때 커피, 토드 씨가 농장에서 한가롭게 일하는 오전에는 휴식, 정오에는 카사바 가루와 훈제 돼지고기, 오후에는 디킨스, 저녁에는 카사바 가루와 훈제 돼지고기와 가끔은 과일 조금, 해 진 후부터 동틀 때까지는 침묵과 소기름으로 타는 작은 심지와 머리 위로 흐릿하게 보이는 야자수 지붕. 그러나 토니는 조용한 기대와 확신 속에서 살았다.

올해 아니면 다음 해 중 언젠가는 그 금전꾼이 브라질 어느 마을에 도착해서 토니의 소식을 전할 것이었다. 메신저 박사의 탐험대가 재난을 당했다는 사실을 아무도 모를 리는 없었다. 토니는 각종 신문에 실릴 머리기사를 상상했다. 어쩌면 지금 이 순간에도 그가 지나온 지역을 수색대가 샅샅이 뒤지고 있을지도 몰랐다. 곧 영국인들의 목소리가 사바나 저편에서 들려오고 선량한 모험가 10여 명이 수풀을 헤치며 나타날 것이 틀림없었다. 책을 읽을 때에도, 그의 입술은 기계적으로 책을 읽어 내려가고 있었지만 토니의 마음은 자신 앞에 앉아 있는 욕심 많고 정신 나간 주인장을 떠나 귀향하는 길에 생길 여러 가지 일들, 즉 문명 세계와의 점진적인 재회를 상상하곤 했다.(면도를 하고 마나우스에서 새 옷을 사고, 송금해 달라고 전보를 치고, 축하 전보를 받는다. 벨렘*까지 여유 있게 강 여행을 즐기고, 유럽으로 가는 커다란 정기선을 탄다. 고급 보르도 포도주와 신선한 고기와 봄 야채를 음미한다. 브렌다를 만나자 쑥스러워서 무슨 말을 꺼내야 할지 모른다. "여보, 당신이 말했던 것보다 훨씬 오래 걸렸어요. 난 정말 당신이 실종된 줄 알았어요…….")

그때 토드 씨가 끼어들었다. "그 구절 좀 다시 읽어 주겠소? 내가 특별히 좋아하는 부분이거든."

몇 주가 지났다. 구조대가 오는 기미는 전혀 없었지만 토니는 이튿날 일어날지 모르는 일에 대한 희망으로 또 하루를 버텼다. 심지어는 자신의 감시인에게 우정을 약간 느낀 나머지, 어느 날 저녁 그가 다른 인디오와 오랜 상의를 한 끝에 토니를 잔치에 초대했을 때 기꺼이 가겠다고 대답하기까지 했다.

감시인이 말했다. "이 지역 축제 중 하나예요. 피와리도 만들었지요. 당신 입에는 안 맞을지도 모르지만 한번 먹어 봐요. 오늘 밤 이 친구네 집으로 함께 갑시다."

그래서 저녁 식사 후에 그들은 인디오들이 모여 있는 곳으로 갔다. 인디오들은 사바나 건너편에 있는 오두막들 중 한 곳

---

* 브라질 북부 항구 도시.

에 불을 피워 놓고 모여 앉아 있었다. 그들은 무덤덤하고 단조로운 목소리로 노래를 부르면서 커다란 호리병에 든 술을 돌려 마셨다. 토니와 토드 씨를 위해서는 따로 그릇을 가져다주고 해먹도 내주었다.

"한 번에 다 마셔야 해요. 그게 예의랍니다."

토니는 진한 색깔 액체를 맛도 보지 않고 단번에 쭉 들이켰다. 그런데 그 술은 지금까지 브라질에서 마셔 본 대부분의 음료들처럼 불쾌하거나 독하거나 입천장에 끈적끈적하게 들러붙지 않고 꿀과 갈색 빵 비슷한 맛이 났다. 그는 모처럼 기분 좋게 해먹에 몸을 기대고 누웠다. 어쩌면 지금 이 순간에도 수색대가 여기서 몇 시간 거리에서 야영을 하고 있을지도 몰랐다. 그러는 동안 그는 온몸에 온기가 돌면서 졸음이 오는 것을 느꼈다. 노래의 음조가 마치 예배에서처럼 끝없이 올라갔다 내려갔다를 반복했다. 그는 누군가가 건네준 피와리를 한 병 더 비웠다. 인디오들이 춤추기 시작했을 때 그는 반듯이 누워서 지붕에 비친 그림자들이 춤추는 것을 바라보았다. 그러곤 눈을 감고 영국과 헤턴을 생각하다 잠이 들었다.

잠에서 깼을 때 토니는 여전히 피위족 오두막에 있었고 늦잠을 잔 듯한 느낌이었다. 해의 위치를 보니 늦은 오후임을 알 수 있었다. 주위에는 아무도 없었다. 손목시계를 보려 했지만 놀랍게도 손목에 시계가 없었다. 그는 잔치에 오기 전에 토드 씨의 집에 풀어 놓고 왔나 보다고 생각했다.

'어젯밤에 내가 취했나 본데. 보기보다 무서운 술이군.' 그는 생각했다. 머리가 아파서 다시 열이 나는 게 아닌지 걱정되었다. 해먹에서 내려서자 똑바로 서 있기가 힘들었다. 처음 몇 주일간 그랬던 것처럼 걸음걸이가 불안정하고 머릿속이 혼란스러웠다. 사바나를 가로지르는 동안 한 번 이상 멈춰 서서 눈을 감고 심호흡을 해야만 했다. 집에 도착해 보니 토드 씨가 앉아 있었다.

"어이, 친구, 오늘은 낭독회에 좀 늦었구려. 해가 질 때까지 삼십 분도 채 안 남았다오. 기분은 어떻소?"

"최악입니다. 그 술이 저한테는 안 맞는 것 같아요."

"몸이 좋아질 만한 약을 주겠소. 이 숲에는 없는 약이 없지. 잠을 깨우는 약이든 잠이 오게 하는 약이든."

"혹시 제 시계 못 보셨나요?"

"잃어버렸소?"

"네. 차고 있는 줄 알았는데. 이렇게 오래 자 본 적은 처음이에요."

"갓난아기 때 이후로 처음일 거요. 얼마나 잤는지 알아요? 이틀 됐소."

"말도 안 돼요. 그럴 리가."

"정말이오. 오래 잤지. 손님들을 못 만나서 유감이구려."

"손님이라뇨?"

"당신이 자는 동안 난 꽤 즐거운 시간을 보냈다오. 외부인 세 명이 찾아왔거든. 영국인들이었지. 당신이 그들을 못 만나서 참 안됐소. 그 사람들도 안됐지. 특히나 당신을 그렇게 만나고 싶어 했는데. 하지만 내가 뭘 할 수 있었겠소? 당신이 그렇게 깊이 잠들었는데 말이오. 그들이 당신을 찾으러 그 먼 길을 왔는데 ─ 물론 당신은 괘념치 않으리라고 보오만 ─ 당신이 직접 그들을 맞을 수가 없었던지라 내가 그들에게 작은 선물을 주었소. 당신 시계 말이오. 당신 소식을 가져가면 사례금을 받는다면서 뭐라도 영국으로 가져가고 싶어 하기에 그랬소. 굉장히 좋아하더군. 그리고 내가 당신이 온 것을 기념해서 세워 둔 작은 십자가의 사진도 찍어 갔지. 그때도 굉장히 좋아하더군요. 참 쉽게 기뻐하는 친구들이었소. 하지만 그들이 다시 여길 찾아올 것 같지는 않소. 워낙 외진 곳이라……. 책 읽는 것 말고는 오락거리도 없고……. 또다시 방문객들이 오는 일은 아마 없을 거요……. 자, 자, 당신 몸을 나아지게 만들어 줄 약을 좀 갖다 주겠소. 머리가 아프지요? ……오늘은 디킨스를 읽지 맙시다……. 하지만 내일은, 그리고 모레에는, 또 글피에는 읽어야 할 거요. 우리, 『꼬마 도릿』을 다시 읽읍시다. 그 책에는 도저히 눈물을 흘리지 않고는 들을 수 없는 구절들이 있거든."

7
영국 고딕 양식 3

이슬을 담뿍 머금은 과수원에 가벼운 미풍이 불고 목초지
와 작은 관목림 위로 눈부시고 서늘한 햇빛이 쏟아졌다. 큰길
의 느릅나무에는 전부 새순이 돋아 있었다. 겨울이 포근했기
때문에 그해에는 모든 것이 빨리 찾아왔던 것이다.

저 높은 곳의 이무깃돌과 덩굴무늬 장식 사이에서 시계가
시간을 알리며 종을 엄숙하게 열네 번 쳤다. 그때가 8시 30분
이었다. 얼마 전부터 시계가 잘 맞지 않았다. 그것 역시 상속세
를 다 청산하고 은여우 사업이 이익을 좀 내기 시작하면 리처
드 라스트가 손보려고 생각하는 일 중 하나였다.

몰리 라스트는 2행정 오토바이를 타고 저택 진입로를 달려
오고 있었다. 그녀의 머리칼과 바지에는 사료가 묻어 있었다.
앙고라토끼한테 먹이를 주고 오는 길이었기 때문이다.

저택 앞 자갈길 위에 서 있는 새로운 비석에는 커다란 깃발
이 씌워져 있었다. 몰리는 도개교 벽에 오토바이를 기대 놓고

아침을 먹으러 뛰어 들어갔다.

리처드 라스트가 상속한 후로 헤턴 저택의 생활은 더 분주해지고 더 소박해졌다. 앰브로즈는 지금도 있었지만 제복 입은 하인들은 이제 없었다. 앰브로즈와 심부름하는 소년, 하녀 네 명이 집안일을 돌보았다. 리처드 라스트는 그들을 '기간요원'이라고 불렀다. 형편이 나아지면 그때 가서 식솔을 늘릴 생각이었다. 그동안 식당과 서재는 늘 잠가 두는 의식용 방 목록에 추가되었다. 그의 가족은 거실, 흡연실, 토니가 쓰던 사무실만 사용했다. 주방 쪽 방들도 이제는 대부분 사용하지 않았다. 그리고 식기실들 중 한 곳에 최신식 절전형 조리기를 설치했다.

8시 30분이면 애그니스를 제외한 모든 가족이 1층에 내려와 있었다. 애그니스는 옷 입는 시간이 남들보다 오래 걸려서 대개 몇 분씩 늦었다. 테디와 몰리는 한 시간 동안 밖에 나갔다 왔다. 몰리는 토끼를, 테디는 은여우를 돌보러 다녀오는 것이었다. 테디는 스물두 살이었고 부모님과 함께 살았다. 피터는 아직 옥스퍼드에 있었다.

그들은 1층 거실에서 함께 아침을 먹었다. 라스트 부인이 식탁 한끝에, 그녀의 남편이 반대쪽 끝에 앉았다. 이 손에서 저 손으로, 이편에서 저편으로 컵과 접시와 꿀단지와 대화가 쉴 새 없이 오갔다.

라스트 부인이 말했다. "몰리, 또 머리에 토끼 사료가 묻었구나."

"괜찮아요. 어차피 잼버리 전에 다시 단장해야 하니까요."

라스트 씨가 말했다. "잼버리? 너희는 경건이라는 말도 모르니?"

테디가 말했다. "여우 농장에서 또 사고가 있었어요. 오크햄 프턴 사람들한테서 산 조그만 암여우가 밤사이에 꼬리가 잘렸 더라고요. 철조망을 뚫고 옆 우리로 가려다 그랬나 봐요. 골치 아픈 짐승들 같으니."

애그니스가 식탁에 도착했다. 그녀는 단정하고 신중한 열두 살 소녀로, 안경 뒤에 숨어 있는 두 눈은 커다랗고 진지했다. 그 녀는 엄마 아빠에게 키스하고 나서 말했다. "늦어서 죄송해요."

"늦었으면……." 라스트 씨가 타이르듯 말했다.

그때 테디가 끼어들었다. "근데 그 행사는 얼마나 걸려요? 전 베이턴에 가서 여우들한테 먹일 토끼를 좀 더 사 와야 해요. 차이버스가 쉰 마리쯤 준비해 뒀다고 하더라고요. 여기서 잡는 양으로는 충분하지가 않아요. 놈들이 어찌나 욕심이 많은지."

"11시 30분이면 다 끝날 거다. 텐드릴 목사님이 설교를 안 하실 거거든. 오히려 잘된 일이지. 목사님은 토니가 아프가니스 탄에서 죽었다고 믿으시니까."

"브렌다한테서 편지가 왔어요. 대단히 미안하지만 비석 헌 정식에는 못 온다고 하네요."

"아."

그 순간 방 안이 조용해졌다.

"그리고 조크는 오늘 오후에 등원 명령을 받았대요."

"아."

"혼자 와도 될 텐데." 몰리가 말했다.

"헤턴에 있는 사람들 모두한테 안부 전해 달래요."

다시 침묵이 감돌았다.

몰리가 말했다. "잘됐네, 뭐. 숙모는 과부가 되고 나서 별로 슬퍼하지도 않았잖아요. 얼마 지나지 않아서 금세 재혼했고요."

"몰리!"

"저랑 똑같이 생각하시면서 뭘 그러세요."

"다시는 브렌다 숙모에 대해서 그런 식으로 얘기하지 마라. 속으로 어떻게 생각하든 말이야. 숙모에겐 재혼할 권리가 충분히 있었고, 나는 브렌다와 그랜트멘지스 씨가 정말로 행복하길 바란다."

"이 집에 살 때에도 늘 우리한테 잘해 주셨더랬죠." 애그니스가 말했다.

테디가 말했다. "저도 숙모가 행복하시길 바라야겠네요. 어쨌거나 이제 여긴 우리 집이니까요."

11시에도 날씨는 여전히 쾌청했다. 다만 바람이 세게 불어서 식순이 인쇄된 종이들이 펄럭이는가 하면 한번은 비석을 가린 천이 너무 빨리 벗겨질 뻔하기도 했다. 가족 중에는 세인트 클라우드 부인, 프랜시스 숙모, 그리고 토니의 실종으로 인해 별다른 이익을 얻지 못한, 라스트 집안의 가난한 친척들이 와 있었다. 헤턴 저택과 농장의 하인들 모두, 소작인들 몇몇, 마을 사람도 대부분 참석했다. 이웃 마을 주민 10여 명도 왔는데 그중에는 인치 대령도 있었다. 리처드 라스트와 테디는 지난 사냥철에 정기적으로 피그스탠턴 사냥단과 함께 사냥을 나갔더랬다. 텐드릴 목사가 세차게 부는 바람 속에서도 선명하게 들리는 낭랑한 목소리로 간단한 예배를 마쳤다. 그러고 나서 그가 줄을 잡아당기자 비석을 가리고 있던 커다란 기가 성공적으로 벗겨졌다.

그 지역에서 나는 통돌로 만든 평범한 비석에 다음과 같은 글귀가 새겨져 있었다.

헤턴의 앤터니 라스트
탐험가
1902년 헤턴에서 출생,
1934년 브라질에서 잠들다.

방문객들은 떠나고 친척들은 저택 안으로 들어가서 노동 절감형 설비들을 구경하고 있을 때 리처드 라스트와 세인트 클라우드 부인은 잠시 자갈길 위에 남아 있었다.

라스트가 말했다. "저 비석을 세우길 잘했어요. 비버 부인이 아니었다면 이런 생각 못 했을 겁니다. 토니의 부고가 신문에 나자마자 제게 편지를 보냈더군요. 당시엔 그녀가 누군지 몰랐어요. 당연히 저희는 토니의 지인들을 거의 알지 못했으니까요."

"비버 부인의 제안이었어요?"

"네, 토니와 매우 절친한 사이였던 자기 생각에는 토니도 헤턴에 기념비 같은 게 세워지길 원할 거라고 하더군요. 굉장히 사려 깊은 부인이었어요. 공사할 업자들까지 직접 알아봐 주겠다고 하더라고요. 그녀의 원래 계획은 더 거창했어요. 예배실을 토니를 추모하는 곳으로 개조하라고 제안했죠. 하지만 저는 토니가 이 기념비를 더 좋아할 거라고 생각해요. 우리 땅의 돌산에서 가져온 돌을 농장 일꾼들이 직접 잘랐답니다."

"그래요, 내 생각에도 이걸 더 좋아했을 것 같네요." 세인트 클라우드 부인이 말했다.

테디는 처음에 자기 방을 고를 때 갤러해드를 골랐고 지금도 그 방을 쓰고 있었다. 그는 가족들에게서 떨어져 나와 서둘러 검은 옷을 갈아입었다. 그리고 십 분 후에는 이미 차를 몰고 차이버스의 농장으로 향하고 있었다. 그는 점심때가 되기 전에 토끼들을 싣고 돌아왔다. 토끼들은 가죽이 벗은 채 네 마리씩 한 묶음으로 발이 묶여 있었다.

"여우 농장에 갈래?" 테디가 애그니스에게 물었다.

"아니. 난 프랜시스 아주머니한테 신경 써야 해. 아주머니가 새 보일러를 가지고 뭐라고 하셔서 엄마가 화났거든."

은여우 농장은 마구간 뒤에 있었다. 그것은 길게 두 줄로 늘어선 철조망 우리로, 여우들이 땅을 파서 빠져나가지 못하도록 바닥 역시 철사로 만든 다음 그 위에 흙과 재를 살짝 깔아둔 것이었다. 여우들은 짝을 지어 살고 있었다. 어떤 녀석들은 온순했지만 그렇다고 방심하는 건 어리석은 짓이었다. 테디와 벤 해킷은 ─ 농장 일을 도와주는 ─ 그해 겨울에만 몇 번이나 심하게 물렸다.

테디가 토끼를 들고 오는 것을 보자 여우들이 문을 향해 달려왔다. 꼬리가 잘린 암여우는 사고가 있었는데도 상태가 악화된 것 같진 않았다.

테디는 자부심과 애정이 어린 눈빛으로 자신이 돌보는 녀석들을 쭉 둘러보았다. 바로 그 여우들을 통해서, 토니의 시대에 헤턴이 누렸던 영광을 언젠가 되살릴 수 있기를 바랐기 때문이다.

부록
또 다른 결말

서문

『한 줌의 먼지』는 평론가들에게 호평을 받은 작품인데, 그들은 이 작품 이후로 내가 퇴보하기 시작했다고 종종 주장한다. 이 소설을 쓰게 된 계기는 뭐라고 딱 꼬집어 말하기 어렵다. 나는 1933년 1월에 영국령 기아나와 브라질의 국경 지대를 홀로 여행하던 중 어느 물라토 선교사가 다스리는 작은 원주민 마을에서 하룻밤을 묵게 되었다. 이 선교사의 기행(奇行)에 관해서는 『92일』에서 소개했다. 그리고 몇 주 후, 브라질의 보아비스타에서 곤경에 처한 나는 언제 올지 모를 배를 기다리는 지루한 나날 동안 단편을 하나 썼고 나중에 「디킨스를 좋아한 사나이」라는 제목으로 발표했다. 그 작품은 이 책의 6장인 '토드의 집 쪽으로'와 근본적으로 같은 이야기다.

일 년이 지났다. 나는 모로코의 페스에서 겨울을 나는 동안 배신당한 낭만주의자를 주제로 이 소설을 썼고, 덕분에 남미 오지에 있는 주인공의 모습을 사실감 있게 그릴 수 있었다.

미국의 한 잡지사에서 이 작품을 연재하고 싶어 했지만 (그들이 선택한 제목은 "런던의 아파트"였다.) 「디킨스를 좋아한 사나이」를 빼지 않는다면 불가능하다고 했다. 그래서 나는 또 다른 결말을 썼고, 그 흥미로운 결과물을 여기에 수록한다.

E. W.
1963년 쿰플로리에서

또 다른 결말

1

정기선이 사우샘프턴 항구로 들어온 것은 늦은 오후 무렵이었다.

그들은 사흘 동안 해를 한 번도 보지 못했다. 아조레스제도를 지난 후로 연일 파도가 높게 일었고 영국해협에도 하얀 안개가 끼어 있었기 때문이다. 토니는 무적 소리와 귀향에 앞선 불안감 때문에 지난밤을 뜬눈으로 지새웠다.

배가 부두에 정박했다. 토니는 난간에 몸을 기대고 눈으로 운전사를 찾기 시작했다. 자동차를 타고 곧장 집으로 갈 계획이니 운전사를 보내라고 헤턴에 전보를 쳐 뒀던 것이다. 그는 새로 만든 욕실을 보고 싶었다. 인부들은 여름의 절반 동안 헤턴에 머물렀더랬다. 그러니 토니를 반갑게 맞아 줄 변화가 몇 가지는 있을 터였다.

이렇다 할 사건은 없는 여행이었다. 여행 자체에 대한 진지한 열정, 사막이나 밀림, 산이나 대초원 같은 것들은 토니에게 어울리지 않았다. 그는 큰 짐승을 사냥하거나 지도에도 나오지 않는 지류를 탐사하는 것을 좋아하지 않았다. 그가 영국을 떠난 이유는, 그 상황에서는 그렇게 하는 것이 적절한 수순인 것처럼 여겨졌기 때문이다. 그것은 환멸을 느낀 남편들이 수 세대에 걸쳐 현실 및 허구 세계 속에서 신성하게 지켜 온 관습이었다. 그는 여행사의 손에 자신을 맡겼고, 몇 달 동안 느긋하게 서인도제도의 이 섬, 저 섬을 돌아다니며 총독 관저에서 점심 식사를 했고, 클럽 테라스에서 칵테일을 마셨으며, 선장의 테이블에서 손쉽게 사람들의 인기를 얻었다. 갑판 위에서는 고리 던지기와 탁구를 하거나 춤을 추었고, 육지에서는 새로 사귄 친구들과 함께 열대식물들 사이로 뻗은, 잘 닦인 도로에서 드라이브를 즐겼다. 이제 그는 다시 집에 돌아왔다. 지난 몇 주 동안 브렌다에 대한 생각은 차츰 머릿속에서 떨쳐 버릴 수 있었다.

이윽고 그는 부두에 드문드문 흩어져 있는 사람들 가운데서 운전사를 찾아냈다. 그는 배 위로 올라와서 토니의 짐 가방들을 챙겼다. 자동차는 세관 창고 뒤에 주차되어 있었다.

운전사가 물었다. "큰 가방은 기차로 부칠까요?"

"차 뒤에 실을 공간이 충분하지 않나?"

"거의 없습니다. 마님 짐이 워낙 많아서요."

"마님?"

"예. 차 안에서 기다리십니다. 호텔로 데리러 오라고 전보를 치셨더라고요."

"그랬군. 마님 짐이 많다고?"

"예. 굉장히 많습니다."

"음……. 그러면 내 짐은 기차로 보내는 게 낫겠군."

"알겠습니다."

그래서 토니는 운전사가 짐 가방들을 처리하는 동안 혼자 자동차로 향했다.

브렌다는 뒷좌석 한쪽 끝에 몸을 푹 파묻고 있었다. 모자 — 아주 조그만 털모자로, 거기엔 몇 년 전 그가 선물한 브로치가 꽂혀 있었다. — 는 벗어서 무릎 위에 놓고 손으로 쥐고 있었다. 차 안에는 짙은 어둠이 드리워 있었다. 브렌다가 고개는 움직이지 않은 채로 토니를 올려다보았다.

"여보, 배가 많이 늦었네요."

"응, 해협에 안개가 끼어서 말이야."

"난 어젯밤에 왔어요. 여행사 직원들이 당신이 오늘 아침 일찍 도착할 거라고 그랬거든요."

"그래, 우리가 많이 늦었지."

"배라는 건 정말 종잡을 수가 없는 것 같아요, 그렇죠?"

잠시 침묵이 흐른 뒤 그녀가 다시 입을 뗐다. "안 탈 거예요?"

"짐 문제 때문에 그래."

"블레이크가 알아서 할 거예요."

"지금 기차로 부치는 중이야."

"내 생각에도 그래야 할 것 같았어요. 미안해요, 내 짐이 너무 많아서……. 그게, 실은 짐을 몽땅 다 챙겨 왔거든요. 아파트가 싫어져서……. 냄새가 없어지질 않더라고요. 새 아파트라 그런 줄 알았는데 갈수록 더 심해지는 거예요. 그 왜, 라디에이터 냄새 있잖아요. 그래서 이것저것 생각한 끝에 그냥 나오기로 했어요."

그때 운전사가 돌아왔다. 짐 문제를 다 처리했던 것이다.

"자, 지금 바로 출발하는 게 좋겠네."

"알겠습니다."

토니가 브렌다 옆자리에 올라타자 운전사가 차 문을 닫았다. 그들은 사우샘프턴 시내를 지나 교외로 접어들었다. 그들이 지나쳐 가는 창문들에는 이미 불이 밝혀져 있었다.

"내가 오늘 오후에 오는 걸 어떻게 알았어?"

"난 당신이 오늘 아침에 오는 줄 알았어요. 조크한테 들었지요."

"당신이 올 줄은 몰랐어."

"조크도 당신이 놀랄 거라고 그러더군요."

"조크는 어떻게 지내?"

"뭔가 굉장히 안 좋은 일이 있었는데 뭐였는지는 잘 기억이 안 나네요. 정치 관련 일이었던 것 같아요. 아니면 여자 문제였거나. 잘 모르겠어요."

그들은 서로 멀리 떨어져서 뒷좌석의 양쪽 끝에 각각 앉아 있었다. 토니는 간밤에 잠을 제대로 못 잔 탓에 몹시 피곤했다. 눈꺼풀도 무거웠고, 차가 불이 환하게 밝혀진 동네를 지나가자 눈이 부셔서 괴로웠다.

"여행은 즐거웠어요?"

"응. 당신은 잘 지냈어?"

"아뇨, 정말 끔찍했어요. 하지만 당신이 듣고 싶은 얘기는 아닐 거예요."

"앞으로 어떡할 생각이야?"

"모르겠어요. 당신은요?"

"나도 모르겠어."

잠시 후, 무거운 분위기 속에서 차가 부드럽게 굴러가는 가운데 토니는 잠이 들었다. 그는 외투 칼라에 얼굴을 반쯤 묻은 채 두 시간 삼십 분 동안 잠을 잤다. 한번은 차가 건널목 앞에서 멈췄을 때 토니가, 여전히 트위드 코트 속에 몸을 파묻은 채로, 반쯤 잠에서 깨어 이렇게 물었다. "다 왔나?"

"아뇨, 여보. 한참 남았어요."

토니는 또다시 잠이 들었다. 잠에서 깨어 보니 자동차가 헤턴의 대문을 향해 빵빵거리고 있었다. 그리고 그는 자신도, 브렌다도 하지 않은 질문에 대한 답이 이미 나와 있음을 깨달았다. 만약 그 질문을 던졌다면 분명 위험한 고비가 닥쳤을 것이다. 아까까지, 그의 운명은 그의 손에 달려 있었다. 앞으로 인생의 시시각각에 영향을 미칠, 해야 할 말, 내려야 할 결정이 있었다. 그런데 그가 잠에 빠져 버렸던 것이다.

앰브로즈가 그들을 맞이하기 위해 도개교에 나와 있었다. "어서 오십시오, 마님. 어서 오십시오, 주인님. 여행은 즐거우셨습니까?"

"더할 나위 없이 좋았어. 고맙네, 앰브로즈. 집에는 별일 없었나?"

"다들 아주 잘 있었습니다. 사소한 일이 한두 가지 있긴 합니다만, 내일 아침에 말씀드리는 게 낫겠습니다."

"그래, 아침에 듣지."

"우편물은 전부 서재에 있습니다."

"고맙네. 그것도 전부 내일 처리하도록 하지."

그들은 중앙 홀을 지나 위층으로 올라갔다. 귀네비어 방의 벽난로에서 장작불이 활활 타오르고 있었다.

"인부들은 지난주에야 떠났습니다. 결과물은 아주 만족스러우시리라 생각합니다."

하인들이 토니의 짐을 푸는 동안 토니와 브렌다는 새로 만든 욕실들을 둘러보았다. 토니는 수도꼭지를 틀어 보았다.

"지금은 난방장치를 켜 놓지 않았습니다만 며칠 전에 틀어 봤을 때에는 굉장히 잘 돌아갔습니다."

"우리, 옷 갈아입지 마요." 브렌다가 말했다.

"그러지. 앰브로즈, 지금 바로 식사를 하겠네."

저녁 식사를 하는 동안 토니는 이번 여행에 대해 이야기했다. 그가 만난 사람들, 풍경의 아름다움, 흑인들의 경솔함, 열대 과일의 진미, 총독들의 서로 다른 손님 접대 방식에 대해 들려주었다.

"우리도 아보카도를 길러 보면 어떨까 싶어. 온실에서 말이야."

브렌다는 별로 말이 없었다. 한번은 토니가 "당신은 어디 다녀온 데 없어?"라고 묻자 "저요? 아뇨. 런던에만 있었어요."라고 대답했을 뿐이다.

"친구들은 잘 지내?"

"별로 많이 못 만났어요. 폴리는 미국에 가 있고요."

그때부터 토니는 아이티 정부가 얼마나 훌륭한지에 대해 이야기하기 시작했다. "아이티를 아주 새로운 곳으로 바꿔 놨더라고."

식사를 마친 후 두 사람은 서재에 앉아 있었다. 토니는 자신이 집을 비운 동안에 도착한 어마어마한 우편물 더미를 훑어보았다. "오늘 밤엔 정말 손도 못 대겠어. 너무 피곤해."

"그래요, 우리 오늘은 일찍 자요."

잠시 침묵이 흐른 뒤에 브렌다가 입을 열었다. "당신 아직도 나한테 화난 건 아니죠? ……비버 씨와 있었던 일 때문에 말이에요."

"내가 언제 화를 낸 적이나 있었나."

"당신 화났더랬잖아요. 마지막에, 여행 떠나기 직전에 말이에요."

토니는 대답하지 않았다.

"지금은 화 풀렸죠, 그렇죠? 아까 당신 차에서 잘 때 풀려 있길 바랐는데."

대답 대신 토니는 이렇게 물었다. "비버는 어떻게 됐어?"

"조금 우울한 얘긴데 정말로 듣고 싶어요?"

"응."

"나는 아주 초라한 신세가 됐어요. 그를 내 곁에 붙들어 둘 수가 없었거든요. 거의 당신과 동시에 그도 떠나 버렸죠.

사실, 당신이 내게 그렇게 많은 돈을 주고 가진 않았잖아요. 그래서 모든 상황이 꼬인 거예요. 불쌍한 비버 씨 역시 가난했으니까요. 결국 모든 면에서 아주 불편해졌죠……. 게다가 그 사람이 가입하고 싶어 했던 클럽 — 브라운 클럽요. — 에서 그를 뽑아 주지 않았어요. 비버는 어째선지 그 일을 내 탓으로 돌리더군요. 그 사람은 레지 오빠가 자기를 지지하도록 내가 힘써야 한다고 생각했는데, 실제로는 오빠가 반대파의 핵심 인사였던 거예요. 남자들은 클럽에 대해서라면 왜 그렇게 유난을 떠는지 모르겠어요. 난 비버가 회원이 되는 게 클럽 쪽에도 좋은 일일 거라 생각했는데, 그 사람들 생각은 달랐나 봐요.

아무튼 그 후로 비버 부인도 나한테 등을 돌렸고 ― 그 여자야 원래부터 망할 여편네였지만 ― 내가 그녀의 가게에서 일 좀 할 수 없겠느냐고 물었더니 내가 비버한테 안 좋은 영향을 끼친다며 거절하더군요. 그다음에는 데이지네 식당에 손님 끌어다 주는 일을 했는데 그것도 잘 안 됐어요. 내가 데려간 손님들이 외상값을 잘 안 갚았거든요.

그래서 길모퉁이 식품점에서 끼니를 때우며 살았어요. 제니 말고는 친구도 별로 없었는데 나중엔 그녀조차도 싫어졌고요.

토니, 정말이지 끔찍한 여름이었어요.

그리고 마지막으로, 래터리 부인이라는 미국 요부 있죠? 당신도 아는, 그 '경박해 보이는 금발 여자' 말이에요. 나의 비버 씨가 그 여자를 만나자마자 그 순간부터 나는 투명 인간이 되더군요. 그녀는 그가 필요로 하던 여인상에 완벽하게 들어맞았고 비버는 그녀에게 미쳤지만 래터리 부인은 그의 존재조차 몰랐어요. 매번 만날 때마다 전에 비버를 만난 적이 있다는 사실도 기억하지 못했거든요. 비버한텐 참 딱한 일이었지만 그렇다고 해서 비버가 다시 나한테 상냥해지거나 하진 않았어요. 그는 아무런 기쁨도 느끼지 못하면서 래터리 부인의 뒤를 쫓는 그림자 같은 존재가 되어 버렸고 결국엔 비버 부인이 그를 멀리 외국으로 보내고 말았죠. 지금은 자기네 가게에서 팔 물건을 베를린이나 빈에서 떼어 오는 일을 해요.

여기까지예요……. 토니, 당신 또 졸음이 쏟아지나 보네요."

"응, 어젯밤에 한숨도 못 잤거든."

"자, 우리 어서 침실로 올라가요."

2

그해 겨울, 크리스마스가 얼마 안 남은 때에 데이지가 새로운 식당을 또 개업했다. 토니와 브렌다는 그날 런던에 다니러 와 있었으므로 그곳으로 점심을 먹으러 갔다. 식당은 손님들로 가득했다.(데이지의 식당은 만원일 때가 많았는데도 어째선지 결과는 항상 적자였다.) 두 사람은 왼쪽, 오른쪽으로 밝게 인사를 건네며 자기들 테이블로 걸어갔다.

"낯익은 얼굴들이 많네요." 브렌다가 말했다.

몇 테이블 건너에 폴리 콕퍼스와 시빌이 젊은 남자 둘과 함께 앉아 있었다.

"누구였어요?"

"브렌다랑 토니 라스트 아니에요. 둘 사이가 어떻게 된 건지 궁금하네. 요즘 통 안 보이더니."

"원래 외출은 잘 안 했잖아요."

"난 둘이 이혼할 줄 알았는데."

"이혼한 것 같아 보이진 않아요."

"그러고 보니 지난봄에 들은 얘기가 생각나네요." 시빌이 말했다.

"맞아, 나도 기억나요. 브렌다가 어떤 특이한 남자를 좋아했잖아요. 그게 누구였는지는 기억이 안 나지만 아무튼 굉장히 특이한 남자였어요."

"그건 동생 마저리 얘기 아니었나?"

"아니에요, 마저리 애인은 로빈 비즐리였죠."

"아, 참, 그랬지……. 브렌다 얼굴이 좋아 보이네요."

"브렌다가 아깝죠. 하지만 이제 브렌다에게는 도망칠 기운이 없을 거예요. 영원히."

브렌다와 토니의 테이블에서는 이런 대화가 오갔다. "난 당신이 그 여잘 만났으면 좋겠어."

"아니에요, 당신이 만나야 해요."

"알았어, 그럼 내가 만나지."

⚜

토니는 아파트 문제 때문에 비버 부인을 만나러 가야만 했다. 토니가 여행에서 돌아온 후로 라스트 부부는 그 아파트를 전대(轉貸)할 방법을 찾고 있었다. 그러던 차에 비버 부인이 마땅한 세입자가 나타났다고 알려왔던 것이다.

그래서 브렌다가 병원에 간 동안 (그녀는 임신 중이었다.) 토니는 비버 부인의 가게를 찾아갔다.

비버 부인은 셀로판과 코르크로 만든 새로운 종류의 전등 갓에 둘러싸여 있었다.

"어떻게 지내셨어요, 라스트 씨?" 비버 부인이 다소 딱딱한 말투로 인사를 건넸다. "헤턴에서 즐거운 주말을 보낸 이후로 처음 뵙네요."

"아파트 세입자를 구하셨다고 들었습니다."

"네, 그런 것 같아요. 바이올라 캐즘의 친척 동생이죠. 당연한 얘기지만 라스트 씨께서 약간 손해를 보셔야 할 것 같아요.

아파트라는 게 너무 인기 있는 걸로 드러나서 말이에요. 무슨 뜻인지 아시죠? 아파트 수요가 급증하다 보니 다른 회사들이 너무 많이 이쪽 시장에 뛰어들었고, 그 결과 임대료가 뚝 떨어졌어요. 요즘은 누구나 이런 아파트를 빌리려고 하지만 투기를 하려는 건축업자들이 저렴한 가격에 세를 놓고 있거든요. 그래서 새로 들어올 세입자는 일주일에 2파운드 15실링만 낼 거예요. 그리고 페인트칠도 완전히 새로 해 달라더군요. 물론 그 일은 저희가 맡을게요. 한 50파운드 정도면 깔끔하게 잘 나올 것 같네요."

"실은 제가 생각을 좀 해 봤는데, 여러모로 유용할 것 같아요. 이런 아파트가 있으면 말입니다."

"꼭 필요하지요."

"맞습니다. 그래서 계속 갖고 있을까 합니다. 유일한 문제는 아내가 아파트 임대료를 아까워한다는 거예요. 저는 런던에 올 때 클럽 대신 이 아파트를 사용할 생각이거든요. 그편이 돈도 절약되고 훨씬 편리할 테니까요. 하지만 아내는 그렇게 생각 안 할지도 모르죠……. 그래서 말인데……."

"충분히 이해해요."

"1층에 있는 입주자 안내판에 제 이름을 적지 않는 것이 좋겠습니다."

"그럼요. 많은 세입자들이 그렇게들 하고 계세요."

"그럼 그렇게 하지요."

"현명하신 생각이에요. 그런데 가구가 좀 더 필요하시지 않을까 싶은데……. 예를 들면 책상 같은 것 말이에요."

"네, 있으면 좋을 것 같네요."

"제가 골라서 보내 드릴게요. 라스트 씨한테 딱 맞는 게 뭔지 알 것 같아요."

책상은 일주일 뒤에 배달되었다. 가격은 18파운드였다. 같은 날 1층의 입주자 안내판에는 새로운 이름이 적혔다.

책상 값에 대한 대가로, 비버 부인은 철저하게 침묵을 지켰다.

토니는 마저리네 집에서 브렌다를 만나 함께 저녁 기차를 탔다.

"아파트는 없애 버렸어요?" 브렌다가 물었다.

"응, 다 해결됐어."

"비버 부인은 친절하던가요?"

"아주 친절하더군."

"그럼 이제 다 끝났네요."

기차는 어둠 속을 달려 헤턴으로 향했다.

작품 해설

    에벌린 워는 20세기 영국의 대표적인 풍자 작가다. 그는 영국 상류사회의 삶을 특유의 냉소적 위트로 풍자하는 소설을 여러 편 썼는데 『한 줌의 먼지』에도 그의 가차 없는 풍자 스타일이 유감없이 드러난다. 이 작품에서 그는 현대인에게 나타나는 가치관의 붕괴와 모순적 정체성을 폭로하지만 작가의 주관적인 표현 방식을 최대한 자제한 채 냉소적이고 객관적인 시선을 시종일관 유지한다. 또한 장면과 장면, 사건과 사건 사이에 필연적인 인과관계를 구축하지 않고 다수의 장면과 인물 들의 내면적 모티프를 생략하는 기교를 선보이는데, 이러한 기법은 본질적으로 뒤틀린 인물상을 구현하는 데 기여한다.

    1930년대를 배경으로 하는 이 소설의 줄거리는 토니와 브렌다 라스트 부부의 파경을 중심축으로 전개된다. 토니와 브렌다는 여러 측면에서 대립적인 지점에 있다. 토니는 부모에게서 물려받은 대저택과 그곳에서의 삶에 집착하는 반면, 브렌다는 런던 사교계의 삶을 동경한다. 토니는 저택과 영지에 대한 애착이 너무 강한 나머지, 아내 브렌다가 시골 생활을 지루해하는 것을 눈치채지 못한다. 그러는 와중에 이기적이고 가난하며 신분 상승을 갈망하는 한량인 존 비버가 헤턴으로 초대받고 브렌다와 비버는 불륜에 빠진다. 욕망과 현실이 이루는 긴장 구도 속에서 브렌다는 욕망을 택했던 것이다.

소설 전반부에서 작가는 런던 상류층 생활을 해부하면서 냉소적이고 절제된 언어로 그들의 속물근성과 허식을 그려 낸다. 브렌다의 친구들을 비롯한 일련의 등장인물들은 늘 파티를 쫓아다니거나 누가 누구와 연애를 한다는 (또는 불륜 관계라는) 가십을 생산하고 퍼뜨리는 데서 삶의 재미를 느낀다. 그들에게는 생존을 위한 치열함도, 사랑이나 진실에 대한 절박함도 없다. 브렌다가 아무렇지 않게 저지르는 간통은 부패한 런던 사회, 전통적인 도덕 가치관을 잃어버린 상류사회의 모습을 반영한다.

브렌다가 시골의 삶에서 런던의 삶으로, 혹은 비버에게로 차츰 기울어 갈 무렵, 라스트 부부에게 비극적인 일이 일어난다. 그들이 끔찍이 아끼던 외아들 존이 낙마 사고로 죽은 것이다. 이 사건을 기점으로 브렌다는 이혼을 결심한다. 하지만 브렌다의 집안에서는 브렌다와 토니가 합의한 위자료를 받아들이지 않고 토니가 헤턴을 팔아야만 지불할 수 있는 큰 금액을 요구한다. 그러자 토니는 이혼을 거부하고 위안을 찾아 브라질로 무모한 탐험 여행을 떠난다. 하지만 결국 길을 잃고 떠돌아다니다가 깊은 오지의 원주민 마을에서 토드라는 사람에게 평생 찰스 디킨스의 소설을 읽어 주며 살아야 하는 운명을 맞는

다. 한편 브렌다와 비버의 관계도 끝이 나고 그녀는 토니의 친구인 조크 그랜트멘지스와 결혼한다. 역설적이게도, 헤턴을 지키려던 토니의 헌신과 열정이 궁극적으로는 그의 삶을 파멸시키는 데 기여한 셈이다. "다친 사람은 없었어요?"라는 문장으로 시작되는 소설의 서두는 의미심장하다. 이 작품에 등장하는 많은 인물들이 다칠 수밖에 없는 운명이기 때문이다.

세련되고 교양 있어 보이지만 사실은 철없고 무책임한 여자인 브렌다나, 시골에서의 무료한 삶 때문에 남편이 알코올중독에 빠질까 봐 걱정하는 브렌다에게 정부(情婦)를 만들어 주자고 제안하는 그녀의 친구들이나, 이렇다 할 직업도 없이 하루 종일 누군가에게서 전화가 오기만 기다리는 비버에 비하면, 아내와 자식에게 충실한 애정을 유지하며 성실하게 신앙생활을 하는 토니는 얼핏 가장 '정상적인' 인물처럼 보인다. 그러나 그역시, 매주 일요일 예배에 빠짐없이 참석하긴 하지만 마음속에 진실한 신앙을 갖고 있지는 않고 오래된 시골 저택에 다소 기형적으로 집착하는 미성숙한 인간이라는 사실을, 독자들은 곳곳에 배치된 풍자적 장치를 통해 간파할 수 있다. 사실 그의 진정한 종교는 기독교가 아니라 헤턴 저택에 대한 숭배라고 할 수 있기 때문이다.

그렇다면 라스트 부부 가정이 붕괴한 것은 누구 책임인가? 간통이라는 도덕적 죄를 범한 존 비버와 브렌다? 아니면 마지막 순간까지도 헤턴이라는 거대한 봉건적 산물에서 자유롭지 못했던 토니? 존 앤드루가 사고로 죽는 비극이 일어났을 때 등장인물들은 하나같이 입을 모아 그 일이 '누구의 잘못도 아니었다.'라고 말한다. 하지만 이는 삶의 붕괴와 비극은 결국 모두의 잘못이라는, 인정하기 싫은 진실의 또 다른 표현일지도 모른다.

이 소설의 묘미는 무엇보다도, 독자에게 은근하면서도 날카로운 펀치를 가하는, 익살과 냉소와 아이러니가 담긴 장면들이라 할 수 있다. 아들이 사고로 죽은 직후인데도 믿을 수 없을 만큼 침착한 태도로 행동하는 토니의 모습이라든지(심지어 아들의 죽음에 직접적인 원인을 제공한 리폰 양이 심하게 다치지는 않았는지 계속 걱정한다.) 아들이 죽던 날 비버에게 사고가 일어나지는 않았나 걱정하는 브렌다의 모습, 죽은 아들의 시신이 위층에 누워 있는데 아래층에서 카드놀이를 하며 우스꽝스러운 동물 울음소리를 내고 있는 토니의 모습에서는 실소를 터뜨리지 않을 수 없다. 그리고 그 실소가 크면 클수록 그 뒤에 이어지는 씁쓸함도 짙어진다. 이와 같은 장면들은 인물들의 삶 내면에 생겨난 치명적인 균열을 상징적으로 나타낸다고 할 수 있다.

강렬한 위트가 곳곳에 등장하지만, 이 작품은 유쾌한 소설이라기보다는 오히려 영국 상류사회 구성원들을 그린 우울한 초상화라 할 수 있다. 그것은 단순히 1930년대 인간 군상에 대한 풍자를 넘어 현대인의 절망과 병적 암울함과도 맞닿아 있다. 이야기의 화자인 작가가 아무렇지 않은 척 딴전을 피우며 인물들의 삶을 서술하고 대화를 전달하는 동안 독자는 씁쓸함을 삼키게 되는, 그런 소설인 것이다.

작가는 소설 마지막 부분에서까지 독자를 실망시키지 않는다. 망자를 탐험가라고 소개한 토니의 비문(碑文)은 참으로 기묘한 여운을 전달한다. 어마어마하게 큰 헤턴 저택에 그토록 애정과 열정을 쏟았고 (한때나마) 아내에게 헌신과 사랑을 바쳤으며, 일요일마다 어김없이 예배에 참석하고 매번 같은 길을 지나 집으로 돌아오는 일을 신성한 의식처럼 치르던 남자의 삶이 '탐험가'라는 한 단어로 요약되다니. 토니가 정글에서 빠져나와 영국으로 돌아왔다면 더 행복했을까, 아니면 토드 씨와 함께 디킨스를 읽는 게 더 나았을까. 정답은 아무도 모른다. 그렇기 때문에 우리는 이 소설이 비극이라고 섣불리 단정 지을 수 없다. 하지만 매캐한 담배 연기가 기분 나쁘게 목에 걸렸을 때처럼 내내 개운치 않은 기분이 드는 것은 왜일까.

2010년 1월
안진환

작가 연보

1903년   10월 28일, 출판업자이자 문학 평론가인 아서 워의 차남이자 유명 소설가인 앨릭 워의 동생으로 출생.

1924년   랜싱 칼리지에 이어 옥스퍼드 대학교의 하트퍼드 칼리지에서 수학하나 학위를 받지는 못함. 교사 생활을 하지만 곧 해고당하고 그 후에 잠시 미술학교를 다니는 동안 피카소와 달리를 만남.

1928년   라파엘 전파(前派) 화가이자 시인인 단테이 게이브리얼 로세티의 평전 『로세티의 생애와 작품들(Rossetti: His Life and Works)』을 쓰고 첫 번째 장편 소설 『쇠퇴와 타락(Decline and Fall)』을 발표하여 명성을 얻음. 에벌린 플로렌스 마거릿 위니프리드 가드너와 결혼.

1930년   스콜라 철학자인 마틴 더시의 영향을 받아 가톨릭으로 개종하고 『타락한 사람들(Vile Bodies)』을 발표. 1차 세계대전 이후 영국 상류사회의 퇴폐와 혼미, 특히 젊은이들의 방황을 풍자적으로 묘사. 가드너와 이혼. 지중해 지역에 관한 여행기 『레이블(Labels)』 출간.

1931년   하일레 셀라시에의 에티오피아 황제 즉위식에 즈음하여 아디스아바바 방문기 『오지 사람들(Remote People)』 발표.

1932년   가상의 아프리카 제국에서 벌어지는 정치 음모를 그린 장편소설 『모략(Black Mischief)』 발표. 이때부터 그의 작품은 사실적이고 보수적인 경향을 띰.

1934년   영국령 기아나까지의 여정을 그린 『92일(Ninety-Two Days)』과 영국 상류층을 신랄하게 풍자한 장편소설 『한 줌의 먼지(A Handful of Dust)』 발표.

1936년   두 번째로 아프리카를 여행한 뒤 그 경험을 바탕으로 『아비시니아 여행기(Waugh In Abyssinia)』 발표. 단편집 『러브데이 씨의 짧은 외출(Mr Loveday's Little Outing: And Other Sad Stories)』 발표. 예수회 수도사의 일생을 담은 전기 『성 에드먼드 캠피언(Saint Edmund Campion: Priest and Martyr)』으로 호손든 상 수상.

1937년   로라 허버트와 재혼.

1938년   선정적인 언론과 해외 특파원의 세계를 풍자한 장편소설 『특종(Scoop)』 발표.

1939년   멕시코 여행기 『합법적인 강도질(Robbery Under Law)』 발표.

1940년   영국 해병대에 입대하여 장교로 임관. 다카르 원정
         에 참여한 뒤 육군 특수부대에 지원. 1941년에는
         리비아 바르디아 습격 작전에 참가했고 크레타 섬
         을 탈출하는 과정에서 상당한 용기를 보여 줌.

1942년   2차 세계대전 초기 유럽 전선의 가짜 전쟁 상황과
         전시의 어리석은 행태를 풍자한 장편소설『승리를
         축하하다(Put Out More Flags)』발표.

1943년   단편집『중단된 작품(Work Suspended: And Other
         Stories)』발표.

1944년   유고슬라비아에 파견되어 빨치산을 지원하는 임무
         수행.

1945년   서민층 출신 주인공의 신분 상승을 향한 욕망
         과 종교적 죄의식으로 몰락해 가는 귀족 가문
         의 이야기를 그린 장편소설『다시 찾은 브라이즈
         헤드(Brideshead Revisited: The Sacred and Profane
         Memories of Captain Charles Ryder)』발표. 이 소설
         은 1981년 그라나다 텔레비전에 의해 11부작 드라
         마로 제작. 2차 세계대전을 통해 직접 전쟁을 경험
         한 뒤부터 위의 작품은 극사실주의로 기우는 한편,
         종교적 주제를 깊이 있게 다룸.

1946년   그동안의 여행기를 정리한『떠나는 것이 좋았을 때
         (When The Going Was Good)』발표.

1947년   로스앤젤레스 장례업의 행태와 할리우드에 거주하
         는 영국인들을 풍자한 장편소설『사랑받는 사람(The
         Loved One)』발표. 이 소설은 1965년에 영화화됨.

1950년	로마제국 콘스탄티누스 1세의 모후인 헬레나가 예수가 못 박혔던 십자가를 찾는 여정을 추적한, 위의 유일한 역사소설『헬레나(Helena)』출판.
1952년	3부작 전쟁소설『명예의 검(Sword of Honour)』의 첫 번째 편인『병사들(Men at Arms)』발표. 다카르 원정 경험을 바탕으로 한 이 소설로 제임스 테이트 블랙 기념 상 수상.
1953년	겉으로는 평등주의를 지향하나 반이상향적인 사회가 된 영국을 배경으로 하는, 감옥에서 출소한 방화범에 관한 풍자소설『폐허 속의 사랑. 가까운 미래의 로맨스(Love Among the Ruins. A Romance of the Near Future)』출판.
1955년	『명예의 검』두 번째 편인『사관과 신사(Officers and Gentlemen)』발표. 특수부대에서 경험했던 리비아 작전과 크레타 섬 함락을 소재로 하였음.
1957년	한때 정신병에 시달렸던 작가의 경험을 가지고 쓴 『길버트 핀폴드의 시련(The Ordeal of Gilbert Pinfold)』발표.
1959년	『로널드 녹스 주교의 생애(The Life of the Right Reverend Ronald Knox)』발표.
1960년	영국의 겨울 날씨가 싫어 동아프리카 지역을 여행했던 경험을『아프리카의 여행객(A Tourist In Africa)』으로 출간.
1961년	『명예의 검』세 번째 편인『무조건항복(Unconditional Surrender)』발표. 유고슬라비아에서 빨치산 활동을

지원했던 경험을 소재로 함.

1964년 자서전의 일부를 발췌하여 만든 『얕은 지식(A Little Learning)』 발표.

1966년 4월 10일 영국 쿰플로리에 있는 자택에서 심장마비로 사망.

세계문학전집 **237**

한 줌의 먼지

1판 1쇄 펴냄 2010년 1월 22일
1판 15쇄 펴냄 2023년 10월 11일

지은이 에벌린 워
옮긴이 안진환
발행인 박근섭, 박상준
펴낸곳 (주)민음사

출판등록 1966. 5. 19. (제 16-490호)
서울특별시 강남구 도산대로1길 62(신사동) 강남출판문화센터 5층 (우편번호 06027)
대표전화 02-515-2000 팩시밀리 02-515-2007
www.minumsa.com

한국어 판 © (주)민음사, 2010. Printed in Seoul, Korea

ISBN 978-89-374-6237-5 04800
ISBN 978-89-374-6000-5 (세트)

* 잘못 만들어진 책은 구입처에서 교환해 드립니다.

세계문학전집 목록

세계문학전집은 계속 간행됩니다.